Gallmeister

William Boyle est né et a grandi à Brooklyn, où il a exercé le métier de disquaire spécialisé dans le rock américain indépendant. Son très remarqué premier roman, *Gravesend*, a été le numéro 1000 de la collection Rivages/noir en 2016. *Tout est brisé* et *Le Témoin solitaire* ont été publiés en 2017 et 2018 chez Gallmeister. *L'Amitié est un cadeau à se faire* a reçu le Prix Transfuge 2020 du Meilleur polar étranger. William Boyle vit aujourd'hui à Oxford, dans le Mississipi.

L'AMITIÉ EST UN CADEAU À SE FAIRE

William Boyle nous avait habitués à des polars plutôt sombres (*Gravesend*, *Le Témoin solitaire*). Il change de ton avec cette croustillante comédie noire, truffée de clins d'œil à Scorsese, dont la morale sur l'importance de l'amitié et de la famille pourrait étrangement être celle d'un *feelgood book*… criblé de balles perdues !

Le Figaro Magazine

On a beau savoir qu'un auteur peut en cacher un autre, cela produit toujours un choc quand un écrivain apprécié pour son réalisme sombre vous livre un roman comique totalement fantaisiste.

Le Nouveau Magazine Littéraire

William Boyle déroule son histoire en passant d'une scène d'action gratinée à des dialogues hilarants. Surtout, il nous fait aimer Wolfstein, l'ex-femme de mauvaise vie au grand cœur, Rena, la veuve déboussolée qui a toujours fermé les yeux sur les crimes de son mari, et Lucia, ado perdue qui cherche désespérément à savoir qui est son père. Avec ces trois-là, résistantes, résilientes, on va jusqu'au bout de la nuit, de l'aventure, de cette belle célébration de la famille et de l'amitié.

Le Figaro Littéraire

DU MÊME AUTEUR, CHEZ LE MÊME ÉDITEUR

Le Témoin solitaire, 2018 ; totem n°139

Tout est brisé, 2017 ; totem n°113

William Boyle

L'AMITIÉ EST UN CADEAU À SE FAIRE

Roman

Traduit de l'américain
par Simon Baril

Gallmeister

TOTEM n°192

Ouvrage publié sous la direction de François Guérif

Titre original: A FRIEND IS A GIFT YOU GIVE YOURSELF

ISBN 978-2-35178-807-3
ISSN 2105-4681

Illustration de couverture © Sam Ward
Conception graphique de la couverture : Valérie Renaud

Aux bibliothèques et vidéoclubs où j'ai passé mon enfance.

Souviens-toi, quoi qu'il arrive, mieux vaut être un chien en vie qu'un lion mort.

Dangereuse sous tous rapports

Faites savoir aux gens que je ne suis pas morte.

LISA DE LEEUW INTERVIEWÉE PAR R. PACHECO

Nous déambulions à la recherche de fantômes.

CONOR MCPHERSON, *The Good Thief*

Chère Wolfie,

Tu tiens le coup ? La maison te plaît ? La vie dans le Bronx te réussit ?

À Monroe, c'est la merde en ce moment. J'ai besoin de cigarettes. D'habitude, j'ai toujours une cartouche dans le congélo, mais là j'ai oublié de faire des provisions et je n'ai pas envie de sortir. Ma mère est au bout du rouleau. Elle a eu quatre-vingt-neuf ans hier et elle ne voit et n'entend presque plus rien. On a fêté son anniversaire avec des petits gâteaux Hostess que j'ai achetés à la station-service à côté. Elle me parle de tous ces morts qui viennent à des soirées imaginaires. Ça me fait flipper.

Elle voit des petits gamins. Elle dit qu'ils dorment sur le canapé et qu'ils refusent de manger. Elle cuisine pour eux. Enfin, "cuisine", façon de parler. Elle leur prépare des sandwichs au beurre ou à la mayonnaise. L'autre jour, je suis sortie faire des courses au ShopRite, je suis partie à peine deux putains de minutes, et le temps que je rentre elle avait beurré plein de morceaux de papier qu'elle avait laissés partout dans la maison. Du papier, pas des tranches de pain, qu'elle avait tartiné de margarine. "Les petits doivent avoir faim." Voilà ce qu'elle m'a dit.

J'ai essayé d'aller à la messe, tu te rends compte ? Tu m'imagines à l'église ? Ça m'a inquiétée, je me suis vue recevant la putain de communion, l'hostie qui s'embrase dans ma main et le prêtre qui me regarde l'air affolé, comme s'il était en présence d'un démon. Je ne sais pas pourquoi j'y suis allée. De temps en temps, ma mère a quand même des moments de lucidité, et ça concerne toujours l'église. Une petite vieille a l'habitude de lui apporter la communion une fois par semaine, le matin, mais je me suis mis en tête que l'emmener à la messe pourrait nous faire du bien. Tu parles, j'ai failli m'endormir. Ça m'a fait penser à cette scène lesbienne qu'on avait tournée dans une église désacralisée de la vallée de San Fernando. Je jouais une bonne sœur, et toi un sosie de Jayne Mansfield. Dire que je pensais à tout ça en contemplant le vitrail de Jésus derrière l'autel. Quelle vie de dingue !

Tu sais ce que j'ai trouvé, l'autre jour ? Des photos à toi, dans une enveloppe verte couverte de grilles de morpion – on avait dû y jouer un après-midi où on s'emmerdait. Pas des trucs remontant à l'époque de L.A., non, des photos de tes pigeons en Floride. Il y en avait quatre ou cinq de ce type, Bobby. C'était vraiment un pauvre gars, j'ai presque pitié de lui. Sur ces photos, il a l'air de quelqu'un dont on vient de noyer tous les petits lapins adorés.

J'ai aussi retrouvé mon billet du concert de Stevie Nicks pour la tournée White Winged Dove. La plus belle soirée de notre vie. Si on me donnait la possibilité de revivre le même jour encore et encore, comme dans le film avec Bill Murray, c'est ce jour-là que je choisirais. Tout était parfait. Tu te souviens ? Le déjeuner chez Rhonda's, la manucure, le coiffeur, l'apéro au Frolic Room, le concert, le champagne dans la limousine de Mac. Tu sais quoi, je me souviens super bien des étoiles cette nuit-là. Il suffit que je ferme les yeux pour voir le ciel comme je le voyais à travers le toit ouvrant de Mac. Magique. Pour toujours.

Allez, viens me rendre une petite visite.

Affectueusement et chiennement,

Mo

RENA

Bensonhurst, Brooklyn
Dimanche 11 juin 2006

Après la messe du dimanche matin et son traditionnel café chez McDonald's avec son amie Jeanne, Rena Ruggiero regagne sa rue, Bay 35e. Comme c'est étrange d'être originaire d'une rue, de ne se sentir chez soi que dans cette rue, d'avoir l'impression d'être une étrangère dans toutes les autres, même celles qui vous entourent directement. Rena a vécu toute sa vie dans cette rue. Elle a grandi dans cette maison. Elle y est restée quand elle étudiait au Brooklyn College, puis, après leur mariage, elle a emménagé avec Vic dans l'appartement à l'étage. À la mort de ses parents, ils ont récupéré l'ensemble. C'était grand pour trois personnes. C'est encore plus grand pour une seule. Achetée huit ans avant sa naissance, la maison appartient à sa famille depuis soixante-huit ans.

Comme souvent, Rena se plante devant et étudie ses défauts. Il faut refaire le revêtement extérieur. Vic comptait justement s'y attaquer quand on l'a assassiné. Un nouveau toit, ça aussi ça va finir par s'imposer. Le plancher de la galerie s'affaisse. Les montants et la balustrade ont besoin d'être poncés et repeints, une grande partie du bois est pourrie. Les fenêtres sont vieilles, le froid s'infiltre trop facilement. Elle pourrait la vendre – les Chinois se ruent sur les maisons du quartier –, mais ça lui paraît trop fatigant.

Et le perron, aussi. Elle revoit encore Vic gisant là, en ce jour horrible il y a neuf ans. Elle garde un souvenir très précis de la flaque que le sang avait formée sur les marches. Pour peu qu'elle se penche au-dessus du ciment, elle y verra encore quelques taches brunes indélébiles. Pauvre Vic. Il devait être en train de regarder les pigeons sur le toit de l'immeuble en face – Zippo, le propriétaire, guidant son bataillon ailé à l'aide d'un grand drapeau noir. Et c'est là que Little Sal s'est approché, l'arme au poing.

Rena était dans la cuisine, occupée à cuire des côtelettes de veau à la poêle. Elle a entendu le coup de feu, mais elle l'a pris pour un raté d'allumage, ou un gros pétard lancé par des petits crétins. Ce n'est que lorsqu'elle a entendu des hurlements, des sirènes et des crissements de pneus qu'elle est sortie. Quitter la cuisine, longer le couloir, dans ses souvenirs tout ça se déroule au ralenti. Elle ne s'imaginait pas que quelque chose ait pu arriver à Vic. Il était assis là, tranquille, il n'était pas au boulot. La peur avait toujours été présente en elle, mais pas à ce moment-là. Ils s'apprêtaient à écouter la retransmission d'un match de base-ball en mangeant leurs côtelettes. Little Sal était déjà loin quand elle est arrivée au chevet de Vic.

Rena se revoit penchée au-dessus de lui dans l'ambulance vers l'hôpital, pleurant, étreignant son chapelet. Vic exerçait une profession peu recommandable, mais il avait une voix douce et des yeux sombres et rêveurs. Ses associés l'appelaient Vic le Tendre. Il leur en avait rapporté, de l'argent, aux Brancaccio. Des montagnes de fric. Non, cette histoire n'avait rien à voir avec son boulot, c'était juste un problème avec un petit voyou, un gamin appelé Little Sal qui avait voulu se faire une réputation en dégommant un affranchi. Il avait tué Vic alors qu'il sirotait son expresso, un sachet de fleurs de courge – cadeau de leur voisine Francesca – posé sur la marche à côté de lui.

Tout le monde est au courant pour Vic, son boulot, les circonstances de sa mort, mais personne ne rentre dans les détails avec elle. Personne ne lui demande ce que ça fait de voir votre mari se vider de son sang devant vos yeux. Ou de laver au jet le sang séché sur votre perron juste après avoir enterré le seul homme que vous ayez jamais aimé. Sur le moment, les Brancaccio ont pris soin d'elle, ils ont payé les funérailles, lui ont donné de l'argent, mais personne ne vient plus la voir. Il faut dire qu'elle n'était pas très proche des autres épouses.

Rena entre et désactive l'alarme. C'est Vic qui avait eu l'idée de cette alarme, après une série de cambriolages dans le quartier au début des années 1990. Il était souvent en déplacement et tenait à ce qu'elle se sente en sécurité. Rena ôte son manteau, met de l'eau à chauffer, puis décide qu'elle ne veut pas de thé et éteint le brûleur. Le téléphone se trouve juste à côté de la cuisinière, un vieil appareil rotatif jaune fixé au mur. Une photo de ses parents est encastrée sous le plastique du cadran. Ils sourient. Sur ce cliché, pris lors du repas de leur trentième anniversaire de mariage, ils sont plus jeunes qu'elle ne l'est aujourd'hui.

Pourquoi a-t-il fallu que son amie Jeanne mentionne Adrienne tout à l'heure, alors qu'elles prenaient leur café au McDonald's ? Adrienne est la fille de Rena. Elle vit dans le Bronx. Rena ne l'a plus revue depuis les funérailles de Vic. Elle n'a pas non plus revu Lucia, sa petite-fille, désormais âgée de quinze ans et qui en avait six la dernière fois qu'elle l'a serrée dans ses bras, en larmes, devant le cercueil de Vic.

Quand, à l'époque, après tout ce qui venait d'arriver, elle a appris pour Adrienne et Richie Schiavano, le bras droit de Vic, Rena n'était pas contente et elle l'a fait savoir. Il s'est avéré que ces deux-là entretenaient une relation intermittente depuis qu'Adrienne était au lycée. Quand ça a commencé, Adrienne n'était qu'une gamine ! Et dire que Rena l'a découvert à l'enterrement. Elle n'en revenait pas. Que ça se soit passé derrière son dos, derrière le dos de Vic, sans qu'ils ne se doutent de rien. Que Richie ait pu à ce point manquer de respect à leur famille. Qu'Adrienne soit une telle *puttana*. Évidemment, elle avait d'autres problèmes plus graves, mais une grande partie de sa colère s'est focalisée sur Adrienne. Quoi de plus naturel ? Reste qu'Adrienne lui en veut encore de s'être élevée contre sa relation avec Richie. Rena voulait simplement qu'on fasse les choses comme il faut, qu'on se comporte bien aux yeux de Dieu et de tout le monde. Elle s'en inquiète encore.

Mais leur conflit remonte à plus loin. Les sentiments d'Adrienne envers sa mère ont toujours oscillé entre la honte et la haine, sans que rien ne le justifie. Ça lui fait mal au cœur, surtout parce que Lucia s'est retrouvée prise entre deux feux. Aujourd'hui, c'est une lycéenne et elle n'entretient pas la moindre relation avec sa grand-mère. Quelle tristesse !

Rena saisit le combiné et compose le numéro d'Adrienne. Au fil des ans, elle lui a écrit des centaines de lettres, a tenté de la joindre au téléphone des milliers de fois.

Adrienne décroche dès la première sonnerie. Rena n'a plus entendu sa voix depuis la dernière fois qu'elle a essayé de l'appeler, il y a deux mois.

— Ouais ? dit Adrienne d'une voix endormie.

— Adrienne ? C'est Maman.

Clac. Adrienne a raccroché brutalement, sans hésitation.

Rena raccroche, elle aussi, et reste là, debout, immobile. Elle inspire profondément plusieurs fois de suite. Pour s'empêcher de pleurer, elle pense à l'article horrible qu'elle a lu hier dans le *Daily News*, à propos d'un homme tué à coups de machette sur la ligne D du métro. Une machette. Et dire qu'imaginer ça l'aide à retenir ses larmes ! Quel genre de personne fonctionne ainsi ?

La sonnette de la porte d'entrée retentit. Elle se demande qui ça peut bien être, un dimanche. Ou n'importe quel jour, d'ailleurs. Des Témoins de Jéhovah, peut-être. Ou encore un agent immobilier qui veut la persuader de mettre sa maison en vente. Avant, on respectait le dimanche. Mais plus maintenant. Tout se perd.

Elle s'engouffre dans le vestibule et, à travers les lambeaux du vieux rideau masquant la vitre, elle distingue une silhouette assez massive.

— Qui c'est ? crie-t-elle, refusant de s'approcher trop près.

La personne se racle la gorge. Un homme.

— C'est Enzio !

Elle s'avance, écarte le rideau et voit Enzio, son voisin. Vêtu d'un blouson de la marque Members Only, les cheveux gominés, il mouche son gros nez avec un mouchoir blanc. Dans son autre main, il tient un bouquet – des marguerites, les fleurs préférées de Rena. Ça n'a rien d'une coïncidence. Chaque fois qu'elles boivent un café ensemble, Jeanne la harcèle pour qu'elle se trouve un petit ami, lui répétant qu'elle n'a que soixante ans et encore beaucoup de choses à vivre. À un moment ou à un autre, les noms de tous les célibataires corrects du quartier ont été mentionnés. Dont celui d'Enzio, qui habite au coin de la rue. Quatre-vingts ans bien sonnés. Quand il lave sa vieille voiture de collection dans l'allée de sa maison, il est toujours torse nu. Il porte son short très haut, défait souvent le bouton sur son ventre. Lorsqu'elle passe devant chez lui, il l'appelle "bébé", "chérie" ou encore "poupée" et lui fait un sourire on ne peut plus malsain.

— C'est Enzio, répète-t-il, plus doucement cette fois-ci.

Il fourre son mouchoir dans sa poche.

— Qu'est-ce que tu veux ? demande Rena.

— Bavarder un peu.

— C'est quoi, ces fleurs ?

— Allez, ouvre-moi, tu veux bien ?

Après quelques instants d'hésitation, elle saisit la poignée. Elle ne va quand même pas avoir peur d'un pauvre vieillard comme Enzio, si ? Un type qui passe son temps à laver sa voiture et à lire le programme des courses hippiques, assis dans un box chez Mamma Mia, en face. Un veuf. Mais un veuf d'un genre différent. Maria, sa femme, est morte il y a quinze ans. Rena l'a toujours connue enfermée chez elle, assise en peignoir devant la télé toute la journée, bourrée de médicaments. Sauf que le problème n'avait rien de médical, elle en était sûre. Tout le quartier savait qu'Enzio trompait Maria. Il n'était pas à exclure que Vic ait eu une ou deux maîtresses, lui aussi, mais au moins il avait fait preuve de discrétion, par respect pour Rena. N'empêche que personne ne tenait rigueur à Enzio de son infidélité. Avec une épouse comme la sienne, qui n'avait plus toute sa tête, qui se traînait tel un zombie, il était normal qu'un homme aille chercher un peu d'excitation ailleurs. Rena ne s'était jamais trop attardée sur ces ragots. Enzio n'avait pas de quoi être fier, évidemment, mais une femme avait certains devoirs.

Au fil des ans, Enzio s'était affiché avec plusieurs petites amies. Jody, par exemple, qui travaillait à la banque. Jody n'était pas son vrai prénom. Elle était russe. Une jolie fille. Ça n'avait pas duré. Enzio était plein aux as, mais radin. Jody avait trouvé un gars qui l'emmenait à Atlantic City tous les week-ends et n'hésitait pas à claquer du fric. Et maintenant Enzio a des vues sur Rena. Quel monde étrange ! Elle ouvre la porte.

Enzio lui brandit les fleurs sous le nez.

— Des marguerites. Tes préférées.

Elle accepte le bouquet, mais au lieu de le serrer contre sa poitrine, elle le laisse pendre au bout de son bras.

— Comment tu sais ça ?

— Un petit ange me l'a soufflé à l'oreille, poupée.

Il la gratifie de son affreux sourire. C'est la première fois qu'elle le voit de si près. Des fragments de nourriture lui collent aux dents. Ses lèvres ressemblent à des vers de terre. En se rasant autour de la bouche, il a oublié quelques petites plaques de poil.

— Jeanne est un peu casse-pieds, parfois.

— Ton amie veut le meilleur pour toi. Elle sait que je suis un chic type, un bon parti. On se tourne autour depuis des années, toi et moi, et maintenant nous voilà, deux survivants. Vic et Maria ne sont plus là. (Il lève les mains.) Ne te méprends pas, je respecte Vic. Je le *respectais*. Comme tout le monde. “Dieu bénisse Vic Ruggiero”, c’est ce que j’ai toujours dit. Vic le Tendre. Le héros du quartier. Je peux entrer ?

Elle s’écarte et lui fait signe de passer.

— OK, entre un petit moment.

Enzio va directement dans la cuisine, retire son blouson et le pend au dossier d’une chaise. Ils se font face.

— Tu me connais depuis longtemps, dit-il. Tu sais que je suis un type bien. Tu sais que je te traiterai bien.

— Je suis sûre que tu as très bien traité toutes ces filles avec lesquelles tu as trompé Maria.

— Le passé, c’est le passé. Mon comportement était uniquement dû au fait que Maria manquait à ses devoirs d’épouse. Le lit conjugal était froid. Glacial. Et il arrive qu’un homme ait besoin de chaleur. Mais allez, arrêtons les chichis, tu veux bien ? J’ai un pied dans la tombe. J’essaie juste de trouver un peu de compagnie. Quelqu’un pour partager un bon dîner chez Vincenzo’s. Et peut-être un ciné. (Il s’interrompt, balaie la pièce du regard.) Tu ne m’offres rien ?

— Tu veux quoi ?

— Du café ? Un biscuit, éventuellement.

— J’ai du café soluble et un paquet de Entenmann’s.

— C'est pas des façons de vivre, ça.

— C'est pas ma façon de vivre, c'est ce que j'ai chez moi en ce moment.

Enzio lève les mains. Décidément, c'est son geste préféré.

— OK, OK. T'énerve pas. Viens chez moi. J'ai de l'excellent expresso et des biscuits de chez Villabate.

Rena sort une carafe du placard au-dessus de l'évier, la remplit d'eau et y met les fleurs.

— Merci. Pour ça, je veux dire.

— Tu vois que je suis un type bien. J'ai pas peur d'offrir des fleurs.

— Elles sont belles.

— Tu vois. (Il s'approche d'elle.) Viens prendre un café chez moi. Je ne mords pas.

Rena touche les fleurs, se demande où il les a achetées. Probablement chez le fleuriste à l'angle. Après leurs disputes, Vic allait toujours lui chercher des marguerites là-bas. Peut-être Enzio avait-il eu l'occasion d'apercevoir Vic dans la rue, un bouquet à la main. Les deux hommes se parlaient rarement. Vic n'était pas du genre bavard, et Enzio avait suffisamment de bon sens pour garder ses distances. Au cours des quelques occasions où il leur était arrivé de parler près de la clôture, quand Enzio rentrait chez lui après avoir remonté la 86e Rue, ils se cantonnaient à des sujets comme le ramassage des ordures, les gens qui se garaient illégalement dans votre allée ou les Yankees. C'est drôle qu'on puisse passer sa vie dans le même pâté de maisons sans rien savoir sur son voisin, hormis ce que l'on doit à quelques mots échangés de loin en loin ou à la rumeur.

— Je ne bois pas d'expresso, déclare Rena qui n'oubliera jamais qu'il s'agit de la dernière boisson de Vic. Ça me donne des palpitations.

— Une petite tasse, ça va pas te tuer. Il faut avoir l'esprit d'aventure.

— Boire un expresso, c'est une aventure ?

— J'ai aussi du vin. Peut-être qu'on pourrait trinquer. Du fait maison. Je l'ai acheté à Larry, à côté. Tu connais Larry ? Le fils de Nino et Rose. Il produit de la qualité.

— Je ne bois pas de vin.

— Jamais ?

— Quasiment jamais. Autrefois, je prenais un verre au restaurant quand on allait à Atlantic City, Vic et moi.

— T'as qu'à imaginer que tu es à Atlantic City. Détends-toi un peu. Y a rien de meilleur qu'une bonne bouteille de vin fait maison.

Rena s'assoit à la table et se prend la tête entre les mains.

— Je t'ai contrariée ? demande Enzio.

— J'en sais rien, dit Rena.

— Tu sais pas si je t'ai contrariée ?

— C'est ce que je viens de dire.

— Si j'ai eu des propos maladroits, c'est…

— Ça va, ça va.

Il s'approche d'elle, entreprend de lui masser les épaules.

— Arrête, s'il te plaît.

— Ça te fait pas du bien ?

— Je n'aime pas ça. Je n'aime pas qu'on me touche.

— Jamais ?

— Non c'est non, OK ?

Il retire ses mains et lâche un gros soupir dont Rena sent le souffle sur sa nuque.

Elle se crispe.

— T'es pas commode, toi, dit-il. Tu veux pas un peu de compagnie ? J'essaie juste d'être gentil.

— OK, OK.

— *OK* ? À quoi ça rime, ces *OK* ? Je me sens seul. Pas toi ? On pourrait se sentir seuls ensemble. Regarder un film. Boire du vin. Manger des biscuits.

— Arrête avec le vin et les biscuits.

— Pas commode, cette fille. (Il s'assoit en face d'elle.) Tu veux que je m'en aille ?

— Ça m'est complètement égal.

— Je m'en irai que si tu viens avec moi. Qu'est-ce que t'en dis ? (Il joint les mains et fait craquer ses doigts. Un bruit léger mais explosif, comme quand on marche sur du papier bulle.) Et si je te racontais une histoire ? Oui, c'est une bonne idée. Tu connais Eddie Giangrande ? Dans les années 1970, il a participé au casse de la grande halle aux poissons près du pont de Brooklyn. Il habite sur la 25e Avenue. Tu vois qui c'est ? Mais oui. Sa femme, c'est Madeleine. Vic a dû le croiser souvent.

"Bref, Eddie est un grand gaillard. Cent vingt, cent trente kilos. Toujours un immense sourire sur le visage, on voit même ses molaires. Ça se comprend, d'ailleurs. Grâce à ce braquage, il s'en est mis plein les poches. Et la police l'a jamais coincé. Ne me demande pas de détails. Je suis au courant de beaucoup de choses, mais j'ai juré de garder le secret. (Il mime le geste de verrouiller sa bouche et de jeter la clé.) N'empêche qu'Eddie, il a beau avoir plus de fric qu'il n'en aura jamais besoin, il décide de se mettre en affaire avec des Russes. Les frères Godorsky. Les Russes le doublent, puis à son tour il les double. Là encore, les détails n'ont pas d'importance. À la fin, il se retrouve agenouillé dans le sable à Dead Horse Bay, le canon d'un flingue appuyé contre l'arrière du crâne et les frères Godorsky qui lui suggèrent de se réconcilier avec Dieu. Garde ça pour toi, d'accord ? C'est top secret. Je sais que tu as l'habitude de faire preuve de discrétion quand il s'agit d'informations sensibles.

Rena hoche la tête.

— Je n'en parlerai à personne.

— C'est bien, merci. Et donc Eddie pense à Madeleine, il pense à ses gosses, il pense qu'il va se pisser dessus et que sa cervelle va gicler sur la plage, et voilà comment ça va se terminer. Mais au lieu de se pisser dessus ou de supplier, il éclate de rire. Comme un putain de clown. Pardon, comme un clown. Ha ha ha ha. Un rire de dément. Les Godorsky comprennent pas. Ils n'ont jamais rien vu de pareil. Eddie rit de plus en plus fort. Les Godorsky discutent sec en russe. Ils pensent qu'il a quelque chose sur eux, un truc qu'ils ignorent. Ils commencent à se disputer. Le flingue n'appuie plus contre le crâne d'Eddie. Maintenant un des frères le braque sur l'autre. L'autre frère sort son propre flingue et le braque sur le premier. Et là, bam ! Ils se tirent dessus, au même moment. Eddie se lève, regarde autour de lui. Les Godorsky sont étendus sur le dos, ils étouffent dans leur sang. Eddie rit de plus belle, leur vole leur bagnole et rentre chez lui.

— C'est quoi l'intérêt de cette histoire ? demande Rena.

— De rire un peu, c'est tout.

Et cette fois, elle rit. Des mafieux russes qui s'entretuent de cette façon. Jésus Marie Joseph, quelle histoire !

— Tu vois ? dit Enzio. En plus, tu as un joli rire. Et dire que pendant toutes ces années je l'avais jamais entendu !

Elle continue de rire. Maintenant elle ne peut plus s'arrêter. Elle regarde Enzio, assis en face d'elle, ce vieillard qui vient de lui raconter cette histoire absurde, et elle remarque ses coudes posés sur la table, son menton flasque, les poils qu'il a oublié de raser sous son nez et autour de ses oreilles, ses lobes qui pendouillent comme des pièces de monnaie fondues, les vaisseaux éclatés sur son front.

— OK, OK, dit Enzio.

— Pardon, dit-elle en essayant de reprendre haleine. Je ne peux pas m'arrêter. Je vais faire pipi dans ma culotte.

— Non, te pisse pas dessus, quand même.

— J'arrive pas à…

— Bon sang, mais qu'est-ce qu'il y a de si drôle ?

Elle hoquète, s'efforce de maîtriser son rire, y parvient enfin.

— Désolée. C'est juste… toute cette histoire. (Elle agite ses mains devant son visage comme pour chasser des moucherons.) C'est terminé, je te le jure.

— Tu te moques de moi ? demande Enzio.

— Absolument pas.

— Je suis pas idiot, tu sais.

— Je sais. Tu voulais que je rie, non ?

— Pas comme ça.

Elle se lève.

— J'ai besoin d'un verre d'eau. Tu veux de l'eau ?

— J'aime pas l'eau.

Rena ouvre le robinet de l'évier, passe sa main sous le jet pour s'assurer qu'il est suffisamment froid. Elle prend un verre sur l'égouttoir, le remplit et boit à grandes gorgées.

— Tu es fâché ? demande-t-elle à Enzio sans le regarder.

Même s'il l'était, elle s'en ficherait – ce type n'est qu'un voisin parmi d'autres –, pourtant elle regrette de s'être moqué de lui, et qu'il s'en soit rendu compte. Vic lui manque pour plein de raisons, mais, en cet instant, surtout parce qu'Enzio ne l'aurait pas embêtée.

— Non, ça va, dit-il en se grattant l'oreille.

Elle remplit à nouveau le verre, le vide d'un trait.

— Je veux bien venir chez toi, dit-elle sans vraiment savoir pourquoi.

Peut-être se rend-elle compte qu'il s'agit du seul moyen de faire baisser la tension.

— Du vin et des biscuits ? T'es partante ?

— Un verre. Et peut-être un biscuit.

Enzio frappe dans ses mains.

— C'est un début.

Rena pose son verre dans l'évier, lentement, avec l'espoir que si elle met assez de temps Enzio finira par s'en aller et qu'elle pourra échapper à ce… rendez-vous galant ? Il faut bien appeler un chat un chat.

— Tu le regretteras pas, dit Enzio en prenant son blouson. Je suis un gentleman.

— C'est ce qu'on va voir.

La maison d'Enzio, un bâtiment en brique pour deux familles, est à quelques pas de celle de Rena. Enzio ne loue plus le rez-de-chaussée. Il y a une quinzaine d'années, il avait essayé et s'était retrouvé dans une situation compliquée avec une bande de Gitans. Une couronne de Noël est encore accrochée à la porte du premier étage, celle de l'appartement où il vit. Un drapeau italien est suspendu à un mât fixé sur le rebord d'une fenêtre du deuxième étage. Ce drapeau est en piteux état. La Vierge Marie dans la cour a le nez ébréché. À côté d'elle s'étendent les restes ratatinés d'un jardin, mort avec Maria. La Chevy Impala d'Enzio, un modèle de 1962 en quasi parfait état, ayant peu roulé, se trouve sous une bâche bleue dans l'allée.

Ils gravissent les quelques marches qui mènent au premier étage. Enzio laisse ses Fila blanches sur un paillasson à l'extérieur et demande à Rena d'enlever ses chaussures, elle aussi.

— Vraiment ?

— Je prends soin de ma moquette.

Sans se baisser, elle extrait ses pieds de ses Keds blanches et les pousse négligemment à côté des tennis d'Enzio. Au cours de toutes ces années, pas une seule fois elle n'était entrée dans sa maison. Jamais. Même pas pour boire un café avec Maria.

C'est exactement ce qu'elle imaginait. Un bond dans le passé : une épaisse moquette verte encore bien conservée, un canapé protégé par une housse en plastique. Des vases pleins de fioritures. Des peintures de vignobles et des posters de Jésus. Un gros cendrier pour cigares sur une table basse recouverte de napperons en dentelle. Une odeur de mauvaise eau de Cologne dans l'air. La seule chose qui dépare, c'est la télé à écran géant dans le salon.

— Elle te plaît, cette télé ? demande Enzio, voyant qu'elle l'a remarquée.

— Elle est grande.

— Soixante pouces. L'image est super. C'est comme d'avoir une salle de ciné chez soi.

— Je ne vois pas l'intérêt de ces télés géantes. Un petit écran, ça me suffit. Pourquoi vouloir se croire au cinéma ?

— Je te montrerai la qualité de l'image tout à l'heure. Tu vas être impressionnée.

Rena le suit dans la cuisine. Elle s'assoit à la table. Le plateau est en formica, un motif avec des boomerangs blanc et or. Une salière est posée au milieu, entourée d'un énorme porte-clés. Elle lance un regard vers le réfrigérateur. Pas de photos, pas d'aimants. Dans l'évier, un monticule à moitié écroulé de vaisselle sale. Sur l'égouttoir, une pile de cartons à pizza.

— C'est ça, la vie de célibataire, dit Enzio en désignant les cartons.

Il farfouille sous l'évier, sort un magnum de vin poussiéreux puis, tout en fredonnant, arrache la capsule et ouvre la bouteille à l'aide d'un petit tire-bouchon. Il remplit deux verres à jus – leur paroi à motif fleuri constellée de traces de doigts – et lui en tend un.

— Merci, dit Rena.

Elle lève le verre sous son nez et en hume l'odeur.

— Larry fait du super boulot, dit Enzio. Il le fabrique dans son sous-sol. C'est ce que je faisais, à une époque, mais je suis devenu paresseux. Lui, c'est un passionné. (Il s'assoit en face d'elle à la table, tend le bras pour trinquer.) *Salute.*

Elle ne répond pas, boit une gorgée de vin. Il est fruité et lourd.

— Délicieux, n'est-ce pas ?

— Pas mauvais, dit-elle.

— Pas mauvais, mon cul. (Il avale une longue goulée.) Tu veux un biscuit ? Quel genre ? Un boudoir ? Je parie que tu aimes les boudoirs.
— Ça ira.
— Allez, prends un biscuit.
Enzio se lève et ouvre le réfrigérateur. Sur la clayette du haut se trouve un paquet de biscuits soigneusement enveloppé dans un sac plastique orné du sigle des magasins Pastosa. Pour Vic, conserver des biscuits au frigo aurait été inacceptable.
— Ça ira.
— Tu es sûre ? Moi j'en prends un.
Il retire le sac plastique, ouvre le paquet blanc et en sort un biscuit aux graines. Une main sous la bouche pour recueillir les miettes, il croque dedans.
— C'est triste de manger ça tout seul, dit-il. Prends-en un.
— Tu peux arrêter de me tanner avec tes biscuits ? Si j'en veux un, tu seras le premier au courant.
— Chacun ses goûts.
Il regagne le salon et se met à tripoter une télécommande. L'écran de la télé s'allume en faisant “bip”. “Bip” ? Rena ne sait pas trop quel mot convient pour décrire le bruit que font les télés modernes quand elles s'allument. Pas exactement “bip”. Un son plus futuriste que ça. Une bulle grossit au milieu de l'écran, puis des espèces de petites gouttes de pluie aux couleurs de l'arc-en-ciel envahissent le fond noir.
— Qu'est-ce que tu fais ? demande Rena depuis la cuisine.
— Assez rigolé, dit Enzio. Je mets quelque chose pour toi.
— Je suis censée être impressionnée par ta grosse télé ?

Des parasites ont envahi l'écran.

Puis cette neige disparaît, et elle est remplacée par des corps. Des corps lisses, enchevêtrés, deux hommes et une femme. Une blonde aux seins outrageusement siliconés. Les hommes n'ont pas le moindre poil, beaucoup trop de muscles disgracieux et des barbelés tatoués autour des bras. Rena n'a pas envie de savoir ce qu'ils font comme ça, les uns contre les autres.

— Qu'est-ce que c'est que ça ? demande-t-elle en se levant.

— Le genre de film que je préfère.

— Ah, ça non. Sans moi.

Elle tend les bras, agite les mains comme si elle venait de toucher quelque chose de répugnant – une souris morte coincée dans un piège, par exemple. Ces corps nus l'indisposent, elle détourne les yeux. C'est la première fois qu'elle voit de la pornographie. Arrivait-il à Vic de se branler ? En tout cas il devait puiser son inspiration dans de vieux exemplaires du magazine *Life*, avec leurs photos de Sophia Loren en double page, car Rena n'a jamais trouvé aucune cochonnerie dans la maison. Même pas un *Playboy*.

— T'aimes pas ça ?

— Non, je n'aime pas ça du tout, espèce de malade. Je m'en vais.

Rena traverse le salon. Prise de vertige, elle essaie d'atteindre la porte d'entrée en évitant tout contact avec Enzio. Ça lui fait drôle d'être en train de marcher chez lui en chaussettes.

— T'en va pas. Viens, on regarde ensemble. Toute ta vie tu t'es comportée en sainte-nitouche ; laisse-toi un peu aller.

Rena se fige.

— De quel droit tu me traites de sainte-nitouche ? Tu ne me connais pas.

— Mais si, je te connais, dit Enzio en se rapprochant à moins d'un mètre d'elle. Allez, détends-toi.

— Va te faire foutre, OK ? C'est ça que tu veux ? M'entendre parler comme ça ?

Enzio lève les mains. Elle aperçoit les mouvements des corps sur l'écran derrière sa tête.

— C'est un film sympa. Rien de bien tordu. J'ai du vin...

— Sympa ?

— Oui, tout ce qu'il y a de plus normal.

— En ce qui me concerne ça n'a rien de normal, d'accord ?

— J'ai du Viagra. De quoi passer un bon moment.

— Pardon ?

— Du Viagra.

— Tu vas prendre un Viagra et puis quoi ? On va regarder ce film et coucher ensemble ?

Enzio hausse les épaules.

— Oui, faire l'amour. Je saurai te satisfaire.

Rena ne sait pas si elle doit éclater de rire à nouveau ou se dépêcher de sortir d'ici. Ce que ces corps font ! On dirait un horrible tableau de l'enfer. Il croit vraiment qu'elle va accepter sa proposition ? Qu'elle va s'allonger sur le canapé et le laisser faire ce qu'il veut d'elle ?

— Sûrement pas, Enzio.

Elle est tellement choquée que sa voix paraît douce, mesurée.

Il s'approche encore et pose une main sur son bras.

— Réfléchis une seconde. Tu veux rentrer chez toi, dans ta maison vide ? On a de quoi se divertir, ici. On pourrait bien s'amuser, tu sais.

— Enlève ta main, s'il te plaît.

— J'ai du Viagra, répète-t-il.

Il retire sa main, la fourre dans la poche de son pantalon et en ressort une petite pilule bleue, qu'il glisse dans sa bouche et avale sans eau.

— T'as pas envie de me toucher ? T'as pas envie d'être touchée ?

— Je t'ai dit que je n'aimais pas ça.

Il avance un peu plus, tend le bras vers elle.

Elle s'écarte, saisit le gros cendrier en verre sur la table basse et, des deux mains, le brandit devant sa poitrine.

— Touche-moi encore et tu vas te prendre un coup de cendrier.

— Rena.

— Je ne plaisante pas.

— Tu serais vraiment capable de me frapper ?

Et voilà qu'il sourit et lui met la main sur la hanche. À travers son chemisier, elle sent sa peau rugueuse et chaude.

— J'ai tellement d'amour à donner, dit-il. Pas toi ?

Elle lève le cendrier au-dessus de sa tête, puis l'abat sur celle d'Enzio, aussi fort que possible. Un bruit de viande crue. Une petite giclée de sang. Enzio lâche une espèce de soupir, étouffé, prolongé, comme un ballon qui se dégonfle. Il pivote et s'écroule par terre, son crâne heurtant le bord de la table basse au passage.

— Je lui ai dit de ne pas me toucher, nom de Dieu ! explique-t-elle à personne.

Elle laisse tomber le cendrier couvert de sang. Lève la tête vers le plafond. Ferme les yeux.

Trois ou quatre minutes s'écoulent. Une éternité.

Elle s'accroupit à côté d'Enzio, lui scrute le dos pour voir s'il respire. Comme avec Adrienne, les six premiers mois. Quand elle regardait la poitrine de son bébé se gonfler, puis se vider. Être parent, être paranoïaque : même combat. Mais là, ça n'a rien à voir.

Il respire encore, mais sa respiration est lente.

Rena pense à une femme qu'elle a vue un jour sur Bay 34e. La femme poussait son Caddie quand soudain ses jambes se sont dérobées sous elle, elle est tombée sur le côté et sa tête a heurté la pointe en fer d'une vieille clôture. Cette fois-là aussi, il y a eu du sang. Et un souffle ralenti, douloureux.

Le pire, c'est qu'à cause du Viagra, Enzio bande. Son érection déforme son pantalon.

L'image est tellement lumineuse que l'attention de Rena est de nouveau attirée par l'écran. Ça gémit plus fort. Ça s'agite mécaniquement. Elle regarde pour s'empêcher de regarder Enzio, avec l'espoir que, lorsqu'elle se retournera vers lui, il sera assis, en train d'essuyer son front ensanglanté du revers de la main, prêt à lui faire des excuses.

Ce qui se passe sur l'écran la laisse perplexe. Ces gens bougent comme les catcheurs tout huileux dont Vic était fan.

Un coup d'œil à Enzio. Toujours plus de sang, une flaque autour de sa tête. Les longues mèches vertes de la moquette imprégnées d'un rouge qui noircit en coagulant.

— Nom de Dieu, répète-t-elle.

Elle se lève, s'approche de la télé, cherche un bouton marche-arrêt sur le côté de l'écran. Par erreur, elle palpe le bouton de réglage du volume et le bruit des gémissements augmente. Elle ne tremble pas. Elle se dit qu'elle devrait trembler. Après avoir appuyé sur deux ou trois autres boutons, elle parvient enfin à éteindre l'appareil et la dernière image cauchemardesque – la femme à quatre pattes au-dessus d'un des hommes pendant que l'autre la prend par-derrière – s'évanouit.

Le brusque silence est oppressant. Elle pourrait jurer qu'elle entend le sang s'échapper d'Enzio.

Appeler les secours ne lui vient pas à l'esprit.

Elle va s'asseoir à la table de la cuisine. Le vin qu'Enzio lui a servi est encore là. S'attendait-elle à ce qu'il ait disparu ? Des grains de poussière flottent à la surface. Elle avale ce qui reste et écarte le verre. Il est tout près du bord. Elle hésite, puis se dit, *Allez, pourquoi pas*, et le pousse un peu plus loin. Le verre tombe sur le sol de la cuisine et se brise en une myriade d'éclats tranchants. Rena se perd dans la contemplation des boomerangs du formica. Elle pense à sa maison, à cette maison-ci, à ce pâté de maisons, à ce quartier, puis se dit qu'elle ferait bien de partir.

Elle n'a plus de voiture. Elle a vendu la Chrysler Imperial de Vic après sa mort, elle n'en avait pas l'utilité. Mais les clés d'Enzio sont là, sous ses yeux.

Si Enzio n'est pas mort, il ne cherchera pas à la retrouver. Il pensera que, en tant qu'épouse de Vic, elle a conservé des relations. Qu'il lui suffirait de passer un coup de fil. Et c'est vrai. Il suffirait qu'elle raconte aux anciens de la bande de Vic que ce vieux pervers a tenté de la violer, et il finirait probablement démembré et enterré quelque part dans le New Jersey.

Et s'il est mort – elle ne compte pas vérifier, pas question –, eh bien elle n'a pas fait exprès de le tuer. C'était un accident. Le choc contre la table a causé l'essentiel des dégâts. Un homme n'a pas le droit de toucher une femme qui lui a dit non. De la légitime défense, tout simplement. S'il n'avait pas mis ce film porno, pris cette pilule et insisté pour la toucher ! S'il ne lui avait pas parlé comme il lui a parlé ! Elle ne se sent pas coupable. Être un vieux pervers n'est pas une excuse.

Les clés d'Enzio.

Elle n'a qu'à sauter dans l'Impala et se rendre dans le Bronx. Débarquer chez Adrienne et Lucia en désespoir de cause. Elles ne pourront pas refuser de l'accueillir. Peut-être que quelque chose de bon va résulter de cette mésaventure.

Dehors, la clé scintillant dans sa main, elle enfile ses chaussures. Ça a pris du temps, de trier le porte-clés, mais elle a fini par trouver celle de l'Impala. Vic et elle avaient une Impala dans les premiers temps de leur mariage – c'est avec elle qu'ils étaient partis en voyage de noces dans les Catskills – et elle l'a tout de suite reconnue. Une petite clé argentée avec une fente au milieu.

Elle retire la bâche de la voiture, la plie aussi soigneusement que possible et la fourre dans la poubelle attachée à la clôture.

Se demandant si quelqu'un l'observe, elle lance un regard vers les fenêtres de l'immeuble en face. Derrière les stores baissés, des gens vont et viennent, vaquent à leurs occupations, suffisamment concernés par leur propre vie pour ne pas se soucier d'elle. Rien de plus normal. Sur Bath Avenue, un bus s'arrête en soufflant bruyamment. Des gamins jouent devant le delicatessen à l'angle. À part ça, tout n'est que tranquillité dominicale.

Personne ne prête attention à Rena.

Elle contemple la voiture. Ça faisait longtemps qu'elle ne l'avait plus vue sans sa bâche. Rutilante, d'un noir resplendissant. Un chapelet suspendu au rétroviseur intérieur.

Rena se souvient que le samedi, en été, Enzio montait dans sa voiture, démarrait le moteur, reculait au bout de son allée et restait là une demi-heure à écouter la station WCBS pendant que le soleil tapait sur le capot. Parfois, il vérifiait l'huile puis essuyait la jauge avec un chiffon sale et durci qu'il conservait dans sa poche arrière. Il ne fait plus rien de tout ça.

Elle ouvre la portière conducteur et grimpe derrière le volant. Un intérieur rouge. La voiture sent l'essence, le lubrifiant et le vinyle. Elle passe la main sur le tableau de bord. Enzio le nettoie avec de coûteuses lingettes qu'il achète sur Benson Avenue, dans un magasin d'équipement automobile aux rayons surchargés de marchandise. Elle ajuste les rétroviseurs et met le contact, puis passe la marche arrière et sort lentement de l'allée en prenant soin de ne pas accrocher le poteau téléphonique.

Au bout de la rue, elle tourne à gauche et prend la direction de la Belt Parkway qui mène à Long Island. Il lui faudra ensuite rejoindre la Cross Island Parkway, puis franchir Throgs Neck Bridge. L'autoradio luit dans l'habitacle. Elle change plusieurs fois de fréquence avant de laisser Lite FM.

WOLFSTEIN

Silver Beach, le Bronx

Assise dans son jardin, sur le banc écaillé à côté de la vasque pour oiseaux, Wolfstein fume sa dernière Marlboro 100's en buvant une Bud Light. Vêtu d'une tenue complète des Yankees, Freddie Frawley, son voisin qui habite quelques maisons plus loin, passe dans la rue avec son saint-bernard. Il lui fait signe de la main.

— Tu peux me saluer si ça te chante, Freddie, lui lance-t-elle, mais ne laisse plus ton clebs chier dans mon jardin. Le tas de merde que j'ai dû nettoyer l'autre jour, on aurait dit un tuyau d'arrosage.

— Impossible que ce soit Freddie, objecte Freddie.

— Mais qui aurait l'idée de donner à son chien le même nom que soi.

— Freddie Junior, c'est très bien comme nom.

— Empêche-le de chier dans mon jardin, OK ?

— Tu vois bien qu'il chie pas dans ton jardin. Regarde.

— Il chie pas dans mon jardin *maintenant*. Mais si je rentre, Dieu sait ce qu'il fera derrière mon dos.

Secouant la tête, Freddie reprend son chemin vers Beech Place.

Wolfstein contemple ses rosiers. Ils sont beaux. Hier, elle a vu Billy Farrel, un gamin qui habite de l'autre côté du pâté de maisons, traverser sa pelouse et cueillir une rose pour sa petite copine. Elle a un bec-de-lièvre, la petite copine en question. Elle va au lycée Preston. Wolfstein n'en veut pas à Billy. Pour une gentille petite amourette, elle peut bien sacrifier une putain de rose.

Ça fait deux ans que Wolfstein vit à Silver Beach. Elle s'y plaît. Ici, les gens ne connaissent pas son passé. Personne ne lui a posé de questions, et il y a peu de risques que quelqu'un devine qu'elle a jadis tourné dans des films de cul. Comme la maison appartient à son amie Mo Phelan, la copro ne vient pas l'emmerder. Mo est actuellement à Monroe, auprès de sa mère souffrante, dans les profondeurs de l'État de New York. Ce n'est qu'à une centaine de kilomètres, mais quand vous habitez la grande ville, tout vous paraît très éloigné. Si la mère de Mo était moins têtue, si elle ne refusait pas de déménager, Mo aurait peut-être rejoint Wolfstein dans le Bronx. Ces temps-ci, elle ne voit Mo que très rarement. Mo à qui elle doit tout. Mo qui l'a aidée à se frayer un chemin dans la vallée de San Fernando. Mo qui l'a sauvée quand, à l'approche de la quarantaine, elle s'est retrouvée sur le flanc. Mo qui l'a installée en Floride quand Los Angeles n'a plus voulu d'elle. Mo qui a joué un rôle clé dans la mise en place de l'arnaque qui lui a permis de survivre, qui la nourrit encore.

Wolfstein a grandi à Riverdale, pas très loin d'ici. Mais Silver Beach n'a rien à voir. C'est ce qu'on appelle la Riviera irlandaise. Avec un nom de famille comme le sien, elle a droit à des regards obliques ; cela dit, comme la plupart du temps elle reste dans son coin, personne ne l'embête vraiment.

En face, ça crie. Encore cette Adrienne qui passe un savon à sa fille. Sa voix évoque une poubelle métallique traînée sur un trottoir. Qui sait ce qu'elle reproche à Lucia, cette fois-ci ? La pauvre gamine – elle a quoi, quatorze, quinze ans ? – sort de la maison comme un ouragan et plante son regard sur Wolfstein. La petite en reste bouche bée.

Wolfstein essaie de se voir avec les yeux de cette ado : un haut rouge en macramé sous lequel on discerne un soutien-gorge doré, un short de gym bleu brillant qui date des années 1980 mais lui va encore, des cheveux teints en châtain. Une cinglée. Au mieux, une espèce de reine désaxée, peut-être. Pas *vraiment* une vieille dame, sauf peut-être aux yeux d'une gamine.

Quant à Lucia, elle fait peine à voir avec son T-shirt Guns N'Roses troué et son jean taillé en short, ses Converse rouges mal assorties avec ses chaussettes. Elle sort une sucette de sa poche, la déballe et l'enfourne dans sa bouche.

Wolfstein lui fait signe de s'approcher.

Lucia regarde derrière elle, puis vers Wolfstein comme pour dire : Moi ?

Wolfstein hoche la tête.

La gamine lance un autre regard derrière elle, probablement histoire de s'assurer que sa mère ne l'observe pas, puis traverse la rue.

Wolfstein écrase sa cigarette sur le banc.

— Je peux vous taxer une clope ? demande Lucia.

— Tu as quel âge ?

— Quinze ans.

— Alors sûrement pas, ma petite. Désolée. De toute façon, c'était ma dernière. Qu'est-ce que vous avez à vous crier dessus en permanence, ta vieille et toi ?

Lucia hausse les épaules.

— Elle a une voix qui déchire les tympans, ajoute Wolfstein.

— C'est clair, confirme Lucia en baladant la sucette entre ses dents.

— Ça fait un moment qu'on est voisines et on s'est encore jamais parlé. Tu sais comment je m'appelle ?

— Wolf quelque chose ?

— Wolfstein. Qu'est-ce que ta mère dit sur moi ?

Lucia hésite.

— Allez.

— J'ai pas envie de le répéter.

— Je comprends, tu es diplomate. Quand j'ai emménagé, on a eu une vilaine petite chamaillerie, ta vieille et moi. Un problème de stationnement. Je n'ai même pas de voiture, je sais pas pourquoi je me suis échauffée comme ça. C'était juste pour le principe. Son petit ami – ton papa, peut-être ? – bloquait mon allée.

— Ouais, c'était Richie.

— Qui n'est donc pas ton père ?

— J'ai jamais connu mon père.

— Ah, pas de bol. Mais, honnêtement, les pères c'est un peu la loterie. Le mien n'était qu'un gros branleur. Il ne s'est pas montré de toute mon enfance, c'est seulement quand j'ai commencé à gagner du fric, vers vingt-cinq, trente ans, qu'il est venu me tourner autour. (Wolfstein s'interrompt.) Tu veux entrer boire quelque chose ?

— Une bière ?

— Tu rêves, pas question que je te file une bière. Qu'est-ce que tu dirais d'un ginger ale ?

— Pourquoi pas.

Wolfstein se lève et secoue sa jambe droite. Depuis un moment déjà, elle ressent une gêne dans cette jambe, un petit tremblement constant et douloureux. Elle se masse la cuisse des deux mains, tâchant de localiser le point sensible.

Lucia l'observe.

— Tu aimes les Guns N'Roses ? demande Wolfstein en désignant le T-shirt de Lucia.

— J'en sais rien.

— Tu ne sais pas si tu aimes les Guns N'Roses ? Alors pourquoi tu as ce T-shirt ?

Lucia mord sa sucette, qui se brise dans sa bouche. Elle glisse le bâtonnet en carton dans sa poche et croque les éclats de bonbon.

— C'était celui d'Adrienne.

— Tu vas perdre toutes tes dents avant même d'avoir vingt ans, dit Wolfstein.

— Je m'en fiche.

— Tu t'en fiches ?

— Quelle importance, les dents ?

— Quand tu commences à avoir des problèmes de dents, ma petite, ça rigole pas. Après ça tout le reste fout le camp.

Un autre haussement d'épaules.

Wolfstein emmène Lucia dans la cuisine et la fait asseoir sur le tabouret orange. Lucia remue les jambes, pivote sur le tabouret, hésitant visiblement entre se comporter en gosse ou en adulte.

— Si tu tombes et que tu te fracasses le crâne, c'est à moi qu'on va demander des comptes, alors arrête, dit Wolfstein.

Lucia cesse de tourner, examine la pièce : la vaisselle et les couverts vintage, le réfrigérateur rétro couleur bouton d'or, les roses séchées suspendues au plafond. Puis elle regarde vers le salon. Le canapé. La drôle de lampe. Le parquet. Le grand miroir mural et les volutes dorées de son cadre. Les photos sur le mur – uniquement des clichés de bon goût. Wolfstein et Hammie Fields lors d'un banquet après une remise de prix. Une autre avec Crystal Desire, prise pendant un tournage, où elles arborent toutes deux des permanentes et des peignoirs argentés. Une autre où elle est assise dans une chaise longue, vêtue d'un maillot une pièce à rayures rouges – prise à Malibu lors d'une séance pour *Jolies Jambes* mais qui n'avait pas été retenue, étant trop chaste. Et celle à laquelle Wolfstein tient le plus : une photo encadrée faite le soir où, avec Mo, elles ont rencontré Stevie Nicks dans les coulisses du Wilshire Ebell Theatre après un concert de la tournée White Winged Dove. Quelle soirée inoubliable…

— C'est vachement cool chez vous, dit Lucia.

— C'est la maison de mon amie Mo. Ça fait deux ans que je suis là, depuis que Mo est partie s'occuper de sa mère à Monroe.

— Elles viennent d'où, ces photos ?

— De mon ancienne vie.

Wolfstein ouvre le frigo et sort une petite bouteille de ginger ale pour la gamine – elle n'en garde sous la main que pour préparer des cocktails. Puis elle s'ouvre une autre Bud Light.

Lucia accepte le ginger ale, dévisse le bouchon – *pschitt*.

— Vous étiez quoi ?

— Dans mon ancienne vie ?

Lucia hoche la tête.

— Une déesse, répond Wolfstein.

La petite ne semble pas trop savoir quoi penser de ça.

— C'était pas dans le coin, si ?

— J'ai longtemps vécu à Los Angeles.

— Vous étiez dans le cinéma ?

— Exactement.

— Génial.

— J'ai fait des films dont je suis fière, mais ça n'a pas toujours été une partie de plaisir. (Wolfstein s'appuie sur le comptoir, inspecte Lucia des pieds à la tête.) On t'a déjà dit que tu étais toute maigrichonne ? Elle te nourrit, ta mère ?

— Je mange beaucoup de pop-corn, de bagels et de pizzas. J'ai un sacré appétit.

— Autrefois, j'ai connu une fille qui s'appelait Hunny. H-U-N-N-Y. Adorable. Mais qu'est-ce qu'elle s'alimentait mal ! Impossible de lui faire manger des légumes. Même pas une salade. Je n'arrêtais pas de lui dire : "Hunny, il te faut du vert, sinon tu vas crever." Son régime, Coca Light, c'est tout. Elle avalait des cachetons, aussi, mais ça je préfère pas t'en parler. Un jour, ça n'a pas loupé, elle est morte. Je plaisante pas. Ce jour-là, je me suis dit : Tu vois à quoi ça mène, de ne pas essayer de changer ses mauvaises habitudes ? Alors prêche la bonne parole. Surtout aux enfants.

Lucia n'a pas l'air de se sentir concernée.

— Mange plus sainement, voilà mon conseil. Tu as faim, là ? J'ai préparé une salade. Roquette et pois chiches avec de la vinaigrette balsamique. Tu n'as qu'à demander.

— Je ferais mieux d'y aller.

En se levant, Lucia se prend les pieds dans le tabouret, atterrit sur les genoux. Un peu plus et elle tombait la tête la première. Quand elle était ado, Wolfstein était maladroite, elle aussi. Elle se souvient d'un jardin à Nyack. Nyack où sa mère l'avait refourguée à sa tante alors qu'elle était encore petite. Ce jardin devait être celui d'une camarade d'école, parce que sa tante vivait dans un appartement sordide. Elle se souvient d'être tombée dans ce jardin, de s'être cogné les genoux, une douleur à la fois violente et douce. Les briques lui avaient arraché la peau en profondeur. Ça saignait. Ça brûlait. La chute idiote d'une gamine idiote, avec ses nattes, ses dents pas encore arrangées. Une gamine que tout le monde appelait *Woufstein*. Après ça, la fille dont c'était le jardin avait sûrement dû passer un coup de jet en marmonnant : "Regardez-moi tout ce sang, quelle petite idiote."

Lucia n'a pas fait une chute aussi méchante, mais elle reste sur les genoux. Wolfstein se précipite pour l'aider.

— Ça va, c'est bon, dit Lucia en la repoussant.

— Pardon de t'avoir fait la morale sur la bouffe, dit Wolfstein.

Lucia se lève et fixe le sol.

— Tu peux revenir me voir quand tu veux, dit Wolfstein. Je ferai en sorte d'avoir toujours une bouteille de ginger ale pour toi. Quand tu seras grande, si on devient copines, un jour je te filerai même une cigarette.

Lucia hoche la tête. Puis elle pivote sur ses talons et s'en va.

Une heure plus tard, accoudée au comptoir du Charlie's Inn sur Harding Avenue, Wolfstein boit une Bud Light pression bien fraîche dans une chope givrée. Désormais, quand elle sort, c'est seulement pour passer un bon moment. Pas d'arrière-pensées. En Floride, l'arnaque l'occupait à plein temps. Elle a pu se constituer un joli pactole, mais ç'a été épuisant. Par pur réflexe, elle promène son regard d'un bout à l'autre du bar, à la recherche d'un type qu'elle n'a encore jamais vu dans les parages. En Floride, elle était à l'affût d'un certain genre de pigeon friqué.

Deux habitués sont assis à sa gauche, Sharkey et O'Brien. Duo bavard et comique tel qu'on en voit dans les pires séries policières, ils feuillettent ensemble un exemplaire du *Daily News*. Sharkey travaille comme guide de pêche à City Island. O'Brien, qui a vraiment été flic, consacre dorénavant quelques jours par semaine à vendre des contrefaçons de sacs de grande marque sur la 5e Avenue. Derrière le comptoir, Garvey va et vient, chemise blanche et cravate noire ornée d'une épingle en forme de trèfle, torchon noir soigneusement plié par-dessus l'épaule. Charlie's est un des plus vieux établissements du quartier. D'après ce qu'on raconte, il aurait ouvert dans les années 1930. C'était un restaurant viennois traditionnel doublé d'un bar dans le jardin attenant. Le comptoir a une forme carrée. Les plafonds sont bas et recouverts de boiseries. De la cuisine émane une odeur de pancakes à la pomme de terre, d'escalope viennoise et de *sauerbraten*. Comme partout ailleurs, le tabac est proscrit à l'intérieur, mais le fantôme de soixante-dix ans de fumée hante les murs.

— T'as vu, paraît que la tempête tropicale Alberto va bientôt s'abattre sur la Floride, dit O'Brien.

— Faut faire comme Nick le Cubain, dit Sharkey. Passer l'hiver là-bas et l'été ici.

— Je pourrais pas vivre là-bas.

Garvey s'en mêle :

— J'ai connu un type qui habitait en Floride. À Key West. Cooter, il s'appelait. Un jour, y a eu un putain d'ouragan monstrueux, il s'est réveillé à Miami. Véridique.

— Tu veux dire que l'ouragan l'a emporté et l'a déposé à Miami ? demande Sharkey.

— Et pas une égratignure.

Ils éclatent tous de rire.

Dans cette nouvelle vie, Wolfstein n'évoque pas la Floride. Ni Los Angeles. Ni ses films. Ni, évidemment, les années entre la Floride et Los Angeles, ses sombres années perdues.

En Floride, elle vivait à Fort Myers Beach, et c'est là que l'arnaque l'a relancée. Lui a permis de se recycler. Au départ, il y a eu une suggestion de Mo, qui a senti qu'elle avait l'étoffe d'une bonne arnaqueuse. Le secret de Wolfstein : faire en sorte qu'ils tombent amoureux de vous. Des vieux de soixante, soixante-dix, quatre-vingts ans ou plus, aussi naïfs que des putains de bambins. En plus, là-bas, ils étaient tous shootés au Viagra. Elle ne les décevait pas. Elle s'installait chez eux, enfilait leurs pantoufles, leurs peignoirs et les faisait profiter de ses spectaculaires talents de guérisseuse. Leurs histoires se ressemblaient toutes : des veufs, des divorcés ou des célibataires qui avaient travaillé pour la ville – une ville ou une autre – et vécu trop longtemps avec Maman. Grâce à Wolfstein, ils dansaient comme ils n'avaient jamais dansé. Ils rajeunissaient. Rougissaient. Leur cœur s'emballait. Leur imagination entrevoyait un mariage à la plage, réception au Cottage ou au Moose Lodge, beignets de conques et bière.

Puis l'arnaque se mettait en place : elle était dans de sales draps, avait besoin d'argent pour rembourser une vieille dette, régler un problème lié à sa vie d'avant. Ils étaient toujours pleins aux as, alors ils payaient toujours. Jamais elle ne se montrait trop gourmande, jamais elle ne demandait plus de quinze ou vingt mille dollars. Vingt-cinq mille grand max. De quoi voir venir. Quant à eux, ils seraient contrariés, mais n'auraient pas perdu toutes leurs économies. L'important, c'était de les faire disparaître à la fin. Si elle avait dû quitter Fort Myers Beach, ça n'aurait pas valu le coup – même si à terme elle savait qu'elle n'y couperait pas. En réalité, se débarrasser d'eux était assez facile. Elle avait demandé à une de ses connaissances, Ben Risk – un homme qui gagnait sa vie en trichant aux cartes, et Risk était son vrai nom – de tenir le rôle du salopard teigneux qui appartenait à son ancienne vie et la menaçait. Le pigeon devait le payer en personne. Ben braquait un flingue sur la tête du pigeon, qui se chiait dessus et recevait l'ordre de quitter la ville sous peine de mal finir. Le vieux ne se faisait pas prier.

Jamais. Aucune hésitation. Il y avait d'autres plages, d'autres chattes sympas d'un certain âge. Ils ne donnaient plus de nouvelles. Ils tournaient la page. Elle, elle leur avait simplement servi de leçon.

Neuf ans, dix-huit pigeons. Puis, lorsque son pactole a atteint trois cent mille dollars, elle a raccroché. Comme Mo avait une maison à Silver Beach mais restait auprès de sa mère à Monroe, Wolfstein en a profité pour retourner se la couler douce dans le Bronx. Son fric est planqué dans un sac ignifugé pour batterie de voiture, derrière la grille du conduit d'aération de la chambre.

Avant de s'en remettre à l'arnaque pour gagner sa vie, elle avait animé pendant quatre ans une émission de radio, *Bande de coquines*, principalement écoutée par des camionneurs. D'anciennes stars du porno susurraient au micro des détails de leur vie sexuelle. Pour les hommes d'un certain âge, Wolfstein était une célébrité. À L.A. – dans la vallée de San Fernando –, elle avait tourné un grand nombre de films X au cours des années 1970 et au début des années 1980. Auparavant, elle avait traîné du côté de Times Square, se prostituant pendant une brève période jusqu'à ce qu'on lui propose son premier film. Tout ça, c'était avant le sida.

Elle était connue pour son corps de jeune Américaine idéale. Luscious Lacey, on l'appelait – Lacey la pulpeuse. Son rôle le plus célèbre : Cindy dans *Cheerleaders bien nourries*. Elle avait aussi marqué les esprits dans *Avalées toutes crues* et *La Dernière Nuit sur Terre de Suzy*, avec pour ce dernier une superbe scène de lavement. Plus belle que celle de Desiree Cousteau dans *Pretty Peaches*, à son avis. Au total, soixante-quatre films en dix ans.

Elle n'en parle pas. Aujourd'hui, plus personne ne la reconnaît; il faudrait vraiment être physionomiste. Comme elle n'était connue que sous son pseudo de Luscious Lacey, elle préfère désormais se faire appeler seulement par son nom de famille. Quant aux photos de la grande époque, personne ne les voit, personne ne met les pieds chez elle. La petite Lucia a fait figure d'exception; ces souvenirs ne sont que pour Wolfstein. À soixante et un ans, elle est restée jolie sans même passer par la chirurgie, mais la jeune femme d'autrefois est bien loin. Entre le moment où elle a arrêté les films et celui où on lui a proposé l'émission de radio, beaucoup d'années difficiles se sont écoulées. Dix-huit, pour être exact, pleines de camionneurs, d'héro, de coke, de strip-tease dans des boîtes tristes le long d'autoroutes tristes. Elle a pris plus de quinze kilos: Wolfstein la Baleine. Elle les a perdus grâce à des pilules amaigrissantes qui lui ont donné la tremblote. Sa voix est devenue rauque à cause du tabac. Il lui a fallu d'autres pilules. Une cure de désintoxication. Elle a repris contact avec son père, cet enfoiré avec son gros bide, sa barbiche et sa femme trouvée dans un bowling un soir où les shots étaient à un dollar. Une douzaine de petits amis pourris, dont Pete Hightower, le pire de tous. Puis son père crevant d'un cancer. Sa mère refaisant soudain surface, cette mère qui l'avait laissée à Nyack avec sa tante Karen, une fanatique religieuse, alors qu'elle n'avait que sept ans. Il ne lui restait plus rien de l'argent des films. C'est tout juste si elle survivait... jusqu'à la Floride. Et l'arnaque.

— Une autre, Wolfstein? demande Garvey.

Elle siffle ce qu'il lui reste de bière, hoche la tête. Il lui prend son verre, le remplit à la pression, puis arase la mousse qui déborde à l'aide d'une raclette. Il repose le verre devant elle.

— Un type est passé tout à l'heure, il te cherchait.

— Moi ?

— Ouais.

— Qui c'était ? demande Wolfstein qui n'en a aucune idée.

— Je l'avais jamais vu. Il n'a pas dit son nom. (Il attrape le torchon noir sur son épaule et essuie le comptoir.) J'ai une blague à te raconter.

— J'en ai assez de tes blagues. Elles n'ont aucun sens.

Garvey se tourne vers Sharkey et O'Brien.

— Vous les comprenez, vous, mes blagues ?

— Pas vraiment, non, répond Sharkey.

O'Brien hoche la tête et ajoute :

— D'ailleurs, je ne suis pas sûr que tes blagues puissent être qualifiées de blagues.

— Allez vous faire foutre, les gars. Si je montais sur scène avec mes blagues, je ferais un malheur.

— Un massacre, carrément ? dit O'Brien.

— Attendez que je vous raconte celle-là. Deux prêtres et un lapin entrent dans un bar.

— Un lapin ou un rabbin ?

— Deux prêtres et un lapin, j'ai dit. Ils entrent dans un bar.

Garvey s'interrompt.

— C'est tout ? demande Wolfstein.

— C'est que le début. J'essaie de me souvenir de la suite.

— Laisse-moi deviner, dit Sharkey. Le lapin suce les deux prêtres, et ensuite ils jouent au billard.

— Hein ? s'exclame Garvey.

— Ben c'est le schéma de la plupart de tes blagues. Il y a toujours des prêtres qui se font sucer par des animaux. La dernière fois c'était un cheval, je crois.

— Ouais, un cheval, confirme O'Brien.

— Le lapin ne suce pas les prêtres, explique Garvey. Ce qui se passe, c'est que le barman s'approche, pose des dessous de verre devant eux et leur demande : "Qu'est-ce que je vous sers ?" Le premier prêtre répond : "Une bière sans alcool, s'il vous plaît." L'autre prêtre répond : "Un bourbon. Sec." Et le lapin répond : "Tout le contenu de la caisse. C'est un hold-up." "Mon Dieu, non, dit le premier prêtre. Pas encore ! C'est pour ça que j'ai arrêté de boire."

Personne ne rit.

— Tu as touché le fond, dit Wolfstein.

— Arrête ton char, elle est drôle, proteste Garvey. Le prêtre en a marre de voir des lapins braquer des bars.

O'Brien roule une serviette en boule et la lance sur Garvey. Sharkey le hue.

— Vous y connaissez rien, déclare Garvey.

Vingt minutes plus tard, désespérée, Wolfstein décide de se tirer de Charlie's. Ça semblait impossible, mais Garvey parvient à leur raconter des blagues encore plus nulles. Penchés au-dessus du journal, Sharkey et O'Brien décryptent les résultats des courses. Un jeune type en kilt, un joueur de cornemuse tout juste revenu d'un enterrement, glisse des pièces de vingt-cinq cents dans le jukebox et met des chansons irlandaises ultradéprimantes.

Le trajet à pied pour rentrer à Silver Beach est agréable. Une fois arrivée à la maison, elle se prépare un cocktail et s'assoit au comptoir de la cuisine. Une vodka avec des glaçons, une once d'eau de Seltz et du citron vert. Elle songe à téléphoner à Mo. Quoi qu'il arrive, il faudra bientôt qu'elle le fasse. Mo se sent seule à Monroe, auprès de sa mère en bout de course. Dans sa dernière lettre, Mo lui avouait qu'elle commençait à perdre un peu la tête. Une femme comme elle, si dynamique, qui se retrouve à débarbouiller le menton de sa mère, à lui changer ses couches, à courir au ShopRite lui acheter des conserves de pêches et des compléments alimentaires. Mo, la seule personne à qui Wolfstein peut parler de certaines choses.

À l'époque où Wolfstein s'en foutait plein les poches grâce à l'arnaque, Mo avait mis en place sa propre escroquerie. Un truc immobilier. Wolfstein n'avait jamais bien compris les détails, mais Mo se débrouillait à merveille. Rien de surprenant à ça. Qu'il s'agisse de baiser à l'écran, de raconter des trucs coquins à la radio ou d'extorquer de l'argent à de riches propriétaires, quoi qu'elle fasse, elle était toujours la meilleure.

Des coups secs frappés à la porte.

Merde, qui ça peut être ?

Elle ouvre. De l'autre côté de la moustiquaire se trouve la mère de Lucia, en survêtement rose, la fermeture Éclair de la veste ouverte jusqu'au milieu de la poitrine. Ses cheveux sont un peu gras. Sans maquillage, elle n'est plus aussi resplendissante, malgré ses jolis yeux marron, ses belles dents. Non, il ne faut pas exagérer, cette fille reste canon.

— Oui, c'est pour quoi ? demande Wolfstein.

— Vous avez fait entrer ma fille chez vous, tout à l'heure ? dit Adrienne en se grattant la joue avec ses grands ongles.

Un geste nerveux ? Ou une tentative d'intimider Wolfstein en lui montrant ses griffes.

— Je me suis présentée à elle, c'est tout. Ça fait deux ans que j'habite en face de chez vous, et on ne s'était encore jamais parlé.

— Ne vous approchez plus de ma fille, d'accord ?

— Écoutez-moi, Adrienne… C'est bien Adrienne que vous vous appelez, non ? Ça vous dit d'entrer boire un verre ? Je viens de m'en servir un.

Elle secoue sa vodka. Les glaçons s'entrechoquent, un peu de liquide gicle sur sa main. Elle lèche les gouttes.

— J'ai pas envie de boire un verre, dit Adrienne.

— Ben voilà votre problème.

— Vous avez servi de l'alcool à ma fille ?

— Bien sûr que non ! Pour qui vous me prenez ? C'est une mineure, bon sang.

— Très bien.

— Entrez. Je peux vous proposer de l'eau de Seltz avec du citron vert, quelque chose pour vous rafraîchir.

Adrienne grimace.

— Ne vous approchez plus de ma fille, c'est tout ce que je vous demande.

— Attendez une seconde, dit Wolfstein avant d'ouvrir la moustiquaire et de rejoindre Adrienne dehors. On a eu un petit conflit, à propos de mon allée, de la voiture de votre mec, peu importe, mais j'ai tourné la page. Tout à l'heure, je vous ai entendue crier sur Lucia et j'étais triste pour elle, voilà ce qui s'est passé. Je me suis dit : *Sois gentille avec cette gamine. Elle en a besoin.* C'est tout. Elle est sensible. Et déjà abîmée, ça se voit, à cause de l'atmosphère toxique qui l'entoure. Alors tâchez d'être une meilleure mère, OK ?

— Vous avez du culot de me parler comme ça.

— Du culot, j'en ai, c'est vrai.

Adrienne se retourne, prête à partir.

— Ne vous approchez pas de ma fille, lance-t-elle une dernière fois.

Puis elle traverse la rue en serrant la veste de son survêtement pour couvrir sa poitrine. C'est pour ça qu'elle laissait ses nichons déborder ? Parce que la fermeture Éclair est cassée ?

Wolfstein a envie de lui crier quelque chose, un dernier truc, mais elle aspire un glaçon dans sa bouche, rentre à l'intérieur, glisse dans le magnétoscope la cassette d'un de ses vieux films – *Rêves honteux* avec Herschel Stone et Valerie Sugar – et monte le son.

Wolfstein se réveille en sursaut au moment où le film se termine. Hébétée. De la vodka répandue sur les cuisses. Fin du générique, il n'y a plus que des parasites sur l'écran.

Dehors, du bruit. Une voiture se gare contre le trottoir. Une portière s'ouvre en grinçant. Quelqu'un lâche un juron. Une femme.

Wolfstein s'approche de la fenêtre, jette un coup d'œil discret dans la rue. L'humidité sur ses cuisses la gêne. Sa bouche est aussi pâteuse que l'écume d'un aquarium mal entretenu. La première chose qu'elle voit, c'est une voiture noire aux lignes pures, une Chevrolet Impala deux-portes de 1962.

— Waouh…

Derrière les rosiers de Wolfstein, une femme se relève après avoir ramassé sa clé par terre. Elle a le même âge qu'elle – un petit peu moins peut-être – et porte un long chemisier blanc, un pantacourt noir et des Keds blanches. Elle est jolie, malgré son air morose.

Sans quitter la femme des yeux, Wolfstein retire son short imprégné de vodka. Dire qu'elle est là, en culotte, à épier une inconnue – quel tableau ! Elle rit. Mais elle est trop fascinée par cette bonne femme pour s'éloigner de la fenêtre. Qui peut-elle bien être ?

Wolfstein la regarde s'approcher de la porte de chez Adrienne et Lucia, appuyer sur la sonnette. Quelle heure est-il ? Encore assez tôt. Quatre heures, peut-être. La femme sonne à nouveau, puis appuie sa tête contre la moustiquaire. Elle a l'air nerveuse. Une minute s'écoule. Pas de réponse. Elle se met à frapper, légèrement. Enfin la porte s'ouvre ; Adrienne se tient derrière la moustiquaire. Elle crie sur la femme exactement comme elle a l'habitude de crier sur la gamine. Wolfstein entrouvre sa fenêtre pour mieux entendre.

— Qu'est-ce que tu fous là ? Chaque fois que tu m'appelles, je raccroche. Et maintenant tu débarques carrément ici ?

— J'ai des ennuis, Adi, dit la femme. J'ai besoin de ton aide.

Adrienne secoue la tête, se mord la lèvre, le visage tendu comme la corde d'un arc.

Wolfstein a envie de vodka et de pop-corn pour accompagner ce spectacle, mais si elle s'en détourne un instant elle craint de rater quelque chose.

La femme est en larmes.

— Voilà comment ma propre fille me traite. Qu'est-ce que j'ai fait pour mériter ça ? Qu'est-ce que tu veux, que je dorme dans la voiture ?

Alors comme ça c'est la mère d'Adrienne. La grand-mère de Lucia.

— Arrête, dit Adrienne. Rentre chez toi. Te pointer ici, mais ça va pas la tête !

Elle claque la porte au nez de Mamie, qui regagne l'Impala d'un pas lourd en s'efforçant de se calmer.

Wolfstein ouvre plus grand sa fenêtre.

— Hé, Mamie, lance-t-elle tout en prenant garde de ne pas trop élever la voix. Par ici.

Mamie se fige.

— Ici, juste en face, dit Wolfstein.

Ça y est, Mamie a vu Wolfstein penchée à sa fenêtre. Elle fait un geste du style : *C'est à moi que vous parlez ?*

— Ouais, vous.

Mamie se dirige vers sa porte, Wolfstein l'invite à entrer. Elle est toujours en culotte et une lourde odeur de vodka emplit l'air. Sur le visage de Mamie se lit une sérieuse hésitation. Elle balaie la pièce du regard, remarque deux photos accrochées au mur : Wolfstein en tenue glamour sur le tournage des *Serveuses du vice*, Wolfstein rigolant avec Ginny McRae au bord de la piscine de Mac Dingle lors d'une de ses fameuses soirées.

— Désolée d'être en culotte, dit Wolfstein.

— Ce n'est pas grave ? dit Mamie qui transforme ça en question.

— Je m'appelle Lacey Wolfstein. Mais appelez-moi Wolfstein, comme tous mes amis, dit-elle en tendant une main que Mamie serre.

— Rena Ruggiero.

— J'ai l'impression qu'un verre vous ferait du bien.

— Ça va, merci.

— Vous êtes sûre ? J'ai plein de vodka, et même de la bière quelque part. Du whiskey, aussi. Vous aimez le whiskey ? Du café, du thé ?

— Ça va. Peut-être un verre d'eau.

— De l'eau, c'est parti.

Wolfstein va dans la cuisine, ouvre le robinet et fait couler l'eau jusqu'à ce qu'elle soit froide. Elle met deux glaçons dans un gobelet, le remplit puis l'apporte à Rena.

Rena boit une gorgée.

— Merci.

— Je vous en prie. Si vous avez besoin de pisser ou autre chose, les chiottes sont à votre disposition. Je les ai nettoyées hier.

Rena hoche la tête.

— Asseyez-vous.

Rena s'installe sur le canapé, récupéré dans la rue. Affreusement inconfortable. Wolfstein ne l'utilise jamais. Comme d'habitude, elle choisit le fauteuil inclinable, toujours en position détente, couleur champagne rose régurgité.

— C'est très gentil de votre part de m'accueillir une minute, le temps que je reprenne mes esprits, dit Rena. J'imagine que vous avez tout entendu.

— Quelle salope, votre fille ! Moi aussi je me suis pris le bec avec elle, un peu plus tôt dans la journée.

— J'ai dû rater quelque chose dans son éducation, mais quoi ?

— Ça arrive parfois. Ce n'est pas la faute d'un truc que vous auriez fait ou pas fait, ça j'en suis persuadée. Moi, j'aurais toutes les raisons d'être comme ça – on m'a élevée à la dure, j'ai fait les mauvais choix, bla-bla-bla – et pourtant je le suis pas.

Rena boit une autre gorgée d'eau.

— Votre petite-fille est plutôt chouette, cela dit, la rassure Wolfstein. Je lui ai parlé pour la première fois aujourd'hui, et c'est ça qu'ensuite votre fille m'a reproché. Ça fait deux ans que je vis ici. Je l'entends gueuler sur sa gamine, je dis à la petite de venir me voir, histoire de la consoler un peu. "Vous approchez pas de ma fille", me crie votre fille. Je suis triste pour la petite. Vraiment.

Rena a l'air complètement abattue.

— Dans quel coin vous habitez ? demande Wolfstein.

— Brooklyn.

— C'est quoi, cette voiture ? Elle est belle.

— Oh, c'est une vieille Impala. Je n'y connais rien en voitures. Un ami me l'a prêtée.

— Ah bon ? Il vous a prêté une bagnole pareille ?

— C'est une longue histoire, dit Rena avant de se retirer en elle-même.

De toute évidence, Wolfstein a touché un point sensible. Elle n'insiste pas. Pendant quelques minutes, les deux femmes demeurent assises en silence. Rena porte régulièrement le verre d'eau à ses lèvres.

— Je devrais aller mettre un pantalon, finit par dire Wolfstein.

Rena sourit à moitié.

— Si vous vous sentez pas de refaire le trajet jusqu'à Brooklyn, n'hésitez pas à rester ici un moment, dit Wolfstein. Vous êtes toute chamboulée. C'est comme ça que les gens ont des accidents. Franchement, il y a le canapé, j'ai des tas d'oreillers, si vous voulez dormir ici ça pose aucun problème. Comme ça, demain matin, vous pourrez traverser la rue et réessayer, si ça vous chante. Peut-être que la nuit aura porté conseil à tout le monde.

— Vous ne me connaissez même pas.

— Je sais que votre fille n'a pas un comportement raisonnable.

Rena pose son verre d'eau sur la table basse, à côté d'une pile vacillante de revues de mots croisés.

— Je vais rester un petit moment, le temps de réfléchir à un plan, dit-elle en se levant. Merci beaucoup.

Wolfstein monte dans sa chambre et enfile son jean Wranglers vintage. Pas vintage au sens où elle l'aurait acheté dans une boutique de vêtements d'occasion, mais vintage parce qu'elle l'a depuis 1980. Pendant une courte période il ne lui allait plus, mais maintenant elle peut dire qu'elle n'a jamais été aussi bien dedans.

Après cette journée pas terrible, Wolfstein est contente d'avoir de la compagnie, de pouvoir narguer Adrienne tout en venant en aide à quelqu'un. Et elle est aussi extrêmement curieuse d'en apprendre davantage sur l'Impala.

LUCIA

LUCIA SE TIENT devant Uncle Pat's Deli sur Harding Avenue, juste à côté de St Frances de Chantal. Elle mange un bagel beurré en buvant un jus d'orange et guette quelqu'un à qui demander une cigarette, vu que sa voisine a refusé de lui en filer une. Une fille sort du delicatessen, un paquet de Camel Lights à la main. Latina. Tatouée. Quelques années de plus que Lucia.

— Je peux te taxer une clope ? demande Lucia.

La fille hausse les épaules et lui en donne une.

— Merci, dit Lucia. T'as du feu ?

La fille lui tend un Bic rouge. Lucia glisse le bagel dans son sachet en papier kraft et le pose sur le trottoir avec son jus d'orange. Elle allume la cigarette, souffle.

— J'avais à peu près ton âge quand j'ai commencé à fumer, dit la fille qui reprend le briquet et s'en allume une, elle aussi.

— Cool, dit Lucia, ne sachant pas trop quoi répondre.

Un groupe de bonnes sœurs, en habit mais chaussées de patins à roulettes, file sur le bitume. Lucia n'en revient pas. C'est comme une scène dans un rêve. Elles forment un V, on dirait un vol d'oiseaux. Lucia en reste bouche bée ; sa cigarette pendouille, collée à sa lèvre inférieure par de la salive. Elles patinent avec beaucoup de grâce, ces nonnes. Les yeux écarquillés, Lucia et la fille les regardent tourner sur Hollywood Avenue, où se trouve l'entrée du couvent.

— C'est dingue, ça, dit la fille.

— Merci pour la clope.

Lucia ramasse ses affaires, commence à remonter Harding, jette la cigarette contre le flanc d'un bus.

Sur Pennyfield Avenue, elle est sifflée par un lycéen très moche qui porte le maillot d'Alex Rodriguez, la star des Yankees. Elle lui fait un doigt d'honneur. C'est un truc qu'elle a appris en sixième, une arme puissante qu'il est utile d'avoir dans son arsenal. Sautant par-dessus une chaîne métallique suspendue entre deux poteaux blancs, elle prend un raccourci pour rejoindre Beech Place.

Quand elle arrive devant chez elle, elle remarque que sa voisine n'est plus dans son jardin. Wolfstein. Quel moment étrange ! Ou peut-être que ce qui est étrange, c'est qu'elles ne s'étaient encore jamais parlé. Avant, les gens discutaient sûrement beaucoup plus avec leurs voisins. Si seulement Wolfstein lui avait donné une bière.

Une actrice. Lucia n'est pas certaine d'y croire. Qu'est-ce qu'une actrice ferait ici, dans le Bronx ? Les actrices sont censées vivre au sommet des collines de Hollywood, dans des maisons entièrement en verre où, vêtues de peignoirs rouges sexy, elles dansent devant leurs fenêtres même quand elles sont vieilles, non ? C'est comme ça qu'elle se l'imagine. Si Wolfstein était une actrice, on la promènerait en limousine. Elle aurait des serviteurs jeunes et mignons qui lui apporteraient de la bière sur un plateau. *Ah, parfait Joseph, merci, c'est exactement la bonne dose de froid.* C'est vraiment comme ça qu'elle le dirait ? *Dose de froid*, ça sonne bizarre.

Lucia a déjà bu une ou deux bières dans sa vie. Une fois, lors d'un pique-nique près du campus de l'université maritime de SUNY, un mec de sa classe l'a emmenée derrière une voiture et lui a filé une Coors Light. Elle était glacée mais n'avait pas vraiment de goût. La seconde fois, c'était au Alfie's Place près de la Cross Bronx. Big Paulie, un type de Skyville qui est brièvement sorti avec Adrienne, était si heureux de la victoire des Yankees qu'il a payé une bière à tout le monde, y compris à elle. Les gens étaient trop saouls pour s'en rendre compte. Qu'est-ce qu'elle fichait dans ce bar, d'ailleurs ? Elle ne s'en souvient pas, il devait y avoir une fête stupide d'un genre ou d'un autre. Big Paulie et Adrienne étaient tellement bourrés que, lorsqu'il a fallu rentrer à Silver Beach, ils ont demandé à Lucia de conduire. Big Paulie l'a guidée. Elle était ravie de se retrouver derrière le volant, assise sur une pile de journaux pendant qu'il lui indiquait les gestes à faire.

Lucia rentre chez elle, trouve sa mère au téléphone dans la cuisine, vêtue de l'horrible survêtement rose offert à Noël dernier par le type avec qui elle sortait à ce moment-là. La veste est ouverte jusqu'au milieu des seins, et dessous il n'y a ni T-shirt ni soutien-gorge. Voir les nichons de sa mère, ne serait-ce que lorsqu'elle porte un chemisier décolleté, a toujours été une source d'angoisse pour Lucia. Elle a des souvenirs d'Adrienne appuyant sa poitrine contre le comptoir du Alfie's ou du Clipper tout en faisant de l'œil au barman dans l'espoir de se faire offrir un verre.

À qui Adrienne est-elle en train de parler ? Elle a un nouveau pseudo-petit copain, un certain Marco. Et Richie est toujours dans les parages. Richie n'est pas son père, mais il est ce qui s'en rapproche le plus. Son vrai père, Adrienne refuse de lui en parler. Lucia donnerait cher pour apprendre quelque chose sur lui, n'importe quoi. Elle a fouillé dans les papiers d'Adrienne, espérant y découvrir un nom, rien qu'un nom. Il n'est même pas mentionné sur son acte de naissance ; la case "père" est vide. Elle n'a aucun souvenir de lui. Il est parti avant qu'elle puisse en emmagasiner. Si elle avait un nom, peut-être pourrait-elle le retrouver ? Elle a envie de savoir à quoi il ressemble, à quoi sa voix ressemble, pourquoi il n'est jamais revenu la voir. Elle craint qu'il soit mort. C'est possible ; comment l'aurait-elle appris ? Elle n'aime pas imaginer qu'il soit mort avant qu'elle ait eu une chance d'être sa fille.

Quant à Richie, sa présence au fil des ans a été intermittente. C'est lui qui leur a dégoté cette maison à Silver Beach, même s'il est resté à Brooklyn, où il travaille. Il savait qu'Adrienne voulait quitter leur ancien quartier. Silver Beach, c'est toujours la ville – l'extrémité du Bronx –, sauf qu'on a l'impression d'être dans un film. Il y a des arbres, de jolies vues, des panneaux de signalisation en bois. Pour emménager dans une maison ici, il faut connaître quelqu'un. C'est une sorte de copropriété, d'après ce qu'a compris Lucia : on achète la maison et on loue le terrain. Richie, lui, connaît tout le monde. Un pompier qui lui devait un tas de fric s'est arrangé pour qu'Adrienne et Lucia puissent s'installer ici. C'était il y a déjà plusieurs années.

Elle ne se souvient pas vraiment des autres logements où elle a vécu, même si, lorsque Lucia était petite, elles ont occupé tour à tour plusieurs appartements d'un bout à l'autre de New York, à Staten Island, dans le Queens…

En regardant sa mère jacasser au téléphone, Lucia regrette de ne pas posséder un portable, elle aussi. Tous les jeunes de son âge commencent à en avoir. Elle appellerait un de ces numéros où on peut parler à un inconnu des heures durant.

Adrienne rabat le clapet de l'appareil.

— C'était qui ? demande Lucia.

— Une gamine n'a pas à demander à sa mère avec qui elle cause au téléphone, dit Adrienne en pinçant les lèvres.

Lucia ressent cette haine bouillonnante que seule sa mère déclenche en elle. Adrienne a toujours pris plaisir à la traiter méchamment, et cette méchanceté a infiltré le sang de Lucia. Imaginant sa mère empalée sur un crochet de boucherie, comme dans *Massacre à la tronçonneuse*, elle lui fait un doigt d'honneur.

Adrienne l'imite et dit :

— Je veux pas que tu parles à la salope d'en face.

— Pourquoi ?

— Qu'est-ce qu'elle te voulait ?

— Rien. Elle m'a offert à boire.

— Une bière ?

— Un ginger ale.

— Va falloir que j'aille m'expliquer avec elle.

— Laisse tomber, d'accord ?

— Si mes souvenirs sont bons, voilà ce qu'elle m'a dit quand elle a emménagé : “Votre petit ami se gare encore une fois dans mon allée et je lui crève ses pneus.” Et moi j'ai répondu : "Vous savez à qui vous parlez ? Vous savez qui je suis ? Vous savez qui était mon père ? Vous savez qui est Richie Schiavano ?" Et maintenant elle fait la maligne avec ma fille.

— Je vais dans ma chambre, annonce Lucia.

La maison est en bordel. Des vêtements roulés en boule jonchent l'escalier. Des serviettes humides sont entassées dans le couloir à l'étage. Lucia entend de l'eau couler dans le lavabo, elle entre dans la salle de bains et serre le robinet de toutes ses forces. La corbeille à linge sale déborde, encore des vêtements et des serviettes qui traînent dans tous les coins de la pièce. Le miroir est constellé de traces de doigts et de projections de dentifrice. La cabine de douche est toute crasseuse. Des morceaux de vieux savon racorni bouchent la bonde. Lucia s'assoit sur le siège des toilettes et ouvre la fenêtre. La chaleur entre, mais elle est accompagnée d'une brise agréable. Encore quelques heures avant le crépuscule. Lucia adore l'été justement parce qu'il fait nuit très tard. Elle ne comprend pas pourquoi l'hiver est comme il est, pourquoi la nuit tombe parfois à quatre heures et demie. Elle a lu qu'il y avait des endroits, comme l'Alaska, où il fait nuit tout le temps. Ça doit être horrible.

En regardant la maison de Wolfstein, elle repense à la manière dont elle a sauté du tabouret dans sa cuisine. Une vraie petite gamine. Elle n'aurait pas dû se comporter de cette manière.

Lorsqu'elle aperçoit sa mère sortir de la maison comme une furie, ça ne la surprend pas. Adrienne n'est pas du genre timide. Quand on commence à se mêler de ses affaires, elle sort les griffes. Autant que Lucia sache, c'est ça qui s'est passé avec Mamie Rena. Elle a dit quelque chose qui n'a pas plu à Adrienne et elle s'est retrouvée bannie. Pas de fêtes. Pas d'anniversaires. Pas de coups de fil. Rien. Lucia se souvient des *struffoli* que Mamie Rena et elle préparaient à Noël. Elle se souvient des boulangeries où elles faisaient longtemps la queue. Elle se souvient du sourire de Mamie Rena. Elle sait qu'elle appelle de temps à autre, envoie des cartes, mais Adrienne lui raccroche au nez et déchire les cartes alors même qu'elles sont parfois adressées à Lucia et qu'elles contiennent probablement quelques billets. *Des billets !*

Le menton relevé, Adrienne traverse la rue à grands pas. Avec son survêtement, on dirait un spectre rose. Elle monte sur le perron de Wolfstein et fait craquer ses doigts. Ses longs ongles écarlates étincellent telles des lames de couteau.

Lucia a envie de l'appeler, mais se retient. Elle se contente de regarder. Adrienne tambourine contre la porte. Wolfstein ouvre. Elles échangent des invectives. Craignant de voir quelque chose qu'elle ne veut pas voir, Lucia ferme la fenêtre. Elle ne sait pas de quoi Adrienne est capable.

Lorsque Lucia était petite, Adrienne lui filait des coups de cuillère quand elle n'écoutait pas. Au cours de son enfance, elle lui a flanqué cinq dérouillées. Elle disait : "Je vais te flanquer une dérouillée" et elle le faisait. Lucia se souvient parfaitement de ces cinq occasions. Deux fois Adrienne s'était cassé un ongle, ce qui avait encore augmenté sa colère.

Lucia s'est juré que, si un jour elle a un enfant, elle ne le frappera pas. Cela dit, avoir des gamins n'est pas quelque chose qui l'obsède. Elle ne se demande pas si elle préférerait un garçon ou une fille. Les filles de sa classe en parlent beaucoup. Font circuler des petits mots. Jouent à des jeux. *Tu vas avoir un bébé avec Vinny. Un garçon. Aux cheveux noirs.* Beurk. Des ados qui rêvent d'être maman, c'est dingue.

Grandir avec Adrienne n'a pas été facile. Aujourd'hui, le cœur de Lucia est dur. Elle sent son poids comme un bloc de béton dans sa poitrine. Toutes ces nuits où, croyant qu'elle dormait, Adrienne l'a laissée seule dans tel ou tel appartement pour rejoindre Richie dans sa voiture, ou aller dans un bar, ou Dieu sait quoi encore. Rester seule si souvent la nuit alors qu'elle n'avait que six ou sept ans, ça l'a abîmée. Elle est jalouse des gosses qui ont des mères douces, des mères gentilles qui plient les vêtements, préparent de bons dîners et se lèchent le pouce pour nettoyer une saleté sur le visage de leur progéniture. Quel manque de bol, quelle arnaque de s'être retrouvée avec cette salope colérique !

Au moins, elle a beaucoup appris au fil des ans, parce qu'elle n'a pu compter que sur elle-même. Pour survivre, elle a dû s'endurcir. À un moment, elle a cessé de verser des larmes et s'est mise à rêver de fugue.

Vers onze ans, elle a commencé à sélectionner les annonces immobilières qui lui plaisaient dans les journaux et à les recopier dans un cahier à spirale. Des maisons, certaines en ville, d'autres en banlieue. Peu importe. Ce qu'elle aimait, c'était s'imaginer dans une maison rien qu'à elle, loin du calvaire que représentait Adrienne.

Mais pour ce qui est de la confrontation actuelle entre Adrienne et Wolfstein, Lucia est sûre que Wolfstein est capable de se défendre.

Dans sa chambre, elle s'assoit sur son lit, ses draps sales et jaunis entortillés autour d'elle, ses ours en peluche jetés par terre. Un poster de Derek Jeter accroché au mur. Des billets de matchs des Yankees scotchés à son miroir. Un gros radiocassette sur la table de nuit, équipé d'un lecteur CD cassé. De toute façon, Lucia ne prend jamais soin de ses CD. Elle n'en a que quelques-uns, achetés à Best Buy : *The Emancipation of Mimi* de Mariah Carey, *#1s* de Destiny's Child et *The Breakthrough* de Mary J. Blige. Celui-là, elle l'a volé, poussée par son amie Jessica Ruiz qui lui avait lancé un défi. Elle l'a glissé sous son T-shirt avant de sortir tranquillement du magasin.

Elle entend un avion dans le ciel. Ils volent toujours très bas au-dessus de Throggs Neck, avant d'atterrir à l'aéroport LaGuardia dans le Queens.

La porte d'entrée claque, indiquant vraisemblablement le retour de sa mère. Il ne s'est donc rien produit de trop grave entre elle et Wolfstein. Sans doute Adrienne s'est-elle contentée d'un avertissement.

Dans sa chambre, Lucia ne fait jamais grand-chose à part fixer le plafond ou le poster de Jeter et, de temps à autre, feuilleter les pochettes de ses CD. Parfois elle contemple sa galerie d'ours en peluche, qui la plonge dans un embarras parfaitement compréhensible. À douze ans, elle a essayé de les mettre à la poubelle, mais Adrienne les a récupérés, les a reposés sur son lit et a déclaré : "Ils m'ont coûté cher, ces putains d'ours."

Entendant à nouveau la porte d'entrée, elle se demande si Adrienne vient de ressortir ou quelqu'un d'autre d'entrer. Marco, peut-être ? La dernière fois qu'il a débarqué comme ça, à la tombée de la nuit, à moitié bourré, Lucia a dû écouter leurs ébats sur le canapé. La radio n'a pas suffi à couvrir le bruit. Marco poussait des grognements, Adrienne des cris ridicules comme si elle s'émerveillait devant un pauvre type en chapeau de clown en train de faire des sculptures de ballon dans la rue.

Mais ce n'est pas Marco. Elle vient d'entendre une voix qu'elle a aussitôt reconnue. Après celle d'Adrienne, c'est la voix qui lui est la plus familière : celle de Richie. Elle se lève, quitte sa chambre et, à pas de loup, longe le couloir jusqu'au sommet de l'escalier.

— Bébé, dit Richie à Adrienne dans la cuisine, c'est tellement bon de te voir.

À quand remonte la dernière fois qu'il est venu ici ? Six mois, peut-être. Pour supplier. Pour se répandre en promesses.

— Tu peux pas te pointer ici comme ça, dit Adrienne.

— C'est pas moi qui t'ai trouvé cet endroit ? Qui me suis arrangé pour que tu aies tout ce qu'il te faut ?

— Combien de temps tu vas encore me la jouer, cette carte ?

— Il me suffirait d'un coup de fil pour te faire virer.

— Tu me menaces, maintenant ? C'est ça, ton entrée en matière ?

Richie baisse la voix :

— Pardon. J'ai perdu patience.

— Me touche pas.

Lucia descend deux marches, les aperçoit plaqués l'un contre l'autre à côté du lave-vaisselle. Richie a les mains sous la veste du survêtement d'Adrienne, dont la fermeture Éclair est désormais complètement ouverte. Il porte un polo à rayures qui lui colle à la peau, un chino froissé et des sandales de gladiateur. Il ne s'est pas rasé depuis plusieurs jours. Ses cheveux – ceux qui restent – sont coiffés vers le haut. Son grand front luit de sueur. Il se lèche les lèvres.

— Voilà tout ce que je veux, dit-il. J'en rêve, de ces deux-là.

— Bas les pattes.

Adrienne est bien calme pour quelqu'un qu'on est en train de palper comme un fruit au supermarché.

— T'aimes pas ça ? T'aimes pas sentir mes mains sur toi ? Pourtant, tu les adorais, ces mains. (Il s'écarte et montre ses gros doigts épais.) Elles te faisaient des trucs magiques.

Adrienne remonte sa fermeture. Jusqu'en haut, cette fois-ci.

— Qu'est-ce que tu veux, Richie ?

Richie prend sa plus belle voix de fille :

— "Oh, Richie ! Tes grosses mains sur moi, j'adore ça. Oh, Richie !" Voilà ce que tu me disais. Je posais mes mains sur tes nibards et tu fondais.

— Ah ouais ? T'es sûr, Roméo ?

— Arrête, tu t'en souviens pas ? (Il lui glisse une main dans les cheveux, murmure dans son cou.) Ose dire que tu t'en souviens pas.

— T'es là pour tirer un coup, c'est ça ? Sauf que j'ai un petit copain.

— Marco, je sais. Tu les trouves où, ces nazes ? Tu sais ce que ton vieux me disait, autrefois ?

— Me parle pas de Vic.

— Vic, il était assis tranquille, dans un fauteuil chez le coiffeur, ou chez Caccio's avec un expresso, et il disait :

“Ma fille, elle a des goûts de chiottes en matière de mecs. Mettez cinq types devant elle, si y en a quatre de bien elle choisira le seul qu’est foireux.”

Richie rit, enfouit sa tête dans son cou.

Lucia se demande s’il faut y voir une référence à son père, s’il était foireux, lui aussi. Plusieurs fois elle a interrogé Richie à son sujet, mais il a toujours esquivé, lui répondant qu’elle était le fruit d’une conception immaculée, que lui était comme Joseph et qu’il fallait qu’elle arrête de se prendre la tête.

— Et pourtant Vic n’avait aucune idée de ce qui se passait entre nous, rétorque Adrienne. Il ne se doutait pas que tu m’avais dépucelée à quinze ans.

— T’étais une sacrée belle fille, dit Richie. Tu *es* une sacrée belle fille.

— Je ne suis plus une fille. Je vieillis.

— T’as gardé un corps de fille. (Il pose les mains sur ses hanches.) Tu me rends fou, Adi.

— Tu veux quoi, Richie ?

— J’ai des projets.

Richie s’écarte d’elle, se dirige vers le comptoir. Une focaccia – achetée sur Arthur Avenue, fraîche de ce matin – dépasse du panier en osier. Richie arrache un morceau, croque dedans.

— Qu’est-ce qui t’est arrivé, t’as juté dans ton froc ? demande Adrienne.

Lucia grimace.

— J’ai pas juté dans mon froc, ma chérie. J’essaie simplement de garder la tête froide. Je viens de t’expliquer que j’ai des projets. Et je veux que tu sois de la partie. Toi, et aussi Lucia.

— Qu'est-ce que t'es en train de dire ?

— Je suis en train de dire qu'une belle occasion se présente. Je suis en train de dire que je suis dans une impasse. On a trop profité de moi. On m'a trop négligé. Richie Schiavano, à force qu'on le regarde de haut, il a fini par se creuser les méninges. Sonny et Crea, ils croient que je sais pas, mais je sais.

— De quoi tu parles, Richie ?

— Je parle, ma chérie, de tenter un gros coup. Aujourd'hui, il y a une réunion au sommet. Nick Minervino et Johnny la Glacière vont apporter un demi-million à Sony Brancaccio. Nick a le sentiment que Sonny les mérite, à cause de la situation à Bay Ridge, et il veut arranger les choses avant qu'une guerre éclate entre les familles. C'est tout à son honneur, mais moi aussi je les mérite, vu comme j'ai été traité par Crea, ce putain de malade. J'en ai assez, Adi, de jamais toucher ma part. Les dernières années de sa vie, Vic n'arrêtait pas de répéter que tout foutait le camp. S'il voyait ce qu'on est devenus, j'ose même pas imaginer ce qu'il penserait. Le foutoir. Les gars qui passent la journée à jouer aux jeux vidéo. Le neveu de Crea qui braque un bus rempli de gamins à Canarsie. Des scouts cathos. Il leur prend leurs montres, l'argent pour leur repas. Les types qu'ont de la classe, les types de la trempe de Vic, ça existe plus.

“Alors je vais infiltrer cette réunion, et je vais prendre ce qui est à moi. En plus, je soupçonne Sonny d'être impliqué dans l'assassinat de Vic par Little Sal. Je suis sûr que, d'une manière ou d'une autre, Crea était derrière tout ça.

Richie enfourne un autre morceau de pain dans sa bouche, mâche bruyamment.

— Tu es fou.

Richie s'approche, pose ses mains sur les joues d'Adrienne, pince doucement la peau.

— Ensuite je m'enfuirai. Dans un endroit chouette. J'apporterai mon appareil, je prendrai des photos. J'ai racheté un Nikon F5 35 millimètres au neveu de Scrummy. Il l'a volé à un type à Williamsburg. Un type qui vend sa came sur eBay. Son appartement est plein d'appareils photo, de platines vinyle et de machines à écrire. Peut-être que j'aurai envie d'aller dans le putain de Grand Nord canadien, qui sait ? Prendre des photos, c'est ça mon but. J'ai déjà fait mes bagages. Ils sont dans le coffre de la Cadillac. Je veux que tu viennes avec moi. Toi et Lucia. Qu'on forme une famille. Qu'est-ce que t'en dis ?

— Tu comptes buter ces types tout seul ? demande Adrienne. Comment tu crois que ça va se terminer ?

— Ils font plus le poids, Adi. Comme je te l'ai dit, c'est plus le monde qu'a connu Vic. Soufflez sur ces gars suffisamment fort, ils s'écroulent. Sauf Crea. Un putain de malade, avec ce marteau qu'il trimballe partout. C'est sûr qu'il va me prendre en chasse, mais je cours plus vite. Ce gars est un psychopathe, mais niveau QI la nature l'a pas gâté.

Puis ils se taisent. Pendant une bonne minute, Richie se contente de caresser les joues d'Adrienne avec ses pouces.

Lucia s'adosse au mur, se demande si sa mère réfléchit sérieusement à cette proposition. S'enfuir, vivre comme des bandits. Ce dont parle Richie, ce n'est pas entièrement nouveau pour Lucia, elle a déjà entendu quelques allusions ici ou là. Les Brancaccio. Le boulot de Papa Vic.

Le boulot de Richie. Mais jamais elle n'avait eu droit à une explication aussi claire. La *mafia*, putain.

Adrienne brise le silence :

— Le Grand Nord canadien ?

— J'ai dit ça au hasard. Le Nouveau-Mexique, peut-être ? On s'achètera de jolis tapis. On vivra dans une cabane. Ou alors l'Italie ? On s'y rendra en bateau, comme dans le temps. Comme Michael Corleone. J'ai des cousins là-bas. À Naples, on nous accueillera les bras ouverts. Si tu as une autre idée, je t'écoute. Ce qui compte pour moi, c'est d'être avec toi. J'ai beaucoup cogité ces dernières semaines. Et ma conclusion, c'est que tu es l'amour de ma vie. Depuis toujours. Quand tu avais quatorze ans, je t'aimais déjà.

Il l'embrasse sur le nez.

— Moi aussi je t'aime, Richie.

Le cœur de Lucia bat à tout rompre. Et si Richie les emmenait *vraiment* à l'autre bout du monde ? Et si des Ritals armés jusqu'aux dents les poursuivaient ? Et s'ils finissaient tous les trois criblés de balles, leurs cadavres enfouis au fond d'un marécage ? Elle n'a pas envie de mourir de cette façon.

— Je comprends, dit Richie, t'as besoin d'y réfléchir. C'est une décision importante. Tu as toute ta vie ici. N'empêche, ces dernières années, tu m'as répété plein de fois que tu en avais marre du Bronx, marre de Brooklyn, marre de New York. C'est pas vrai ?

Adrienne hoche la tête.

— Tu aurais pu me laisser un peu plus de temps, dit-elle.

— Je sais, je suis désolé. Mais il y a une chance à saisir. C'est maintenant ou jamais.

Ses mains lâchent les joues d'Adrienne, glissent le long de son corps. À nouveau il l'embrasse dans le cou. Elle s'appuie contre le plan de travail. Il ôte son polo, ouvre la fermeture Éclair de la veste d'Adrienne. Elle s'assoit sur le plan de travail, défait le bouton du pantalon de Richie. Ça y est, elle est torse nu.

Lucia recule dans le couloir juste assez pour ne plus les voir. Dégoûtant. Dégeulasse.

Ils s'embrassent en faisant de gros bruits humides. Les grognements de Richie ressemblent à ceux du cochon d'Inde qu'elle avait autrefois. À cause de cet animal qui trifouillait toute la nuit dans sa cage, elle pouvait à peine fermer l'œil.

Et maintenant Adrienne qui pousse de petits gémissements.

Lucia se prend la tête dans les mains.

Le bruit de leurs corps qui s'entrechoquent fuse jusqu'à l'étage. Richie grogne plus fort. Adrienne gémit plus fort.

Lucia ferme les yeux pour être sûre de ne rien voir, même par accident. Entendre est suffisamment affreux comme ça.

Voilà, c'est déjà terminé. Richie finit avec une espèce de mugissement.

— J'en pouvais plus tellement j'avais envie de toi, Adi.

Lucia retourne se poster en haut des marches. Richie remonte son pantalon. Adrienne, qui n'a presque pas transpiré, a déjà remis son survêtement. Elle arrange ses cheveux et son décolleté.

— Je repasse plus tard, dit Richie en enfilant son polo. Vers neuf heures. J'aurai plein de fric avec moi. Si tu es partante, tiens-toi prête. Ça te va comme plan ? On pourrait avoir une chouette vie. Une nouvelle vie. Dis bonjour à la môme pour moi, OK ?

Il l'embrasse, puis s'en va. Adrienne s'attarde dans la cuisine. Adossée au plan de travail, elle ronge le vernis de son pouce.

Lucia se lève, regagne sa chambre et ferme doucement la porte derrière elle. Elle s'assoit par terre à côté des ours en peluche, en ramasse un portant un petit chapeau rouge tout avachi. Râpé, déchiré, l'ours n'a même plus d'yeux. Mamie Rena et Papa Vic le lui avaient offert quand elle devait avoir quatre ans. Papa Vic est mort quand elle en avait six. Il ne lui reste aucun souvenir de lui. Elle touche les petites fentes là où se trouvaient autrefois les yeux en fil noir. Cet ours, elle l'avait appelé Giancarlo en l'honneur d'un de ses petits camarades de maternelle.

On frappe à sa porte. Avant même qu'elle puisse ouvrir la bouche, Adrienne entre.

— Qu'est-ce que tu veux ? demande Lucia.

— Qu'est-ce que t'as entendu ?

— Des trucs dégueulasses.

— C'est pas dégueulasse. C'est la manière que les adultes ont de se montrer leur affection. Et puis t'avais qu'à pas écouter.

— Tu t'es remise à aimer Richie ?

— J'ai toujours aimé Richie. (Adrienne s'assoit sur le lit.) Tu as entendu ce qu'il a dit, sa proposition ?

Lucia hoche la tête.

— Qu'est-ce que t'en penses ?

Lucia garde le silence.

Adrienne fixe le poster de Jeter.

— Hier, Jeter était frappeur désigné. Il est arrivé à rien, malgré sa moyenne à la batte de 332. La défaite a été imputée à Mussina, pff… Moi j'adore Mussina. Si j'avais un poster sur mon mur, ce serait le sien. C'est lui le plus sexy.

Lucia détourne le regard. Ses pouces s'enfoncent dans les orbites de l'ours, percent le coton.

Adrienne se lève et quitte la pièce.

Lucia a l'impression d'être dans un ascenseur qui descend à toute vitesse. Ça lui est déjà arrivé une fois, dans un immeuble à Manhattan. Les boutons ne marchaient pas. Seule dans la cabine, elle a plaqué les mains sur la porte en espérant que l'ascenseur allait ralentir, s'ouvrir entre deux étages pour qu'elle puisse se hisser en sécurité sans se faire trancher en deux. L'alarme ne fonctionnait pas non plus. C'était un immeuble très haut. Plus de vingt étages. Elle ne se souvient plus de ce qu'elle était venue y faire. Mais aujourd'hui elle a la même sensation de chute libre. Le plus étrange, c'est qu'elle ne se rappelle pas le moment où ça s'est arrêté, où elle a pu sortir. Pourtant elle est bien là, en vie et pas en bouillie au fond d'une cage d'ascenseur crasseuse. Tout ce dont elle se souvient, c'est de cette chute sans fin.

Après être demeurée un long moment sans bouger ou presque, Lucia descend manger un bout d'un reste de pizza. Adrienne est en train de remplir un sac de voyage ; Lucia ne lui dit rien. Dans le salon elle allume la télé, met les Yankees. Une rediffusion du match de la veille. Elle mange sa pizza froide. C'est une Napolitaine qu'elles ont achetée avant-hier chez Patricia's sur Tremont Avenue. Sa préférée. Saucisse et brocoli-rave.

Quand on frappe à la porte, elle se dit que ce doit encore être Richie. Sauf que, tout à l'heure, Richie est entré sans frapper. Adrienne va ouvrir et se retrouve face à Mamie Rena. Depuis le canapé où elle est assise, dans le coin, Lucia peut voir Mamie Rena, mais cette dernière ne peut pas la voir. En moins d'une seconde, Adrienne est passée du calme à la colère. Avant même que Lucia ait pu se lever pour montrer à sa grand-mère qu'elle est là et qu'elle, au moins, se réjouit de sa visite, Adrienne lui claque la porte au nez.

— T'arrives à y croire, toi ? dit Adrienne. Ma mère qui se pointe comme ça, sans prévenir ?

Lucia pose la croûte de sa pizza sur le bras du canapé et se dirige vers la porte.

— J'ai envie de la voir.

— Je t'interdis de sortir.

— Pourquoi ? Qu'est-ce qu'elle t'a fait pour que tu la détestes comme ça ?

— T'occupe pas de ce qu'elle m'a fait.

Et si Mamie Rena était justement le moyen d'échapper à ce qui se trame ?

— Elle m'a jamais rien fait, à moi, dit Lucia. Je veux la voir.

— Quand t'auras dix-huit ans, si ça te chante tu pourras aller la voir. Pour l'instant, c'est moi le chef. Et tu dois écouter ton chef.

— J'ai trop hâte d'avoir dix-huit ans.

— C'est pas aussi marrant que tu crois.

— Pourquoi tu fais tes bagages ? On va partir avec Richie ?

— Enlève cette croûte du canapé, dit Adrienne. Et ouais, on part avec Richie, alors va préparer tes affaires.

— On reviendra pas ?

— Pourquoi on reviendrait ? On a rien ici.

Lucia ramasse la croûte et va la jeter à la poubelle. Puis elle s'approche de la fenêtre et commence à ouvrir le rideau dans l'espoir d'apercevoir Mamie Rena dans la rue.

Adrienne se précipite sur elle, lui arrache le rideau de la main et le referme.

— Éloigne-toi de cette putain de fenêtre.

— Je te déteste, dit Lucia.

— Bienvenue au club, dit Adrienne en riant.

Lucia remonte à l'étage. De toute façon, c'est dans la salle de bains qu'on a le meilleur point de vue. Une belle voiture assez ancienne est garée devant la maison. Elle luit sous le réverbère de la rue, déjà allumé bien qu'on soit encore en pleine journée. Quant à Mamie Rena, elle entre chez Wolfstein.

RENA

RENA FAIT PIPI dans la salle de bains de l'inconnue. Elle est gentille, cette dame, mais étrange. Lacey Wolfstein. Un drôle de nom pour une drôle de femme.

Adrienne.

Penser à Adrienne la rend malade.

Et Lucia. De l'autre côté de la rue. Si proche. Rena est la grand-mère de cette petite, elles ont le même sang. Elle devrait être pelotonnée avec Lucia sur le canapé, occupée à rattraper le temps perdu en faisant semblant de ne pas être inquiète à propos d'Enzio.

Au lieu de quoi elle est là.

Elle a mis du temps pour arriver dans le quartier. La circulation était horrible autour de l'aéroport JFK. À bord de l'Impala d'Enzio, elle avait l'impression de flotter. Les gens la regardaient ; cette voiture lui conférait automatiquement une certaine classe. Elle hochait la tête pour indiquer que la voiture était bien à elle – eh oui, elle en avait de la chance ! – pendant que ses mains agrippaient le volant et qu'elle s'efforçait d'avoir l'air décontractée. C'était facile d'imaginer que ce qui avait eu lieu chez Enzio n'avait pas vraiment eu lieu. Le cendrier, le sang, rien de tout ça ne paraissait réel. Elle roulait vers un abri, un grand moment de réconciliation l'attendait. Où trouver refuge sinon auprès de sa famille ? Elle s'imaginait en train de raconter sa mésaventure à Adrienne. Ce qu'Enzio avait essayé de faire. Comment elle avait réagi. Tout en conduisant, elle repassait ce film dans sa tête, sous un tas d'angles différents. Mais maintenant... que faire ?

Lorsqu'elle redescend, elle trouve Wolfstein assise sur un tabouret derrière le comptoir de la cuisine, un verre de bière à la main. Rena contemple sa tenue. Un soutien-gorge qui dépasse de son haut. Un jean comme en porterait une étudiante.

— Vous êtes sûre que vous n'en voulez pas une ? demande Wolfstein.

— Non, merci.

— Ça va mieux ?

— Je ne sais pas.

— Vous êtes triste. C'est compréhensible.

— Vous avez des enfants ? Des petits-enfants ?

Wolfstein pose son verre et éclate d'un rire tonitruant qui se transforme en toux.

— Moi ? Non, non, manquerait plus que ça. (Sa toux se calme.) Ma mère s'est barrée quand j'avais sept ans, vous savez. Elle est partie vivre en communauté avec des artistes ou une connerie dans le genre. Elle m'a laissée avec sa sœur, une dingue qui me battait quand je mangeais mes corn flakes avec une cuillère à café au lieu d'une cuillère à soupe. Ça m'a permis de découvrir toutes les façons dont on pouvait merder avec son enfant, et je me suis dit : “Pas question.” Sans parler de mon métier.

— Votre métier ?

— Actrice.

— Ah, vous étiez actrice. Un jour, j’ai rencontré Geena Davis. Elle tournait *Angie* dans le quartier. Dans quoi avez-vous joué ?

Wolfstein sourit.

— Je crois pas trop m’avancer en disant que vous avez sans doute jamais vu aucune de mes prestations.

— Vous étiez dans des soap-opéras ?

— Plus ou moins. Et vous ? C’était quoi, votre profession ?

— Je suis restée à la maison avec Adrienne. À la mort de mon mari, j’ai pensé me remettre à la comptabilité. C’est ce que j’avais étudié à l’université.

— Vous êtes veuve ?

Rena hoche la tête. Elle retourne s’asseoir sur le canapé.

— Vic. C’est comme ça que mon mari s’appelait. Il n’aurait jamais dû mourir.

— Je suis désolée. Qu’est-ce qui lui est arrivé ?

Comme d’habitude, Rena fait mine de ne pas avoir entendu la question.

— Adrienne et moi, on a eu un différend le jour des funérailles. Et depuis ça n’a cessé d’empirer.

— Votre fille a fait un esclandre lors des funérailles de son père ? C’est pas bien, ça. (Wolfstein avale ce qu’il lui reste de bière, s’essuie la bouche du revers de la main.) L’autre jour, je suis tombée sur un talk-show à la télé. Je me souviens plus lequel, un de ceux qui passent l’après-midi, vous savez, et justement ils parlaient de ce genre de situation. Le comportement d'Adrienne envers vous, si on en croit ce qu'ils disaient dans l'émission, doit être assimilé à une forme de violence. Même si elle vous tape pas, même si elle vous balance pas des trucs à la gueule, on est dans ce registre-là. C'est de la violence émotionnelle, d'après eux. J'aime bien ces talk-shows de l'après-midi. On y apprend beaucoup.

De la violence émotionnelle. Ça doit être le bon terme, se dit Rena. Elle est victime de la rage irrationnelle d'Adrienne. Ne s'est-elle pas toujours efforcée d'être une bonne mère, douce, protectrice ? Adrienne n'a jamais été mêlée aux affaires de son père. C'étaient deux mondes bien distincts.

Le téléphone sonne dans la cuisine.

Aussitôt les pensées de Rena partent dans tous les sens. Ce sont les flics. Ils ont trouvé Enzio, pisté Rena jusqu'ici et ils appellent Wolfstein pour la prévenir qu'elle abrite une dangereuse fugitive. Ou alors c'est Enzio, revenu d'entre les morts – à moins qu'il n'ait jamais été mort –, déterminé à récupérer son Impala.

— Qui ça peut bien être, bon sang ? dit Wolfstein avant de décrocher.

Un vieux téléphone à cadran fixé au mur. Exactement comme celui de Rena, mais de couleur rouge.

Rien qu'à voir l'expression sur le visage de Wolfstein, Rena comprend qu'il n'y a que du silence à l'autre bout de la ligne.

— Vous avez deux secondes, dit Wolfstein dans le combiné.

Rena compte. *Un, deux.* Wolfstein ne plaisantait pas : elle raccroche brutalement.

— Un type qui respirait de manière obscène, explique-t-elle. Ça fait longtemps que j'avais pas reçu ce genre d'appel.

Le téléphone se remet à sonner.

Wolfstein décroche instantanément.

— Écoutez-moi, mon vieux…

Mais, cette fois-ci, la personne à l'autre bout de la ligne parle.

— Comment tu as eu ce numéro ? demande-t-elle.

Wolfstein tourne le dos à Rena. Le fil entortillé autour d'elle, elle appuie le combiné contre son oreille et écoute avec attention, murmurant quelques "oui, oui" de temps à autre. Quand son interlocuteur s'arrête, elle inspire profondément et lui répond :

— Bobby, écoute-moi. Tu es fâché, je sais. Je comprends. Mais j'ai été parfaitement sincère avec toi. Ton aide a été très précieuse. Tu m'as sauvé la peau et je t'en serai éternellement reconnaissante. Vraiment, Bobby, sans toi je sais pas ce que j'aurais fait. Et, oui, j'éprouvais les mêmes sentiments que toi.

Wolfstein donne l'impression de s'emmêler dans ses protestations. Bobby reprend la parole. Sa voix est montée d'un ton.

— Tu es un chic type, Bobby, je le sais. Ne parle pas comme ça.

La communication est brutalement coupée.

Wolfstein raccroche le combiné avec délicatesse, comme s'il s'agissait d'un objet tranchant.

— Ça va ? demande Rena.

— Ouais, dit Wolfstein. Merde. Tout va bien. C'est juste un ex qui perd la boule.

— Il vous a menacée ?

— "Je t'aime, je vais me suicider", ce genre de chose. C'était il y a longtemps, lui et moi. Je sais pas comment il m'a retrouvée. C'est quoi son idée ? Se faire sauter la cervelle devant ma porte ? Pas de quoi s'inquiéter. Je lui ai joué un mauvais tour, alors il a besoin de dire ce qu'il a sur le cœur, c'est tout.

— Vous voulez appeler les flics ? Ou quelqu'un d'autre ?

Wolfstein secoue la tête.

— Bobby n'est pas un méchant. C'est un pauvre type à qui j'ai causé un peu trop de tort. Il a un zizi tout rikiki, on dirait une noisette. À part ça je me souviens pas de grand-chose à son sujet.

Tout ça laisse Rena assez perplexe. Elle se redresse, pose les mains sur les genoux. Elle a beau ne pas être pudibonde, imaginer les parties intimes des ex de Wolfstein ne la tente pas du tout. Contre son gré lui reviennent en tête les images du film d'Enzio. Ces organes masculins tout lisses qui ressemblaient à des ustensiles dernier cri, à des mixeurs-blenders comme on en voit dans les cuisines des banlieues aisées. Elle n'a jamais connu que l'engin imparfait de Vic, qui lui évoquait une marionnette-chaussette un peu triste mais mignonne. Un jour, à cause d'une coupure de courant, elle avait dû descendre dans la cave et tâtonner dans le noir jusqu'à ce qu'elle trouve le tableau électrique. Palper le mur lui avait rappelé les moments où elle touchait Vic…

Mais enfin ! Quelles pensées dégoûtantes !

Wolfstein saisit une bouteille d'Absolut sur le comptoir et dévisse le bouchon.

— Putain de Bobby Murray. (Elle boit une lampée, secoue la tête.) Il est originaire de Woodlawn, si je me souviens bien. Je l'ai rencontré en Floride.

— Qu'est-ce qui s'est passé ? Sans vouloir être indiscrète.

Rena n'est pas du genre à se mêler des affaires des autres, mais la conversation avec Wolfstein est si facile, si décontractée…

— Peut-être que c'est le début d'une belle amitié, ou peut-être qu'on ne se reverra plus jamais, dit Wolfstein. Quoi qu'il en soit, j'ai l'impression de pouvoir me confier à vous. Vous voulez vraiment que je vous raconte ?

— Si c'est ce que vous souhaitez. Aucune obligation.

Wolfstein reprend une gorgée de vodka, demande :

— Vous êtes pas trop épuisée ?

— Pas du tout.

— Bon, commençons par le commencement : c'est dans des films de cul que j'ai tourné. Ça remonte aux années 1970 et 1980. Avant le sida. Une autre époque. Les mecs avaient des poils partout et les filles n'avaient pas des seins en plastique. C'était plus vrai. En général, on s'amusait bien en baisant. C'est mes nichons qui m'ont rendue célèbre.

— Vous étiez dans des films pornographiques ?

Rena pense à Enzio et à ce qu'il voulait l'obliger à regarder. Ces corps qui s'entrechoquaient, ces drôles de bruits spongieux ou secs, ces étranges dialogues. Autrefois, il y avait un cinéma X dans son quartier. Elle ne se rappelle pas son véritable nom. Les gens l'appelaient le "Porno Palace". Il lui arrivait de passer devant sur Bath Avenue. Elle se souvient des lettres rouges du fronton, de l'atmosphère que l'endroit dégageait, des types glauques en pardessus – un cliché, mais une réalité – qui entraient et sortaient. Le sol était probablement poissé de sperme. Quand elle voyait les publicités dans le journal avec les horaires des séances et les noms des films, elle était très heureuse que Vic ne soit pas le genre de type à aller se soulager là-bas avec tous les vieux pervers de la maison de retraite sur Cropsey Avenue, qui marchaient dans la rue en se tripotant sous le pantalon. Ce qui pouvait bien se passer à l'intérieur du cinéma, elle n'ose même pas imaginer. Une vision de l'enfer. Les films de Wolfstein étaient-ils projetés dans cet endroit ?

— Vous me jugez, dit Wolfstein.

— Pas du tout.

— Je le sens.

— C'est juste… un métier inhabituel.

— De toute façon, c'est que le début de l'histoire. J'ai tourné des films pendant plusieurs années, jusqu'à ce que j'approche de la quarantaine. Puis l'ambiance a changé. On commençait à parler de toutes ces maladies. J'ai pris ma retraite. Personne n'a essayé de me retenir. Après ça, j'ai traversé une mauvaise passe. Drogue, petits copains malveillants, strip-tease dans des boîtes miteuses, cures de désintoxication inefficaces, retrouvailles peu concluantes avec ma famille, bref, tout est parti en couille. Un matin, je me suis réveillée à Yuma, en Arizona. Dans un village de mobile homes. Avec un type qui avait fait une overdose sur le siège des toilettes. Moi j'avais vomi dans mon sommeil, mais par miracle je ne m'étais pas étouffée. Ce jour-là j'ai pris une décision. J'ai déguerpi et je suis partie en Floride pour me reconstruire.

— Le type était mort et vous l'avez laissé là ?

— Eh ouais, j'ai abandonné cet enfoiré. Je ne connaissais même pas son nom. Vous avez déjà mis les pieds à Yuma ? Il est probablement encore en train de pourrir là-bas. Personne n'en avait rien à foutre de lui, surtout pas moi.

— Vous ne vous en voulez pas ?

— Pas pour ça. Je m'en veux d'avoir volé cinquante dollars à une diseuse de bonne aventure. Je m'en veux d'avoir couché avec le fiancé de Hunny un soir à Hollywood – Hunny était une de mes bonnes copines, à l'époque. Je m'en veux d'avoir pratiqué pendant cinq ans le vol à l'étalage dans une boutique de produits diététiques de Santa Monica Boulevard. J'ai beaucoup de regrets, ma chère, des petits et des gros. Ce salopard de camé n'en fait pas partie.

— Pourquoi la Floride ?

— Parce que j'ai une amie qui s'était installée là-bas. Mo. On avait tourné quelques films ensemble. Elle m'a aidée à me remettre sur les rails. Je lui dois tout. En un rien de temps, je me suis retrouvée à animer une émission de radio avec elle. C'était super. Je gagnais pas beaucoup de fric, mais j'étais à nouveau en bonne santé et j'avais les idées claires. Au point qu'un soir j'ai pu aller dans un karaoké, chanter *Rhiannon* et rendre fous tous les vieux bonshommes présents. Ça nous a donné des idées. À Mo, d'abord ; c'était elle, la spécialiste.

— Quel genre d'idées ?

— On a pensé à tous les vieux richards qu'il y avait dans le coin. Avec leur look merdique, polos et bateaux. Des veufs, des divorcés, des célibataires qui menaient la belle vie. Qui passaient la plupart de leur temps à essayer de lever des nanas. Je leur plaisais, ils me plaisaient. Alors j'ai profité de la situation.

De quoi parle Wolfstein, exactement ? Rena est prête à admettre qu'elle ne comprend pas tout. Que certaines de ces révélations la choquent. Des films pornos et de la drogue, elle ne s'attendait pas à ça. Wolfstein a un style un peu plus tape-à-l'œil qu'elle, c'est sûr, mais elles ont sensiblement le même âge ; en la regardant, on ne se douterait pas qu'elle est à ce point différente, qu'elle a un sombre passé.

Mais qui est Rena pour parler du "sombre passé" des autres ? Elle était mariée à Vic Ruggiero, Vic le Tendre. Elle savait ce qu'il avait fait, en partie, et pour le reste elle avait entendu des rumeurs. Est-ce si facile de décider de ce qui est vraiment mal ? Pourquoi serait-il plus dégoûtant d'être dans le porno que dans la mafia ? Rena a fermé les yeux sur certaines choses tout en se permettant de rendre des jugements injustes sur le monde et sur les autres. Pendant ce temps on l'a jugée, elle aussi. Femme de gangster. Sainte-nitouche catho. Hypocrite.

— Peut-être que je devrais arrêter là, dit Wolfstein.

— Non, continuez.

Alors Wolfstein explique. Qu'elle a passé une décennie à soutirer du fric à des types. Que son arnaque sophistiquée et imparable ne s'est jamais retournée contre elle. Qu'elle est revenue ici, dans le Bronx, chez Mo, une fois qu'elle a eu assez d'économies pour être tranquille un long, long moment. Mais, à l'instant même, un petit souci inattendu vient de survenir. Bobby Murray, un des types qu'il lui a été le plus facile de rouler, est de retour. Tout ce que veut Bobby, c'est qu'elle l'aime pour de vrai de la même manière qu'elle l'a aimé pour de faux.

Quand Wolfstein a terminé, Rena déglutit et pose la question la plus évidente :

— Qu'est-ce qui va se passer maintenant ?

— Je sais pas. Ce n'est arrivé qu'une seule fois auparavant. Un certain Christopher est revenu à Fort Myers et m'a retrouvée. Il m'a menacée un peu. Je lui ai rendu son fric et il est parti. C'était une situation différente.

— Bobby compte venir ici ?

— Il est peut-être même déjà là. Tout à l'heure, au bar, on m'a dit que quelqu'un me cherchait. (Elle s'interrompt.) Vous pensez que je suis une ordure ?

— À mon avis, les ordures ne se demandent pas s'ils sont oui ou non des ordures.

— C'est gentil de dire ça. Merci.

— C'est ce que je disais à Vic, aussi. Il s'inquiétait pour son âme. Pas souvent, mais de temps en temps.

— Votre mari avait des cadavres dans son placard ?

— Vic était un gangster.

— Nom de Dieu. C'est vrai ? Vous avez l'air de quelqu'un de tellement droit.

— Je le suis. J'ai toujours suivi le droit chemin, mais peut-être que je n'aurais pas dû, moi non plus. Ce que Vic faisait, ça le regardait. C'était son univers et il a su s'y faire une place. C'était facile de ne pas y penser, au-delà de la crainte qu'un jour ou l'autre on lui fasse la peau.

— C'est ce qui est arrivé ?

Rena hoche la tête.

— Il y a neuf ans. Abattu sur notre perron par Little Sal Lavignani. Vic n'a trahi personne, n'a commis aucun faux pas. Little Sal a simplement voulu se faire un nom. Voilà à quoi ça se résume.

— Merde alors.

— Mais moi aussi j'ai fait quelque chose que je n'aurais pas dû, dit Rena en s'étouffant presque.

— Vous ? Qu'est-ce que vous avez fait ?

Silence de Rena.

— Ça concerne la voiture, n'est-ce pas ?

Le visage de Wolfstein s'illumine comme celui d'une ado, elle frappe dans ses mains et se dépêche de s'asseoir près de Rena.

— Racontez-moi.

— Je ne sais pas.

— J'ai un livre de citations dans ma salle de bains. Vous ne l'avez probablement pas vu. Un gros bouquin blanc à côté des rouleaux de papier toilette. Il contient des milliers de citations. Ma préférée, c'est : "Un ami est un cadeau qu'on s'offre à soi-même." Robert Louis Stevenson. C'était notre destin de devenir amies, Rena, je le sens. Si tu veux te confier, je suis là pour t'écouter.

— C'est grave, ce que j'ai fait.

— Pire que toutes les saloperies dont je viens de te parler ?

Les yeux de Rena s'emplissent de larmes. La réalité de son geste lui pèse sur le cœur. Ce n'était pas une hallucination. Ce vieux salaud l'a poussée à bout. À force d'insister. Non c'est non, il aurait dû le comprendre.

— Tu veux que j'essaie de deviner ? demande Wolfstein.

— Je crois que j'ai peut-être tué quelqu'un, gémit Rena.

Wolfstein n'a pas l'air choquée.

— Je suis sûre qu'il le méritait, dit-elle.

— Comment tu sais qu'il s'agit d'un homme ?

— Rien qu'en te voyant, ma chérie. Si tu as tué quelqu'un, c'est parce qu'un homme s'en est pris à toi, forcément. Je vois pas pourquoi une femme t'aurait agressée. En général, ça se passe pas comme ça.

— Il a tellement insisté. Enzio, mon voisin. Un vieux bonhomme. Plus vieux que moi. Il a mis ses mains sur moi, il ne voulait pas me lâcher.

Les larmes se mettent à couler plus fort, elle baisse les yeux. *Ne pleure pas, Rena.*

— J'ai attrapé son cendrier en verre et je l'ai frappé sur la tête. Il est tombé et son crâne a heurté la table. Mon Dieu, il y avait tellement de sang. Tellement, tellement de sang. (Elle reprend son souffle.) Puis je suis partie. Avec sa voiture. Je n'ai pas hésité.

— Putain, toi, tu es mon héroïne, déclare Wolfstein en riant.

Elles parlent encore un moment, Wolfstein assurant Rena que non seulement elle n'a rien fait de mal, mais qu'elle a fait *exactement* ce qu'il fallait. Peu importe qu'elle ait volé l'Impala pour s'enfuir dans le Bronx. Loin de l'incriminer, cette réaction est tout à fait compréhensible. Et qui peut dire quand le corps d'Enzio va être découvert ? Ça risque de prendre une semaine, un mois ou plus. Des vieux bonshommes qui meurent seuls dans leur taudis, ça arrive tout le temps, explique Wolfstein, et personne ne s'en aperçoit avant que la puanteur ait gagné la rue.

Voilà à quoi se résume le message de Wolfstein : Ne t'en veux pas. Tu peux être fière de toi. Enzio a eu ce qu'il méritait.

Rena s'est calmée.

— Je crois que c'est le destin qui nous a réunies, dit Wolfstein. On va pouvoir s'entraider. Tu veux marcher un peu ?

— D'accord.

En remontant la rue, elles passent devant la maison d'Adrienne. Personne ne semble les observer derrière les fenêtres.

— Je veux réessayer, dit Rena.

— Bien sûr. Prenons d'abord l'air un moment, tu pourras sonner au retour. Je t'accompagnerai, si tu veux.

— C'est vrai ?

— Oui. Tu mérites de voir ta petite-fille.

Elles arrivent sur Indian Trail, le chemin qui longe l'East River. C'est beau. Wolfstein lui parle du quartier, de Mo Phelan qui a ses racines ici. Rena n'en revient pas qu'on soit dans le Bronx. Une péniche glisse tranquillement sur l'eau. Elle aperçoit une plage privée au loin, remarque les panneaux de signalisation en bois, les pelouses bien tondues. Un vélo laissé en plein milieu du chemin. Des écureuils bondissent devant elles. Plutôt qu'à New York, on se croirait à Nantucket ou dans le Maine. Des endroits où Rena n'est jamais allée, mais qu'elle a vus au cinéma. Elle hoche la tête tandis que Wolfstein parle.

Adrienne occupe à nouveau ses pensées. L'idée de retenter sa chance là-bas l'angoisse. À quoi ça rime, d'avoir peur d'Adrienne ? Une mère ne devrait pas craindre la façon dont sa fille va réagir en la voyant. Rien qu'en la *voyant*. La confiance de Rena s'évanouit.

Sa mère à elle était une sainte. Bon, il lui arrivait de lui courir après avec un balai, et elle avait tendance à la surprotéger, mais Rena s'est toujours fait un devoir d'aider cette femme, de lui montrer son affection et de mériter son estime. C'est ce que font les filles qui sont gentilles avec leurs parents. Peut-être est-il temps de se rendre à l'évidence : Adrienne est une fille indigne et le restera toujours. Pour ces cas-là, il n'y a pas de plan d'action préétabli, pas de mode d'emploi. Certaines filles tournent mal et voilà tout. Rena peut tenter de combler la distance, mais si ça ne marche pas, quelle solution subsiste-t-il ? Le plus important, c'est Lucia. Il faut qu'elle essaie de retisser des liens avec Lucia. C'est peut-être sa dernière chance.

Elle revoit Adrienne au même âge que Lucia. De longues jambes maigrichonnes, des pulls trop larges, une étrange passion pour le hockey. Les New York Rangers ceci, les New York Rangers cela. Toujours cloîtrée dans sa chambre. Elle repense à une de leurs premières grosses disputes, le jour de l'anniversaire d'Adrienne. Une fête dans les locaux des Chevaliers de Colomb, toute la famille présente, un buffet commandé chez Russo's, un DJ, les associés de Vic lui offrant en guise de cadeau des enveloppes remplies de billets, Richie Schiavano lui donnant deux mille dollars dans une boîte à chaussures. Pendant ce temps, les épouses des autres gars aidaient Rena à préparer les boulettes de viande et la sauce. Elle n'avait jamais été proche de ces femmes. Elle voyait en elles ce qu'elle ne voulait pas être. Adrienne était restée assise à une table dans un coin. L'air malheureuse, elle déchirait filament par filament le ruban d'un ballon qui flottait au-dessous des panneaux de liège du plafond.

— Ton père et moi on s'est démenés pour t'organiser une belle fête, et toi tu boudes ? s'était indignée Rena.

Soupir d'Adrienne :

— Quelles conneries, tout ça…

— Va parler avec tes cousins. Ils veulent passer du temps avec toi. Ils sont venus du nord de l'État rien que pour te voir.

— Le comté de Rockland, c'est juste à côté.

— Arrête, Adi. Fais un effort.

Rena avait employé la manière douce, gardant à l'esprit qu'elle avait affaire à une ado en pleine crise hormonale.

— Je t'emmerde, avait répondu Adrienne avant de lui décocher un regard meurtrier.

Préférant éviter une scène, Rena était sortie prendre l'air. Pour ne pas croiser ses cousins qui fumaient sous un abribus, elle avait remonté la rue, s'était appuyée contre une clôture et avait fondu en larmes. Elle avait l'impression de s'être pris un coup de poing dans le ventre. Ce jour-là, quelque chose s'était effondré. À moins que l'effondrement ait été progressif, mais qu'elle n'ait rien remarqué jusqu'alors.

Adrienne se trouvait sur une mauvaise pente. Les années de lycée qui suivirent ne furent qu'un tourbillon de couvre-feux non respectés et de promesses brisées. À cette époque, elle fricotait déjà avec Richie, ce que Rena ne découvrit que bien plus tard. Aujourd'hui Rena se dit qu'elle n'a peut-être jamais essayé de comprendre sa fille. Elle savait qu'Adrienne était au courant des activités de Vic. Le contraire aurait été surprenant. Mais elle ne savait pas jusqu'à quel point, ne le lui avait jamais demandé. Elles ne parlaient jamais du boulot de Vic, des choses que, quotidiennement, il avait dû voir et faire. Sans doute était-ce dur pour Adrienne, mais autour d'eux d'autres gamins s'en accommodaient très bien. Le fils de Chazz Caruso est devenu avocat. La fille de Ralphie Baruncelli, danseuse classique. Pourquoi Adrienne avait-elle été à ce point détruite, endommagée ou du moins perturbée ? D'accord, ce n'était pas facile, mais on ne choisit pas le milieu dont on vient et il faut faire avec.

Elle revoit Adrienne à six ans, sautant à la corde dans le jardin. Son sourire. Ses petites dents nacrées. Ce T-shirt avec un arc-en-ciel qu'elle adorait porter. Le duvet tout fin sur ses bras. Le bruit de ses tennis quand elle courait sur le ciment. Le vert vif des mauvaises herbes qui poussaient dans les fissures. Son jardin, autrefois *leur* jardin.

— Perdue dans tes pensées ? demande Wolfstein.

— Un peu, oui. Je ne sais pas quoi dire à Adrienne.

— Dis-lui : "Tu n'as pas de cœur, espèce de petite salope ingrate", suggère Wolfstein avec un énorme sourire.

— Je ne sais pas. Peut-être que c'est la bonne approche. Peut-être qu'il faut que je montre les muscles.

— J'ai un petit pistolet de poche, si tu veux. Un Ruger. Pas chargé. Tu pourrais lui agiter sous le nez.

Rena sait que Wolfstein plaisante, n'empêche, elle n'aime pas les pistolets. Vic en possédait un tiroir entier. Little Sal avait essuyé celui avec lequel il avait descendu Vic, puis l'avait jeté dans le jardin, à côté du basilic de Rena. Deux jours plus tard, Richie Schiavano s'en servait pour abattre Little Sal, une balle dans la tête alors qu'il se faisait raser le crâne chez un coiffeur près de Most Precious Blood. La nouvelle lui avait d'abord été transmise d'en haut, puis rapidement elle en avait eu la confirmation dans les journaux. Les flics ne s'étaient jamais approchés de Richie, on avait pris soin de graisser des mains.

— Je ne préfère pas, dit Rena. Mais il faut peut-être que je me montre plus ferme. Sans doute que ça a toujours été mon problème. Trop douce. Trop gentille. Je me laisse marcher sur les pieds par Adrienne.

— Rien à voir avec ma mère et moi. C'était elle, la pomme pourrie. Elle est revenue ramper devant moi des années plus tard. Les gens m'ont dit de lui pardonner, on ne peut pas être en paix tant qu'on ne pardonne pas. J'avais peur. Peur d'elle parce qu'elle m'avait abandonnée. Mais j'ai essayé. À l'époque, j'allais aux Alcooliques Anonymes et je faisais de mon mieux pour me comporter de manière irréprochable. En réalité, elle voulait juste profiter de moi. Elle pensait que j'avais du fric, elle savait pas que j'avais tout cramé. Je me suis débarrassée d'elle. Il n'y avait rien de bon chez cette femme.

— Je suis désolée.

— Certaines personnes sont mauvaises et c'est tout. Peu importe comment on les traite. Ce que je veux dire, c'est que c'est pas ta faute.

Rena hoche la tête.

— J'espère qu'on va pouvoir se réconcilier, Adrienne et moi.

— Si jamais tu as besoin de ce pistolet de poche, hésite pas.

Elles arrivent dans un petit parc qui donne sur le Throgs Neck Bridge et le Whitestone Bridge, puis au loin sur les gratte-ciel de Manhattan. Dans l'herbe se dresse un monument de taille modeste en hommage aux victimes du 11-Septembre, entouré de petits drapeaux américains plantés dans le sol. Les mots N'OUBLIONS JAMAIS sont gravés dans la pierre.

— Beaucoup de pompiers vivent dans le quartier, dit Wolfstein. C'étaient eux, les premiers secours. Je vais pas te débiter tout un laïus, j'étais en Floride quand c'est arrivé. Mais les gens se sont regroupés ici pour regarder le nuage de fumée.

— Quelle horreur, dit Rena.

— En effet. Tout le monde a quelque chose à raconter. Sauf que cette histoire appartient à ceux qui ont perdu un être cher. Leur vie est foutue. Mais ils ne veulent pas en parler. Tous les autres, en revanche, sont intarissables. "J'ai connu un type qui a connu un type." Putain, de nos jours, quand il y a une tragédie, tout le monde en veut sa part.

— C'est vrai.

— En tout cas, je suis contente qu'il y ait autant de pompiers dans le coin. Putain, ce que je déteste les incendies ! En 1978, la piaule où je vivais à Laurel Canyon a flambé pendant que je comatais après une beuverie. J'en fais encore des cauchemars. Je garde une échelle de secours sous mon lit. Une odeur de fumée et hop, je sors par la fenêtre de ma chambre en moins de dix secondes. L'important, c'est de pas trop boire. Si vous buvez trop, vous vous réveillez qu'au moment où les flammes sont déjà sur vous. Mon amie Georgina était avec moi cette nuit-là. Complètement défoncée. Il a fallu que je la traîne dehors. On a bien failli y laisser notre peau.

— Je me rappelle de l'église qui a brûlé dans mon quartier, dit Rena. C'est arrivé vers la fin de mes études au Brooklyn College. St Mary's, l'église que j'ai fréquentée toute ma vie. J'y étais encore ce matin. Le père Reilly, le prêtre qui y officiait à l'époque, c'était un type bien. Je me rappelle que je rentrais chez moi avec mon amie Ginny – on venait de manger une pizza. On a vu la fumée qui s'élevait au-dessus de la voie ferrée. On s'est approchées et on est restées plantées à regarder le bâtiment se faire dévorer par les flammes. C'est l'église où j'ai été baptisée, où mes parents se sont mariés, tu comprends. Le père Reilly était adossé au mur de la banque juste à l'angle, et il répétait : "On va reconstruire, on va reconstruire." Le bâtiment ne s'était même pas encore écroulé qu'il parlait de reconstruire. Ce n'était pas tellement différent du 11-Septembre. Pour moi, en tout cas. Ça m'a brisé le cœur.

"Et ils l'ont reconstruite, en effet. Pendant trois ans la messe a eu lieu dans la salle de spectacle du lycée, mais en fin de compte ils y sont arrivés. Peu de temps après, Vic et moi on se disait oui dans le nouveau bâtiment. Je repense tout le temps à cet incendie. Assise sur un banc à l'intérieur avec mon chapelet à la main, je me dis : "L'église qui était ici a brûlé."

— Dans quel monde on vit, entre les attaques terroristes et les incendies, soupire Wolfstein. Tu es prête à retenter ta chance avec Adrienne ?

— Oui. Je crois.

Rena observe le ciel ; trop lumineux, trop bleu, il lui donne l'impression qu'elle ne peut qu'échouer. L'air est d'une immobilité meurtrière. Le monde semble mou, laid. Wolfstein à ses côtés, elle est sur le point de frapper quand la porte s'ouvre brusquement.

Adrienne se dresse face à elle.

— T'es de retour ?

Encore cette mine tellement farouche. Tellement éloignée de la petite fille qu'elle était autrefois. Si elle ressemblait à Vic, comme les gens l'avaient toujours prétendu, c'était au Vic que Rena n'avait pas souvent vu, celui qui gagnait sa vie en cassant des bras et en éclatant des têtes.

— Évidemment, répond Rena. Je n'abandonnerai jamais l'espoir de vous retrouver, toi et Lucia. Jamais.

Adrienne piétine sur le seuil, évite les yeux de Rena, pose son regard sur l'Impala.

— C'est la voiture d'Enzio ? Enzio qui habite au coin de la rue ?

— Il me l'a prêtée.

— C'est ton petit ami ?

— Non, ce n'est pas mon petit ami. (Elle prend une profonde inspiration.) Je peux voir Lucia ?

Adrienne fixe Wolfstein.

— Qu'est-ce que vous foutez avec ma mère ?

— Je suis son homme de main.

— Son homme de main, dit Adrienne en souriant à moitié. C'est drôle, ça.

Dans la maison, on entend des pieds dévaler l'escalier. Lucia surgit derrière Adrienne et essaie de forcer le passage. Rena retient un cri entre joie et désespoir. Ses deux petites. La chair de sa chair. Sur le visage de Lucia, l'écho de celui de Vic, dans ses yeux, dans son nez et même dans l'arrondi de son menton. Le jeune Vic lors de leur lune de miel dans les Catskills – la même douceur. Rena regarde ses propres mains, maigres, osseuses, tremblantes à l'idée que ce moment prenne fin.

— Retourne à l'intérieur, ordonne Adrienne.

Les yeux de Lucia s'illuminent.

— Mamie Rena !

Rena tend les bras ; elle donnerait tant pour qu'on la laisse serrer Lucia contre elle.

— Oh, ma chérie.

— Adrienne veut qu'on parte, dit Lucia d'une voix catastrophée. Avec Richie. Ils veulent m'emmener avec eux. Je sais pas où. Je peux venir avec toi ?

— Tais-toi et rentre, dit Adrienne. Et m'appelle pas Adrienne. Appelle-moi Maman, OK ?

— Ne parle pas à ma petite-fille comme ça, dit Rena en tendant la main à Lucia.

— Sinon quoi ? demande Adrienne.

— Peut-être que je vais m'en mêler, dit Wolfstein.

Adrienne rit. Lucia cherche encore à se frayer un passage. Adrienne la pousse violemment en arrière et elle atterrit sur les fesses.

— T'avise surtout pas de te mêler de notre vie, dit Adrienne à Rena avant de leur claquer la porte au nez.

Afin de se remettre en ordre de bataille, elles décident de rentrer chez Wolfstein. Rena est toute chamboulée, Wolfstein tente de la réconforter. Dès que Wolfstein a poussé la porte, elles se figent à la vue du vieil homme maigrelet assis au comptoir de la cuisine. Sa peau a la couleur d'une carotte. Ses cheveux sont teints en noir corbeau. Ses oreilles sont charnues, flasques avec de grands lobes. Il porte une chemise hawaïenne bon marché ornée de perroquets. Un étui à lunettes rigide dépasse de sa poche de poitrine. Une cigarette logée entre ses lèvres, il crache de la fumée vers le plafond. Il ressemble à un acteur, Rena n'arrive pas à se souvenir de son nom. Celui qui jouait dans le film qu'elle aime bien, avec la rouquine, comment il s'appelle déjà ? Troublée par ce qui vient de se passer avec Adrienne, elle n'a pas les idées claires. N'envisageant pas qu'il puisse s'agir du type qui a appelé tout à l'heure, elle regarde Wolfstein, laquelle semble plus surprise qu'inquiète.

Wolfstein fronce les sourcils, jette les clés sur la table.

— Salut, Bobby, dit-elle en s'efforçant de garder son sang-froid.

— Lacey, dit Bobby avec un fort accent du Bronx, avant de tirer une longue bouffée de sa cigarette. Qui est ton amie ?

— Je te présente Rena.

Rena le salue d'un geste de la main.

— C'est votre Impala qui est garée devant ? demande Bobby.

— En quelque sorte, dit Rena.

Bobby écrase sa cigarette sur le comptoir.

— Il doit y avoir une histoire intéressante derrière ce "en quelque sorte".

Il plonge la main dans la poche de son pantalon, en sort un petit pistolet.

Le cœur de Rena s'arrête de battre.

— Je me suis permis de fouiller un peu et j'ai trouvé ton flingue.

Il essaie de le faire tourner autour de son doigt mais le fait tomber sur le comptoir.

— Dommage que j'aie pas les balles qui vont avec, dit Wolfstein.

Il le ramasse, se le braque sur la tête, appuie sur la détente. La chambre est vide.

— Merde alors.

Il jette l'arme plus ou moins en direction de la poubelle, mais elle atterrit très loin. Puis il glisse à nouveau la main dans sa poche et, cette fois-ci, en sort une enveloppe. Il l'ouvre et retire une lettre.

— J'ai aussi trouvé ça au-dessus du frigo. Une lettre d'une copine à toi prénommée Mo, où elle parle de tes pigeons en Floride. "Ce type, Bobby, c'était vraiment un pauvre gars, j'ai presque pitié de lui." J'avais déjà découvert le pot aux roses par d'autres moyens, n'empêche que ça fait quand même mal de le voir écrit noir sur blanc, Lacey.

Il remet la lettre dans l'enveloppe, la laisse sur le comptoir.

— Ressaisis-toi, Bobby, dit Wolfstein.

Assis sur son tabouret, Bobby se penche et tripote sa jambe. Rena s'aperçoit qu'il porte un étui de revolver autour de la cheville, et qu'il est en train de dégainer un autre petit pistolet, doté d'une crosse de nacre. Il se redresse et l'appuie contre sa tempe.

— Bon, dit-il, il va falloir que je me serve du mien.

Wolfstein lève les mains.

— Voyons, Bobby, fais pas ça. Sois pas bête.

— Tu m'as brisé le cœur.

Il se met à pleurer.

— Bobby, arrête. Je vais te rendre ton argent. C'est ça le problème, non ?

— Non, c'est pas ça le problème ! crie Bobby.

Il écarte le canon de sa tête et le pointe vers Wolfstein.

RICHIE

Pendant ce temps, à Bensonhurst

Le club Caccio's se trouve à l'angle de la 18e Avenue et de la 78e Rue. Richie entre. Ça fait longtemps qu'il n'a pas mis les pieds ici, mais à l'époque où il bossait avec Vic, c'était un de leurs repaires. Depuis que Sonny a été promu et passe une grande partie de son temps à squatter une table au fond, Richie vient moins souvent. Kaplan est derrière le comptoir, en train d'actionner la rutilante machine à expresso. Les mêmes vieilles guirlandes de Noël scintillent toujours sur les murs. Une photo dédicacée et encadrée de Joe DiMaggio est posée sur la caisse. Il y a cinq tables pour jouer aux cartes, entourées de chaises pliantes. Richie a laissé dans le coffre de sa Cadillac le MAC-10 que Freddie Touch lui a vendu à Williamsburg. Le pistolet-mitrailleur a été équipé d'un silencieux spécial Jim Strazella dit Jim Chaise Roulante. Richie a conçu son plan en ne négligeant aucun détail. Il voit bien comment les choses pourraient mal tourner, mais ne s'attend pas à ce que ce soit le cas. Son seul regret, c'est que Crea ne sera pas là.

Johnny la Glacière et Nick Minervino sont assis à une table dans un coin. Une mallette noire brille à leurs pieds. Sonny n'a pas l'air d'être dans les parages.

Richie salue Kaplan.

— Ça fait un bail, dit Kaplan.

Kaplan : un type qui doit avoir quarante-cinq ans, mais en paraît soixante-cinq. Richie lui fait confiance. Quoi qu'il se passe ici, Richie sait que Kaplan ne pipera pas. On peut compter sur lui. "Kaplan a le sens des priorités", avait coutume de dire Vic. Richie apprécie qu'il n'en fasse pas des tonnes, qu'il se comporte comme si la présence de Richie était banale, même s'il sait probablement que Sonny et Richie sont en froid. Pendant toutes ces années, Kaplan a dû entendre les rumeurs, se douter que l'assassinat de Vic par Little Sal était tout bénef pour Sonny et Crea.

— Je peux te demander un service ? dit Richie en prenant dans le pot sur le comptoir un cure-dents qu'il fait tourner entre ses doigts.

— Bien sûr.

Richie se penche vers lui.

— Laisse la porte de derrière ouverte.

Kaplan hoche la tête. Il semble comprendre ce que ça signifie.

Richie s'approche de la table. Johnny se lève le premier. Richie l'embrasse. Ensuite vient le tour de Nick. Dès qu'il s'écarte, Nick lui demande :

— Qu'est-ce que tu fous ici, Richie ?

— Après tout ce temps, c'est comme ça que tu m'accueilles ?

— Il fait beau, non ? dit Nick en se fendant d'un sourire. Une journée parfaite. T'as vu le nouveau restaurant vietnamien qui a ouvert à la place de la boulangerie DiBella ?

— Comment va Crea ? demande Richie.

— Comme toujours, fidèle à lui-même. Tu sais que Sonny va arriver d'une minute à l'autre, j'imagine ?

— Je sais tout.

— Et tu te sens un peu… exclu ?

Kaplan apporte trois expressos avec une tranche de citron et du sucre en morceaux. C'est ça que ces types boivent. Ça vous plaît pas, allez vous faire foutre. Un jour, Richie était venu avec le fils de Jackie Epifanio, et ce connard commande un déca au lait. On aurait pu croire qu'il avait reniflé la culotte de leur fille, vu comme il s'est fait engueuler. Ils l'ont jeté dehors, sous la pluie, comme un déchet. Jackie était là, lui aussi. Et il approuvait. "Cette petite fiotte avec son déca ! Je suis désolé, les gars. Faut que ce gosse apprenne. Merci." Il les a *remerciés*. Incroyable.

Richie frotte la tranche de citron sur le rebord de la tasse et adresse un signe discret à Kaplan.

— T'es venu ici pour faire des vagues ? lui demande Nick.

Richie se cale contre le dossier de sa chaise, gonfle les joues, regarde le plafond en bois.

— Pourquoi je suis venu ici ? En voilà une bonne question.

— Dis-moi juste si je vais avoir des ennuis avec toi. Aujourd'hui, c'est pas un jour fantastique pour moi, tu comprends ? Ma fille a une mononucléose, vous vous rendez compte ? Après tout ce que je fais pour elle, elle se tape une mononucléose. Ça s'attrape en embrassant, non ? Alors qui est-ce qu'elle peut bien embrasser autant, c'est ça que je voudrais savoir.

— Je sais pas, Nick, dit Ice House Johnny. C'est tragique.

— La mononucléose n'a rien de tragique, espèce d'andouille, dit Nick à Johnny. T'inquiète pas. Je veux juste savoir si elle se conduit pas trop comme une putain. Elle a que treize ans. Je croyais que j'avais encore un peu de temps. Dire que je lui ai acheté un vélo tout neuf l'année dernière. On passe si vite des vélos au tripotage.

— Treize ans, c'est pas si jeune de nos jours, dit Johnny.

— Écoutez-moi ce foutu puits de sagesse. (Nick rit, boit une gorgée de café.) Je peux toujours compter sur Johnny pour me remonter le moral. C'est ce qu'y a de bien avec les gens qui ont des capacités limitées.

— Tu te moques de moi, dit Johnny.

— Il se moque de toi, dit Richie.

— Je suis en train de penser, Richie, dit Nick, que t'es peut-être pas la bonne personne avec qui causer de ça. T'as commencé à fricoter avec Adrienne quand elle était en quatrième, je me trompe ? Vic, Dieu le bénisse, je suis content qu'il en ait jamais rien su. Comment elle va ? Tu la vois encore ?

— Ne me parle pas d'Adrienne, OK ? dit Richie.

— J'ai touché un point sensible, désolé.

Soulevant de nouveau sa tasse, Nick recroqueville les doigts comme un putain d'Angliche.

Sonny Brancaccio entre dans le club. Cent trente-cinq kilos. Petit, et qui semble avoir encore rapetissé. En sueur. Une veste de complet trop grande lui arrivant à mi-cuisse, une cravate jaune dénouée autour du cou. Il essuie son crâne chauve avec un mouchoir en tissu. De grosses bagues sur ses doigts boudinés. Un essaim de grains de beauté dans le cou. Une cicatrice épaisse et noueuse sur le lobe de l'oreille, là où Rizzo l'Enragé l'a mordu en 1988. À ses côtés, Ralphie Baruncelli et Chazz Caruso, deux gros balourds.

Kaplan prend la chaise rouge réservée à Sonny et l'apporte près de la table, à côté de celle de Richie. Nick et Johnny se lèvent pour l'embrasser. Richie l'embrasse à son tour. Ralphie et Chazz ont droit à des bises, eux aussi. Après toutes ces embrassades, tout le monde se rassoit.

— Qu'est-ce que tu fous là, Richie ? demande Sonny. Je t'ai pas dit de venir. Je t'ai même pas parlé de cette réunion, autant que je m'en souvienne.

— Non, tu m'as rien dit, confirme Richie.

— Alors qu'est-ce qui nous vaut l'honneur de ta présence ?

— Je suis fatigué, Sonny.

— T'es fatigué ? T'as qu'à faire une sieste.

Les autres éclatent de rire.

— Ce type est fatigué, reprend Sonny avant de sortir son portefeuille et de brandir un billet de cent dollars. Ralphie, Chazz, allez au bazar d'en face et achetez à Richie un oreiller et un de ces petits masques de sommeil, hein ? Ensuite on l'installera sur une paillasse à l'arrière, pour qu'il puisse se reposer et nous revenir frais et dispo.

Encore des rires.

Sonny range le billet dans la poche intérieure de sa veste.

— Qu'est-ce qu'on rit, Sonny, dit Richie. *On rit, Sonny*. Ma parole. Je suis devenu poète.

Sonny n'a plus l'air de s'amuser.

Kaplan lui apporte un double expresso et une assiette de biscuits aux graines, puis disparaît à l'arrière.

Sonny trempe un biscuit dans son café et croque dedans.

— Je ne peux que supposer, dit-il à Richie, que tu es venu aujourd'hui avec l'intention de me faire chier, quelle qu'en soit la raison. Et, si je peux être franc, il semblerait que ça fasse un bout de temps que tu aies cette envie. Ça me plaît pas du tout.

Richie porte sa tasse à ses lèvres bien qu'elle soit vide. D'ailleurs, il est surpris qu'elle le soit. Il la montre à tout le monde.

— Vide, annonce-t-il en désignant les résidus granuleux au fond. Tu te souviens de Sally Boy Provenzano ?

— Tu me demandes si je me souviens de Sally Boy Provenzano ? dit Sonny.

— Évidemment qu'il se souvient de Sally Boy, dit Ralphie Baruncelli. C'est quoi ces conneries ? Tu portes un micro ?

— T'es un mouchard ? s'énerve Chazz.

Sonny fait signe à Ralphie et Chazz.

— Fouillez-le, peut-être.

— Vous pouvez me fouiller autant que vous voulez, vous trouverez ni micro ni flingue. Tout ce que vous trouverez, c'est un cœur qui a changé.

— De quoi il parle, cet hurluberlu ? dit Nick.

— Laissez-moi vous raconter l'histoire de Sally Boy Provenzano, dit Richie.

— Tu crois que j'ai le temps pour ces conneries ? (Sonny prend une profonde inspiration qui lui soulève la poitrine.) Je la connais, cette histoire, tête de cul.

— "Tête de cul" ? s'étonne Johnny la Glacière qui reçoit un coup de coude de Nick.

— Sally Boy Provenzano s'est senti fatigué, dit Richie. Fatigué qu'on prête pas attention à lui. Fatigué qu'on fasse pas appel à lui quand des gros coups se présentaient. Fatigué des trahisons, des minables qui butaient des types comme Vic le Tendre rien que pour que d'autres puissent monter en grade. Fatigué des tarés comme Crea sans aucun code d'honneur. Sally Boy est resté loyal un long moment…

Sonny termine pour lui :

— Jusqu'au jour où il l'a plus été. (Il mordille sa lèvre supérieure.) Tu sais ce qui est arrivé à Sally Boy, pas vrai ? Il a volé près d'un million de dollars et s'est fait descendre par Cosimo la Figue sur une aire de repos du Maryland. Alors quoi, tu me menaces ? Tu vas tenter un truc, Richie ? C'est ce que t'es en train de nous annoncer ?

Sonny tente péniblement de se lever. Il a de petits pieds. Il est en colère. Il fourre un autre biscuit dans sa bouche, le mâche tout en continuant de parler. Les miettes pleuvent sur les revers de sa veste :

— Tout ce que j'ai fait pour toi depuis que Vic a passé l'arme à gauche, et toi tu débarques ici, au club, et tu me menaces ? C'est comme ça que tu me témoignes ta gratitude ?

— Il y a une hiérarchie à respecter, explique Nick. T'as un problème avec Sonny, normalement tu dois en parler à la personne au-dessus de toi. Mais puisqu'on est là, on va essayer de le régler, ton petit problème.

— Un petit problème ? dit Richie. Mais j'en ai aussi un avec Crea, de problème. Pourquoi on n'aborderait que mon problème avec Sonny ?

— T'es fâché contre nous, ou t'es fâché contre Sonny ? demande Nick, sincèrement perdu.

— Je suis fâché contre tout le monde.

Sonny tape des poings sur la table. Les tasses vacillent dans leurs soucoupes, les derniers biscuits sont éjectés de l'assiette.

— Eh ben tu ferais mieux de te calmer, Richie, avant que je demande à Ralphie et Chazz de t'emmener en bas pour plonger ta tête dans le seau d'ammoniaque.

Richie n'a pas peur. Il est excité. Il se sent vivant. Il pense à Adrienne. Il a joui si vite avec elle dans la cuisine, c'est bien la preuve qu'elle le rend complètement dingue. Il a hâte de remettre le couvert, peut-être dans un motel sur la route. Ils foutront la gamine dans une chambre à part avec un film en VOD. Pour l'heure, il fixe Sonny.

— Pourquoi tu me regardes comme si j'étais une putain de décoration de Noël ? demande Sonny.

— J'ai une proposition.

— T'as une proposition pour moi ?

— Pour vous tous, dit Richie en désignant toute la table d'un geste de la main. Et si je prenais la mallette posée par terre entre Nick et Johnny et que je me tirais d'ici ? Et toi, Sonny, et vous, la bande de Crea, vous n'avez qu'à considérer que vous me faites une offrande de paix.

— Tu te barres tranquille avec le fric ?

— C'est l'idée. Bien sûr, je dois prendre en compte d'autres éventualités.

— Tu dois prendre en compte mes couilles, dit Sonny.

Il rit à en faire trembler la table. Nick et Johnny s'y mettent aussi. Ralphie et Chazz les imitent.

— Ce type se paie ma tête. C'est obligé.

— T'as raison, Sonny, dit Richie. C'est juste une blague. J'ai eu vent de cette petite réunion et je me suis dit que je viendrais te casser un peu les couilles.

— Non mais je te jure, dit Nick. Tu m'as sacrément inquiété, Richie. Sacrément inquiété. Les insinuations que tu faisais.

— Ouais, j'avais pas envie d'être obligé de te tuer, dit Ralphie. Je t'ai toujours apprécié, parce qu'une fois tu m'as filé une carte de Mickey Mantle.

— Elle avait de la valeur, cette carte, dit Richie.

— T'es toujours un ami ? demande Nick.

— Bien sûr.

— Je sais pas si t'as besoin de médocs ou quoi, dit Sonny, mais c'était une idée stupide de blaguer comme ça. J'y ai cru, et ç'aurait pu être dangereux pour toi. Sally Boy Provenzano… mais qu'est-ce qui t'est passé par la tête ? Rien que de prononcer son nom, tu risquais de te faire buter.

— Je sais, je sais, dit Richie. Je suis désolé. Ces temps-ci j'ai un sens de l'humour complètement tordu.

— Peut-être que t'as le cerveau en compote. Les connexions qui déconnent là-haut. Trop de stress, trop d'anxiété, je sais ce que c'est. Va voir les Russes et éclate-toi un peu, OK ? Ça te remettra les idées en place.

— T'as raison. C'est vrai que je me sens un peu nerveux, dit Richie avant de se lever et de faire un tour de table pour tous les embrasser. Messieurs, veuillez me pardonner mon immaturité.

Alors qu'il s'apprête à franchir la porte, il entend Sonny dire :

— Putain de malade…

Dehors, il se dirige vers la Cadillac Eldorado blanche garée devant une bouche d'incendie. Un coupé hard-top de 1982. Il se glisse derrière le volant et démarre le moteur. Il ouvre la boîte à gants et sort un cigare De Nobili Toscani qu'il a rangé là exprès. Il l'allume avec l'allume-cigare, baisse la vitre et fume tranquillement en cherchant quelque chose de bien à la radio. Hendrix. Springsteen. Il se résout à écouter une chanson de Yes sur une fréquence rock tout en surveillant l'entrée du club.

Au bout de quelques minutes, il embraie, bifurque à l'angle et pénètre en marche arrière dans l'étroite ruelle derrière le club, bordée de hautes clôtures et protégée des maisons voisines par des haies d'arbres.

Richie écrase son cigare dans le cendrier rempli de pièces de monnaie. Toujours sans couper le moteur, il sort et ouvre le coffre, où il a posé une paire de chaussures de chantier au-dessus de ses bagages. Il enfile les bottes, laisse ses sandales à leur place, puis jette un coup d'œil au Nikon F5 neuf qu'il s'est procuré auprès du neveu de Scrummy. Qu'est-ce qu'il a hâte de s'en servir ! Il imagine une vie passée à dormir dans des motels, manger des burgers dans des drive-in, photographier des vieux néons et des visages derrière leur volant.

L'autre truc dans le coffre – beaucoup plus gros –, c'est le MAC-10 avec son silencieux spécial Jim "Chaise Roulante" Strazella. Putain de Strazella avec ses doigts de fée. Le type préféré de Vic. C'est à peine si ce MAC-10 émet un chuchotement. Richie le soulève, le plaque contre sa poitrine. S'il l'aime autant, c'est parce que c'est l'arme avec laquelle Butch tue Vincent Vega dans *Pulp Fiction*. À sa sortie, il a vu ce film cinq fois en quinze jours au cinéma Loew's Oriental sur la 86e Rue. Un classique. Quelle année c'était, déjà ? 1994 ?

Une cagoule New York Rangers est posée à côté du pistolet-mitrailleur, mais il décide de ne pas la porter. À quoi bon ? Autant qu'ils voient son visage. Il laisse le coffre entrouvert.

La porte de derrière est recouverte de graffitis verts. Kaplan n'a pas fermé le verrou, il a même entrouvert le battant. Parfait. Que Kaplan n'hésite pas une seconde à l'aider est une preuve supplémentaire que des torts doivent être redressés. Ça va bien au-delà du problème de Richie, de sa frustration et de son ambivalence envers la "famille" ces derniers temps. Que Sonny et Crea autorisent – comme ils l'ont sans doute fait – Little Sal à descendre Vic constituait une violation du code d'honneur. Autrefois, le serment avait de l'importance. Quand Vic en parlait, c'était même poétique. Mais aujourd'hui l'organisation n'est plus qu'un nid de petites crapules minables.

Richie contourne une machine à sous renversée et file le long d'un couloir sombre où s'entassent des cartons. Atteignant le rideau noir, il prend une profonde inspiration et pense aux combats de chiens auxquels il assistait avec Vic dans le parc Floyd Bennett Field. Il se souvient d'un pitbull particulièrement redoutable, Erasmus. S'inspirant de cet animal, Richie bande les muscles de son cou, écarte le rideau de sa main libre et avance en pointant le MAC-10 devant lui. Il est content de voir que Kaplan semble s'être fait la malle.

Sonny, Ralphie, Chazz, Nick et Johnny sont des cibles beaucoup trop faciles. Le MAC-10 crache ses balles avant qu'ils aient pu faire le moindre mouvement. De toute façon aucun d'entre eux n'est armé, conformément aux règles de ce type de réunion.

C'est une scène digne d'un film de gangsters. Les corps tressautent. Les tasses de café volent en éclats. Les murs sont criblés de trous. Sonny, Nick et Johnny s'écroulent sur la table. Ralphie et Chazz ont été projetés en l'air.

Richie contemple le tableau. Un chef-d'œuvre. Des ruisseaux de sang par terre. Un silence sinistre. Du café qui dégouline de la table. Quelques derniers souffles et gargouillis. Sonny prononce le nom de Richie à deux reprises avant de se taire à jamais.

Peu importe combien de fois Richie a vu des choses comme ça, a *fait* des choses comme ça, une partie de lui ne peut s'empêcher de penser que ce n'est pas réel, que c'est un film, que les corps ne sont pas de vrais corps, que le sang n'est pas du vrai sang. Or tout est réel et cette fois-ci c'est encore différent, parce que cette vie-là vient de prendre fin pour lui.

Il s'approche de la table, ramasse la mallette entre les pieds de Johnny et de Nick, puis prend des serviettes en papier et nettoie les traînées de sang qui strient la mallette. Il l'ouvre. L'argent est dedans. Cinq cent mille dollars, avait-il entendu dire, et ça semble être le cas. Il referme la mallette – la serrure de sécurité lui donne un peu de fil à retordre –, puis il prend le dernier biscuit dans l'assiette de Sonny, le seul que ce gros enculé n'a pas eu le temps de dévorer, et il n'en fait qu'une bouchée avant de regagner la Cadillac et de ranger le MAC-10 et la mallette dans le coffre, par-dessus ses bagages. Il s'assoit derrière le volant, rallume son cigare et quitte la ruelle, roulant aussi calmement que lorsqu'il quittait la maison de sa grand-mère le dimanche il y a bien longtemps.

WOLFSTEIN

— QUAND J'ÉTAIS PETIT, dit Bobby Murray en continuant de braquer le pistolet sur Wolfstein, j'ai volé de l'argent dans le tiroir de la commode de ma mère. Tu sais ce qu'elle a fait ? À l'époque, certaines mères s'en prenaient à vous avec une cuillère en bois. Pas la mienne. La mienne s'en est pris à moi avec un démonte-pneu. Elle m'a fait poser les mains sur la table et elle les a brisées. J'ai eu les deux mains dans le plâtre pendant je sais pas combien de temps. C'était une autre époque. Les médecins s'en foutaient – il l'a bien mérité, qu'ils se disaient, ce petit merdeux, ce sale petit voleur. Je pouvais pas m'alimenter normalement. Il fallait que j'aspire la nourriture avec une paille. Je pouvais pas écrire. Je pouvais pas tenir ma bite pour pisser, je trempais le sol. Mais ça m'a servi de leçon.

— Bobby, dit Wolfstein.

— Bobby, dit-il en l'imitant. En Floride, je cherchais pas les ennuis. J'en ai eu assez comme ça dans ma vie. Je voulais juste prendre du bon temps. Avaler une pilule de Viagra, batifoler au lit avec quelqu'un qui aime s'amuser.

J'ai fait toute ma carrière dans le traitement des déchets. J'ai pu mettre un peu d'argent de côté. Je pensais que je pouvais mener la belle vie là-bas pendant quelques années avant d'être trop faible pour baiser. (Maintenant il regarde Rena ; c'est à elle qu'il raconte l'histoire, explique son point de vue.) Et voilà que Lacey débarque.

— Je croyais que tu étais quelqu'un de gentil, dit Wolfstein.

— Oh, je suis quelqu'un de gentil. Ça veut pas dire que je vais te laisser me marcher dessus. Ce qui est sûr, c'est que je suis pas un idiot.

— Je peux dire quelque chose ? demande Rena.

— Il vaut peut-être mieux que tu t'en mêles pas, dit Wolfstein.

Elle a beau regretter que Rena se retrouve embarquée dans cette histoire, elle est contente de ne pas être seule avec Bobby. D'autant qu'il prend probablement Rena pour une bonne femme du quartier, sans se douter qu'elle est la veuve d'un affranchi.

— Laisse-la dire ce qu'elle a à dire, réplique Bobby en continuant de braquer le flingue sur Wolfstein.

— Posez ce pistolet, d'accord ? dit Rena. C'est un malentendu, voilà tout.

— Je vais te rendre ton argent, OK ? dit Wolfstein.

— L'argent n'est pas ma première préoccupation, dit Bobby.

— Alors qu'est-ce que tu veux ?

— Je vais me tuer, je le jure, dit Bobby qui appuie l'arme contre sa tempe et fond en larmes.

— Qu'est-ce que je peux faire pour empêcher ça ? demande Wolfstein.

— Épouse-moi.

Dès le premier soir où Wolfstein a rencontré Bobby à Fort Myers, ils sont rentrés ensemble à l'appartement qu'il sous-louait à Cane Palm. Un bel appart. Des piles de livres de poche sur la table basse, des fenêtres aux vitres immaculées, une télé grand écran, une chaîne stéréo, un canapé en cuir, des fleurs artificielles sur la longue table. Ils étaient saouls. Elle se souvient qu'il fredonnait... quoi ? Une chanson de Sinatra ? Son réfrigérateur contenait du yaourt nature allégé, des pruneaux et un reste de mahi-mahi rapporté d'un restaurant ou d'un bar. Sur le comptoir se trouvait une salière remplie de substitut de sel. Ce soir-là aussi, il avait parlé de sa mère. Du fait qu'elle n'avait que quatorze ans de plus que lui. C'était fou, non ? Malheureusement le sexe avait duré longtemps, comme souvent lorsque le pigeon carburait au Viagra. À un moment, en voulant écraser une mouche, il était tombé du lit, les fesses à l'air.

Elle essaie de se souvenir de quelque chose de personnel qu'il lui aurait dit, quelque chose dont elle pourrait se servir pour le désarçonner.

— Je me rappelle, tu as mentionné que ta sœur vivait dans le Connecticut, dit Wolfstein, se raccrochant à ce qu'elle peut.

— Arrête. Tu comptes jouer à ce jeu-là avec moi ? Je suis pas né de la dernière pluie.

— C'était juste histoire de bavarder.

— Arrête.

— Comment s'appelle ta sœur, déjà ? Marsha ?

— Laisse ma sœur tranquille.

— Elle est toujours dingue des armes à feu ? Tu m'avais dit qu'elle aimait la musique classique, aussi.

— Ce flingue est à elle. Elle sait pas que je l'ai pris. (Bobby secoue la tête et, de sa main libre, se frappe la poitrine.) Laisse tomber ma sœur, OK ? Je vais me faire sauter la cervelle dans ton putain de salon si tu ne m'épouses pas !

— Tu veux que je t'épouse là, maintenant ?

— Que tu acceptes de m'épouser, pour commencer. Lacey, il n'y a qu'avec toi que j'ai connu un tel bonheur. Depuis que j'ai quitté la Floride, je suis dévasté. Ça fait deux ans que j'essaie de te retrouver. Je connaissais même pas ton nom de famille. Il a fallu que j'engage un détective privé de Yonkers, un certain Quinlan, et c'est lui qui a fini par te dénicher.

— Bobby, écoute-moi. Si mes souvenirs sont bons, je t'ai arnaqué de quinze mille dollars. J'ai cette somme ici, à l'étage. Laisse-moi te la donner et ensuite on se dira au revoir bien gentiment, d'accord ? Je ne compte pas t'épouser, parce que je ne compte épouser personne.

— Va chercher l'argent, dit Bobby en essuyant les larmes sur ses joues avec sa main armée.

— Voilà, tu fais preuve de bon sens. Pose le flingue et attends-moi une seconde.

— OK, OK.

Il pose l'arme sur le comptoir.

Wolfstein monte dans sa chambre, verrouille la porte. Laisser Bobby seul avec Rena la gêne, mais elle ne voit pas comment se débarrasser de lui autrement. Elle grimpe sur le lit. Le conduit d'aération se trouve au centre du mur, au-dessus du lit. L'ouverture est grande, avec une grille en acier fixée par six vis. Wolfstein ne les serre jamais trop afin de pouvoir les retirer avec ses doigts et soulever facilement la grille. Le sac de batterie ignifugé tient parfaitement dans le conduit. Elle le sort, le jette sur le lit, puis s'agenouille et ouvre la fermeture Éclair. L'argent est enveloppé dans du plastique. Elle compte quinze mille dollars, tout en espérant que Bobby ne s'avise pas de venir frapper à la porte. Vite, elle referme le sac, le remet dans le conduit, revisse la grille, rassemble les billets et les lie avec un élastique à cheveux qu'elle prend dans un tiroir de sa commode. Cent cinquante billets de cent dollars. Un paquet qui ne semble pas si gros.

Elle descend et le tend à Bobby.

— On est quittes, dit-elle.

— Ça n'a jamais été seulement une question d'argent, lui rappelle Bobby.

— Prends-le et restons-en là.

Bobby empoche les billets.

— J'apprécie que tu fasses ça, dit-il.

— Il est temps que tu partes, maintenant. On a beaucoup de choses à régler.

— Ta copine et toi ?

— Tout à fait.

— On pourrait trinquer un petit coup, quand même, histoire de fêter ça ?

— Fêter quoi ?

— Tes efforts pour réparer tes fautes.

— Arrête.

— Tu me dois un verre, il me semble. C'est tout ce que je demande. Un verre et je disparais de ta vie.

— D'accord, soupire-t-elle. Tu veux quelque chose, Rena ?

— Merci, ça ira, dit Rena avant de se caler au fond du canapé, la tête entre les mains.

Wolfstein remplit de glaçons un grand verre et y verse une dose généreuse de vodka. Elle presse un citron vert au-dessus jusqu'à ce que le jus ait rendu la vodka opaque – c'est comme ça que Bobby l'aime. Elle le lui apporte, il en boit une lampée.

— C'est vraiment une bonne idée ? demande Rena.

— Ça l'aidera à rester calme.

— Je n'aurais pas dû braquer ce flingue sur toi, je suis désolé, dit Bobby entre deux gorgées de vodka. Mais j'éprouve un amour profond pour toi, Lacey. J'avais jamais ressenti ça avant. Mon ancienne copine, Myrna, la nana avec qui je suis sorti pendant des années avant de m'installer en Floride, elle a jamais suscité un sentiment comme ça chez moi. Je sais que tu voulais juste m'arnaquer. Quand j'ai demandé à Quinlan de retrouver ta trace, il a découvert pas mal de choses. J'étais un pigeon parmi d'autres, comme l'a écrit ton amie. Mais je crois pas que tu faisais entièrement semblant.

— Je t'aime bien, dit Wolfstein. Mais écoute, il n'y a aucun avenir entre nous. En te donnant cet argent, j'ai soldé nos comptes et j'irai pas plus loin.

Bobby frappe dans ses mains.

— On peut pas pointer un flingue sur une nana et s'attendre à ce que ça fasse des merveilles.

— Je pense qu'il y aurait également un problème de confiance, vu que je t'ai escroqué.

— Ouais, peut-être. Mais j'ai l'impression qu'il y a encore un truc entre nous.

Il vide son verre d'un trait.

— Ça fait beaucoup de vodka, dit Wolfstein.

— Faut croire que j'avais soif. Je me sens plus détendu, maintenant.

Pas moyen de se débarrasser de Bobby. Il réussit à la convaincre de le resservir et tente de danser avec Rena, qu'il a tirée du canapé.

— Il n'y a pas de musique, dit cette dernière.

Wolfstein est en train de perdre patience. Bobby se met à chanter *Mack the Knife*, tord le bras de Rena.

— Hé ! Laisse-la tranquille, Bobby, dit Wolfstein.

Rena parvient à se libérer et monte à l'étage, murmurant quelque chose à propos de se refaire une beauté.

— Je lui ai fait peur, regrette Bobby.

— Tu es bourré.

— Je me sens bien. J'ai le droit, non ? Bon Dieu, j'avais vraiment besoin de ce verre. Et y a ce fric qui me brûle la poche. Tu veux faire un tour au casino avec moi ?

— Il est temps que tu y ailles. Tu veux que je t'appelle un taxi ? C'est comme ça que tu es venu, en taxi ?

— Attends, pas encore. Bavardons un peu. Faisons une partie de rami.

— T'as perdu la boule ou quoi ?

Il s'approche, essaie de la faire danser, renverse de la vodka par terre, tout en chantant :

— *"Oh, the shark has such pretty teeth, babe. And he shows them pearly whites."*

Très vite, il baisse la voix, ayant oublié les paroles et se contentant d'un fredonnement laborieux.

— Je paierai ta compagnie cent dollars.

— Tu veux me filer cent dollars de l'argent que je viens de te rendre ?

— Ouais, pourquoi pas. Je me sens tellement seul.

— Pas question.

Sans qu'elle s'y attende, il la pousse en arrière. Elle s'écroule contre le mur. Embarrassé, Bobby recule, se passe une main dans les cheveux, soupire. Il a réussi à ne pas renverser davantage de sa vodka, qu'il termine en quelques grandes gorgées. Wolfstein en a vu, des choses, mais elle n'a jamais vu quelqu'un descendre de la vodka comme si c'était de la bière. Prenant appui sur ses mains, elle se relève lentement, sans se départir de son calme.

— Je me sens tellement, tellement seul, répète Bobby.

Rena descend alors que Wolfstein est en train de s'épousseter.

— Qu'est-ce qui s'est passé ? demande Rena.

Bobby baisse les yeux.

— J'aurais pas dû la pousser.

— Vous l'avez poussée ?

— Je voulais juste danser un peu. M'amuser.

Il s'approche du comptoir et se verse une énorme rasade de vodka, cette fois-ci sans glaçons ni citron vert. Il vide son verre en deux goulées.

— J'ai pas envie que tu vomisses chez moi, dit Wolfstein.

Bobby hausse les épaules, son visage luisant traversé par des émotions alcoolisées et fluctuantes : regret, fierté…

— Il faut jamais pousser une nana, déclare-t-il. J'étais frustré. Pardonne-moi, Lacey. (Il remplit son verre à moitié et le vide d'un trait.) Tu aurais pu faire un petit tour de piste avec moi, quand même ? Enfin, façon de parler, ajoute-t-il en contemplant le plancher de la cuisine.

— Pour ce genre de comportement, ma copine Rena ici présente a déjà buté un pauvre type comme toi. Alors fais attention.

— Je te donnerai cinq cents dollars si tu m'accordes un peu de ton temps. Je suis sérieux. (Il s'assoit sur le tabouret et sort la liasse de billets que Wolfstein vient de lui remettre.) L'argent, c'est pas un problème.

Il retire quelques billets de cent et les étale sur le comptoir, par-dessus les cercles humides laissés par son verre de vodka. Puis il pose sa tête sur l'argent et, quasi instantanément, se met à ronfler.

— Il vient de s'endormir ? demande Rena.

— On dirait bien. Quel numéro, cet enfoiré !

Bobby dort comme un loir. Wolfstein tire les billets coincés sous lui, tout poisseux de condensation, et les réintègre à la liasse entourée par l'élastique. Elle lui fourre les quinze mille dollars dans la poche. Assise sur le canapé, Rena se lève de temps à autre pour se rendre à la fenêtre et jeter un coup d'œil à la maison d'Adrienne.

— Qu'est-ce qu'on va faire de lui ? demande-t-elle à un moment où elle regagne le canapé.

— Le laisser cuver sa vodka, dit Wolfstein. À son réveil, je parie qu'il se tirera.

Rena s'assoit, hoche la tête.

On frappe à la porte de derrière. Un seul coup.

Wolfstein sursaute.

— C'est qui, cette fois-ci ?

Elle ouvre et n'est pas franchement surprise de découvrir Lucia, coiffée d'une vieille casquette des Yankees à la visière élimée, enfonçant nerveusement le bout d'une de ses tennis dans le paillasson caoutchouteux et serrant contre sa poitrine une petite valise bleue couverte d'autocollants holographiques.

— Je peux entrer ?

— Salut, dit Wolfstein. Vas-y, entre.

Rena se précipite pour les rejoindre.

— Lucia ? Qu'est-ce que tu fais là ?

— Je fugue.

— Ta maman ne sait pas que tu es là ?

Lucia secoue la tête.

— Je la déteste. (Elle marque une pause.) Je sais qu'on ne se connaît pas très bien, mais je crois que je veux vivre avec toi.

Wolfstein imagine Rena comme une femme qui a la tête solidement ancrée sur les épaules, le genre de grand-mère qui va immédiatement poser une main sur l'épaule de sa petite-fille et lui énumérer toutes les raisons pour lesquelles c'est une très mauvaise idée, la principale étant qu'elles se trouvent juste en face de chez Adrienne, et que selon toute probabilité cette dernière ne va pas tarder à rappliquer. Sans parler du fait que Rena a elle-même fui une situation à Brooklyn à laquelle il serait préférable de ne pas mêler Lucia.

Sauf que ce n'est pas ce qui se produit.

— On va apprendre à mieux se connaître, dit Rena en serrant Lucia dans ses bras. Tu ne devrais pas parler de ta mère comme ça, mais je vois bien que ce n'est pas facile pour toi, là-bas. Ça me rendrait très heureuse que tu viennes habiter avec moi.

— Tu es sûre que c'est une bonne idée ? demande Wolfstein.

— On va te débarrasser le plancher tout de suite.

— C'est pas ce que je voulais dire.

— Adrienne s'en va, de toute façon, dit Lucia. Elle s'enfuit avec Richie. Il va voler plein de fric et après ils se barrent. (Elle s'interrompt, regarde Bobby.) C'est qui ce type ?

— Personne, répond Wolfstein. Tu peux répéter ce que tu disais sur ta mère et ce Richie ?

— Ils veulent que je parte avec eux, mais pas question.

— À qui Richie compte-t-il voler cet argent ? demande Rena.

— Aux gens pour qui il bosse.

— Et comment tu as appris tout ça ?

— Je les ai entendus. Et Adrienne m'a demandé de faire mes bagages. Il va bientôt repasser nous chercher, c'est sûr. Elle est dans tous ses états, elle est en train de mettre la maison sens dessus dessous.

— Prends le temps de réfléchir, Rena, recommande Wolfstein. Tu es toi-même en train de fuir quelque chose. Peut-être qu'il ne vaut mieux pas en rajouter, non ?

— On part tout de suite, dit Rena. Ne t'inquiète pas. C'est une opportunité. Une opportunité que la vie nous donne de nouer la relation qu'on mérite. On mérite d'être ensemble. De toute évidence, ma fille n'est pas capable de s'occuper de Lucia. Et elle l'expose à davantage de danger que je ne le ferai jamais.

— C'est possible, n'empêche que ça me paraît pas être une bonne idée.

— Allons-y, Lucia, dit Rena. Dépêchons-nous. Merci pour tout, Wolfstein.

— Attendez une seconde, dit Wolfstein. Juste une seconde.

ENZIO

De nos jours, grâce à Internet, on peut trouver l'adresse de n'importe qui. Où cette *zoccola* pourrait-elle bien chercher refuge sinon chez sa fille dans le Bronx ? Autrefois, Enzio croisait souvent la gamine dans le quartier. Adrienne. Un joli petit lot, chaude comme la braise.

Il n'en revient toujours pas que Rena l'ait assommé et lui ait volé son Impala. Mieux vaudrait pour elle qu'il n'y ait pas la moindre fichue éraflure sur cette voiture. Ni le moindre poil de chatte sur la banquette avant. Alors qu'il essayait juste d'être gentil, de faire en sorte qu'ils s'amusent un peu. Une nana comme cette Rena, soixante ans minimum, c'est pas comme si les mecs se battaient pour elle, putain. Il se disait qu'à ce stade elle serait contente de prendre ce qu'elle pouvait prendre. Il aurait pu se payer une call-girl russe, facile, pas de stress, mais il avait eu envie de quelque chose de romantique. La femme de Vic méritait un peu de respect. Plus maintenant.

Se barrer avec l'Impala représente le comble de l'ignominie.

Il aurait été prêt à oublier l'attaque sanguinaire dont il a été victime. Mais sa bagnole !

Alors il a pris le métro, d'abord la ligne D direction Manhattan, où il a changé pour la ligne 6 direction Pelham Bay Park. C'est dans une de ces rames qu'il se trouve maintenant, la tête enveloppée de pansements, vêtu d'un chino propre et d'une chemise de bowling rouge et noire, après avoir dû jeter ses vêtements ensanglantés à la suite de l'agression perpétrée par Rena. Ramper vers le téléphone, les yeux fermés, sentir le bourdonnement humide dans son crâne meurtri, gérer l'érection fort incommode que le Viagra lui avait procurée, tout ça a été très pénible. À l'hôpital Maimonides, on lui a fait des points de suture. Vingt. Il leur a raconté qu'il était tombé. Ils lui ont dit vous avez eu de la chance de pas vous tuer, à votre âge. Il a ri et répondu qu'il avait toujours été un gros veinard.

Le type assis en face de lui lit une édition de poche de la Bible. Enzio aime la Bible, évidemment. Pendant la messe, il écoute. Autrefois il faisait la quête à St Mary's, mettait sa plus jolie veste violette et allait de banc en banc, agitant la corbeille sous le nez des gens. Mais lire la Bible dans le métro comme si c'était le dernier James Patterson ? Quelle connerie ! Il a envie de lui filer un coup de coude dans le bide, de lui dire de lâcher un peu ça. Qu'est-ce qui pourrait motiver ce type, à part la volonté d'étaler son fanatisme à la face du monde ?

Le type réalise qu'Enzio a remarqué sa bible. Rasé de près, il a le teint olivâtre et porte un T-shirt Captain America. Et cette eau de Cologne, qu'est-ce que c'est ? Ça sent la fleur. Peut-être que ce gars est une tapette qui se sert de la Bible pour faire diversion.

— Ça va ? demande le type, refermant son livre sur le ruban en dentelle qui lui sert de marque-page. Votre tête ?

— Je vais bien, dit Enzio en reculant contre la vitre.

— Vous avez eu un accident ?

— Une petite chute, c'est tout.

— Je m'appelle John.

— Et alors ? Tout d'un coup on est potes ?

— J'essaie simplement d'entamer une conversation, dit John. Nous passons nos vies à éviter de parler aux gens, surtout dans une ville comme celle-ci. De quoi avons-nous peur ?

— Je sais pas ce que tu vends, mon vieux, mais fourre-le-toi dans la chatte.

— J'adore New York. Il n'y a qu'ici qu'on entend parler comme ça. C'est génial, vraiment génial. Moi je suis originaire du Texas.

— Rentre au Texas et fous-moi la paix, OK ?

— Vous lisez la Bible, monsieur ?

— Et voilà, on y est.

— Il y a tout dedans, dit John. Du sang, du sexe, de la mort, de la rédemption, tout ce que vous voulez.

Enzio pince les lèvres.

— Qu'est-ce que tu racontes sur la Bible ?

Non pas qu'Enzio l'ait lue dans son intégralité. Pour l'essentiel, il en a entendu des passages à l'église. Des extraits dans les homélies du père Ricciardi, de monsignor Stankus et, il y a longtemps, du père Reilly. Ce John est-il en train de dire quelque chose qui devrait l'offenser ? Peut-être qu'il ne prend pas la Bible au sérieux. Si c'est le cas, Enzio ferait bien de lui donner une leçon.

— Je dis juste qu'elle contient tout ce qu'on peut attendre d'un livre.

— D'accord, très bien.

— J'ai un autre exemplaire dans mon sac. Ça vous tente ?

— J'en ai plein, des bibles. J'ai l'air d'un type qui manque de bibles ? C'est quoi, l'arnaque ?

— Il n'y a pas d'arnaque, monsieur. Je porte la bonne parole.

— Je vais te percer un deuxième trou du cul, John, si tu me fous pas la paix.

Enzio appuie ses coudes sur ses genoux, fixe le sol. John descend à l'arrêt suivant, Grand Central. Qu'il aille fourguer ses bibles en toc à des putains de touristes.

Après avoir découvert l'adresse de la fille de Rena dans le Bronx, Enzio a appelé son vieux pote Harry Guttuso qui, tout récemment, a emménagé chez sa sœur Nancy à Bronxville pour se rapprocher du casino de l'hippodrome de Yonkers. L'Empire City Casino ouvre bientôt et va éviter aux types comme Harry de devoir prendre le bus jusqu'à Atlantic City plusieurs fois par semaine. Ils ont gardé le contact, Harry et lui, même si Enzio n'est en général pas doué pour maintenir le lien avec les gens qui s'éloignent au-delà d'un rayon de dix pâtés de maisons. Mais tous les deux, ils ont passé tant d'heures à bavarder et jouer aux cartes chez Mama Zucco's sur Bath Avenue qu'après son déménagement Harry a fait l'effort de donner régulièrement des nouvelles. Il téléphone tous les quinze jours. Il a invité Enzio à Bronxville. C'est un type sur lequel on peut compter. Quand Enzio l'a appelé pour annoncer sa venue dans le Bronx, Harry lui a dit que son neveu et lui feraient le trajet depuis Bronxville pour le récupérer à la gare.

Enzio descend à l'arrêt Westchester Square-East Tremont Avenue. C'est bondé et ça pue comme seul le Bronx pue. Rien à voir avec les odeurs de Brooklyn.

Il descend l'escalier menant à la rue, cherche Harry. Avec son gros pif, on le repère facilement. Ça fait six mois qu'ils ne se sont pas vus. Il se peut que Harry soit devenu bien gras maintenant qu'il vit avec Nancy ; elle doit lui préparer des spaghettis, des boulettes de viande et des croquettes de poulet tous les soirs.

Il l'aperçoit enfin, près d'un vendeur de café, accompagné d'un gamin. Le gamin a peut-être dix-huit ou dix-neuf ans, porte un jean serré, un T-shirt moulant, une barbe irrégulière qui mériterait d'être taillée. En réalité, ce gamin a l'air de souffrir d'une bonne gueule de bois. Quant à Harry, il a toujours à peu près le même aspect. Un pif qui ressemble à une aubergine. Des bras rachitiques. Une chemise ornée de palmiers, un carnet de notes dans la poche de poitrine. Un bermuda. Des mocassins.

Harry sourit, avance d'un pas lourd vers Enzio. Le gamin reste un peu à l'écart.

— Qu'est-ce qu'est arrivé à ta tête ? demande Harry.

— Une petite chute.

Harry le serre dans ses bras et l'embrasse sur la joue.

— Mince alors, dit Harry.

— Je sais, je sais. Quel idiot…

— La semaine dernière je suis tombé dans la douche. J'ai failli me casser la bite.

— C'est dur de vieillir.

— Je te le fais pas dire. Je te présente Lou, mon neveu.

Harry attrape Lou et le force à s'approcher. Le gamin est tout gêné.

— Lou, je te présente Enzio.

— C'est qui ? Le rejeton de Nancy ? demande Enzio.

Harry hoche la tête :

— Il lui ressemble, pas vrai ?

— Un peu, ouais. Autour des yeux. (Enzio tend la main. Le gamin la lui serre mollement.) T'es censé être quoi, avec cette barbe ?

— J'ai juste la flemme de me raser, dit Lou.

— La flemme de se raser. Regarde-moi ce gamin.

Ils traversent la rue et passent devant un restaurant baptisé National Diner. Enzio est troublé par le fait que la nuit tombe déjà. Ces temps-ci, le soir, il ne met pas souvent le nez dehors. S'il sort, en général il est rentré au plus tard avant la fin de l'après-midi, un bol de biscuits apéritifs sur les genoux et un petit porno sympa sur sa grande télé. Quand il se lasse de voir des nichons tanguer, il met *Scarface*. Quel acteur, ce Pacino…

— T'as une nana dans le coin ou quelque chose ? demande Harry.

— Quelque chose.

Lou est à la traîne.

— Hé, p'tit, t'as de la merde dans le caleçon ? demande Enzio en riant. C'est quoi le problème de ton neveu, il a chié dans son froc ?

— Il marche lentement, explique Harry.

— Il a l'air de tout faire lentement. C'est sa barbe qui le ralentit. Tu lui as dit qu'il ressemblait à un putain de terroriste ? Vu l'actualité, tu lui as dit que son but devrait plutôt être de ressembler à un Américain ?

— Ah, soupire Harry, je le laisse tranquille, ce gamin, à lui de vivre sa vie. Je suis garé juste là, sur Ferris Place.

Dépité, Enzio secoue la tête.

— Écoute, si j'ai besoin, je peux emprunter ta voiture ?

— Mieux que ça, dit Harry. Lou bosse pas en ce moment. Si t'as besoin, il peut te servir de chauffeur. Tu connais pas le quartier.

— C'est pas nécessaire.

— Si, fais-moi confiance. Surtout la nuit. Faudrait pas que t'aies un accident en terrain inconnu.

Enzio prend le temps de réfléchir. Son objectif est de se rendre chez Adrienne et de récupérer l'Impala ; il ne s'attend pas à rencontrer d'obstacles majeurs. Mais mettons que la voiture n'y soit pas. Ou, pire, qu'elle soit abîmée. Alors quoi ? S'il devient fou, est-ce une bonne idée d'avoir ce Lou dans les parages ?

— OK, si t'es sûr que ça dérange pas.

Harry lance un regard par-dessus son épaule.

— Lou, ça te dérange de faire un peu le chauffeur pour Enzio ?

— Non, ça me fait plaisir.

— Je vais sans doute avoir besoin qu'on me conduise quelque part tout de suite, prévient Enzio.

— Comme tu veux, dit Harry. Tu vas rester avec nous à Bronxville cette nuit ? Nancy a préparé la chambre d'amis. T'embête pas à rentrer à Brooklyn.

— Si tout se passe bien, j'accepterai volontiers. Le principal, c'est que je récupère ma voiture. Après, c'est vrai que j'aime pas rouler la nuit.

— C'est l'Impala ?

— Ce serait trop long à raconter, mais elle est ici, je crois, et il faut que je la récupère.

— Quelqu'un l'a volée ?

— Plus ou moins.

— Comment est-ce qu'on vole "plus ou moins" une bagnole ? Voici la nôtre, d'ailleurs.

Harry désigne une Nissan Maxima bleu électrique coincée entre un 4x4 couvert d'autocollants des Yankees et une camionnette blanche bardée de graffitis.

Enzio monte à l'arrière. Harry s'installe lentement sur le siège passager, rentrant ses jambes l'une après l'autre, grognant quand son dos retombe contre le dossier en cuir. Lou se traîne jusqu'à la portière du conducteur, l'ouvre et se laisse choir derrière le volant.

— C'est toujours Lou qui conduit, dit Harry.

— Très bien, dit Enzio.

— Tu racontais que quelqu'un a plus ou moins volé ton Impala.

Lou s'extrait de la place de parking en heurtant le pare-chocs avant de la camionnette, puis les voilà qui remontent le pâté de maisons à vive allure.

— Tu te souviens de la femme de Vic ? demande Enzio.

— Vic Ruggiero ? Vic le Tendre ? Évidemment. Rena. C'est quelqu'un de bien, cette fille.

— Je vais être franc avec toi. J'ai essayé de la sauter. Depuis le temps qu'on est voisins ! Ça fait des années que Vic est mort, je me disais qu'elle était peut-être en manque, je l'ai jamais vue avec un autre type. Son amie Jeanne m'a dit que j'avais ma chance. Et pourquoi pas, après tout ? Je prends tout ce qui se présente, moi, et Rena est bien foutue pour son âge. J'aurais dû aller à Coney Island et me taper une pute russe, comme d'habitude. Mais non, il a fallu que je fasse preuve d'ambition.

Ils s'engagent sur Westchester Avenue, Lou baisse la vitre et laisse pénétrer le bruit de l'extérieur. Harry se retourne.

— Nom de Dieu ! T'as fait des avances à Rena Ruggiero ? Et si la bande de Vic l'apprend ?

— J'ai l'impression qu'elle est plus trop en contact avec eux. Elle l'a jamais été, en fait.

— Prends l'autoroute ici, dit Harry à Lou en pointant frénétiquement le doigt vers la bretelle d'accès.

Lou accélère pour rejoindre la Hutchinson Parkway, manquant accrocher une camionnette au passage.

Enzio ne sait pas trop où ils vont, mais ne pose pas de question. De toute façon, Harry a dit qu'on pouvait compter sur Lou.

— Et alors, qu'est-ce qui s'est passé ? demande Harry.

— Je ramène Rena chez moi. Je lui sers un verre de vin. Je mets un porno.

— T'as mis un porno ?

— Ouais.

— Tu pensais que ça l'exciterait ?

— Ben ouais.

Harry éclate d'un gros rire gras de vieux bonhomme.

— Qu'on ne vienne pas me raconter que tu sais ce que veut la gent féminine. Qui aurait l'idée de mettre un porno pour briser la glace ?

— Je me disais que ça faisait longtemps, pour elle. Qu'en voyant toute cette action à l'écran, ça lui donnerait envie de baiser.

— Vic va revenir des Enfers pour te faire ta fête, mon ami. Et après, il s'est passé quoi ?

— J'avale un Viagra, j'essaie de m'approcher.

Harry lâche un soupir exaspéré.

— T'as mis les mains sur elle ?

— Pas brutalement. Je me comporte en gentleman, pour l'essentiel. J'essaie de susciter du désir chez elle, un point c'est tout.

— Laisse-moi deviner. Elle te flanque une dérouillée.

— Elle attrape ce putain de cendrier en verre, un truc qui appartenait à Maria. C'était à son père, pour ses cigares, t'imagines le truc ? Aussi lourd qu'une brique. Et elle m'assomme avec. Je m'écroule aussi sec.

Harry éclate de rire.

— T'étais K.-O. ?

— Complètement K.-O.

— Y a du Mike Tyson en Rena, ma parole !

— Quand je me réveille, y a du sang partout. J'ai la tête en feu.

— T'as la gaule à cause du Viagra ?

— Et comment !

Le rire d'Harry se transforme en quinte de toux. Courbé en avant, tirant sur sa ceinture de sécurité, il tapote sur l'épaule de Lou.

— T'as entendu cette histoire ? Ça te fait pas marrer ? Enzio se réveille couvert de sang, avec la trique. La vieille l'a estourbi avec un cendrier. Tu vois comme c'est important, le consentement ?

Lou hoche la tête.

— Je me traîne jusqu'au téléphone, poursuit Enzio. J'appelle le 911. Une ambulance se ramène. On me sort sur un brancard. Je suis tellement dans les vapes que je remarque même pas.

— Remarquer quoi ? demande Harry.

— Ma putain d'Impala n'est plus là. On m'emmène à Maimonides, j'ai droit à vingt points de suture. Les docteurs m'examinent : à part ça tout va bien. Je rentre chez moi en taxi. C'est là que je le remarque. Je descends du taxi, je vois mon allée vide, quelqu'un a roulé la bâche en boule et l'a fourrée dans la poubelle. À ce moment-là, je crois qu'il s'agit d'un vol banal. Un gamin de la cité Marlboro me l'a piquée pour se faire une petite virée. Je suis sur le point d'appeler les flics quand je réalise : cette pute de Rena. La clé y est plus – celle de l'Impala, seulement celle de l'Impala. Elle est plus sur mon trousseau. Je vais voir du côté de sa maison, aucune trace d'elle. Je sais qu'elle a sa fille dans le Bronx. Je me dis qu'elle pense m'avoir tué, alors elle a volé ma voiture et s'est enfuie.

— Tu te fous de moi, là ? dit Harry.

— Je me fous pas de toi.

— Eh ben, mon pote, tu te trouves dans une position fort peu enviable, c'est tout ce que je peux te dire.

— Je veux juste récupérer l'Impala.

— Et si elle est pas là où tu penses ?

— Ou si elle est esquintée ? intervient Lou.

— On verra ça le moment venu, dit Enzio.

Enzio est pressé de se rendre chez Adrienne, mais Harry veut qu'on le dépose chez Nancy à Bronxville. Il explique à Enzio que Lou l'emmènera ensuite récupérer son Impala.

— Sans problème, dit Lou.

Un quart d'heure pour arriver chez Nancy, une petite maison en brique avec un jardin fleuri, des volets rouges, une antenne parabolique et une grosse boîte aux lettres en métal. La banlieue, c'est à ça que ça ressemble. Lou se range contre le trottoir et Harry descend péniblement, demandant à Enzio s'il a faim : peut-être qu'il veut d'abord entrer manger quelque chose ? Nancy a de la focaccia d'Arthur Avenue et peut décongeler de la sauce au jus de viande. Enzio dit qu'il préfère commencer par la voiture, c'est une torture de ne savoir ni où elle est ni si elle est intacte.

— J'ai pas besoin de te prévenir, dit Harry, que si jamais la bande de Vic s'en mêle, je veux pas que mon neveu se retrouve au milieu ?

— Ils s'en mêleront pas. Tout est sous contrôle. Le gamin court aucun danger.

— Par le passé, tu t'es quand même pas toujours montré très prudent. Tu t'es retrouvé mêlé à certains conflits dans le quartier…

— J'ai pu avoir un petit côté tête brûlée, c'est vrai.

— Mon conseil, c'est de prendre des gants avec Rena, dans la mesure du possible. C'est une veuve. La veuve de Vic Ruggiero.

— Je sais, je sais. Pour l'instant je pense qu'à une chose, mon Impala.

— Ça se comprend.

Harry disparaît à l'intérieur de la maison.

— Vous voulez monter devant ? demande Lou.

— Je vais rester à l'arrière, dit Enzio. Combien de temps il faut pour y aller ?

— Vous avez une adresse ?

Enzio farfouille dans sa sacoche, retrouve le bulletin paroissial de la semaine dernière sur lequel il a noté l'adresse. Il le montre à Lou.

— C'est à Silver Beach, dit Lou. Ça devrait nous prendre une vingtaine de minutes pour y retourner. On n'était pas loin là où vous êtes descendu du métro.

Il démarre.

— Alors c'est quoi ton histoire à toi ? demande Enzio. Tu fais le chauffeur pour ton oncle toute la journée ?

— Je suis un artiste.

— Un *artiste* ? Sans blague.

— Je fais des bandes dessinées.

— C'est un art, ça ?

— Vous croyez pas ?

— Des super-héros, ce genre de conneries débiles ?

— Non, c'est pas ça mon truc. Moi, j'écris et j'illustre des récits sur des gens normaux. Des piliers de bar, des employés de supermarché, des jockeys, tout un tas de gens très différents.

— Ça a l'air ennuyeux.

— La vie des gens n'a rien d'ennuyeux.

— Si tu dessinais des gros nibards, des trucs comme ça, là on pourrait se comprendre. Là ça vaudrait le coup.

Le silence s'installe tandis que Lou se faufile à travers la circulation pour rejoindre l'autoroute. Enzio regarde par la vitre, tapote le verre. La rue n'est qu'une succession de feux rouges.

— Dites-en-moi plus sur votre voiture, demande Lou.

— Une Chevrolet Impala deux portes, modèle de 1962. Carrosserie peinte avec une couche de noir monstrueusement épaisse. Intérieur rouge. Banquettes en vinyle rouge avec entredeux en tissu moucheté. Moquette noire au sol. Sous le capot, un LS 2 de 5,3 litres, moins de mille cinq cents kilomètres au compteur depuis qu'il a été refait. Radiateur Champion à trois rangées, relié à un carburateur Holley 600. Boîte manuelle quatre vitesses Muncie, entièrement refaite. Essieu arrière avec une paire de pignons 3:36. Direction assistée Borgeson. Freins à disques assistés à l'avant. Bagues d'étanchéité neuves en polyuréthane au niveau de la carrosserie et de la suspension. Pneus à carcasse radiale. Jantes en alliage. Tu t'y connais en bagnoles ? Je l'ai depuis longtemps, mon Impala. J'ai mis des tonnes de fric dedans. Je la confie toujours au même garagiste qui en prend super soin sur Avenue X.

— J'y connais que dalle.

— Si t'y connais que dalle, pourquoi tu m'as posé la question ?

Lou hausse les épaules.

— Ça vous arrive de vous émerveiller devant le monde dans lequel on vit ? Il y a trois heures, je me branlais avec cette main. (Il retire sa main droite du volant, la montre à Enzio.) Maintenant elle est sur le volant, où elle sert à vous conduire. Dans deux heures, je l'utiliserai pour manger des bretzels en matant la rediffusion du dernier épisode des *Soprano*. Enfin, pas le dernier dernier, le dernier de la première partie de cette dernière saison. Bref, c'est étonnant, non ? La même main. On pourrait penser que ce serait bien d'avoir une main différente pour chaque occupation différente. Genre : Ah merde, il est temps que je mette ma main à branlette, ou ma main à volant ou ma main à bretzels.

— Mais de quoi tu parles, bordel ?

— Les types qui ont des crochets à la place des mains, ils se branlent comment, vous croyez ? En se frottant contre des trucs ?

— Pourquoi tu me fais penser à des types qu'ont des crochets à la place des mains ? C'est quoi ces histoires ?

— Je me demandais, c'est tout.

— Tu te demandais ?

Lou hausse les épaules et la suite du trajet se déroule en silence.

Quand ils arrivent, Enzio est soulagé de voir que l'Impala est garée devant la maison d'Adrienne. Intacte. Il lâche un soupir.

— Dieu merci !

— Hein ? fait Lou.

— Qu'à notre arrivée on la trouve devant la maison, c'était le meilleur scénario possible. C'est ce qui s'est produit, et je suis soulagé, voilà.

— Vous voulez que je reste ? Au cas où il y aurait un problème ?

— Non. La voiture est là. Je vais récupérer la clé et me tirer.

— Vous voulez pas me suivre jusqu'à Bronxville ? Vous avez dit à oncle Harry que vous passeriez peut-être la nuit chez eux.

— Que je rentre à Bronxville ou à Brooklyn, ça revient au même. J'aime pas conduire la nuit, mais j'ai pas le choix, alors autant que je rentre chez moi.

— OK. Vous avez le numéro d'oncle Harry, au cas où. Tenez-nous au courant.

— Merci d'avoir fait le chauffeur, dit Enzio.

Il ouvre sa portière, la referme derrière lui.

Lou lui adresse un salut à travers la vitre. La Maxima s'éloigne dans un crissement de pneus.

Enzio fait le tour de l'Impala, cherchant des petites bosses ou des rayures à la lueur du réverbère. Ne voyant rien, il essaie la poignée. Verrouillée.

La nuit vient tout juste de tomber, le ciel est encore un peu pourpre à l'horizon. Il est sympa, ce coin du Bronx. Différent. On se croirait presque dans une station balnéaire ou un truc dans le genre. Il jette un coup d'œil aux maisons tout autour. Sur une des pelouses, un tricycle haut de gamme. Putain. Pourquoi acheter un truc aussi luxueux ? C'est pas comme si le gamin allait s'en servir pendant des années. Surtout si c'est pour le laisser traîner dehors comme ça. N'importe quoi.

Enzio s'approche de la maison. Pas de lumière au-dessus de la porte d'entrée. Il sonne ; le bouton de la sonnette grésille un peu quand il l'enfonce. Aurait-il dû apporter une arme ? Pas un flingue – il n'a jamais aimé se balader avec un flingue. Mais peut-être une batte, quelque chose dans le genre. S'il doit s'énerver un peu, intimider quelqu'un, c'est bien d'avoir un truc à brandir.

La porte s'ouvre et voilà la fille de Rena. Ça doit être elle, en tout cas. Encore plus jolie que dans son souvenir. De beaux yeux marron, comme les gamines qu'il a connues au lycée. Et des ongles si longs, si sexy. Il les imagine lui griffant le dos tandis qu'il la prend sauvagement. Il reste un peu de Brooklyn en elle, mais maintenant elle a aussi cette arrogance typique du Bronx. Ça aussi, c'est sexy. Derrière elle il entrevoit le désordre du salon. Des vêtements éparpillés sur le canapé. Quelques cartons débordant de bric-à-brac.

— Nom de Dieu, dit-elle, le détaillant de haut en bas, s'attardant sur les pansements. Enzio le voisin ?

— C'est ma voiture garée dehors. Où est ta mère ?

— Je l'avais reconnue.

— T'avais reconnu quoi ?

— Votre caisse. C'est quoi l'histoire ? Vous sortez avec Rena ? Elle dit que non. Elle dit que vous la lui avez prêtée. Sauf que je vous vois pas prêter votre voiture à une femme qui vous laisserait pas la baiser.

— Je sors pas avec Rena, tu peux me croire. (Il lance un regard par-dessus l'épaule d'Adrienne.) Et je couche pas non plus avec elle, d'ailleurs. Elle est là ?

— Non. J'avais pas envie de la voir. Je sais pas pourquoi votre bagnole est encore là. Tout à l'heure, Rena traînait avec la voisine d'en face. Peut-être qu'elle y est encore.

Enzio regarde la maison de l'autre côté de la rue.

— Je veux pas de complications.

— Moi j'ai rien à voir avec ces histoires, dit Adrienne avec dédain.

Enzio se mord la langue.

— Bonne chance pour retrouver Rena, conclut-elle avant d'essayer de refermer la porte.

Il la bloque avec son pied.

— J'ai pas fini de te parler.

Adrienne pousse un soupir.

— Je sais pas ce qui se passe, dit-elle, mais j'ai rien à voir là-dedans.

Enzio regarde à nouveau par-dessus l'épaule d'Adrienne, persuadé que Rena est bel et bien chez elle.

— Toujours est-il qu'elle est venue ici et qu'elle reviendra peut-être, dit-il en s'avançant. Je me rappelle de toi dans le quartier. Ton père, j'avais beaucoup de respect pour lui, évidemment.

— Me parlez pas de Vic.

— Pour ce qui est de ta mère, j'essayais juste d'être gentil. Elle m'a assommé et m'a fauché mon Impala.

— Rena vous a fait ça ? demande Adrienne qui désigne la tête d'Enzio puis éclate de rire. Qu'est-ce que vous avez fait pour la foutre en rogne à ce point ?

— T'inquiète pas de ce que j'ai fait. Elle a dépassé les bornes.

— Bon, ben, c'était sympa de vous revoir, mais il est temps que vous foutiez le camp.

Adrienne ferme la porte en poussant fort ; Enzio retire son pied avant qu'il soit écrasé contre le chambranle.

Il retourne voir l'Impala et tente une fois de plus d'actionner la poignée. Toujours verrouillée – elle ne s'est pas miraculeusement ouverte. Il regarde la maison en face, essaie de sentir si Rena s'y trouve ou non.

Une grosse voiture arrive à l'angle et se gare derrière son Impala. Une Cadillac Eldorado blanche, modèle de 1982. Enzio est subjugué. Magnifique, cette caisse. Son pote Phil Gambole avait la même en marron.

La Cadillac pousse un dernier ronronnement puis on coupe le moteur. Quand le type derrière le volant descend, Enzio en reste interloqué. Richie Schiavano, l'ancien bras droit de Vic le Tendre. Richie s'arrête pour admirer l'Impala ; peut-être qu'il se souvient d'elle. Ils ne se sont jamais beaucoup parlé, Enzio et lui, à peine un "Comment ça va ?" de temps à autre.

— Je connais cette voiture, dit Richie en se tournant vers Enzio. Je vous connais.

— Richie, comment ça va ?

— Le voisin de Vic, c'est ça ? Qu'est-ce que vous foutez là ?

— Disons qu'il y a eu un petit problème. Mais tout est désormais sous contrôle.

— Quel genre de problème ?

Adrienne sort de chez elle, balaie la rue d'un regard soucieux.

— Je suis là, ma belle, dit Richie. Parée pour une nouvelle aventure ?

— Où est ma fille ? demande Adrienne. (Puis, à Enzio :) Vous avez vu ma fille sortir ?

— Qu'est-ce qui se passe, elle est partie ? demande Richie.

— Je croyais qu'elle était en haut, en train de préparer ses affaires. Je suis montée, mais elle a disparu. C'est dingue, ça.

— Peut-être qu'elle est avec Rena ? suggère Enzio.

— Rena est là ? s'étonne Richie.

— Putain, manquait plus que ça, dit Adrienne.

— Faut qu'on file, dit Richie.

— Je sais qu'y faut qu'on file. Je m'attendais à tout sauf à ça.

— Dès que Crea apprendra ce qui s'est passé, il se lancera à mes trousses et pensera à venir faire un tour ici. Dommage qu'il ait pas été présent à la réunion chez Caccio's, à lui aussi j'aurais pu lui régler son compte. Lu est peut-être allée voir une copine, non ?

Enzio repose la question :

— Peut-être qu'elle est avec Rena ?

Richie n'y comprend rien :

— Qu'est-ce qu'elle fout ici, Rena ?

Enzio à Adrienne :

— Tu as dit que Rena était peut-être en face ?

Richie à Enzio :

— Qu'est-ce que vous lui voulez, à Rena ?

— Elle m'a volé ma voiture. Je veux juste récupérer la clé, c'est tout, et ensuite je me tire.

— Rena vous a volé votre bagnole ?

— C'est ce que j'ai dit.

— Ça peut pas se résumer à ça. Qu'est-ce qu'il y a derrière cette histoire ?

Enzio ignore Richie et traverse la rue d'un pas traînant, cueillant au passage une rose sur un massif bien fourni et bien taillé. Derrière lui il entend le coffre de la Cadillac qui s'ouvre et se referme, Richie qui dit à Adrienne :

— Je l'ai fait, j'ai le fric.

Puis ils commencent à se quereller, mais Enzio ne se retourne pas. Il prend appui sur la rampe, gravit le perron de la voisine, frappe à la porte aussi fort que possible, serrant la rose dans son poing tout en veillant à ne pas se piquer avec les épines.

RENA

RENA EST CONTENTE d'avoir écouté Wolfstein. *Attendez une seconde. Juste une seconde.* Assise sur le canapé à côté de Lucia, elle réfléchit à ce qu'elle va faire. Si elle part avec sa petite-fille, que se passera-t-il ? Où iront-elles ? Pas question de rentrer chez elle à Brooklyn. Richie et Adrienne se lanceront-ils à leurs trousses ? Adrienne tient-elle vraiment à Lucia ? Et Enzio ? Est-il mort ? S'il est encore en vie, jusqu'où ira-t-il pour récupérer l'Impala ? Peut-être ferait-elle mieux de laisser la voiture ici et de prendre un bus Greyhound. Les questions se bousculent dans sa tête. Elle n'en revient pas du tour que les événements ont pris depuis ce matin, sans parler de ce Bobby Murray qui vient de s'évanouir sur le comptoir de la cuisine. Comme si les choses n'étaient pas assez bizarres comme ça.

— La vie est imprévisible, dit Wolfstein en touchant le bouquet de roses séchées suspendu à son plafond. Voilà ce que j'ai appris. À L.A., je connaissais une fille qui s'appelait Yum Yum. Gentille comme tout. Elle était en cavale. J'ai jamais su ce qu'elle fuyait. Mais j'oublierai jamais ce qu'elle m'a dit la dernière fois que je l'ai vue : "Wolfie, à quoi ça sert ? À chaque fois c'est la même chose, je me retrouve avec le cœur brisé." Ça m'est vraiment resté. Tout ce qu'on fait, toutes les décisions qu'on prend, on essaie juste de ne pas se retrouver avec le cœur brisé, non ? À mon avis, il faut arrêter de vivre avec la peur de souffrir. Il faut savoir affronter ce risque.

— C'est vrai.

— Je peux pas te dire quoi faire. Je peux juste te conseiller de pas te précipiter. Si Adrienne se pointe, qu'est-ce qui se passera ?

— Je partirai pas avec elle, prévient Lucia.

— Qu'est-ce que tu veux faire, ma chérie ? lui demande Rena.

— Je sais pas. Parle-moi de Papa Vic. Qu'est-ce qu'il aimait ?

— Je te parlerai de Papa Vic jusqu'à plus soif, si c'est ce que tu veux. Il aurait été fier de toi. Surtout s'il t'avait vue avec cette casquette des Yankees.

Un clin d'œil de Rena et voilà qui suffit à briser la tension.

Lucia se fend d'un petit sourire. Mais, à la manière dont elle est assise, Rena voit bien toute l'agressivité et l'anxiété qui habitent son corps. Ses épaules affaissées. La chair de poule sur ses jambes tremblantes. Lucia prend un des magazines de mots croisés sur la table basse et le feuillette de façon compulsive.

De l'agitation dans la rue. Des murmures qui résonnent comme des cris. Soudain il fait nuit ; à travers les stores, Rena regarde le quartier s'enfoncer dans une obscurité pourpre. Un coffre qui claque. Des pas. On tambourine à la porte.

— Ça doit être ta fille, grogne Wolfstein.

— On aurait peut-être dû partir sans attendre, dit Rena.

— Pas question que j'aille avec elle et Richie, leur rappelle Lucia.

— Je sais.

Wolfstein va ouvrir, prête à en découdre avec Adrienne.

Mais ce n'est pas Adrienne.

Enzio. Les joues rouges de colère. La tête toute bandée. Une rose à la main. Derrière Wolfstein, il aperçoit Rena sur le canapé. Celle-ci n'en revient pas de le voir ici. Elle est plus surprise que choquée ou terrifiée.

— Tu es vivant ? dit-elle. Comment tu m'as retrouvée ?

— Où est-ce que tu pourrais bien aller, à part chez ta fille ? T'aimes pas les marguerites… et les roses, alors ?

Il lance la fleur par en dessous, elle tombe aux pieds de Rena.

— Je suis désolée de t'avoir frappé, dit-elle, mais tu n'aurais pas dû…

— C'est lui, le type ? demande Wolfstein avant de fixer Enzio bien dans les yeux. Vous devriez pas toucher une femme qui vous a dit de pas la toucher.

— Où est la clé de ma voiture ?

Ne prêtant aucune attention à Wolfstein, il gratte ses pansements.

— Je vais te la donner, dit Rena. Et après tu pars.

Voilà Richie et Adrienne qui remontent l'allée derrière Enzio.

— Où est ma fille ? demande Adrienne en écartant Enzio.

— Rena, qu'est-ce que vous faites ici ? demande Richie.

— Je viens pas avec vous, leur dit Lucia.
— Bien sûr que si, dit Adrienne.
— Adrienne, dit Rena.
Adrienne brandit une main.
— Toi, m'adresse pas la parole.
Enzio s'éclaircit la voix.
— Où est la clé, espèce de vieille cinglée ?
Rena sort la clé de sa poche et la lance vers Enzio. Elle rebondit contre son épaule, tombe par terre.
— Et maintenant tu me la jettes dessus ! (Il se penche en tremblant, tente maladroitement de ramasser cette clé trop plate.) Tous ces kilomètres que tu as parcourus avec ma voiture ! Je devrais te filer une sacrée leçon. Estime-toi heureuse que je sois un type indulgent.
— Ta sacrée leçon, fiche-la-toi au cul, dit Rena. Vu comment tu t'es comporté, tu as de la chance que je te fasse pas tuer.
Richie gonfle la poitrine.
— Ce connard vous a fait quelque chose, Rena ?
Adrienne le pousse d'un coup d'épaule.
— T'en mêle pas. On prend Lucia et on se tire.
— Il a tenté de me violer, dit Rena.
— T'as tenté quoi ? demande Richie à Enzio.
— C'est n'importe quoi, dit Enzio qui n'arrive toujours pas à ramasser la clé. Elle essaie de me coller ça sur le dos. Tout ce que je voulais, c'était passer un bon moment. Et sûrement pas lui manquer de respect. Mais ce qu'elle m'a fait, ça c'est une autre histoire. Elle m'a assommé avec un cendrier, et ensuite elle m'a volé mon Impala.
— C'est la femme de Vic Ruggiero !

— J'ai pas besoin d'être défendu par un pauvre type qui a commencé à coucher avec ma fille quand elle avait quatorze ans ! s'exclame Rena.

Consternée, Lucia baisse encore un peu plus la visière de sa casquette sur ses yeux.

— Oh, Rena, dit Richie. Elle avait quinze ans la première fois qu'on a couché ensemble. J'ai un code d'honneur. (Il s'interrompt.) Comment vous êtes au courant, au fait ?

— Tu as un code d'honneur ? s'étonne Rena.

Richie se tourne vers Adrienne.

— Elle sait comment ça a débuté entre nous ?

Bobby relève sa tête posée sur le comptoir, tente d'émerger de son ivresse.

— Qu'est-ce qui se passe ici ? C'est la fête, maintenant ?

— Bobby, dit Wolfstein, rendors-toi s'il te plaît.

— "Rendors-toi" ? T'oses me dire ça ?

Les cheveux ébouriffés, Bobby se redresse sur son tabouret, fait claquer ses lèvres.

— Écoute, poursuit-il. Je sais pas qui sont tous ces gens, mais je me fiche d'eux. Laisse-moi te poser une question, Lacey.

Il se lève, lisse sa chemise, se passe les doigts dans les cheveux. Sur son visage, une expression comme s'il mâchait quelque chose de trop dur, mais qui se transforme soudain en sourire.

— Lacey, Lacey, écoute-moi bien, d'accord ? C'est clair que c'est une journée un peu folle. Mais laisse-moi juste te dire qu'il y a réellement quelque chose entre nous, j'en suis persuadé.

— Mon Dieu.

— Je pense sincèrement qu'on forme un beau couple, toi et moi. Vraiment. Un avenir magnifique nous attend. C'est bête, j'ai pas pensé à apporter de bague ni rien, mais… Pourquoi tu ne veux pas m'épouser ?

— T'as une cigarette, Bobby ? Je meurs d'envie de fumer.

Bobby fouille dans ses poches, sort un paquet presque vide. Il tend une cigarette à Wolfstein, la lui allume.

— Merci. T'es un marrant, Bobby, faut le reconnaître. T'es un type vraiment marrant.

Dans sa voix, on retrouve le ton de Liotta quand il s'adresse à Pesci dans la fameuse scène des *Affranchis*. Impossible de prononcer ces mots-là sans y faire référence.

— C'est pas très sympa, Lacey. Je suis pas un clown. Allez, ma chérie. Je veux t'épouser. Tu vas m'épouser oui ou non ? Je t'emmènerai à Las Vegas.

— Bordel de Dieu, dit Enzio.

Complètement frustré par la situation, le visage presque collé au sol, il essaie d'attraper la clé à l'aide d'une pièce d'un cent qu'il a sortie de sa poche. Lucia ricane nerveusement. Surexcitée, déconcertée par le spectacle autour d'elle.

— Eh ben, il a vraiment du mal avec cette clé.

— Faites taire cette petite conne !

— Comment tu oses parler de ma petite-fille ! s'indigne Rena.

Parvenant enfin à saisir la clé, Enzio pousse un soupir de soulagement. Mais lorsqu'il se lève elle lui échappe et retombe par terre.

Richie éclate de rire.

— Lucia, on y va *maintenant*, dit Adrienne, montrant ses griffes.

Enzio pince la clé entre ses doigts, la contemple comme s'il tenait un trésor étincelant qu'il cherche depuis des lustres, puis la lâche à nouveau.

— Ha, ha, ha, c'est trop bon ! dit Richie en secouant la tête.

Enzio parvient à ramasser la clé, se relève en la serrant dans son poing comme s'il s'agissait d'une pilule dont dépendait sa vie.

— Si j'avais le temps, je te briserais la nuque, dit Richie à Enzio. Essayer de lever la veuve de Vic Ruggiero, non mais je rêve.

— Richie, Lucia, on y va ! crie Adrienne.

Richie lance un coup d'œil vers Wolfstein et semble s'intéresser à elle pour la première fois.

— D'où je vous connais ?

Wolfstein hausse les épaules.

Richie balaie la pièce du regard, remarque les photos sur le mur.

— Bon sang ! Luscious Lacey ? J'y crois pas. J'étais dingue de *La Dernière Nuit sur Terre de Suzy*. C'était quand, 1982 ? Une année de folie.

Il lève la main droite et brandit son petit pouce boudiné, l'ongle rongé jusqu'au sang.

— *Cheerleaders bien nourries.*

Puis son index.

— *Avalées toutes crues.*

Puis ses trois autres doigts d'un coup, rongés et rouges.

— *Catastrophe suédoise, La Péniche du sexe, Rêves honteux.* Tous des grands classiques. J'en oublie, non ?

— Plein, dit Wolfstein avant d'insérer son mégot dans une bouteille de Bud Light vide.

Adrienne souffle entre ses dents.

— Vous étiez dans des films pornos, c'est ça ? demande-t-elle à Wolfstein. Et toi, Richie, tu te branlais en les regardant ? Bon Dieu, j'ai envie de gerber.

— *Sainte-Marie-couche-toi-là*, dit Richie, levant l'autre main et recommençant de zéro avec son pouce gauche.

— Peu de gens ont vu celui-là, observe Wolfstein.

Index gauche :

— *Trois nonnes trop bonnes.*

— Je me suis bien marrée sur celui-là.

Richie regarde le plafond comme s'il y cherchait d'autres titres.

— Aidez-moi.

— Ce n'est peut-être pas le moment idéal, dit Wolfstein.

— Un dernier, s'il vous plaît. Je vous revois avec un type en combinaison spatiale.

— *Séduction extraterrestre.*

— Il était dingue, celui-là.

— Réalisé par Tony Cardinale. Un génie, de bien des façons. Un génie malade, mais un génie quand même.

Adrienne tire Richie par le bras.

— Le moment n'est pas idéal, comme l'a dit ma voisine. Allons-y.

Richie revient à la réalité.

— Ouais, c'est vrai. Crea.

Enzio vient lui aussi de remarquer les photos accrochées aux murs.

— Luscious Lacey ? Je connais vos films.

— Comme c'est étonnant ! s'exclame Rena.

Bobby s'est relevé, il secoue la tête tel un chien aux longs poils hirsutes.

— Tu as tourné dans des pornos ? C'est merveilleux. Je suis pétri d'admiration pour toi, Lacey. Toute la merde que tu as dû gérer. Tourner des films comme ça, puis arnaquer des mecs comme moi. Il faut du cran et de la cervelle. Je plaisante pas. À mon avis, c'est *toi* le génie.

"Tu es sûre que tu veux pas m'épouser ? Ma chérie, je m'occuperais de toi. Ce fric que tu as volé – et rendu, merci beaucoup –, c'était qu'une goutte d'eau. On ira faire de la calèche à Central Park. On se prendra une chambre au Waldorf, si tu veux. On partira en croisière. Sur le Norwegian Dawn. Tu l'as déjà vu, cet énorme paquebot ? Il passe sous le Verrazano Bridge. À bord, ils te traiteront comme une reine. Un buffet, des manucures, des spectacles. On ira à Atlantic City trois fois par semaine, si tu veux. Ils me font pas payer la chambre. On me donne des places au premier rang pour tous les spectacles que je veux. Qui tu aimes ? Ça te plairait de voir le numéro de stand-up de Jerry Seinfeld ? En voilà un mec drôle.

"Une question, quand même. Dans ces films, tu t'es pas fait péter la rondelle, si ?

Il est revenu vers le comptoir. Personne ne l'écoute. Surtout pas Wolfstein. Il saisit le pistolet – que Rena avait presque oublié – et le pointe en l'air.

— Hé, les gars, je suis armé !

— C'est qui ce type ? demande Richie.

— Personne, dit Wolfstein.

— Personne ? s'indigne Bobby. Je commence à en avoir sacrément marre qu'on dise que je suis personne. Je m'appelle Bobby Murray, et je suis amoureux de Lacey

Wolfstein. Bien qu'elle m'ait escroqué de quinze mille dollars et brisé le cœur. Je suis prêt à tourner la page.

— Eh bien, Bobby Murray, dit Richie en s'avançant, si j'étais toi, je poserais ce flingue.

— On s'en fout, Richie ! s'énerve Adrienne. Qu'il se tire une balle, qu'il tire sur ma mère, sur Wolfstein, on s'en fout. Attrape ma fille et barrons-nous !

— Je t'emmerde ! crie Lucia.

Bobby agite sa main armée. Tout le monde se recroqueville tandis qu'il dirige le pistolet tour à tour vers le plancher, le plafond, à gauche, à droite.

— Attention, je plaisante pas ! Si je dois appuyer sur la détente pour obtenir ce que je veux, je le ferai.

— Calme-toi, Bobby, dit Wolfstein.

Richie lève la main pour faire signe à Bobby d'arrêter son cirque.

— Une minute, le vieux. C'est bourré de monde, ici. Y a des femmes et une gamine. Et, pour être honnête, t'as pas l'air de savoir manier ce flingue. C'est quoi ton problème ? Tu veux tuer qui ?

Adrienne :

— Te mêle pas de ça.

Bobby :

— J'en sais rien.

Richie :

— Tu sais pas ? Alors pose ce flingue et essaie de faire ta demande en mariage d'une autre manière, OK ? Qu'est-ce que t'en penses ? On rembobine ?

Bobby braque le pistolet sur Richie, sa main faiblarde tremblant comme s'il était atteint de delirium tremens.

— Peut-être que c'est toi que je veux tuer ?

Richie éclate de rire.

— J'y réfléchirais à deux fois, à ta place. Tu sais qui je suis ?

— Qu'est-ce que tu veux que ça me foute ?

— Et si on sortait dans la rue ? J'ai mon flingue dans la Cadillac. On peut se battre en duel. Dos tourné, dix pas... dans les règles de l'art, quoi.

Un silence tendu emplit la pièce. Bobby a toujours le flingue pointé sur Richie, mais il regarde Wolfstein. Wolfstein regarde Rena et Lucia. Richie regarde Bobby. Adrienne arbore l'expression de quelqu'un qui souhaite que quelque chose prenne fin, s'attend à ce que ce soit le cas, s'avère profondément déçu de découvrir que ça ne l'est pas. Lucia est à la fois excitée et perdue, comme si on jouait une pièce de Shakespeare devant elle. Rena, elle, ne sait pas trop sur quoi fixer ses yeux.

Adrienne file un coup de coude à Richie.

— Tu vas te faire descendre par ce minable alors que tu es si près de la liberté ?

— T'as raison, Adi, dit Richie. (À Bobby, levant les mains en signe de paix :) Écoute, le taré, t'es en veine. J'ai un bel avenir devant moi et je vais pas le compromettre à cause d'un vieil emmerdeur à la con. Le Seigneur soit avec toi. Bonne chance avec Luscious Lacey. Luscious Lacey, merci pour tous ces beaux souvenirs mammaires.

Sa clé de voiture à la main, il s'approche de Lucia et désigne du doigt la valise bleue.

— C'est ta valise, Lu ? M'oblige pas à te traîner de force comme si on était à l'asile psychiatrique, tu veux bien ?

— J'ai dit qu'elle n'irait nulle part pour l'instant, lui rappelle Rena.

— Rena, avec tout le respect que je vous dois, vous pouvez pas débarquer et prendre les décisions à la place de votre fille. Vous vous souvenez de Crea, pas vrai ? Vous avez entendu Vic raconter plein d'histoires à son sujet. Le marteau, les sourcils ? Après ce que j'ai fait, c'est sûr qu'il est à mes trousses. Croyez-moi, vous avez intérêt à ce qu'on soit partis avant qu'il arrive.

— Remets les mains en l'air ! exige Bobby.

— J'essaie d'être gentil avec toi, mon vieux, dit Richie. Me provoque pas. C'est un excellent conseil et je te le donne gratis.

Sans hésiter, Bobby stabilise son bras armé avec sa main libre et appuie sur la détente.

La balle passe loin de Richie, atteint le cou d'Adrienne qui se tient près de la porte.

Rena réprime un cri. Elle n'arrive pas à y croire. Tout se passe au ralenti. Elle détourne son regard d'Adrienne – sa fille, sa fille unique –, entoure Lucia de ses bras, cherche à lui couvrir les yeux. Lucia s'extirpe, écrasant sous son pied la rose qu'Enzio a jetée.

— Maman ? dit Lucia.

Adrienne s'agrippe le cou. Sur son visage, une expression tragique, un peu comme quand elle avait eu une pneumonie en CM2 et que, aussi fragile que du papier de soie, elle était persuadée de se trouver à l'article de la mort. Elle se ratatine par terre, le sang jaillit de son cou tel une nuée de papillons rouges, ses mains plaquées contre le jet comme si elle essayait d'en stopper le flot. Le regard de Rena est happé par les ongles de sa fille, si longs. Des gargouillements s'échappent de la bouche d'Adrienne.

— Appelez une ambulance ! crie Rena tandis qu'un éclair de douleur rugit à travers son corps.

La douleur pulse de ses orteils à ses globes oculaires en passant par tous ses os.

— Mais qu'est-ce que tu as fait, Bobby ? dit Wolfstein qui se dirige vers le téléphone mural.

Enzio sort de la maison et file vers l'Impala, traînant les pieds aussi vite que possible tout en tenant le fond de son pantalon.

Sous le choc, Richie lâche sa clé par terre juste devant Lucia et se jette à genoux pour prendre Adrienne dans ses bras.

— Ma chérie, non. Ma chérie, ça va aller. Ma chérie, j'ai mon Nikon tout neuf. Je vais te prendre en photo devant le meilleur *diner* qu'on trouvera sur la route. Je te commanderai un milk-shake. À la vanille. On va découvrir de nouveaux endroits super. Ma chérie.

Adrienne tousse, crache du sang, bat des paupières. Quand elle était petite, des inconnues s'approchaient de Rena et lui disaient : "Je serais prête à tuer pour avoir les cils de votre fille." Quand elle était petite.

Bobby s'empoigne les cheveux et pousse un grand soupir.

— Bon Dieu mais j'ai même pas tiré ! J'ai même pas appuyé sur la détente ! J'ai dit à ce type de lever les mains en l'air. Je le lui ai dit. Personne me prend au sérieux.

Les yeux embués de larmes, Richie lève la tête vers Bobby.

— Non seulement je vais te tuer, espèce de sale ordure dégénérée, mais ça va être long, très long.

Sa bouche ne cesse de projeter des gouttes de salive. Il sanglote, essaie de passer les bras sous Adrienne pour la soulever. Du sang partout.

— Je t'emmène à l'hôpital, Adi. Je vais trouver le meilleur docteur pour te soigner. J'ai des tonnes de fric dans le coffre, je vais tout refiler aux médecins. Ils vont t'arranger ça en un clin d'œil.

Rena caresse frénétiquement les cheveux de Lucia. La gamine s'écarte, écœurée.

— Appelle vite une ambulance, Wolfstein ! crie Rena.

Wolfstein vient de composer le premier chiffre du numéro des urgences, attend que le cadran se remette en place.

— Dieu tout-puissant, dit Bobby. J'avais pas l'intention de tirer sur cette nana. C'est vraiment pas ce que je voulais. Qu'est-ce que j'ai fait ?

Quand un nouvel individu fait irruption dans la maison, hormis Rena personne ne semble remarquer sa présence. Même pas Richie. Cet homme trapu porte un survêtement en velours bleu, ses cheveux gris sont plaqués en arrière avec du gel, ses yeux luisent d'une joie perverse comme si tomber sur une scène pareille l'enchantait. Un front barré de rides sombres. Des sourcils arqués. Des oreilles couvertes de touffes de poils. Il tient un gros marteau de forgeron en travers de sa poitrine. Rena met quelques secondes avant de le reconnaître. Crea. Il a pas mal vieilli.

Rena essuie les larmes sur ses joues – sa fille unique en train de se vider de son sang sous ses yeux –, pointe un doigt vers Crea mais reste sans voix. Elle regarde Wolfstein, qui parle à un opérateur. Mais Crea s'approche, lui arrache le combiné de la main avant d'arracher de la prise le cordon torsadé. À coups de marteau, il brise le cadran. Les morceaux volent en éclats devant Wolfstein qui se couvre le visage avec les mains.

Quand Crea a terminé, les restes du téléphone pendent à un bout de fil dénudé. Maintenant tous les regards sont sur lui.

— Au début, Kaplan tenait bon, il voulait pas te livrer, Richie. Puis il a plié comme une pauvre chaise en plastoc. C'est toujours ce qui se passe quand je sors le marteau. Je t'ai déjà raconté comment je me suis mis au marteau ? Je me cherchais une marque de fabrique, tout simplement. J'ai essayé beaucoup de choses jusqu'à ce que le marteau s'impose. Bon, je parie que tu te demandes comment j'ai retrouvé ta trace. Bande de cons, vous auriez laissé une traînée de miettes de pain que ç'aurait pas été plus facile.

Il s'approche de Richie et d'Adrienne.

— Qu'est-ce qui s'est passé ? Qui a gâché mon arrivée surprise ?

Encore tout sanglotant, de la morve pendouillant de son nez, Richie se tourne vers lui,

— Crea, écoute, Adi est mourante. Laisse-moi l'emmener à l'hôpital. Je t'en supplie. Toi et moi, on s'arrangera après.

Crea sourit.

— Ah, parce que tu crois qu'on peut s'arranger ?

Il brandit le marteau au-dessus de sa tête. Regarde Rena. La reconnaît, bien sûr. Sait qu'Adrienne est sa fille. Sait qu'Adrienne est la fille de Vic.

— Crea, non, dit Richie.

Richie tient Adrienne exactement comme on tient les personnages qui rendent l'âme au cinéma. Rena essaie de réfléchir avec une longueur d'avance afin de protéger Lucia de ce qui va se produire. Il est clair que Richie est sur le point de se faire défoncer le crâne. Et ensuite ?

Qu'est-ce que Crea fera d'eux ? Les secours arriveront-ils à temps pour sauver Adrienne ?

Le sourire de Crea s'agrandit encore. Ses yeux sourient. Tout son visage.

— Je vous ai déjà raconté que c'était moi qui avais tué Vic, et pas Little Sal ? Et si maintenant j'abrégeais le supplice de la petite putain qu'il a eue pour fille, comme on achèverait un vieux cheval de course ?

Il agite le marteau en l'air, puis en pose la tête sur la gorge d'Adrienne et appuie fort.

Richie essaie de dégager ses bras, d'attraper le manche. Adrienne lâche un son rauque, étouffé – son dernier. Elle n'a plus suffisamment de forces pour se défendre. Ce que Crea fait, il le fait pour le plaisir. Un rideau noir tombe devant les yeux de Rena.

LUCIA

Ce n'est pas tous les jours que votre mère se fait tirer dessus puis étrangler avec un marteau devant vous. Pourtant, Lucia a déjà fantasmé une telle scène. Ou une variante. L'a appelée de ses vœux, même, au nom de sa liberté. Mais maintenant elle ne sait plus quoi éprouver. Elle ne ressent plus grand-chose, en fait. Faut-il en conclure qu'elle est anormale ? Loin de pleurer ou de vomir, elle est seulement emplie d'un vide glacial. La souffrance de sa mère ne trouve pas d'écho en elle. Nulle envie de lui tenir la main ni de l'entendre lui dire toutes les choses qu'elle ne lui a jamais dites.

Mamie Rena s'est évanouie sur le canapé à côté d'elle. Elle s'est écroulée comme si elle avait été soufflée par une onde de choc. Mamie Rena croit probablement en Dieu. Lucia non. Certainement pas. Le dimanche, elle a l'impression de croire encore moins en Dieu, si c'est possible. Et désormais c'est à ça qu'elle associera éternellement le dimanche. Le jour où sa mère a été tuée.

À terre, Richie gémit, repousse Adrienne.

— Elle est morte ! Putain, elle est morte !

Au moment où le corps d'Adrienne dégringole des genoux de Richie, Lucia remarque les ongles dégoûtants de sa mère. Elle en a toujours détesté la longueur. Elle ne se souvient pas de la couleur du vernis qu'Adrienne avait choisi aujourd'hui, mais maintenant ses ongles sont rouge sang.

Le type au marteau rit. Un rire dément. A-t-elle bien entendu ce qu'il a dit ? C'est lui qui a tué Papa Vic ? Il plaque à nouveau le marteau contre son torse. Prêt à frapper. Prêt à défoncer la poitrine de Richie. Là encore, assister à ce spectacle ne la dérangerait peut-être pas tant que ça.

La tête penchée au-dessus du comptoir, le vieux qui a tiré sur Adrienne gémit. On dirait qu'il est sur le point de dégueuler. Son flingue… où est son flingue ? Lucia ne le voit pas.

— Tout ce que je voulais, marmonne le vieux sans redresser la tête, tout ce que je voulais, c'était me marier avec Lacey.

— Ferme-la, Bobby, dit Wolfstein. Ferme-la immédiatement.

— Je vais te tuer, Crea, dit Richie en se levant, la chemise striée du sang de la mère de Lucia.

— À mains nues ? demande le type au marteau.

Wolfstein se précipite vers Lucia.

— Attrape les pieds de ta grand-mère. Je vais la soulever sous les bras.

Lucia ne comprend pas immédiatement ce que dit Wolfstein. Elle baisse les yeux, aperçoit la clé de Richie par terre, la ramasse et la fourre dans la poche de son short en jean. Et si elle prenait la fuite ? Elle pense à tout le fric censé se trouver dans le coffre de Richie. Crea est venu pour ce fric, elle le sait, et leur priorité est de lui échapper. Mais l'argent, c'est la liberté. L'argent, c'est une nouvelle vie. La possibilité de retrouver son père. Si besoin, elle peut conduire. Tout ce que Big Paulie lui a appris, elle s'en souvient. Du moins elle croit s'en souvenir.

— On va l'emporter dans la chambre, dit Wolfstein.

— Et après ? demande Lucia.

— Et après, je sais pas. Tu pourras porter ton côté ?

— Je crois.

Elles soulèvent Mamie Rena et se dirigent vers l'escalier. Au grand étonnement de Lucia, sa grand-mère est aussi légère qu'une plume.

Crea ne fait pas attention à elles. Il est concentré sur Richie, prêt à lui abattre le marteau sur la mâchoire.

Richie pousse un grognement, contourne Crea et se jette sur le pistolet de Bobby, posé sur le comptoir.

Donnant un grand coup de marteau qui fend l'air, Crea renverse l'étrange lampe de Wolfstein, transperce une de ses photos sur le mur et troue le placo. Le marteau est coincé. Crea a du mal à l'extirper.

Richie tient le pistolet de Bobby.

Bobby bredouille, tête baissée.

— Descends-moi, dit-il à Richie. T'as le flingue, maintenant. Finis-en avec moi.

Crea assène un coup de marteau dans le dos de Bobby. Bobby pousse un cri aigu, tel un chien fauché par la calandre d'un camion lancé à pleine vitesse.

Tout tremblant, Richie lâche le pistolet.

Crea frappe Bobby une deuxième fois. Rien que pour le plaisir. Le corps de Bobby se tord, laisse échapper des sons incroyables, on dirait un fou qui donne naissance à de nouvelles formes de douleur.

Pendant ce temps, dans l'escalier, Wolfstein ouvre la voie. Le corps mou de Rena cogne contre les marches, malgré les efforts de Lucia pour le maintenir en hauteur, bien en équilibre.

— Putain de Dieu, dit Wolfstein. Ça va, ma grande ?

Lucia déglutit, hoche la tête. Toute cette violence, tous ces bruits devraient l'anéantir. La terrifier. La mort d'Adrienne, c'est une chose. Que Crea monte s'occuper d'elles dès qu'il en aura fini avec Richie, c'en est une autre. Mais elle ne ressent rien. Peut-être est-elle vraiment folle ? Dans des moments pareils, les fous doivent se sentir vivants, en territoire familier. Si par miracle elle s'en sort, sera-t-elle foutue à jamais ? Probablement qu'elle l'est déjà, foutue, vu la famille dont elle est issue.

Les yeux de Rena s'ouvrent tandis qu'elles la portent le long du couloir à l'étage. Lucia peut enfin lâcher ses pieds, qui tombent sur la moquette. Rena a le teint vert et semble retenir sa respiration comme pour s'empêcher de vomir. Lucia se demande ce qu'elle voit, quelles pensées lui traversent l'esprit. Est-il possible qu'elle fixe le plafond sale en s'efforçant de se convaincre que tout ça n'était qu'un horrible cauchemar ?

— Rena, ma chérie, comment ça va ? chuchote Wolfstein.

— Je n'en sais rien.

D'autres bruits de chocs leur parviennent d'en bas. Elles entrent dans la chambre, font asseoir Rena sur le lit. Wolfstein verrouille la porte derrière elles.

— Qu'est-ce qu'on va faire ? demande Lucia.

— Je n'ai pas rêvé ? dit Rena.

— Non, désolée, dit Wolfstein en essayant de pousser sa commode devant la porte. Hé, ma grande, tu me files un coup de main ?

Lucia l'aide et elles réussissent à bloquer complètement la porte.

— Cet enfoiré de malade n'est armé que d'un marteau, dit Wolfstein. Si on reste barricadées dans une pièce, on a une chance de s'en sortir. Quand les flics arriveront, on sera tirées d'affaire. De toute façon, peut-être qu'il sera satisfait une fois qu'il aura réglé son compte au petit copain.

— Je pense qu'on devrait s'enfuir, dit Lucia. Regardez, j'ai la clé de Richie. (Elle la sort de sa poche.) On a qu'à prendre sa voiture. Vous tenez réellement à avoir affaire aux flics ?

— Quand je peux je préfère les éviter, dit Wolfstein. Qu'est-ce que t'en penses, Rena ?

— Vic m'a toujours dit : Si tu peux éviter d'impliquer les flics dans tes histoires, c'est mieux, déclare Rena.

Elle a soudain la mine grave, concentrée, le teint beaucoup moins vert.

— Toutes les deux, je vous parle sérieusement maintenant, dit Wolfstein. C'est ta mère en bas (elle pointe son doigt vers Lucia) et ta fille (elle pointe vers Rena). Question honneur, je veux pas que vous ayez de regrets. Si on l'abandonne ici, c'est pour de bon.

— Elle est morte, dit Lucia.

— Rena ? demande Wolfstein.

Rena hoche la tête.

— Après ce que ce salopard de Crea a fait à ma fille, il faut qu'il paie. Sans parler de Vic. Il a dit qu'il avait tué Vic, c'est bien ça ? Nom de Dieu. Tirons-nous d'ici, ça me donnera le temps de réfléchir à tout ça. D'échafauder un plan.

— D'accord, dit Wolfstein. Je me fiche de cette maison. Ce salopard a détruit la seule photo qui avait vraiment de l'importance pour moi. Mais il faut que je prenne mon fric, et après on doit filer directement chez ma copine Mo pour l'avertir des éventuelles conséquences. C'est sa baraque, ici. Je suis sûre que dès demain matin les flics iront lui rendre visite à Monroe. En attendant, cette nuit, c'est un bon endroit pour se planquer et reprendre des forces.

— OK, dit Rena.

— Quel fric ? demande Lucia.

Wolfstein grimpe sur le lit à côté de Rena et retire les vis à moitié serrées de la grille d'aération. Elle sort un sac noir carré qu'elle jette sur la couverture.

— Ce fric-là. Mon petit pécule.

— Comment va-t-on sortir d'ici ? demande Rena.

— Par la fenêtre, dit Wolfstein.

Elle descend du lit et s'agenouille.

— Autrefois, dit-elle à Lucia, j'ai habité dans une maison à L.A. où il y a eu un terrible incendie. Depuis cette époque, si l'endroit où je vis n'est pas pourvu d'un escalier de secours, j'ai toujours mon échelle.

Elle tire de sous le lit une échelle télescopique.

— J'ai qu'à l'attacher au rebord de la fenêtre et elle se déplie jusqu'à quatre mètres.

Elle s'approche de la fenêtre, remonte la moustiquaire, accroche l'échelle au rebord et la déploie.

— Elle peut supporter jusqu'à cinq cents kilos. On descend l'une après l'autre et on fonce vers la voiture de Richie. Ça vous va ?

— Je conduis, dit Lucia.

— Je conduis, dit Wolfstein. Vous devez être toutes chamboulées, ta grand-mère et toi. Et si on tombe sur des flics ça la foutrait mal d'avoir une gamine de quinze ans au volant. Vas-y en premier, Lucia.

Wolfstein jette le sac par la fenêtre. Il atterrit dans le jardin avec un bruit sourd. Lucia met sa casquette des Yankees à l'envers et descend l'échelle à toute vitesse. Elle pense à sa valise, abandonnée dans le salon, et se rend compte qu'elle se fiche pas mal de son contenu. Des magasins Best Buy, il y en a des tonnes. Plein d'autres CD à voler. Ses vêtements, elle les déteste. Sa brosse à dents est très usée, elle en veut une électrique. Son seul regret, c'est de perdre le poster de Derek Jeter – qu'elle a enroulé dans un tube et réussi à faire entrer dans la valise – et aussi ses vieux billets des Yankees, assez précieux.

Au tour de Rena. Elle descend lentement. Pas sûre d'elle. Elle rate un barreau, manque dégringoler. Wolfstein est juste derrière elle, rapide bien qu'elle se plaigne d'une douleur à la jambe.

Les voilà toutes les trois dans le jardin. Wolfstein serre son sac rempli d'argent comme s'il s'agissait d'un ballon de football américain, remue sa jambe droite. Elles regardent autour d'elles. En face, Le Vieux Qui N'arrivait Pas à Ramasser Sa Clé – il s'appelle Enzio, si Lucia se souvient bien – est agenouillé à côté de la voiture de collection que Rena a volée. Paniqué, le bras trop court, il cherche quelque chose qui a dû rouler au-dessous. On entend sûrement dans tout le quartier l'écho de ses grognements de vieillard. Le capot de la voiture scintille à la lumière du réverbère.

— Merde, il est pas parti, celui-là, s'irrite Wolfstein. Me dites pas que ce crétin a encore fait tomber sa clé.

— Il faut croire que si, dit Rena.

Lorsqu'elles passent devant la voiture, Enzio se redresse et les regarde avec des yeux horrifiés.

— Ma clé, dit-il à Lucia en particulier. Elle m'a échappé des doigts et elle a glissé sous la voiture. Aidez-moi à la récupérer, s'il vous plaît. Je veux pas me faire tuer.

Lucia ne lui prête pas attention. Rena non plus. Wolfstein se permet un petit ricanement.

— Aidez-moi, je vous en prie, insiste-t-il.

Lorsqu'il se rend compte que personne ne va l'aider, il se penche à nouveau sur les coudes, tend le bras sous la voiture en geignant.

Lucia se précipite vers la voiture de Richie pour ouvrir la portière conducteur. Elle monte, se décale au milieu de la grande banquette. Ces vieilles voitures où trois personnes peuvent s'asseoir à l'avant, elle adore ça. Le genre de bagnole où personne ne met de ceinture de sécurité. Elle se penche et déverrouille la portière passager. Rena monte, passe son bras gauche autour d'elle. Wolfstein grimpe derrière le volant et lance son sac à l'arrière. Lucia lui tend la clé, Wolfstein démarre. Un grondement délicieux.

Lucia jette un coup d'œil vers la maison de Wolfstein, tandis que cette dernière et Rena semblent faire de leur mieux pour ne pas la regarder. Une autre voiture est garée devant. Noire, presque aussi longue qu'un corbillard, vitres teintées. Un fanion des Mets accroché à l'antenne. C'est probablement la voiture du type au marteau. La porte d'entrée de la maison est ouverte. Par terre, au pied du fauteuil inclinable de Wolfstein, Richie et le type sont en train de lutter. Aucune trace du marteau. Du pistolet non plus. Les deux hommes roulent en dehors de son champ de vision.

Elle ne voit pas le corps de sa mère, mais elle sait qu'il est là. Richie a dit qu'elle était morte, mais Lucia se demande si c'est vraiment vrai et, dans ce cas, ce que ça signifie exactement. Adrienne voit-elle quelque chose ? Ressent-elle quelque chose ? Lucia ne croit pas en Dieu et donc a priori pas en une vie après la mort, mais elle espère qu'Adrienne et Papa Vic auront au moins le droit de fumer une cigarette ensemble. Sa mère ne fumait que rarement et elle ne sait pas si Papa Vic fumait, mais c'est ce qu'elle leur souhaite : une dernière clope avant que tout s'éteigne à jamais.

S'attendant à apercevoir quelques voisins curieux sur le pas de leur porte, inquiets de ce qui se passe chez Wolfstein, elle balaie du regard le pâté de maisons. Personne n'est encore sorti. Peut-être que quelqu'un observe discrètement la scène derrière un rideau. C'est ce que les gens font, en ville. Une fois que les flics ont débarqué, ils se rassemblent dans la rue pour cancaner, mais tant que le danger est encore présent, ils ne se montrent pas.

Wolfstein fait un rapide demi-tour en trois manœuvres puis, sans allumer les phares, commence à remonter la rue. Lucia regarde par la lunette arrière et voit le vieux qui secoue son poing vers elles.

Serpentant entre les voies privées, Wolfstein traverse Silver Beach puis prend à gauche sur Pennyfield Avenue avant de s'engager sur la Throgs Neck Expressway. Maintenant elle allume les phares. Personne ne parle. Rena semble avoir définitivement abandonné la terreur pour la colère. Il fait chaud dans la voiture. Les vitres sont baissées. Dans les oreilles de Lucia résonne le grondement des véhicules qui filent autour d'elles. Elle ne sait pas exactement où elles vont – hormis une ou deux excursions dans le New Jersey, elle n'a jamais été au-delà de la périphérie de la ville, ne connaît que les cinq *boroughs* de New York –, mais elle est contente de ne pas être obligée d'accompagner Richie et sa mère. Son ex-mère, feue sa mère, peu importe. Wolfstein a évoqué Monroe et Lucia pense que c'est au nord, que bientôt elles auront quitté la ville et n'y reviendront probablement plus jamais.

Elle brise le silence.

— T'étais actrice porno ? demande-t-elle à Wolfstein.

— Faut qu'on achète des cigarettes, dit Wolfstein, tenant le volant avec la plus grande décontraction.

WOLFSTEIN

Parmi toutes les choses qu'elle a dû abandonner dans la maison de Silver Beach, une seule lui manque véritablement : la photo avec Stevie Nicks. Si ce mafieux psychopathe ne l'avait pas fracassée avec son foutu marteau, elle l'aurait emportée avec elle. Comme Mo le disait dans sa lettre, ç'avait été la plus belle soirée de leur vie. Inoubliable.

Tandis que Rena est sous le choc et Lucia plongée dans le silence, Wolfstein garde les yeux fixés sur la route. Elle roule dans la file du milieu de la Cross Bronx. Ça fait longtemps qu'elle n'a pas conduit, depuis la Floride, peut-être, mais c'est comme le vélo, ça ne s'oublie pas. Elles vont traverser le pont George Washington et prendre la Palisades Parkway. Sans embouteillage ni nouvel incident, elle devrait arriver chez Mo dans une heure à peine.

Wolfstein admire l'Eldorado. Le petit ami d'Adrienne – c'était son petit ami ? En tout cas, c'est probablement un cadavre à l'heure qu'il est – en prenait grand soin. Elle est prête à parier que si elle passait le doigt sur le tableau de bord, elle ne prélèverait pas le moindre grain de poussière.

Les voitures, elle connaît. Elle aime ça. Surtout celles des années 1970 et 1980, qui la fascinaient lorsqu'elle vivait à Los Angeles. Difficile de ne pas être fascinée quand, autour de vous, le paysage est dévoré par toutes ces belles bagnoles. Des décapotables. Des sportives bien carénées. Des paquebots aux pare-chocs chromés dans lesquels se reflète l'histoire du monde. Rien ne lui plaisait autant que de se balader sur les routes de L.A. en admirant les autres voitures. Lorsqu'elle vivait là-bas, elle en possédait deux très belles, une Challenger et une Thunderbird, qu'elle a dû vendre quand elle s'est retrouvée dans la dèche. Mo, elle, possédait une Trans Am. Les gros producteurs qu'elle connaissait avaient des voitures de dingue : des Lamborghini, des DeLorean. Mais elle continue de préférer les jolies Cadillac comme celle-ci. On peut passer le bras derrière la banquette et rouler peinard. Rien à voir avec les voitures d'aujourd'hui, toutes plus merdiques les unes que les autres. Du plastique. Des jouets. Censées être plus sûres… mon cul. Allez vous faire percuter par un camion à bord d'une petite Civic, pour voir : vous finirez écrasée comme un accordéon. Cette Eldorado, en revanche, pas facile de la réduire en bouillie. Un véritable tank.

Ses pensées devraient être accaparées par Adrienne, Bobby et toute cette scène cauchemardesque qu'elle vient de vivre, mais non. Pleine d'énergie nerveuse, elle tapote le volant, promène sa langue sur ses dents et a l'impression d'avoir du verre en fusion à la place des os.

Lui revient un appel qu'elle a reçu lors de son émission, un soir d'été, un an environ après ses débuts à la radio. Il faisait très chaud dans le studio cette nuit-là ; la climatisation était en panne, un ventilateur lui soufflait au visage et elle avait la voix particulièrement rauque. La personne au bout du fil était un camionneur qui s'était surnommé Dr Twatwaffle – "Gaufre à la chatte", ça avait fait rire Wolfstein. Il avait flirté avec elle de façon assez inoffensive. Parmi les types qui appelaient, il y avait beaucoup de camionneurs pas très gentils ni doux qui ne restaient en ligne que le temps de cracher la purée. Mais malgré son pseudo le Dr Twatwaffle était sincère. Et ce qu'il lui avait confié, après l'avoir complimentée sur sa voix et ses films, était la vérité. Soit parce que ça lui avait échappé, soit parce qu'il se sentait suffisamment à l'aise pour dévoiler quelque chose de personnel. "J'ai tellement peur. Depuis mon divorce, je ne sais plus quoi faire." La réponse de Wolfstein, une de celles dont elle est le plus fière : "Dis merde à ces conneries, mon chou. Contente-toi d'aller de l'avant."

Il lui semble que c'est exactement ce qu'elle essaie de faire maintenant. C'est dans sa nature.

Dans le rétroviseur, elle repère une voiture qui fonce vers elles. Pas facile de bien la distinguer parmi la cohue de la Cross Bronx, toutes ces voitures qui filent de tous les côtés avec un mélange de précision et de folie, mais elle finit par l'identifier : l'Impala à bord de laquelle Rena a débarqué. On ne peut pas la rater, vu comme les lumières se réfléchissent sur son capot. Maintenant c'est Richie qui est au volant. Elle le voit nettement parce qu'il se rapproche si près que leurs pare-chocs sont à deux doigts de se frotter. Comment ont-ils fait pour les rattraper aussi rapidement ? Elle aurait dû rouler plus vite, fuir la ville à cent cinquante kilomètres à l'heure, quitte à faire fumer ses pneus.

— Merde, dit-elle à Rena et Lucia ou peut-être juste à la nuit. Ils sont derrière nous.

Tirée de sa léthargie, Rena regarde par la lunette arrière.

— Richie s'en est sorti ? Enzio est avec lui ?

Lucia se retourne aussi et se dresse sur les genoux, le menton appuyé contre la banquette.

— Où est le type au marteau ?

— Peut-être que Richie l'a tué, dit Rena.

— Ça m'étonnerait.

Wolfstein accélère, change de file.

— Alors c'est une vraie course-poursuite ? demande Lucia.

— Faut croire, dit Wolfstein.

— Richie veut la voiture et l'argent, explique Lucia.

— Mon argent ?

— L'argent qu'il a volé. Il est dans le coffre. Vous avez pas entendu ce qu'il a dit ? Et en plus il tient énormément à cette caisse.

La circulation se densifie. Wolfstein change sans cesse de file. Richie ne la lâche pas, écrase le klaxon et leur fait signe de prendre la prochaine sortie. Rena remonte sa vitre. Arrivant à leur hauteur sur la droite, il baisse la sienne et hurle :

— C'est ma voiture, putain !

Joues rouges, bouche bée, Enzio est recroquevillé sur le siège passager. Il est complètement traumatisé par la brutalité avec laquelle Richie pilote l'Impala.

Richie se rapproche si près que Wolfstein doit donner un coup de volant à gauche pour éviter un choc latéral.

— Ouvrez la vitre ! leur crie Richie.

Lucia se penche par-dessus Rena, baisse la vitre et hurle :

— Va te faire foutre, Richie ! Ton fric est à moi, maintenant !

Dans sa voix, une détermination inflexible.

Richie grimace, surpris et même assez anéanti d'entendre ces mots de la bouche de Lucia. Sur son visage, on lit : *Moi qui te considérais comme ma fille.*

Wolfstein se rend soudain compte qu'elles ont ralenti. Soixante-dix kilomètres à l'heure. La densité et la tension de la Cross Bronx lui donnent l'impression de rouler beaucoup plus vite. Tous ces véhicules, ces murs, ces viaducs. Elle essaie de remonter au-dessus de quatre-vingts, mais se retrouve de plus en plus coincée au milieu des autres voitures. Impossible de semer l'Impala.

Richie réapparaît juste derrière elles. Wolfstein change de file encore une fois, parvient à mettre deux voitures entre elles et lui. De quoi respirer une seconde.

— Comment va-t-on se débarrasser d'eux ? demande Rena.

— On n'y arrivera pas, dit Wolfstein. Pas avant d'avoir franchi le pont.

Richie klaxonne de plus belle.

À l'approche du pont, Wolfstein s'insère devant une grande fourgonnette qui tangue, les vitres couvertes de graffitis et les roues dépourvues d'enjoliveurs. La fourgonnette fait écran entre elles et Richie.

— C'est comme si le monde s'était effondré quand j'ai saisi ce cendrier, dit Rena. Si je n'avais pas fait ce geste, ma fille serait encore en vie.

— Arrête, dit Wolfstein. Je t'interdis de penser comme ça. Je t'interdis de parler de cette façon. Ça sert à rien.

— Quoi qu'il arrive, je garde l'argent de Richie, dit Lucia d'une voix toujours aussi dure. C'est à cause de ce fric qu'on a tué ma mère. Je le mérite.

— D'accord ma belle, dit Wolfstein. Toi et ta mamie vous réglerez ça une fois qu'on sera arrivées chez Mo. Mais faut qu'on y arrive saines et sauves, OK ?

— Si je n'avais pas attrapé ce cendrier, tout irait pour le mieux, dit Rena qui bloque sur cette idée. Richie et Adrienne seraient partis mener la belle vie quelque part.

— Ça se serait probablement pas passé comme ça.

— Et moi, alors ? dit Lucia. Jamais j'aurais accepté de les accompagner.

L'Impala parvient à doubler la fourgonnette, les rattrape sur leur gauche. Richie s'excite sur son klaxon. Lucia se penche par-dessus Wolfstein et lui adresse un doigt d'honneur.

— T'es une vraie furie, ma belle, dit Wolfstein.

Tandis que Rena continue de marmonner, Wolfstein regarde dans le rétroviseur et reconnaît une autre voiture derrière l'Impala. Celle qui était garée devant sa maison quand elles ont déguerpi, une Lincoln Town Car noire, un modèle de 1995 ou 1996 avec un fanion des Mets accroché à l'antenne. La Town Car brille sous les lumières vives de l'autoroute. Richie, lui, n'a pas l'air de l'avoir remarquée.

— Merde, dit-elle.

— Quoi ? dit Rena.

— L'autre type.

Rena se tord le cou pour regarder par la lunette arrière.

— Crea ? Où ça ?

— La voiture derrière l'Impala.

— Espèce d'enfoiré de monstre ! hurle Rena à s'en arracher la gorge.

Comme si Crea pouvait l'entendre par-dessus le grondement de la circulation. Elle fond en larmes.

— Mon bébé, ma fille, qu'est-ce que tu lui as fait ! Vic !

Avec ses poings, elle martèle le plafond de l'Eldorado. Le bruit sec des coups résonne à travers tout l'habitacle.

Dans le rétroviseur extérieur, Wolfstein aperçoit deux choses simultanément : le visage de Richie, horrifié de voir comment Rena traite sa voiture, et Crea qui prend une lampée d'un flacon de Listerine verte, se rince la bouche puis recrache par la vitre ouverte.

— Mamie, dit Lucia, ne sachant apparemment pas quoi dire d'autre.

— Quel monstre… dit Rena dont la voix se réduit à un gémissement.

Elles passent sous ou à travers quelque chose – ce n'est pas vraiment un tunnel mais pour Wolfstein qui est un peu chamboulée, désorientée, ça y ressemble. Les phares font des ricochets contre des murs si sales qu'on les dirait couverts de suie. Elles finissent par émerger sur le pont, dans la file de centre-gauche. La route est jonchée de cônes de signalisation. Des lumières partout, provenant des voitures mais aussi des projecteurs du pont et qui semblent monter vers le ciel. Suspendu au sommet du pont, un énorme drapeau américain s'agite dans le vent telle une robe au-dessus d'une bouche d'égout. Wolfstein pense à Marilyn Monroe. Elle a toujours adoré Marilyn, dévoré tous les livres parus à son sujet. Elle aime l'imaginer nue sur un lit, se tournant et se retournant dans des draps blancs.

De la lumière sur l'eau. Les lumières de la ville derrière elles. Wolfstein se prépare à ruser. Elle va faire semblant de rester à gauche, de s'apprêter à rejoindre la 95 parmi le flot de véhicules qui s'engouffre dans les profondeurs du New Jersey, puis juste avant la sortie elle changera brusquement de voie et s'engagera sur la Palisades Parkway, semant ainsi Richie et Crea pour filer vers Mo. Dit comme ça, ça paraît facile.

Mais évidemment c'est tout sauf facile. L'Impala leur colle au cul. Et la majestueuse Town Car ne lâche pas Richie, qui a bien dû se rendre compte de sa présence.

Sans mettre son clignotant, Wolfstein vire sur la voie la plus à gauche. Les voilà tous trois alignés tel un cortège funéraire : Eldorado, Impala, Town Car.

— Qu'est-ce que tu fais ? demande Rena.

— J'essaie de me débarrasser d'eux, dit Wolfstein.

— De cette manière-là ?

Wolfstein jette un coup d'œil par-dessus son épaule droite : la file du centre est chargée de véhicules qui roulent à vive allure. Pourvu qu'elle n'ait pas vendu la mèche en tournant la tête. Il faut à tout prix qu'elle sème les deux voitures.

— Je vais prendre la Palisades Parkway à la dernière seconde.

— En traversant les trois voies ? Tu vas nous faire tuer.

— J'espère que non.

Juste au-dessus d'elles, le drapeau claque si fort dans le vent qu'on dirait le bruit d'un gros moteur. Ça y est, la sortie pour la Palisades Parkway apparaît.

Lucia et Rena regardent derrière elles, cherchant à comprendre comment Wolfstein va pouvoir exécuter sa manœuvre. Il n'y a pas d'espace libre dans les voies du milieu. On se croirait dans un jeu d'arcade : elle va devoir s'insérer parmi des voitures lancées à pleine vitesse tout en espérant que Richie et Crea restent bloqués. Si elle y parvient, Wolfstein sera la première étonnée, mais a-t-elle seulement le choix ? Si les autres parviennent à les suivre sur la Palisades, elles sont foutues. Impossible de les semer sur cette route sombre à deux voies où les sorties sont très éloignées les unes des autres. Ils les forceront à quitter la route, les coinceront sur une aire de repos ou les pousseront dans les arbres.

Elle repense à Marilyn. La voit allongée langoureusement sur le capot de l'Eldorado. C'est le moment. *Donne un coup de volant, Wolfstein. Saisis ta chance. File vers la liberté.*

RICHIE

RICHIE EST À TERRE, SONNÉ. Ses mains sont ensanglantées – le sang d'Adrienne. Elle est étendue à quelques mètres de lui, les membres écartés. Péniblement, il se redresse sur les genoux et regarde autour de lui. De la confrontation avec Crea ne lui reste qu'un souvenir confus. Il revoit leurs corps enchevêtrés roulant au sol. Il lui semble qu'il a réussi à prendre son marteau à Crea. Oui. Au moins pendant une minute. Crea a sorti un flingue de sa veste. Son Sig Sauer P220. Richie a frappé avec le marteau. Raté. Crea a tiré. Raté. Ils se sont foutu un coup de tête comme des putains de boucs ou de béliers. Ça a fait marrer Crea, qui s'en est remis facilement.

Richie essaie de reprendre ses esprits. Au loin, des sirènes. À tous les coups Crea l'attend dehors, tapi dans l'ombre, prêt à bondir mais préférant ne pas se trouver dans la maison quand les flics débarqueront. C'est un malin, Crea. Et qui sait où sont passées Lucia, Rena et Luscious Lacey ? Peut-être chez un voisin, au téléphone avec un opérateur de la police. Ou sur Pennyfield

Avenue, en train de faire signe à une voiture de patrouille.

Conscient qu'il doit se magner, il se lève, ouvre la porte et observe la rue. Son Eldorado a disparu. Putain de Dieu. Ça veut dire que le MAC-10, le fric et l'appareil photo ont eux aussi disparu.

Mais, agenouillé dans le cercle de lumière du réverbère, il y a ce vieux crétin d'Enzio qui tend le bras sous l'Impala. Sa tête pansée lui donne l'air d'un patient échappé de l'asile après un traitement aux électrochocs.

Richie rentre dans la maison, scrute les murs, le réfrigérateur, à la recherche d'un indice, de quelque chose. Il panique. Où ont-elles filé ? Où ont-elles emporté son argent ? Sont-elles retournées à Brooklyn ? Rena ne commettrait pas une telle erreur. Pas maintenant que Crea s'en est mêlé.

Putain de Crea. Plus que jamais, Richie regrette que ce salaud n'ait pas été présent au moment du massacre chez Caccio's.

Richie enjambe le corps longiligne du vieil enfoiré qui a tiré sur Adrienne, lui donne un coup de pied au passage, remarque une lettre sur le comptoir – là où le type était assis avant de s'écrouler par terre, défoncé à coups de marteau par Crea. Une odeur de vodka émane d'un verre vide. Richie palpe l'enveloppe. Elle doit avoir de l'importance, c'est pour ça qu'on l'a mise bien en évidence. L'adresse de l'expéditeur se trouve à Monroe. Il sort la lettre et la lit rapidement. Cette Mo semble être la meilleure amie de Luscious Lacey. Peut-être comptent-elles se planquer chez elle ? C'est la seule piste qu'il a, en tout cas. Par terre il y a le flingue du type, celui que Richie a tenu quelques instants avant de le perdre. Il le ramasse et examine la chambre. Deux balles. Il glisse l'arme sous sa ceinture, sent le métal contre sa peau. Ni froid ni chaud. Mais un corps étranger bien présent.

Monroe. Il y est déjà allé. Pour manger au *diner* local. Et, en 2002, pour traiter avec un juif hassidique à Kiryas Joel, un village intégré à Monroe. Une histoire de bijoux.

Il remet la lettre dans l'enveloppe et la fourre dans la poche de son pantalon. Les sirènes retentissent plus fort, mais il lui reste encore un peu de temps. Richie s'approche d'Adrienne, pose un genou par terre et l'embrasse, goûtant le sang sur ses lèvres. Il caresse ses hanches, ses jambes, les extrémités fragiles de ses ongles interminables. Si seulement ils pouvaient être allongés dans un lit quelque part. Quel monde ! Quel milieu ! Il ne faut pas pleurer, il le sait. Quand on commence à pleurer, c'est fini.

Il revoit Adrienne au lycée. La façon dont elle croisait les jambes. Se mettait du gloss. Faisait des plaisanteries qui n'avaient aucun sens. Voulait toujours qu'il l'emmène au Madison Square Garden pour assister aux matchs des Rangers. Qui aurait cru qu'une fille comme elle puisse être fan de hockey ? La mère de Richie appréciait Adrienne. Le test suprême. Adrienne l'aidait à rouler les *braciole*, portait un vieux tablier ayant appartenu à sa grand-mère. Elle savait faire une excellente sauce au jus de viande. Sa propre pâte à pizza, aussi. Qu'elle était jolie, son Adi ! Une fille spéciale comme ça, on n'en croise qu'une dans sa vie. Peu importe ce qui avait mal tourné entre eux, il pouvait toujours revenir vers elle, s'appuyer sur elle.

Mais maintenant il est temps de bouger. Avec sa paume, Richie essuie le sang d'Adrienne sur ses lèvres, puis sort de la maison.

Dans le silence fantomatique du quartier, ses chaussures de chantier claquent sur le bitume. Il s'approche d'Enzio, s'agenouille et écarte le vieux d'un coup de coude. Tendant le bras sous la voiture beaucoup plus loin qu'Enzio y parvenait, il tâtonne, trouve la clé et se relève.

— Tu l'as ! se réjouit Enzio. Dieu merci.

— Où est Crea ?

— Il a filé dans sa Town Car il y a cinq minutes. Les sirènes se rapprochent…

— Je sais, je sais.

Richie ouvre la portière de l'Impala et monte derrière le volant.

— Qu'est-ce que tu fais ? demande Enzio en posant une main sur la portière.

— Je vais récupérer ce qui m'appartient.

Richie claque la portière, déséquilibrant Enzio. Il baisse la vitre et démarre. Le moteur gronde.

— C'est pas vrai que j'ai essayé de violer Rena, déclare Enzio. Laisse-moi venir avec toi.

— Pourquoi je me ferais chier à t'embarquer ?

— Je t'en prie. Il faut que je veille sur elle.

Il a la main sur le toit de l'Impala et des larmes dans ses yeux fatigués et pisseux.

— Elle est tout pour moi.

— D'accord. Tu sais quoi ? Monte. Dépêche-toi. Si j'ai besoin d'un bouclier humain quand Crea rappliquera – et il *va* rappliquer, crois-moi –, ce sera toi, mon pote.

Enzio fait le tour et s'installe dans le fauteuil passager.

Richie s'extirpe brusquement du trottoir. Ils enfilent des petites rues à vive allure, rejoignent l'Expressway par l'échangeur de Pennyfield Avenue. Le bruit des sirènes s'éloigne.

— Vas-y mollo, dit Enzio en se tenant la tête entre les mains. Je t'en supplie.

Près du cimetière St. Raymond's, des gyrophares de police tournoient dans l'obscurité. Des renforts viennent en renfort des renforts. Les appels au central doivent se multiplier. Les voisins attendent en silence que la rue soit dégagée. La voie d'accès longeant l'Expressway est toute illuminée en rouge et bleu. Richie a l'impression de rouler comme un fou, mais il maintient une vitesse régulière. Ses lèvres ont encore le goût du sang d'Adrienne.

— Tu as dit que Crea allait revenir à la charge, dit Enzio. Pourquoi t'en es si sûr ?

— Parce qu'il aime jouer, dit Richie avant de cracher par la vitre baissée.

Richie rend visite à Adrienne dans ses souvenirs. Il parle à la gamine, à la femme qu'elle était. Il l'embrasse devant Our Lady of Angels à Bay Ridge. Ils sont sur le point d'entrer dans l'église pour assister au mariage de Bruno Bonnano, un pote de Richie, avec une petite infirmière aux jambes arquées. Il la revoit chez lui, assise en chemise de nuit à la table de la cuisine, lisant les résultats des courses hippiques dans le *Daily News*. Sa façon de se coincer une mèche derrière l'oreille. Ses dents si jolies et qui le sont restées. "Fais comme Adi, prends soin de tes dents", aimait répéter Vic. Il la revoit après leur première rupture.

Il la suit. Elle est sur la 20e Avenue, elle achète un expresso et une petite boîte de biscuits arc-en-ciel chez Licenzo's. Il l'observe à travers les lettres en verre dépoli de la vitrine, par-dessus les piles de focaccia. Il trouve qu'elle ressemble à Annabella Sciorra dans *Jungle Fever*. C'est drôle qu'il n'y ait jamais pensé auparavant. Maintenant qu'ils ont rompu, il trouve que la ressemblance de leur regard est frappante. Peut-être parce qu'elle a changé de coupe. Il la voit sur la plage à Coney Island. Il la voit dans la douche, se faisant le maillot avant d'aller à la plage. Il la voit recevant l'hostie sur sa langue à St Mary's. Il la voit attendant ce qui était autrefois la ligne B du métro. Il voit toutes les images d'elle qu'il a emmagasinées au cours de sa vie. Les premiers jours ensemble, quand il l'embrassait dans sa voiture sur Shore Road. Elle était si jeune. Il fallait se cacher de Vic. Les mains d'Adrienne sur lui. Ses mains à lui sur Adrienne. Tous ces souvenirs comme un film.

Un soir – à l'époque où elle habitait dans le Queens, vers leur troisième ou quatrième rupture –, il lui a rendu visite après avoir tué Mikey l'Idiot au Deno's Bus Stop, la boîte de nuit. Ça l'avait remué. L'Idiot n'avait que dix-huit ans. Mais les ordres sont les ordres. Vic avait réussi à le convaincre qu'il accomplissait l'œuvre de Dieu. N'empêche que ça l'avait quand même secoué. Tuer un gamin, comment aurait-il pu rester indifférent ? Bien sûr, l'Idiot avait merdé, Richie le savait mieux que quiconque, mais il faut donner aux gamins la possibilité d'apprendre de leurs erreurs. Ce qui s'est passé ce soir-là chez Adrienne défile devant ses yeux. Lucia, qui devait avoir quatre ans, dormait dans l'autre pièce. Adrienne et lui, ils avaient baisé par terre tandis que la télé diffusait *Les Oiseaux* de

Hitchcock. Tous ces oiseaux. Dingue. Il revoit la scène, elle sur lui, vêtue d'un T-shirt des Yankees au col déchiré, sa façon de bouger, de répéter son nom, elle s'en fichait de réveiller la petite Lu, et c'est là que le marteau de Crea s'abat sur elle, pulvérise son visage comme du verre.

Partout où Richie regarde, Crea est là. Les voitures à côté de lui sont remplies de Crea grimaçants. Crea perché en haut d'un pont, Crea franchissant une clôture, Crea collé à la vitre d'un bus, d'une camionnette ou d'une ambulance.

Crea qui – Richie s'en souvient maintenant – a déclaré tout à l'heure que c'était *lui* qui avait tué Vic. C'est fou comme un mensonge peut vite s'imposer à tout le monde. Personne n'avait vu Little Sal, pas même Rena. Et pour cause. Dire que c'était Richie qui avait été chargé d'abattre Little Sal.

Richie ouvre l'œil, guette l'Eldorado, essaie de rester concentré. Il craint que le vrai Crea surgisse de nulle part, ouvre le feu sur lui comme il l'avait fait avec Ozzie Gigante sur la Belt Parkway. Réduit en bouillie dans son Escalade, Ozzie était allé se planter dans la clôture de la base militaire de Fort Hamilton. Un jour, Ozzie et lui avaient eu droit à une visite guidée de Monument Park, le musée à ciel ouvert du Yankee Stadium. Ozzie était pote avec Joe Kelly, qui y avait ses entrées. Ç'avait été une belle journée. Après ça, ils avaient traîné sur Arthur Avenue. Trois mois plus tard Crea butait Ozzie.

— Comment tu sais qu'elles ont pris cette direction ? demande Enzio.

— Quand j'aurai envie de causer avec toi, je te le ferai savoir.

Enzio lève les mains, genre, *Ça va, on se calme.*

Richie change sans cesse de voie. L'aiguille flirte avec les cent trente kilomètres à l'heure. Enzio s'agrippe le ventre, voir Richie malmener sa pauvre Impala lui arrache des gémissements.

— Elle est super, ta bagnole, dit Richie en changeant de vitesse. T'inquiète, je suis un bon conducteur. Le meilleur. On les retrouve et je te la rends. C'est aussi simple que ça.

Mais peut-être que Richie se trompe. Cette lettre de Monroe, c'est un pur pari. Mettons qu'ils ne trouvent pas Rena et Lu. Mettons que Monroe, c'était trop facile. Mettons qu'elles aient pris une autre direction. Luscious Lacey doit avoir un million de connaissances. Un hôtel dans le nord. Atlantic City. Vegas. La Californie ou la Floride ou un trou paumé du Tennessee.

— Et si tu les trouves pas, qu'est-ce qui nous arrivera, à ma voiture et moi ? demande Enzio qui semble avoir lu dans les pensées de Richie.

Comme par hasard, c'est à ce moment-là que Richie aperçoit l'Eldorado devant eux. Quelques véhicules les séparent, mais il la reconnaît parce que c'est la sienne. Sa forme. La façon dont les feux stop éclaboussent le bitume. Le rectangle étroit et parfait de la lunette arrière. Le toit bien robuste. Les grandes roues bien droites. Ça lui fait mal au cœur de la voir. N'empêche, c'est incroyable qu'il lui ait fallu aussi peu de temps pour les rattraper.

— Elle est là, elle est là ! s'exclame-t-il.

— Où ?
— Là.
Il pointe un doigt déterminé au-dessus du tableau de bord.
— Je la vois pas.
— Alors t'es aveugle.
— Et maintenant ?
— Maintenant je récupère ma bagnole par n'importe quel moyen. Si tu veux pas que ton Impala prenne cher, t'as intérêt à prier pour qu'il arrive rien à mon Eldorado.

Au tout début, ça semblait bien parti. Richie les avait dans sa ligne de mire, il pensait sincèrement qu'elles allaient simplement s'arrêter sur le bas-côté et lui rendre sa voiture et son argent.

Mais ça s'est transformé en course-poursuite effrénée. Lucia lui criait des insultes par la vitre baissée. Quelque chose s'était déverrouillé dans ses jolis yeux – son désir de garder tout ce fric, probablement. Elle a les mêmes yeux qu'Adrienne.

Lucia. Quand elle était petite, il lui filait tout le temps des billets de vingt dollars. Il les enroulait pour former des petits chapeaux avec lesquels il lui coiffait les pouces, comme ses oncles lui avaient appris à le faire. Elle dépensait tout en cartes de base-ball, en bonbons Swedish Fish ou en autres bêtises qui plaisent aux gosses. Un flot de souvenirs de Lucia remonte à la surface. Les biscuits qu'elle aimait, ceux à la pistache, comment ça s'appelle, déjà ? Et le pain aux lardons. Cette petite pouvait s'enfiler l'équivalent de son propre poids en pain aux lardons. Et quand il l'emmenait manger une pizza chez Spumoni Gardens ou Lenny's. "Emmène-moi au cirque", lui avait-elle demandé l'année de ses huit ans, et qu'est-ce qu'il avait fait ? Des places au premier rang du cirque Ringling Brothers. Arrivée en ville en limousine, du pop-corn, des cacahouètes, de la barbe à papa, la totale. En voyant les gros tas de merde d'éléphant que les types ramassaient à la pelle, ils avaient éclaté de rire. Et maintenant regardez-la. Le même âge qu'Adrienne la première fois qu'il l'avait fait avec elle. Malgré tout ce qui vient de se passer, Lucia est obnubilée par les dollars.

Et avec ça Crea est à nouveau sur ses talons. Il doit les suivre depuis Silver Beach. Probablement qu'il est resté planqué dans l'ombre pour les observer, à suffisamment bonne distance pour ne pas être repéré. Ce n'est qu'un jeu pour lui. Il se rince la bouche à la Listerine, ce malade. Ce serait étonnant qu'il se contente de tuer Richie. Ça ne l'amuserait pas assez. À ce stade, Crea a sûrement envie de ligoter Richie dans un entrepôt, de lui briser les jambes avec son marteau et, comme dans *L'Arme fatale*, de le torturer avec des fils électriques.

Les voilà sur le pont. En file indienne. Luscious Lacey prépare un coup. C'est fou de se dire qu'autrefois il se branlait en matant ses films. Cette paire de nibards mythique. Qu'est-ce qu'elle compte faire ? Virer à droite pour prendre la Palisades Parkway, tenter de les semer ? Ou peut-être que c'est ce qu'elle veut lui faire croire, et qu'au lieu de ça elle va écraser le champignon et filer sur la 95. Mais Richie est trop malin, elle ne l'aura pas. Et il ne faut pas non plus sous-estimer Crea, tout psychopathe qu'il est. Si elles avaient voulu s'éviter ce calvaire, elles n'auraient pas dû entraîner son Eldorado – et par extension son butin – dans cette histoire. Elles auraient pu choper un bus sur Tremont Avenue et se rendre aux gares de Penn Station, Grand Central ou Port Authority, elles avaient le choix, putain. Maintenant tout le monde risque gros, des ennuis, de la douleur.

Brusquement l'Eldorado vire vers la sortie pour la Palisades Parkway alors que Richie est coincé par une camionnette. Le cou du conducteur de la camionnette ressemble à celui d'un prédicateur obèse. Un annuaire est suspendu à son plafond par une chaîne. Il agite les mains, fait un doigt d'honneur à Richie, klaxonne. Richie lâche un juron. La Town Car de Crea frotte l'Impala. Enzio gémit, cette légère collision suffit à lui donner des frissons.

— Non, non, non, je t'en supplie, Richie, non.

— Calme-toi. On est en train de les perdre.

Dans le rétroviseur, il voit Crea qui rit.

Ça se passe comme dans un de ces petits folioscopes rouges qu'il avait quand il était gosse. Luca Cicotte en procurait aux garçons de leur collège. Il fallait feuilleter rapidement les pages. Un petit dessin au crayon d'une strip-teaseuse sur scène, elle se déshabillait, se retrouvait en string avec des étoiles sur les seins. Sur la dernière page, elle serrait les genoux et, avec un grand sourire, révélait enfin ses seins entièrement nus. Luca avait un oncle qui bossait à Times Square et lui filait un tas de cochonneries comme ça. Inutile de le dire, Luca était très populaire parmi leurs camarades. À l'époque on ne voyait pas des nichons partout. La façon dont la voiture – *sa* putain de voiture – bouge lui rappelle ce livre, des mouvements rapides et saccadés comme s'il les voyait à travers les pales d'un ventilateur.

Et voilà que la camionnette lui bloque la route, le prédicateur au cou de taureau regarde Richie et gueule, éclaboussant sa vitre de salive.

Les filles foncent vers l'obscurité de la Palisades Parkway. Richie martèle son klaxon. Il sait qu'un peu plus loin il aura une autre occasion de rejoindre la Palisades, mais en attendant il va se faire distancer. Peut-être les perdre définitivement si elles prennent une des premières sorties. Rien ne garantit qu'elles filent vraiment vers Monroe. Ce n'est qu'une hypothèse, après tout.

Soudain la Town Car est à côté de lui, Crea hausse les épaules, brandit le marteau et mime le geste de lui défoncer le crâne.

— Oh mon Dieu, oh mon Dieu, dit Enzio en apercevant Crea. Laisse-moi descendre, garde la voiture, j'ai changé d'avis. Il me reste quoi, encore quelques années à vivre, si j'ai de la chance ? C'est trop d'émotions pour moi. Laisse-moi descendre. Peu importe où.

— Ferme-la, OK ? Je réfléchis.

Il essaie d'élaborer un plan en visualisant une carte dépliée devant lui. Comment retrouver le bon chemin sans finir complètement paumé dans le trou du cul de ce putain de New Jersey ? Il a déjà pu en faire l'expérience par le passé : une fois perdu dans le trou du cul du New Jersey, on est foutu. Il y a tellement de panneaux. Tellement de possibilités de s'engager sur la mauvaise route. Tellement de cheminées industrielles, de panneaux publicitaires et de clôtures barbelées. Tellement de terrains vagues où s'entassent gravats et pièces détachées de voiture. Cette partie du New Jersey est un véritable labyrinthe.

— Qu'est-ce qu'on fait ? demande Enzio.

— Toi, tu la boucles, c'est simple.

Les mains crispées autour du volant de l'Impala, Richie réfléchit au concept d'"ennemi". Lucia est-elle son ennemie ? Et lui, est-il l'ennemi de Lucia ? Il n'a pas envie qu'on en vienne là. Il a toujours voulu tenir le rôle d'un père pour elle. Ou du moins d'un oncle. Le type qui lui file quelques dollars, lui donne le sourire. Crea est son ennemi, ça, il le sait avec une certitude absolue. Les ennemis infectent votre sang, ça aussi il le sait. L'Idiot n'était pas un ennemi. Sonny Brancaccio, si. Des ennemis d'un genre ou d'un autre, il en a plein. Et plein de quasi-ennemis.

On se perd dans ses pensées quelques secondes, et voilà que Dieu a transformé le monde en pire. Le New Jersey se dessine à l'horizon et le mal y est potentiellement tapi partout. On n'est qu'à un coup de volant d'être perdu, mort ou en route vers le bled le plus pourri du monde. Il sent l'argent dans le coffre de son Eldorado s'éloigner irrémédiablement. Il sent le marteau de Crea s'abattre sur ses genoux. Et ce vieux dégonflé à côté de lui, recroquevillé comme un chien qu'on emmène se faire piquer, lui met encore plus les nerfs à vif. Pas de lune dans le ciel. Richie a froid aux pieds. Un soir pareil, ça paraît dingue d'avoir froid aux pieds, non ?

Il pense aux frissons érotiques de l'été. Adrienne et lui dans sa voiture sur Shore Road. Il s'abandonne presque à ce souvenir si agréable. *Adrienne, Adrienne.* Son cerveau confus répète ce prénom encore et encore, le crie à la face du vaste néant tel Rocky Balboa. "Mon prénom ne s'écrit pas 'Adrian' ", le tançait-elle chaque fois qu'il imitait la voix de Stallone.

Crea les effleure à nouveau. Enzio est horrifié. Ils prennent la première sortie qu'ils croisent, mais Crea ne les lâche pas. Richie n'a même pas regardé le panneau. Ce qu'il craint : aboutir à un enchevêtrement de routes à péage qui les emmènera dans la mauvaise direction. Ce qu'il espère : pouvoir rejoindre la route secondaire dont il se souvient.

Que le New Jersey aille se faire foutre ! Tant pis s'ils se perdent. Si Crea veut la bagarre, il l'aura.

RENA

UN ARRÊT sur une aire de repos de la Thruway. Le moteur de l'Eldorado continue de tourner. Elles se sont garées à l'écart du parking principal, à côté d'un bâtiment carré qui abrite boutiques et fast-foods. Rena a l'impression que son cerveau a disjoncté. Lucia surveille la circulation pour s'assurer qu'elles ont bel et bien semé Richie et Crea. Wolfstein est en train d'appeler son amie Mo depuis un téléphone public.

Wolfstein a eu la bonne idée de leur faire quitter la Palisades Parkway pour la Thruway. Les deux routes mènent à Monroe. Elles se doutaient que Richie tenterait de les rattraper sur la Palisades, ne connaissant pas leur destination finale ; ça n'aurait pas été difficile pour lui de sortir de la 95 et de retrouver leur trace. Quant à Crea, il ne les suit pas. Pour l'instant. Il ne sait pas qu'elles ont l'argent. Il suit Richie.

Elles feraient bien de se débarrasser de l'Eldorado. C'est tout ce que veut Richie. Enfin, non, pas exactement.

Il y a l'argent qu'a mentionné Lucia. Rena a dans l'idée d'utiliser une partie de cette somme pour faire assassiner

Crea. Mais qui engagera-t-elle ? Pas Richie, de toute évidence. Un membre de la bande de Vic serait-il prêt à s'en charger ? Il vaudrait sans doute mieux qu'elle se tienne à distance de ceux qui restent. Elle se souvient que, de temps à autre, lorsqu'il s'agissait de régler des situations un peu particulières, Vic s'en remettait à un certain Freddie Touch. Elle avait rencontré Freddie au salon funéraire Torregrossa and Sons lorsqu'il était passé rendre un dernier hommage à Vic. Peut-être pourrait-elle le contacter.

Tout ça lui donne le tournis. Elle regarde Wolfstein téléphoner : éclairée par les phares de la voiture, elle se tient bien droite, demeurant solide au milieu de la folie que Rena a amenée dans sa vie.

Mais n'oublions quand même pas Bobby. Wolfstein s'en veut probablement de ce qu'il a fait. Rena se tourne vers Lucia, tente un sourire.

— Peut-être qu'on devrait l'abandonner ici, dit Lucia avant d'ôter sa casquette des Yankees pour la jeter sur le tableau de bord.

— Quoi ? Qui ? demande Rena comme si elle reprenait connaissance.

— Wolfstein. Pour la protéger, je veux dire.

— Comment ça ? Tout son argent est dans la voiture. Elle nous fait confiance. Elle s'est occupée de moi.

— C'est son petit ami qui a tué Adrienne. Mais peu importe, Mamie… On pourrait laisser son argent, je m'en fiche. On en a plus qu'elle. (Le visage de Lucia s'éclaire.) Viens voir. Le coffre est rempli du fric de Richie. Qui sait quelle somme ça peut bien faire ? Avec ça, on irait où on veut.

— Pour l'instant, je ne pense qu'à ta mère. Et à Papa Vic.

Rena se retourne vers le pare-brise au moment où Wolfstein raccroche. Wolfstein lui fait signe qu'elle compte entrer dans le bâtiment une minute. Rena hoche la tête.

— Viens, dit Lucia. Allons regarder pour combien il y en a.

— Je me fiche de l'argent. Enfin, non, bien sûr que non. Une partie va me servir à faire assassiner Crea.

— C'est du gâchis.

— Après ce qu'il a fait…

— Elle était déjà morte. Le vieux l'a tuée par accident.

— Lucia.

— C'est vrai.

— On parle de ta *mère*. Et ce n'est pas tout. Il y a aussi ce que je viens d'apprendre.

— Moi, je vais regarder dans le coffre.

Lucia se décale vers la portière conducteur, l'ouvre et descend. Ayant oublié d'actionner le levier qui débloque le coffre, elle revient, mais il lui faut une minute pour le trouver.

— Viens regarder avec moi.

Rena a beau se méfier de cet argent, elle sort quand même, histoire de faire plaisir à Lucia.

— OK, je vais jeter un coup d'œil.

Elles se plantent devant le coffre, Lucia l'ouvre. Ce qu'elles découvrent ne fait qu'augmenter la méfiance de Rena. Un pistolet-mitrailleur, un appareil photo, un sac de voyage, une mallette, une cagoule, des sandales. Lucia regarde autour d'elles – personne ne les observe – puis se penche à l'intérieur du coffre. Elle ouvre la mallette. Ses yeux s'enflamment.

— Nom de Dieu, dit-elle en palpant une liasse de billets. Combien ça peut faire, tout ça ?

— Beaucoup, dit Rena qui se penche et referme brusquement la mallette. Et ne blasphème pas, s'il te plaît.

— Beaucoup, ça veut dire combien ?

Rena ne répond pas, ouvre le sac de Richie et retire une chemise Van Heusen soigneusement pliée. Bleue à pois avec un col blanc empesé. Elle déplie la chemise – tour de cou taille XXL – et la déboutonne avec la dextérité d'une pro. Elle l'étend par-dessus l'arme exactement comme elle étendait les chemises de Vic sur le lit avant un enterrement, un mariage ou la messe. La chemise n'empêche pas de discerner la silhouette massive de l'arme.

— Il faut cacher un peu ça, dit Rena.

— Tu as déjà vu autant d'argent ? Je suis sûre que oui, avec Papa Vic.

Excitée comme une puce, Lucia sautille sur place, souriant presque. Difficile à croire quand on songe à tout ce qui s'est produit et à leur situation actuelle.

— Je referme le coffre, dit Rena, mais elle met du temps à le faire.

— Et ce pistolet-mitrailleur !

Rena lui fait signe de se taire, puis à son tour balaie du regard les environs. Sur le parking principal, quelques personnes piétinent près de leur véhicule en mangeant de la pizza Sbarro ou en buvant du café Starbucks. Il est tard et il n'y a pas grand monde. À cette heure du soir, on a l'impression que quiconque traîne sur ce genre de parking est forcément mêlé à quelque chose de louche. Comme ce quinquagénaire adossé à sa voiture, lunettes de soleil et look Wall Street. Il rentre probablement d'un rendez-vous adultère à l'hôtel avec une fille deux fois plus jeune que lui. Et ce petit ferrailleur, bleu de travail et sourcils broussailleux, qu'est-ce qu'il fait ici ? Pourquoi ces grands seaux dans son camion ? Qu'est-ce qu'il est venu nettoyer dans les parages ? Quand on a vécu la vie que Rena a vécue, quand on a été mariée à l'homme auquel elle a été mariée, on sait qu'il y a une sombre histoire derrière tout ce que l'on voit. Et qu'il y a toujours quelqu'un pour observer, même quand on s'y attend le moins. Elle referme le coffre.

— On pourrait faire un carnage avec ce truc, dit Lucia. Descendre Crea et Richie s'ils nous retrouvent. Tous les deux, bam, en une seconde. Pas besoin de payer quelqu'un.

— Mais qu'est-ce qui te prend ?

Wolfstein surgit derrière elles avec un paquet de Marlboro 100's et une poignée de barres de céréales pas franchement appétissantes.

— De la nourriture. Quelqu'un a besoin d'aller pisser ? Les toilettes sont plutôt propres.

— Ça va pour moi, dit Rena.

— Il y avait la télé, les infos. J'ai vu une mini séquence, ce qu'ils montrent entre deux plages de pubs. Une présentatrice en robe rouge avec une photo de Silver Beach dans un petit carré derrière elle. Des gyrophares de la police. J'arrivais pas vraiment à entendre ce qu'elle disait.

Rena baisse les yeux. Sur le bitume, à côté de ses pieds, un gobelet de soda écrasé. Du chewing-gum vert écrasé. Des taches de peinture jaune. Les gaz d'échappement de l'Eldorado forment un nuage autour de ses chevilles.

— Mange quelque chose, dit Wolfstein en lui fourrant une barre de céréales dans la main.

— Merci. (Elle la glisse dans sa poche.) Peut-être plus tard. J'ai un peu mal au cœur.

— Je comprends, dit Wolfstein avant d'en tendre une à Lucia. Et toi, ma grande ?

— Volontiers.

Lucia engloutit une des barres, leur tourne le dos pour regarder les voitures filer le long de la Thruway.

— Tu as parlé à ton amie ? demande Rena.

— Oui. Je voulais la prévenir de notre arrivée. Elle est contente. Enfin, elle était très saoule, mais contente. Plus c'est la folie, plus elle adore.

Wolfstein arrache le film transparent autour du paquet de Marlboro 100's, déchire l'emballage en alu et se colle une cigarette entre les lèvres. Elle l'allume avec un petit Bic violet sans doute acheté à l'intérieur, lui aussi.

— Je peux en avoir une ? demande Lucia.

— Me mets pas dans cette position, mon chou, dit Wolfstein.

— Pas question que tu fumes, dit Rena.

— C'est pas à toi de me dire ce que je dois faire, rétorque Lucia.

— Bien sûr que si.

— Je fume si je veux.

Wolfstein tire une longue bouffée et souffle la fumée loin de Rena et de Lucia.

— Et si tu la fermais et écoutais un peu ta mamie, ma grande ? T'as pas encore franchi ce fameux cap. Quand t'auras dix-huit ans, là tu feras ta loi.

— J'ai pas de leçons à recevoir d'une ancienne actrice de films pornos.

— Une furie, c'est ce que je disais, grimace Wolfstein avant de cracher un long jet de fumée, en rajoutant pour susciter l'envie de Lucia.

Rena secoue la tête.

— L'argent et les cigarettes. Qu'est-ce que je vais faire de toi ?

— Rien. (Lucia pointe les pieds vers l'intérieur.) Je m'en fiche. Je suis qu'une petite garce.

— Mais non, tu es perturbée, c'est compréhensible, dit Wolfstein.

— Je veux une de ces cigarettes, dit Lucia.

— Une petite garce ? s'étonne Rena en plissant les yeux. Une petite garce ?

Elle se demande si Wolfstein n'est pas en train de penser : *Exactement comme sa mère.*

Wolfstein écrase sa cigarette par terre.

— Faut qu'on y aille, dit-elle.

Elles montent dans la voiture. Lucia est désormais assise à l'arrière – sans doute pour tenir chaud à l'argent dans le coffre. Rena se retourne pour l'observer tandis qu'elles réintègrent la Thruway.

Elles prennent la sortie 16 : Harriman et Central Valley. Rena se souvient de cette route, de cette sortie. Après un péage, elles se retrouvent sur la Route 17 direction Monticello. Vic l'y a emmenée à l'hippodrome plusieurs fois, parce qu'il hésitait à investir dans un cheval. Le cheval s'appelait Bright Fancy. Monticello n'était alors qu'un champ de courses, le casino n'avait pas encore ouvert. Un matin, en arrivant à l'hippodrome, elle avait remarqué un vieux *hobo* assis sur une barrière près de l'entrée. Il était tôt, des nuages empourpraient le ciel. En voyant sa grosse barbe blanche, ses yeux généreux et sa canne, elle avait commencé à lui imaginer une vie. Il voyageait dans des trains de marchandises. Gravait son surnom sur le flanc des wagons. Dormait dans les bois et mangeait des haricots près d'un feu de camp. Sa représentation d'une vie de *hobo* était influencée par ce qu'elle avait vu dans les films. Or rien ne prouvait que ce type était bel et bien un *hobo*.

La Route 17 mène également aux Catskills, où elle et Vic avaient passé leur lune de miel en 1968. Gershwin's, un magnifique centre de vacances. Des humoristes, des balades à cheval, l'apéritif au bord de la piscine. Ils avaient loué un bungalow aux murs fraîchement repeints, un rouge profond encore un peu collant. Vic lui avait offert six bouquets de marguerites, disposés à différents points de la pièce dans des bouteilles de vin vides. Le matin, ils traînaient au lit, se faisaient apporter du café qu'ils buvaient dans des tasses en porcelaine sur des soucoupes fragiles semblant dater d'un autre siècle. Leurs peignoirs en soie étaient assortis. Chez Martin's sur Fulton Street, Vic lui avait acheté le plus beau maillot de bain qu'elle ait jamais possédé, un Jantzen bleu avec du passepoil blanc. Les gens se retournaient systématiquement pour l'admirer et Vic ne s'était pas privé de le lui faire remarquer. Elle ne quittait plus ce maillot, se rasait les jambes tous les soirs dans la vieille baignoire en fer forgé tandis qu'une bougie se consumait sur le rebord de la fenêtre. Les deux semaines les plus heureuses de sa vie. Tranquilles, paisibles, idylliques. Loin de la folie de Brooklyn. Loin du boulot stressant de Vic.

Sauf que Crea était là, se rappelle-t-elle soudain. À l'époque, c'était un ado. Il ne logeait pas exactement au même endroit qu'eux, mais dans un motel miteux un peu plus loin. Il venait faire un rapport à Vic une fois par jour, relayant les messages qu'il fallait relayer. Même à l'époque, alors que ce n'était qu'un gamin, on voyait à la courbe de ses sourcils qu'il était fou.

Rena et Vic sont retournés au Gershwin's en 1988 pour leur vingtième anniversaire de mariage, cette fois-ci sans Crea ni personne pour les accompagner, mais Vic a dû rentrer au bout de deux jours à cause d'une mission. Comme il s'en serait voulu de l'obliger à rentrer plus tôt que prévu, elle était restée, se prélassant au bord de la piscine, faisant des réussites, se liant d'amitié avec une certaine Adelaide venue de Poughkeepsie. Cette fois-ci elle avait un maillot tout à fait banal. Le soir, elle dînait avec Adelaide et son mari Ron, puis regagnait sa chambre et regardait des vieux films ou lisait un Danielle Steele. Pendant ce temps, à Brooklyn, Adrienne était gardée par sa baby-sitter, la sœur de Ralphie Baruncelli; Rena se sentait coupable, mais c'était agréable d'avoir du temps pour soi. Elle se souvient de ses pieds dans le gazon à côté des courts de tennis. Se prélasser sur un matelas gonflable dans la piscine. S'échapper un moment pour assister à une messe à Callicoon, être étonnée par la petite taille de l'église et le petit nombre de fidèles. En mettant cinquante dollars dans la corbeille, elle avait eu l'impression d'être une sainte – mais mieux valait ne pas penser à ce à quoi était occupé Vic.

Pendant ce séjour-là, elle avait été frappée de voir à quel point Gershwin's s'était délabré. Des murs fissurés. De la poussière partout. Des feuilles et autres détritus dans l'eau de la piscine. Une salle à manger sinistre. Une scène où personne ne chantait ni ne racontait de blagues. Des chaises longues vétustes. Des bungalows aux volets cassés et aux bardeaux décrépits. Elle avait beaucoup pensé au temps qui passe, à son corps et à ce centre de vacances et en avait conclu que tout foutait le camp. Cette fois-ci, elle ne se rasait plus dans la baignoire en allumant une bougie. Il n'y avait plus de baignoire. Seulement une petite cabine de douche avec une porte en verre dépoli aux angles rongés par la moisissure. Elle aurait donné tellement cher pour se retrouver à Gerswhin's en 1968 dans son maillot Jantzen, devant elle rien que l'avenir et ses possibilités infinies.

Aux dernières nouvelles, Gershwin's avait fermé en 2004. Sur l'ordinateur, elle avait vu des photos du bâtiment principal abandonné, de la piscine vide remplie de boue et de parpaings, de chaises rouillées, de lierre dévorant la vieille enseigne en bois si jolie, de la scène effondrée, des bungalows couverts de graffitis, des fenêtres brisées, condamnées. Tragique.

Rena contemple l'obscurité à travers sa vitre. Elles arrivent au sommet d'une montée et Wolfstein enclenche son clignotant droit, donnant un éclat rouge à la route. Bien que la sortie ne soit encore qu'à un kilomètre et demi, elle laisse le clignotant. Puis elle ralentit, prend la première sortie pour Monroe, reste sur la voie de gauche et prend à gauche au feu. Après une station-service Mobil plongée dans l'ombre, elle tourne à droite et débouche sur l'artère principale à hauteur d'un *diner* illuminé.

Monroe est une banlieue que les gens de la ville considéraient autrefois sûrement comme la campagne. Deux lacs s'étendent à gauche de la rue principale. Guère plus que des petits étangs sales mais néanmoins l'attraction du centre-ville. Au bord du lac le plus proche de la route se trouve un parc ; un avion restauré datant de la guerre de Corée trône entre les toboggans et les balançoires. Deux filles en sweat-shirt à capuche sont assises sur les balançoires. De l'autre côté de la rue, il y a une place avec un vendeur de bagels, un bazar, un buffet à volonté chinois et un Dunkin' Donuts. L'étrange pesanteur qu'elle associe à la banlieue envahit Rena. À l'extérieur du *diner* encore ouvert, des lycéens sont assis à bord de voitures dont ils laissent le moteur tourner. Ils fument des cigarettes, complotent au téléphone. Rena est contente de ne pas avoir de portable. Et c'est bien que Lucia non plus n'en ait pas.

Wolfstein est restée silencieuse un long moment, mais voilà qu'elle dit :

— Mo a parfois une personnalité un peu envahissante, surtout quand elle est bourrée, mais je suis sûre que vous allez l'apprécier. (Puis elle regarde Rena et ajoute :) Elle est toujours ravie de rendre service.

La maison de Mo est située au fond d'un lotissement baptisé Little Lakes, au-delà d'un Burger King au parking crevassé, d'une agence de la Chase Manhattan Bank et d'un glacier sans nom – pas d'enseigne mais, sur des panneaux de bois adossés à la vitrine, trois ours peints dans des couleurs patriotiques. C'est une maison à deux niveaux. Sur la pelouse, les décorations de Noël n'ont pas été retirées : un renne tombé à la renverse, un Père Noël crasseux, un lutin suspendu à un enchevêtrement de rallonges. Les maisons voisines la serrent de près et celles de l'autre côté de l'étroite rue sont toutes sombres et lugubres. Ce lotissement a dû être construit dans les années 1960 ou 1970. Les deux routes à proximité se terminent en culs-de-sac obscurs. Mais la maison de Mo, elle, brille de tous ses feux quand l'Eldorado s'engage dans l'allée. Les rideaux à motif floral sont ouverts. De la musique résonne fort. Une femme qui doit être Mo passe derrière la fenêtre en saillie, vêtue seulement d'un soutien-gorge violet, d'un collier aux perles qui s'entrechoquent et d'un short de gym pailleté. Ses cheveux teints en rouge sont entassés très haut sur sa tête.

— C'est elle, Mo ? demande Rena.

— En personne, dit Wolfstein. Je me demande ce qu'elle fête. Peut-être juste la fin du week-end.

— Et sa mère malade ?

— Elle a le sommeil profond.

— On va entrer ici ? dit Lucia. On ferait mieux de continuer à rouler.

— Pour aller où ? demande Rena.

— N'importe où. Au Canada.

— On doit au moins expliquer la situation à Mo, dit Wolfstein. Et ici, on peut se planquer. Se reposer. Faire le point avant de repartir demain matin. Mo a toujours plein de bonnes idées.

Elles descendent de voiture, Wolfstein emporte son sac noir. Lucia fait le tour, ouvre le coffre et sort la mallette contenant l'argent de Richie.

— Je la garde avec moi, dit-elle à sa grand-mère.

Rena ne sait pas trop quoi répondre à Lucia, qui de toute évidence n'a d'yeux que pour cet argent. Peut-être est-ce un contrecoup du choc.

— Vous l'avez déjà ouverte ? leur demande Wolfstein.

Lucia baisse la tête, ne répond pas.

— Autant que ça ? s'étonne Wolfstein.

Mo les attend devant la porte. Elles gravissent le perron.

— Bienvenue, bienvenue, bienvenue, dit Mo en leur faisant signe d'entrer.

Elle est très maquillée, porte du rouge à lèvres cramoisi et un coûteux soutien-gorge en dentelle, comme si elle donnait une soirée glamour. Elle sourit de toutes ses dents jaunes. Rena se concentre sur un poil isolé qui pousse dans le cou de Mo. Cette dernière a tourné dans des films avec Wolfstein, voilà l'essentiel de ce dont Rena se souvient ; elle se met à les imaginer toutes deux se livrant au genre de pratiques qu'elle a entrevues sur l'écran d'Enzio.

Wolfstein serre Mo dans ses bras et lui dit en riant :

— Tu fais la fête ?

— Attendez, je vais baisser la musique.

Mo pointe le doigt vers Rena et Lucia, comme pour leur demander un peu de patience avant le moment des présentations, puis grimpe en deux enjambées les marches menant au niveau supérieur. Dans la cuisine, elle éteint son petit radiocassette sans que Rena ait pu identifier la musique qu'elle écoutait.

— Merde, désolée, dit Mo, ça faisait une éternité que je n'avais pas entendu cette chanson. *Thunder and Lightning*. La dernière fois, je me souviens, j'étais dans un supermarché à Salinas, sous coke, à déambuler dans les allées en grappillant des céréales dans une boîte de Fruit Loops. Après ça, je suis allée directement au bar et je l'ai cherchée sur le juke-box, mais ils ne l'avaient pas.

Ça devait être les années 1980. Cette chanson était un tube de l'été 1972. La chanteuse s'appelait Chi Coltrane.

Mo se met à chanter :

Ooh, what a good thing I've got!

Elle crie très fort :

Oh, it's such a good thing I've got!
Oh, thunder and lightning, ooohooo!
I tell you it's frightening, oh yeah!
Thunder and lightning, ooohooo!
Thunder and lightning, I tell you it's frightening,
oh yeah!

— On est dans de sales draps, Mo, lui annonce Wolfstein.

Mo saisit une bouteille de vin et avale une lampée.

— Rien de ce que tu pourras me dire ne me déprimera. Maman a clamsé il y a deux jours, Wolfie. Je suis libre. C'est pour ça que je me mets une cuite. Une biture non-stop depuis que j'ai quitté l'hôpital. Joe Petrovic – un type que j'ai rencontré au restaurant Captain's Table – était ici hier soir, sinon j'aurais appelé pour te l'annoncer.

Elle repose la bouteille de vin sur le comptoir et tend les mains. Rena voit ACHETER SACS-POUBELLE écrit au marqueur noir sur une de ses paumes.

— Vous avez des cigarettes, pas vrai ? demande Mo. Dites-moi que vous avez des cigarettes, autrement vous allez devoir me conduire à la station Shell à côté du ShopRite.

— J'ai des cigarettes, dit Wolfstein.

— Je suis désolée pour votre mère, dit Rena.

— T'inquiète, c'est la vie. Elle était très vieille. Souffrait de démence sénile. Ce qu'il y a de bien, c'est que je peux enfin respirer. C'est la première fois depuis que j'ai emménagé avec elle. Fini de lui changer ses couches. Fini de lui torcher le cul. Fini de lui préparer de la bouillie de blé. Fini de nettoyer le café et le substitut de lait qu'elle renverse partout. Fini de parler avec un porte-voix parce qu'elle entend pas et qu'elle refuse de mettre son sonotone. C'est pas une blague, je me servais vraiment d'un porte-voix. Fini de l'écouter raconter qu'il y a plein de gens morts partout. Je sais bien que c'étaient des hallucinations ou des rêves, mais au bout d'un moment ça fout vraiment la trouille.

Mo s'interrompt, descend les quelques marches pour rejoindre les autres et tend la main à Rena.

— Excusez-moi. Mo Phelan. Wolfie et moi, notre amitié remonte à très, très loin.

— Rena Ruggiero, dit Rena en serrant la main de Mo. Et voici Lucia, ma petite-fille.

Mo braque son regard vers Lucia.

— Quel âge tu as ?

— Quinze ans, dit Lucia.

— Il émane de toi un truc assez sombre.

Mo tend la main au-dessus de la tête de Lucia comme pour y chercher des fils invisibles ou caresser son aura.

— Elles viennent de vivre des choses dures, explique Wolfstein.

— Allez, suivez-moi, dit Mo qui remonte les marches en tortillant des fesses. Racontez tout à Mo.

C'est Wolfstein qui prend d'abord la parole. Elles sont assises dans le salon sur des canapés recouverts de housses en plastique entourés de tableaux peints par la mère de Mo avant que la démence ne s'empare d'elle. Un fruit. Un pot de cornichons. Des champs et des fermiers. Des cascades. Wolfstein raconte à Mo comment elle a rencontré Rena et ce que cette dernière fuyait. Enzio. Le cendrier. Elle en vient à Adrienne, à Lucia, à Richie et à comment toute cette affaire a débuté. Elle fait un retour en arrière pour évoquer le problème Bobby. Ce foutu crétin de Bobby et son foutu flingue. Crea ce malade débarquant juste au moment où Adrienne venait de se prendre une balle. Ce qu'il a fait alors. Ce qu'il avait fait jadis à Vic. Puis la poursuite sur le pont George Washington.

À chaque nouveau rebondissement Mo écarquille davantage les yeux. Elle se sert dans le paquet de Wolfstein, fume cigarette sur cigarette. Lucia essaie d'en piquer une mais Rena s'interpose. Une fois de plus, Lucia lui montre les dents.

Quand Wolfstein a fini de parler, Mo pousse un long soupir et glisse son mégot dans la bouteille de vin vide à ses pieds.

— Eh bien, voilà qui m'a dessaoulée un chouïa. Tu penses que les flics vont venir renifler jusqu'ici ?

— J'en mettrais ma main à couper, dit Wolfstein. Un des voisins finira bien par leur apprendre que c'est toi la proprio.

— Et Bobby… je me souviens de cette petite merde. Tu as dit qu'il a sorti une lettre que je t'avais envoyée. Comment peut-on être sûres que ces autres types à tes trousses ne l'ont pas vue, avec mon adresse sur l'enveloppe ?

Wolfstein se plaque une main sur la bouche.

— On n'en sait rien. Bobby l'a laissée sur le comptoir.

— Alors peut-être qu'ils sont en chemin à l'heure qu'il est ?

— C'est peu probable, mais pas impossible.

Lucia se lève d'un bond et s'approche de la fenêtre, la mallette à la main.

— Partons tout de suite, dit-elle.

— Doucement, dit Wolfstein.

— Je vais chercher le flingue, au moins.

— Quel flingue ?

— Celui dans le coffre.

— Je saurais pas dire si cette gamine me plaît ou si elle me terrifie, avoue Mo.

— À qui appartient ce flingue ? demande Wolfstein.

— À Richie, dit Rena. Quand on a ouvert le coffre, il s'y trouvait avec l'argent.

— J'ai pas peur, dit Lucia.

— Quel genre de flingue ? demande Wolfstein.

Lucia hausse les épaules.

Rena penche la tête, regarde sous la table basse encombrée d'une lampe ringarde en forme de cygne et de revues de mots croisés imprimés en gros caractères. Elle remarque une couche roulée en boule. Pensant à la mère de Mo, elle a honte de constater que leur hôte se réjouit de la mort de la vieille dame et ne se soucie que de sa propre liberté. La liberté est une chose étrange. Quand on l'a, on n'a pas toujours besoin ou envie que ça dure. Comme lors de son séjour au Gershwin's. Ç'avait beau être agréable, à la fin elle s'ennuyait à mourir.

— Un pistolet-mitrailleur, répond-elle enfin.

Wolfstein éclate de rire. Mo aussi, tout en allumant une autre Marlboro prise dans le paquet de Wolfstein.

— Je ne vois pas ce que ça a de drôle, dit Rena.

— Ça n'a rien de drôle, ma chérie, dit Wolfstein en allumant elle aussi une cigarette.

— Absolument rien, confirme Mo d'une voix éraillée. Mais putain, c'est sacrément excitant…

La phrase de Mo s'achève dans une quinte de toux. Malgré ses efforts, Rena ne peut s'empêcher de regarder la partie supérieure des vieux seins tout ridés de Mo qui s'agite tandis qu'elle parle, rit et fume. Sa peau parcheminée est aussi sombre que peut le devenir une peau pâle d'Irlandais, comme si en Floride elle s'était exposée au soleil autant qu'il est humainement possible. Rena l'imagine les seins nus, allongée dans un transat, un réflecteur en aluminium sous le menton. Elle trouve incroyable que Mo n'ait toujours pas enfilé de haut, peu importe les circonstances. Le collier aux énormes perles qu'elle porte autour du cou – le genre qu'on achetait sur les parkings du East Village il y a trente ans – ne fait que souligner le tremblement de ses seins.

— Alors qu'est-ce qu'on fait ? demande Wolfstein.

— Bon, si j'ai bien compris, dit Mo en croisant les jambes, vous n'êtes pas coupables de grand-chose. (Elle pointe sa cigarette vers Rena.) Elle, elle a assommé un vieux pervers avec un cendrier. Quant à toi, Wolfie… il y a certes ton passé floridien qui pourrait te rattraper, mais je vois pas comment c'est possible maintenant que Bobby est mort. Évidemment, c'est triste ce qui est arrivé à…

comment elle s'appelait, déjà ? Adrienne ? Très triste. Mais l'important, c'est que vous ne fuyez pas les flics. Vous fuyez ces deux tarés. Si vous parvenez à leur échapper, quand les flics finiront par vous retrouver vous n'aurez qu'à dire : "Regardez, voilà les salopards que vous cherchiez. C'est à cause d'eux qu'on se planquait." Pas vrai ?

"Alors on se planque, justement. Dans le pire des cas, les tarés ont mon adresse et ils vont rappliquer. On pourrait filer en voiture, comme le suggère la gamine, mais les flics sont peut-être en chemin, eux aussi. Laissons ces deux camps régler ça entre eux, voilà mon avis. Tout ce qu'on doit faire, c'est se mettre à l'abri. C'est simple : on va à côté.

— Qu'est-ce qu'il y a, à côté ? demande Rena.

— Une maison vide, dit Mo en pointant son pouce dans la direction de la maison sombre, carrément inquiétante, à leur gauche. Le couple qui habitait là a divorcé il y a deux mois. Ils faisaient que se crier dessus. La femme a filé à Paradise Island avec son petit ami qui bosse dans la finance, le mari baise une salope slovène qui est barmaid au Doc Carlisle – et maintenant il vit avec elle. L'avenir de leur baraque a l'air d'être en suspens. En tout cas elle est vide, je sais pas exactement pourquoi. Le mari – Goose, on l'appelle – m'a donné une clé pour que je laisse entrer le type du gaz. On gare ta voiture volée dans leur garage, on n'allume pas les lumières à l'intérieur, on se terre en bas. Si ces malades viennent jusque chez moi, ils verront que j'y suis pas, ils penseront que vous êtes passées me prendre et qu'on s'est barrées Dieu sait où. Et, le matin, les flics débarqueront.

— Et si on leur tendait un piège ? dit Lucia. On pourrait relier des explosifs à ta porte, par exemple.

— Tu regardes trop de films, ma petite. Premièrement : où tu veux qu'on trouve des explosifs ? Deuxièmement : j'ai pas forcément envie de faire sauter la maison de ma mère même si elle pue les couches pour mémé.

Mo glisse son mégot dans la bouteille de vin, se retourne vers Wolfstein et Rena.

— Qu'est-ce que vous en dites ?

Wolfstein regarde Rena, hoche la tête.

— Je te l'avais dit, qu'elle avait toujours plein d'idées.

Pour Rena, s'installer à côté semble effectivement une bonne solution. Mo rassemble son radiocassette, quelques cassettes, un ordinateur portable avec un gros câble d'alimentation, deux magnums de vin, une lampe torche et un paquet de crackers, et fourre le tout dans un sac de courses ShopRite dont la poignée menace de craquer. Elle retire son collier et met enfin un haut, un T-shirt marqué LES COPINES VONT AU PARADIS, LES COQUINES VONT EN COULISSES. Puis, franchissant les portes vitrées coulissantes, Rena et Lucia la suivent dans le jardin à l'arrière où elle leur ouvre le chemin avec la lampe torche tandis que Wolfstein se charge de déplacer l'Eldorado. Lucia n'a toujours pas lâché la mallette contenant l'argent de Richie.

D'après ce qu'elle parvient à discerner, le jardin de Mo – ou plus exactement le jardin de sa mère – est rempli d'abreuvoirs en céramique pour oiseaux, de nains en marbre, de lampes solaires sphériques et de meubles de jardin renversés et salis. Rena manque écraser une bougie à la citronnelle dans un pot en métal. Dans l'obscurité, elles traversent la pelouse à pas feutrés, sautent par-dessus une petite haie de buissons pour pénétrer dans le jardin des voisins divorcés. S'y trouvent une piscine hors-sol recouverte d'une vieille bâche ployant sous le poids de l'eau de pluie, un ballon de foot noir de crasse, quelques haltères rouillés sur le patio à l'arrière. C'est à peu près tout ce que Rena peut distinguer.

Mo ouvre la porte de derrière et elles pénètrent à l'intérieur de la maison sombre et fraîche, dans ce qui devait être une sorte de salle de séjour, à en juger par sa forme et sa taille. Rena n'a aucun mal à imaginer un canapé confortable, une étagère remplie d'albums photos, un mur bardé de photos de mariage, une télé à écran plat pour qu'un couple puisse facilement regarder les chaînes câblées le vendredi soir et éviter d'avoir à se faire la conversation. Suivant le faisceau virevoltant de la lampe torche, agrippant l'épaule de Lucia, elle marche prudemment derrière Mo.

— Il y a de l'électricité ? demande-t-elle.

— Je crois pas qu'elle ait été coupée, dit Mo. J'espère que non, il faut qu'on ouvre la porte du garage pour Wolfie.

Comme celle de Mo, cette maison est à deux niveaux. Elle ne contient aucun meuble, aucune trace de vie. On dirait le genre d'endroit où une tragédie s'est produite. Rena croit aux fantômes. Elle croit que les esprits malheureux peuvent s'attarder dans un lieu. Ce n'est pas de ça dont il s'agit ici. Pas précisément. C'est plutôt le reflet de la qualité des vies vécues dans cette maison. L'anxiété du mari et de la femme a pénétré la structure. Peut-être Rena projette-t-elle ses propres émotions, mais elle ne le pense pas. Il y a une humidité glacée, une toxicité bien réelles.

Elles avancent à tâtons dans un couloir bleu. La lampe de Mo éclaire brièvement un tableau électrique. Au bout du couloir, une porte les mène au garage exposé aux courants d'air et qui semble encore plus vide que le reste de la maison. Elles entendent le moteur de l'Eldorado gronder dehors. Mo trouve un interrupteur et allume une ampoule au plafond, puis appuie sa paume contre un autre bouton. La porte remonte en grognant. Rena aperçoit une poussette pliable rose suspendue à un clou. Le couple divorcé avait-il un enfant, ou même plusieurs ? Question idiote. Aucune importance. Peut-être que l'enfant est mort. Peut-être que ça explique cette atmosphère si pesante.

Wolfstein rentre lentement l'Eldorado en marche arrière. Dans le petit garage la voiture paraît énorme, vivante. Wolfstein coupe les feux puis le moteur. Mo appuie à nouveau sur le bouton. La porte se referme en grinçant.

— Mon Dieu, il y a eu un meurtre ici ou quoi ? demande Wolfstein en sortant de la voiture avec son sac rempli de billets.

— Tu le sens, n'est-ce pas ? dit Mo.

— Comme une brique en pleine gueule.

— De quoi parlez-vous ? demande Rena.

— Les ondes négatives, explique Mo. Ces pauvres gens s'en sont fait une putain de spécialité.

— Ce couple, ils avaient un enfant ?

— Non. Je sais pas pourquoi il y a cette poussette.

Mo les guide à nouveau avec sa lampe torche. Elles longent le couloir bleu en sens inverse, décident de se cacher dans une petite pièce tout au fond du rez-de-chaussée. Mo pose son sac dans un coin. Wolfstein fait pareil avec le sien. Lucia ne lâche pas la mallette. La pièce n'ayant pas de fenêtres, Mo allume la lumière. C'est un décor typique de la banlieue, avec un ventilateur qui brasse l'air au-dessous d'un plafonnier en verre blanc comportant quatre ampoules basse consommation. Seule une des ampoules fonctionne ; la pièce demeure assez sombre. Les murs sont criblés de trous de clous et de traces noires là où des cadres étaient accrochés. Au sol il n'y a rien qu'un tas de poussière balayée et abandonnée là. Niché dans la poussière, un emballage déchiré de tampon hygiénique.

— Si vous voulez, l'une d'entre nous peut monter à l'étage pour faire le guet, dit Mo. Mais je pense qu'on ferait mieux de rester planquées ici.

— On va rester ici à se tourner les pouces ? demande Lucia avant de s'asseoir en tailleur par terre.

— T'inquiète pas. (Mo fouille dans son sac de sport.) J'ai apporté de quoi s'occuper. Tu veux regarder des photos de moi et Mémé Wolfstein à l'apogée de notre gloire ?

— M'appelle pas Mémé, s'irrite Wolfstein.

— Je ne pense pas que ce soit approprié, intervient Rena.

— Stresse pas. Je lui montrerai que celles qui sont de bon goût. Artistiques, même.

Mo sort son ordinateur portable et l'allume. Deux ou trois clics sur le clavier, puis elle pose l'ordinateur devant Lucia.

— Ça, c'était dans la revue *Fruits de la passion*. Le numéro de l'été 1977. Spécial "Poupées Plantureuses".

Wolfstein sourit.
— Bon sang, Mo, arrête ça.
— Elle adore, glisse Mo à Rena. Elle veut que tout le monde voie à quel point elle était canon.
— Je suis encore canon, proteste Wolfstein.
— OK, miss Canon, file-moi une autre cigarette, tu veux bien ?
— Merde, je les ai laissées dans la voiture.
Wolfstein quitte la pièce, direction le garage.
Curieuse, Rena s'assoit à côté de Lucia et se penche pour regarder. En haut de l'écran, on lit LUSCIOUS LACEY ET MAUREEN SWALLOWS – Lacey la pulpeuse et Maureen l'avaleuse – en écriture cursive rose pleine de fioritures. Au-dessous, des versions plus jeunes de Wolfstein et de Mo posent côte à côte sur une peau de tigre, se touchent les mains comme si l'une était l'image inversée de l'autre. Le cul en l'air. Nuisettes en dentelle bleu électrique. Brushing dégradé à la *Drôle de Dames*, les cheveux de Mo rouge pomme d'amour – et non bordeaux comme maintenant –, ceux de Wolfstein entre le noir et le châtain. Un maquillage léger. Des colliers de chien, des bagues qui changent de couleur, des bracelets de saphirs étoilés.
— C'est vous, Maureen Swallows ? demande Lucia.
— Sacré pseudo, non ? dit Mo.
Wolfstein revient avec les Marlboro. Mo et elle allument chacune une cigarette. Rena tousse dans sa main.
— Des bombes, reprend Mo. Voilà ce qu'on était. Quand tu auras l'âge, ma petite, regarde un film appelé *Espiègles épouses*. C'est notre chef-d'œuvre, à mon avis.
— Pas mon préféré, dit Wolfstein.

— C'est reparti, dit Mo avant de cracher sa fumée sur Wolfstein.

— Mais je te l'accorde, c'est ta meilleure performance.

— Marty Savage était un putain d'étalon. (Mo se tourne vers Rena et Lucia.) On l'appelait le Barbouilleur. Tout le monde l'appelait comme ça. Le Jackson Pollock du sperme.

— C'est dégueu, dit Lucia.

— Il en mettait partout. Un jour, il avait mal visé, le foutre a fusé jusque dans sa moustache, on aurait dit qu'il avait de la cire séchée accrochée aux poils. Ça tenait du miracle, poursuit-elle en riant. Il y a des gens qui voient la Vierge Marie dans leur soupe, c'est génial, mais moi j'ai vu Marty Savage se repeindre la moustache.

Elle mime un geyser avec sa main libre.

Rena est un peu perdue, pas sûre de comprendre ce que raconte Mo.

— C'est vraiment dégueu, répète Lucia en secouant la tête.

— Tu sais ce qu'est vraiment dégueu, ma grande ? Quand Valerie Sugar nous propose une version de *God Bless America* avec des pets vaginaux sur le tournage d'*Ambroisie*. Quand Willa Starch s'enfourne un paquet entier de saucisses dans la chatte avant de les éjecter une par une. Quand Stump Lady chevauche Herschel Stone tout en avalant des œufs marinés.

— Arrête… Il vaut peut-être mieux, dit Rena.

— Bien sûr, bien sûr dit Mo. Enfin, tout ça, y a pas de doute, c'est dégueulasse. Le Barbouilleur, lui, était un artiste.

Wolfstein rit derrière sa cigarette, puis chasse la fumée qui lui bouche la vue.

— Mo est un sacré personnage. Croyez-moi, le jour où on s'est rencontrées, les planètes se sont alignées. Comme entre toi et moi, Rena. Ça a tout de suite pris entre nous.

— J'étais étendue sous Marty Savage qui me grognait dans les oreilles, raconte Mo, j'ai tourné la tête et j'ai pu me rendre compte que Wolfie était une personne d'une sensibilité comparable à la mienne. Le fait qu'on soit toutes deux originaires du Bronx, ça aidait. On est allées manger italien et on a bavardé toute la nuit.

Rena essaie d'imaginer ce que Wolfstein peut bien voir en elle d'équivalent à ce qu'elle a vu et voit encore en Mo.

— J'ai d'autres photos, dit Mo, mais on les garde pour plus tard. Je gère un petit site Internet. Mon public est constitué de fans de l'âge d'or. Vous voulez entendre la voix de Wolfstein dans notre émission de radio ?

Elle fouille dans son sac, sort une cassette marquée *Bande de coquines*.

Wolfstein proteste.

— Rien qu'une seconde, dit Mo. Juste histoire de leur faire entendre ta voix.

— Je suis désolée, dit Wolfstein à Rena.

Mo sort la cassette de son boîtier, la glisse dans l'appareil et appuie sur LECTURE. À travers les haut-parleurs poussiéreux, la voix étouffée de Wolfstein explique que c'est une nuit torride, qu'elle espère que ses auditeurs sont en forme…

— OK, ça suffit, dit Wolfstein en appuyant sur ARRÊT. Après tout ce qui vient de se passer, c'est pas le moment de se replonger dans les souvenirs.

En vérité, Rena est contente de se changer les idées, peu importe la manière, peu importe qu'elle ne se sente pas tout à fait dans son élément.

Wolfstein et Mo éteignent en même temps leurs cigarettes, écrasant leurs mégots par terre tels de minuscules accordéons. Wolfstein retire un fragment de tabac sur sa lèvre.

— Tu sais quelle est la dernière chose que ma mère m'a dite avant que son cœur lâche ? demande Mo.

— Non, dit Wolfstein.

— "Tu veux faire une partie de rami ?" dit Mo en souriant. Pour des dernières paroles, je les trouve pas mal. Je vous proposerais bien de jouer au rami, les filles, mais j'ai oublié d'apporter des cartes. Quand vous étiez petites, ça vous arrivait de jouer à "Je vais pique-niquer" pendant les trajets en voiture ? Toi, Wolfie, je me doute que tu ne partais pas souvent en balade. J'ai toujours adoré "Je vais pique-niquer". Certes, on allait pas bien loin. Les Catskills, ou une fois Lake Placid. Mais j'ai toujours aimé ce jeu. "Je vais pique-niquer, et j'apporte des artichauts. J'apporte des amandes. J'apporte des ananas." J'étais très bonne. Comme ça, automatiquement, j'arrivais à penser à dix trucs pour chaque lettre. Et pas des trucs idiots, non. Des trucs qu'on apporterait vraiment à un pique-nique. Tiens, je reprendrais bien du vin. Quelqu'un en veut ?

— Avec plaisir ! dit Lucia en gonflant la poitrine.

— Lucia, non, dit Rena comme on ordonnerait à un chien de se calmer.

— "Avec plaisir", qu'elle dit. (Mo sort une bouteille, dévisse le capuchon.) Incroyable, cette gamine.

Lucia hausse les épaules.

Rena sort la barre de céréales que Wolfstein lui a achetée et déchire l'emballage. Elle en grignote un petit bout puis, prise de nausée, la met de côté.

Un silence s'est installé. Assise, immobile, elle repense à Vic. À un jour en particulier. Un gamin du quartier que Vic avait aidé. Un Italien, bien sûr. Mikey Benvenuto. Mikey avait tabassé un jeune Noir sur le terrain de basket près de la 25e Avenue aujourd'hui transformé en parking. Il l'avait tabassé violemment à l'aide d'une batte de base-ball en aluminium. Vic et sa bande étaient juste en face, plantés devant la pâtisserie Angelo's avec des expressos, des *sfogliatelle* et le programme des courses hippiques. Ils ont tout vu. Ils ont encouragé Mikey. Ils se sont dépêchés de le ramener chez Vic avant l'arrivée des flics. Rena lui a préparé un sandwich à l'escalope milanaise. Mikey était aux anges. Il affichait un sourire béat en croquant dans son sandwich. Cela faisait plaisir à Rena de le nourrir. Vic et sa bande rigolaient avec Mikey, disaient des horreurs au sujet du jeune Noir, qu'il fallait défoncer le crâne à ces gamins-là pour que le quartier reste comme il était. Rena a mis quelques heures avant de relier les points. Le lendemain elle a appris que le gosse était mort. Ses parents passaient à la télé, le cœur brisé. Un jeune Noir dans un quartier italien, tué à cause de la couleur de sa peau. La police n'a jamais inquiété Mikey. Sur le moment, Rena était contente de lui donner à manger. Il a fini par bosser pour Vic avant de se faire descendre à Atlantic City à cause d'une histoire de dette de jeu. Jamais elle n'a pu digérer ça. Vic prenant le gamin sous son aile, riant avec lui, le félicitant, le protégeant, lui offrant du boulot en guise de récompense. Et elle l'avait nourri comme quelqu'un qui a besoin de reprendre des forces après une journée de dur labeur. Ça l'avait désemparée. Peut-être avait-elle toujours été désemparée, d'ailleurs. Aujourd'hui, elle se sent totalement complice. De tout.

ENZIO

TANDIS QUE, POURCHASSÉS par Crea, ils foncent le long de la Palisades Parkway, Enzio supplie Richie :

— Il y a une aire de repos juste là. Laisse-moi descendre. S'il te plaît.

— Qu'est-ce qui va se passer si je m'arrête ici ? Crea va nous tomber dessus et nous tuer tous les deux, voilà. Je t'ai dit de la fermer.

Enzio en est malade. S'il n'avait pas essayé de sauter Rena, rien de tout ça ne serait en train de se produire. Il voudrait pouvoir faire marche arrière. Recommencer la journée de zéro. Aller à Coney Island, s'offrir une petite branlette rapide par une Russe aux longues jambes et à l'haleine fétide, acheter une pizza à la crème fraîche chez Totonno's, puis rentrer chez lui. Regarder un de ses films. Manger une part de pizza dans le canapé, sans assiette en carton ni même serviette. Au lieu de bringuebaler à fond la caisse à travers les ténèbres cauchemardesques de la Palisades Parkway, son Impala serait encore tranquillement garée dans l'allée de sa maison.

Petit, Enzio ne détestait rien tant que le danger. Il essayait de ne jamais éprouver de peur – difficile, avec un père comme le sien. Parmi les gamins qu'il connaissait, un grand nombre avait un père qui n'hésitait pas à donner des coups de ceinture. Mais avec son papa ça ne s'arrêtait pas là. Pop était déjà âgé d'une bonne vingtaine d'années quand il avait quitté Naples pour Brooklyn. Le travail et l'alcool l'avaient rendu mauvais. Enzio se revoit à six ans, tapi dans un recoin près de la chaudière, tremblant en comptant les vis tombées du coffre à outils de Pop. Il revoit les seaux remplis de fils électriques et le fer à souder sur lesquels il concentrait son attention quand Pop lui fondait dessus. Il ne voulait pas qu'on le plaigne d'avoir eu un père comme ça, il n'en avait jamais parlé. Même pas à Maria. Un jour qu'il bavardait avec une jeune pute, il s'était confié à elle comme il ne l'avait jamais fait avec personne. Elle n'en avait rien eu à foutre. Ce qu'elle avait vécu dans son pays, la Serbie, était mille fois pire.

Enzio a de nombreux regrets. Maria sur son lit de mort, par exemple. Peu importe ce qu'elle a fait ou n'a pas fait pour lui pendant toutes ces années, il y a beaucoup de choses qu'il aurait dû lui dire. À commencer par : "De quoi as-tu besoin ?"

Derrière eux, Crea disparaît soudain et l'habitacle de l'Impala se retrouve plongé dans le noir.

— Il vient d'éteindre ses phares ou quoi ? demande Richie.

Enzio se retourne, espérant que Crea soit vraiment parti, espérant que, quoi qu'il mijote, ce soit l'occasion de descendre de l'Impala et de s'enfuir. Non qu'il ne tienne plus à sa voiture. Simplement il craint la mort comme jamais auparavant. Il aurait dû y penser avant de monter avec Richie. Et s'il n'y avait rien ? Et si vous vous faisiez buter et qu'après c'était le noir complet ? Ou, pire, que se passe-t-il si votre corps meurt mais que vous continuez de vous voir et d'éprouver des regrets et de la peur ? Et si être mort signifiait juste avoir peur éternellement ?

— Je le vois pas, dit Enzio.

— Il joue avec nous.

— Arrête-toi. Je t'en supplie.

Maria sur son lit de mort. Sa bouche desséchée. Son corps rachitique. Son visage vidé de toute couleur.

— Je ne suis rien, lui avait-elle dit. Je n'ai jamais rien été. Toi, tu es pire que rien.

— Je suis quelque chose, avait-il répliqué. Tous les deux on est quelque chose.

— À quoi ça a servi, tout ça ?

— Comment ça ?

— Notre vie, elle a servi à quoi ? On n'était pas heureux.

Enzio n'avait pas répondu. Le bonheur, il l'avait connu mais pas avec elle. Le sandwich Dean Martin de chez Lioni's. L'*egg cream* parfait de chez Hinsch's. Son Impala, bien sûr. Se trouver dans les tribunes quand les Dodgers avaient remporté les World Series en 1955. Un hot-dog de chez Nathan's sur la promenade de Coney Island l'été, assis sur un banc à regarder la grande roue, les femmes sur la plage et toutes ces mouettes qui plongeaient pour ramasser des miettes de pain. Cette jeune Serbe assise sur le siège passager qu'il occupe actuellement, crachant dans sa paume et lui souriant, dévoilant ses dents jaunes. Jody de la banque, enroulée dans les rideaux du Harbor Motor

Inn, un motel au bord de la Shore Parkway, la lumière extérieure illuminant le petit dragon vert tatoué dans son dos.

Maria ne lui avait procuré du bonheur qu'après sa mort. Des amis avaient apporté d'énormes plats de *ziti*, des pains à la semoule, des boîtes de biscuits. Des femmes aux parfums capiteux l'avaient embrassé sur les joues. Il avait aimé vider la penderie de Maria, donner ses vêtements, les jeter ou les déposer chez les Chevaliers de Colomb. Il aimait qu'on le désigne par ce terme de "veuf". Il aimait se rendre aux bals de l'église réservés aux personnes célibataires, séparées, divorcées ou veuves. Il aimait jouer aux cartes avec d'autres veufs. Le statut de veuf lui permettait de s'épanouir, de ne plus avoir l'impression de mal se comporter.

— Où il est passé ? demande Richie, lançant un coup d'œil par-dessus son épaule gauche puis droite tandis que la voiture fait des embardées.

Enzio se met à sangloter.

— Tu vas arrêter ça, nom de Dieu ?

Enzio pense à Crea. Imagine Crea le forçant à se déshabiller le long d'une route déserte, puis le balançant dans une tombe creusée à la va-vite.

— Je vais te pousser par la portière, menace Richie.

— Non, ici ! dit Enzio. Cette aire de repos. Je t'en prie.

Il veut s'enfoncer dans les bois. Sentir le froid de la forêt. Ressortir de l'autre côté des grands arbres et découvrir une maison où quelqu'un l'accueillera avec du café chaud et du bacon, lui changera ses pansements et prendra soin de lui.

Il se laisse aller à fantasmer.

Cette maison est habitée par une infirmière. Il a toujours rêvé de tomber amoureux d'une infirmière. Tout à l'heure, à l'hôpital Maimonides, il a plongé son regard dans la blouse d'une jeune aide-soignante et lui a touché la main chaque fois que l'occasion se présentait. Elle avait une tenue violette, des tennis moches et des yeux fatigués. Elle aurait eu besoin d'une pastille à la menthe et d'une bonne grosse sieste. L'infirmière à qui appartient cette maison imaginaire en lisière de forêt a une quarantaine d'années. Elle est jolie. Ses cheveux sont noirs, un peu gris à la racine. Apparemment, sa vie consiste à travailler et à se rendre à son club de gym, c'est à peu près tout. Elle a un vieux téléviseur mais quelle importance ? Elle ne l'allume que pour regarder les infos. Sa blouse est rose. Son haleine sent le chewing-gum.

— Vous devez être frigorifié, lui dit-elle en le découvrant sur son perron.

— Oui.

Elle le prend par la main et l'emmène à l'intérieur. Elle lui retire ses pansements, lui nettoie la tête avec de l'eau oxygénée et le badigeonne de crème antibiotique. Elle lui met de nouveaux pansements, plus doux, de meilleure qualité que ceux de l'hôpital. Elle s'y prend plus délicatement que la fille de l'hôpital.

— Qui vous a fait ça ?

— Je ne sais pas, répond-il en ayant l'impression de dire la vérité.

Elle prépare du café, fait frire du bacon. Il lui demande l'heure. Elle lui répond qu'il est tard et l'embrasse sur la joue. Le baiser de quelqu'un qui ne laisserait jamais rien de mal lui arriver.

Il jette un coup d'œil par la fenêtre de la maison pour voir s'il aperçoit Richie et Crea, mais ils ont disparu, happés par un autre monde.

— Je suis là, dit-elle.

— Comment vous appelez-vous ?

— Lily.

— Je suis content de vous avoir trouvée.

— Je suis contente que vous m'ayez trouvée.

La vie pourrait être comme ça, s'efforce-t-il de se convaincre, si seulement il parvenait à descendre de cette voiture. Cette Impala qu'il a longtemps considérée comme une extension de lui-même. Tout bien pesé, peut-être la seule chose qu'il ait sincèrement aimée. Et voilà que brusquement il est prêt à l'abandonner, à laisser Richie en faire ce qu'il veut. La planter contre un arbre. La plonger dans le fleuve. Désormais il ne se sent plus du tout relié à elle. Il veut l'infirmière dans sa maison. Il veut qu'elle le touche, l'embrasse, lui prépare un bon plat, le borde dans un lit douillet. Il n'a même pas de pensées cochonnes.

L'embranchement approche, une route sombre et sinueuse qui part à droite. Exaspéré, Richie donne un coup de volant et s'engage au dernier moment dans ce qui ressemble davantage à une vraie sortie qu'à une simple aire de repos. Richie ne voulait pas révéler trop vite qu'il comptait s'y arrêter, suppose Enzio. Au cas où Crea, phares éteints, les suivrait encore tel un fantôme. Ça semble avoir fonctionné : Enzio ne voit aucun véhicule derrière eux. À moins que Crea cherche justement à se faire oublier en les suivant à bonne distance.

Richie lâche des jurons, tambourine sur le volant ; il ne s'attendait pas à ce que l'aire de repos soit aussi éloignée. Une longue route à deux voies traverse un bosquet avant d'aboutir à un parking pourvu de longues-vues payantes pointées vers la rive opposée de l'Hudson. En cette heure tardive, le parking est vide à l'exception d'un seul véhicule, un Ford Explorer crème au pare-chocs maintenu par du ruban adhésif. Le pare-brise est fendu et la vitre d'une des portières arrière a été remplacée par un morceau de toile en plastique transparent. L'Explorer est garée à côté d'un tas de graviers.

Enzio voit bien ce qui inquiète Richie : la seule route menant à la Palisades Parkway est celle qu'ils ont pris pour entrer.

— Je t'avais dit de pas venir avec moi, grogne Richie.

Il se penche par-dessus Enzio, saisit la poignée et ouvre la portière passager.

— Maintenant tire-toi, putain.

Enzio s'essuie les yeux et se dépêche de descendre, cognant sa tête blessée contre l'encadrement de la portière. Il s'éloigne en essayant de ne pas se retourner, de ne pas trop regarder sa voiture, de faire comme si elle ne lui appartenait plus. De la lumière se reflète dans les bosses du pare-chocs, là où Crea a heurté l'Impala. Il pense à son infirmière. Elle n'est nulle part. Aucune maison à proximité. Il va devoir passer toute la nuit sur cette aire de repos. Trouver un endroit chaud et espérer qu'un vieil homme comme lui pourra survivre jusqu'au matin. Ça ira, ça ira. Peut-être y a-t-il un téléphone public quelque part ? Peut-être pourra-t-il appeler Harry et alors Harry lui enverra Lou ? Dans ces circonstances, Enzio donnerait cher pour revoir ce petit crétin.

Un banc à côté d'une longue-vue. Il n'aura qu'à se pelotonner dessus comme un clodo. Il n'arrive pas à distinguer le fleuve. Peut-être y parviendra-t-il en se rapprochant du bord. Pour l'instant, ce qu'il voit, c'est la silhouette des falaises se découpant dans la nuit. Des nuages bas, presque violets tant ils sont sombres. À sa droite, le pont George Washington tout illuminé. Les lumières floues des maisons, immeubles et autres bâtiments sur la rive d'en face. Il pense à tous ces gens qui mènent leur vie normale. Qui dorment dans leur lit. Qui travaillent tard. Peut-être son infirmière se trouve-t-elle là-bas.

Richie referme la portière avec un dernier grognement et démarre en trombe. Ses pneus projettent des graviers contre les jambes d'Enzio.

À l'entrée du parking, une paire de phares s'allument. Enzio reconnaît la Town Car de Crea. Bloquant la route, Crea commence à avancer vers Richie.

Au lieu de ralentir Richie accélère. La main droite sur le volant, il se penche par la vitre baissée et de sa main gauche vacillante tire deux coups vers la Town Car avec un petit pistolet. Il réussit à toucher l'aile avant et le pare-brise côté passager. Les détonations sont aspirées par la vallée, étouffées par le fleuve. Richie crie. Crea ne ralentit pas.

Au dernier moment, Richie donne un coup de volant pour tenter de contourner la Town Car mais Crea emboutit le côté conducteur de l'Impala. Ce bruit-là est beaucoup plus fort. Ce qui se passe maintenant a lieu au ralenti, un enchevêtrement incompréhensible de métal, la Town Car qui pousse l'Impala dans un fossé et la retourne. La dernière chose qu'Enzio perçoit avant de fermer les yeux, c'est le rire tonitruant de Crea.

Quand son père est mort à l'hôpital Victory Memorial, Enzio était à son chevet bien que le vieil homme n'ait pas voulu de sa présence. “J’ai pas besoin que tu sois là”, lui avait dit son père. Il était quand même resté. Il lui apportait du café et mangeait les plateaux repas que celui-ci ne pouvait pas manger. Des morceaux de fruit gluants, de la charcuterie pâlichonne, du pain dur. Une petite brique de mauvais jus d’orange. Enzio avait un peu moins de cinquante ans à la mort de son père. Ça remonte à une éternité, mais le temps semble avoir changé de nature, comme s’il y avait désormais plein de chemins conduisant à différents moments qui, en réalité, ne formaient qu’un unique moment. Enzio tremble. Les dernières paroles que son père lui avait adressées : “Tire-toi d’ici, OK ?” Ce dernier soir à Victory, il avait fini par partir et son père était mort seul. Les infirmières étaient intervenues rapidement, mais il tenait à mourir seul, et c’est ce qu’il avait fait. Enzio était content de pouvoir expliquer les paroles de son père de cette façon-là. Ce dernier ne voulait pas que son fils le regarde mourir. Quant à Enzio, ne pas avoir eu d’enfants ne l’attriste pas. Il n’a jamais eu l’impression que quelque chose lui manquait. Et ça reste le cas. L’homme est un cancer.

Il rouvre les yeux et voit des traînées de fumée. Si son vieux corps le permet, il pourrait se hisser par-dessus la rambarde. Se laisser glisser au bas de l’énorme colline rocailleuse jusqu’au bord de l’eau. Traverser le fleuve à la nage. Quand il atteindrait la rive d’en face, son infirmière serait là à l’attendre.

Richie réapparaît, étourdi par le choc. Dieu sait comment il a réussi à s’extraire de l’Impala et à remonter du fossé, mais maintenant il est agenouillé à côté d’une poubelle verte. L’Impala gît sur son toit comme une carcasse d'animal sur la route. Elle est dans un sale état. Enzio n'aurait jamais imaginé voir ça – son bébé qu'il a choyé pendant tant d'années, les roues en l'air !

Au lieu de tenter de franchir la rambarde, Enzio s'approche du Ford Explorer à la vitre arrière cassée. Il espère trouver la clé dedans. Il espère qu'il existe un moyen de partir d'ici. Bon sang, pourquoi n'y a-t-il pas pensé plus tôt ? Il déchire le plastique, passe la main à l'intérieur, déverrouille la portière et grimpe sur la banquette arrière. L'idée de devoir ressortir puis remonter à l'avant pour chercher la clé ou frotter des fils ensemble aurait de quoi le décourager. Mais d'abord, attendre un peu, reprendre son souffle. Il ne se rappelle plus son âge. Il est vieux, c'est tout ce qu'il sait. Son infirmière n'existe pas.

À travers le pare-brise, il voit Crea qui se tient au-dessus de Richie avec son marteau et le lui abat sur le genou. Richie hurle de douleur. Ses hurlements pénètrent l'habitacle par le plastique déchiré, résonnent à l'intérieur. Enzio ne veut pas entendre ça. Il se penche, déverrouille la portière conducteur, puis sort et passe à l'avant. Son souffle embue la vitre. Il baisse la visière dans l'espoir d'y découvrir une clé. Rien. Il tâtonne au fond des porte-gobelets. Ouvre la boîte à gants et la console centrale. Rien. Sous le tableau de bord, il tripote les fils. Ça fait longtemps qu'il n'a pas démarré une voiture de cette manière, et ça ne donne aucun résultat. Il a oublié la marche à suivre.

Lorsqu'il lève la tête, perles de sueur sur son front, pansements trempés, il voit Crea qui se dirige vers lui en agitant son marteau.

— Je me souviens de toi ! Le voisin de Vic !

On pourrait croire qu'il reconnaît Enzio dans la foule, ne l'a pas vu depuis des années et compte le serrer dans ses bras. Pendant ce temps, à côté des voitures, Richie continue de gémir.

Enzio vient de déféquer dans son pantalon. L'odeur est atroce. Peut-être qu'il n'a jamais été un homme. L'obscurité dans le rétroviseur semble s'assombrir à vue d'œil.

Crea ouvre la portière, l'attrape et le tire dehors. Soufflant comme un bœuf, Enzio se plaque les mains sur le visage et dit :

— Je t'en supplie, j'ai rien à voir là-dedans, moi.

— Tu t'es chié dessus ? demande Crea.

— Je t'en supplie. Je suis rien. Je suis personne. (À genoux, il agrippe les chaussures de Crea.) Tu veux de l'argent ? Je te donnerai tout ce que tu veux. Tu veux que j'embrasse tes chaussures ? Je ferai tout ce que tu veux.

— Ça m'intéresse pas, déclare Crea.

Enzio se dit que Rena l'a peut-être tué avec le cendrier, et que depuis il est simplement en route vers l'Enfer. Il lève les yeux vers Crea, son sourire narquois, ses dents aussi aiguisées qu'une lame de rasoir. Peut-être qu'alors Enzio cesse d'exister. Peut-être qu'il n'a jamais existé.

WOLFSTEIN

Wolfstein et Mo se passent la bouteille de vin tout en fumant cigarette sur cigarette. La mallette coincée entre ses jambes, Lucia est pelotonnée contre Rena ; épuisées, elles se sont endormies. Maintenant Lucia ressemble vraiment à une enfant, malgré l'attitude qu'elle a pu arborer. Quinze ans, ce n'est pas un âge facile. Surtout quand votre univers vient de basculer dans le chaos.

Le vin n'est pas bon. C'est presque de la vinasse pour clodo. Mais Wolfstein dévisse le bouchon et boit une autre lampée.

— Faut que je reprenne mes esprits, dit-elle à Mo.

— Ça va t'aider, je te le promets.

— J'arrive toujours pas à croire à ce qu'on a vu là-bas, j'arrive pas à y croire. Ça me paraît irréel. Avec une course-poursuite, en plus.

— À ta place j'aurais flippé comme une malade…

— Une femme de mafieux, dit Wolfstein en désignant Rena avec son pouce. Je sais pas si elle a déjà vu quelqu'un se faire tuer. Peut-être qu'elle a vu beaucoup de gens se faire tuer. Mais elle avait pas besoin qu'on bute sa propre fille devant ses yeux. Enfoiré de Bobby. Et l'autre type, ce qu'il a fait. Mon Dieu.

— T'es sérieuse, son mari est un mafieux? chuchote Mo en donnant à Wolfstein une petite tape sur la jambe. Tu me l'avais pas dit.

— Son mari était un mafieux. C'est une veuve de mafieux, pour être précise.

— C'est ça qui explique la situation?

— En partie.

— Bordel de Dieu, Wolfie.

Rena ouvre les yeux.

— Je ne dors pas vraiment, dit-elle.

— Désolée, dit Wolfstein.

— Ce n'est pas grave. Je comprends.

Rena s'étire en bâillant, puis s'adosse au mur et cale la tête de Lucia sur son épaule.

— Elle semble tellement paisible quand elle dort, dit-elle.

— C'est une dure à cuire, cette gamine, dit Wolfstein. C'est bien d'être dure.

— Pour répondre à votre question... Au cours de toutes ces années, je n'ai jamais vu personne se faire tuer. J'ai trouvé Vic, comme je l'ai raconté. (Rena se tourne vers Mo.) Vic était mon mari. Il n'a jamais rien laissé se produire devant moi. Bien sûr, j'ai entendu des histoires. C'est difficile de se tenir complètement à distance de tout ça. Un mouchard découpé en morceaux et coulé dans du ciment, ce genre de chose. Mais ce n'est pas pareil.

— Je suis désolée pour ta fille, dit Wolfstein.

Rena hoche lentement la tête.

— Nous étions, comment dire ? Exilées l'une de l'autre. Pas exilées, non. Déconnectées ? Je ne trouve pas le mot… Brouillées, voilà. Ça reste tout aussi douloureux, mais je… je ne la connaissais quasiment plus.

— Wolfie et moi, on a jamais eu de gosses, Dieu merci, lâche Mo en secouant la tête. Pardon, j'aurais pas dû le dire de cette façon. Ça fait des jours que je bois.

— Ce n'est pas grave. J'ai encore tellement de mal à y croire.

Wolfstein n'arrive pas à imaginer ce que vit Rena. Impossible. Elle doit se sentir déchirée et perdue. Mais Wolfstein veut continuer à la faire parler. Après un tel drame, si on s'enferme trop en soi on risque de ne jamais revenir. D'être condamné à se repasser la scène en boucle.

Wolfstein décide de changer radicalement de sujet.

— Je t'ai raconté que Mo et moi on connaissait des mafieux à Los Angeles ? Quelques gars qui avaient investi dans le porno. Il y en a un, Lenny Olivieri, je l'aimais beaucoup. Il avait la classe.

— Vic avait la classe, lui aussi.

— J'en doute pas. Lenny, il m'apportait toujours du pain de chez mon boulanger préféré. Et des fleurs de temps en temps. C'était pas le genre de type qui cherche juste à tremper le biscuit. Un vrai gentleman. Avec de beaux costards, comme De Niro dans *Casino*. Tu l'as vu ? Il portait ce genre de costards, les cheveux plaqués en arrière, toujours à suçoter un bonbon à la menthe. Un chic type. Avec moi, en tout cas.

— Vic adorait ce film. *Les Affranchis* aussi, évidemment. À l'épicerie où je vais tout le temps sur la 86e Rue, Meats Supreme, il y a une photo de Vic et deux de ses gars en compagnie de Scorsese, De Niro, Pesci et l'autre, comment il s'appelle ? Celui qui joue Paulie. Bref, aujourd'hui le propriétaire est mort, ses gosses ont repris l'affaire, quand j'y vais ils ne savent même pas que c'est mon mari, là, sur cette photo dédicacée accrochée à leur mur. J'aurais dû la piquer.

— En effet.

— Et maintenant comment je suis censée savoir ce que je veux vraiment ? demande Rena. (Elle s'interrompt.) Je veux emmener Lucia sur la tombe de Vic. Mais comment ça va être possible ? Est-ce qu'on ne va pas devoir passer notre vie à fuir ? Et est-ce qu'elle m'aime, d'ailleurs ?

— On a besoin de musique, dit Wolfstein. Pas fort, évitons de réveiller la gamine. T'as un truc, Mo ?

Mo sort deux cassettes de son sac.

— Paul Simon et Peggy Lee.

— Pas de Stevie ?

— Ma mère a planqué mes cassettes de Stevie.

Wolfstein rit.

— Peggy Lee, alors.

Mo insère les *All-Time Greatest Hits* de Peggy Lee et appuie sur LECTURE. Le son est déformé, un peu trop lent, mais ça fera l'affaire. Miss Peggy chante *I'm a Woman*.

En Floride, Wolfstein avait une amie appelée Gloria Levene. Un été, on lui a diagnostiqué un cancer du pancréas, qui l'a vite emportée. L'affaire de six mois. Wolfstein lui tenait compagnie en écoutant ce genre de cassettes – mais sur une chaîne stéréo. Gloria voulait toujours qu'on lui passe Linda Ronstadt.

— Mon amie Gloria aimait imaginer qu'on était des chanteuses célèbres, dit Wolfstein avant de porter la bouteille à ses lèvres. Elle était malade, et elle racontait ces histoires comme s'il s'agissait de vrais souvenirs. Comme si on était parties en tournée ensemble pour chanter nos tubes. Je rentrais dans son délire. J'hésitais pas à broder. "Tu te souviens du jour où on a joué à l'amphithéâtre Red Rocks ?" Ça nous a aidées à traverser cette épreuve. J'inventais, je lui parlais des robes et du maquillage qu'on portait, et Gloria hochait la tête, souriait. C'est une vie qu'on aurait pu vivre. D'ailleurs je suis pas sûre qu'on l'ait pas vécue. Je crois qu'il existe des univers parallèles où les choses qu'on pense et qu'on rêve sont tout ce qu'il y a de plus réelles.

— Je me rappelle de Gloria, dit Mo. Une fille adorable.

Aucune réaction de Rena. Peut-être que tout ça est trop bizarre pour elle. Ou qu'elle est trop fatiguée.

— Mon plus vieux souvenir, dit Wolfstein, je dois avoir quatre ou cinq ans. À Riverdale. Je porte une petite robe évasée. Je suis debout devant un piano. Un type à lunettes joue. Aucune idée de qui ça peut être. Cheveux gras, dents pourries. Ses doigts martèlent le clavier. Le piano est désaccordé. Le son est déformé, un peu comme avec cette cassette. Je chante. Pas une vraie chanson. Des paroles que j'improvise. Ce dont je me souviens, surtout, c'est que je me voyais de l'extérieur, comme un film. Comme si j'étais cette fille mais que je la regardais, aussi. Plus tard, quand j'y ai repensé, je me suis demandé si c'était moi en train de regarder un autre moi. Vous comprenez ? (Elle s'interrompt.) Les histoires qu'on se racontait avec Gloria, on avait l'impression de les inventer, mais peut-être qu'on ne faisait que parler d'autres vies qu'on avait vécues.

— Je crois que j'ai besoin de me dégourdir les jambes, dit Rena.

— Ça va ? demande Wolfstein.

— J'ai un peu mal au cœur.

Rena se lève, glisse la mallette sous la tête de Lucia en guise d'oreiller de fortune. Lucia remue légèrement mais ne se réveille pas.

Rena se met à faire les cent pas.

— Si tu as besoin de vomir, vomis où tu veux, dit Mo. On s'en fout.

— J'ai simplement besoin d'air frais.

— C'est pas une bonne idée, dit Wolfstein.

— Je vais juste passer la tête dehors une seconde, dit Rena avant de sortir de la pièce.

La porte se referme derrière elle en grinçant.

Wolfstein se demande ce qui lui a pris d'évoquer Gloria et ce souvenir d'enfance. Rien de tel pour accentuer le malaise de Rena.

Wolfstein reste assise là en compagnie de Mo et de la musique. Avec les cassettes, il y a automatiquement une tension. Chaque fois qu'une chanson se termine, elle se dit que c'est peut-être la fin de la face. Personne n'aime quand on arrive au bout d'une face. C'est un bruit mélancolique, ce clic d'une cassette qui s'arrête, le bouton "lecture" qui remonte tout seul. À l'époque où les cassettes constituaient le moyen le plus répandu d'écouter de la musique – pas une très longue période, quand on y pense, mais qui a beaucoup compté pour elle –, Wolfstein redoutait toujours ce bruit. Elle aimait le geste qui consistait à changer de face, mais pas le bruit d'une face qui se terminait. Elle se rappelle s'être posé la question : c'est ça qui se passe quand les gens meurent ? Un clic, puis tout s'arrête et c'est le silence ? On regarde derrière la petite fenêtre du boîtier et on ne voit que de l'immobilité. Puis rien qui tourne. Cette vision a de quoi vous briser le cœur.

Au Frolic Room, un bar de Hollywood qu'elle fréquentait à l'occasion, un type passait de temps en temps vendre des cassettes pirates. Elle était au comptoir avec Mo, Hunny ou quelqu'un d'autre, et voilà qu'il faisait irruption de son pas sautillant. Ulmer, il s'appelait. Toujours des T-shirts trop larges, des chaussures de chantier, des jeans déchirés. Toujours le sourire aux lèvres, toujours à faire l'article. Elle l'adorait. Elle adore tous les filous de ce monde. Être un filou, c'est se libérer d'une souffrance à laquelle les gens normaux semblent s'accrocher. Les filous connaissent l'échec par cœur, mais ne le laissent jamais les arrêter. Au contraire, être un filou aide à dépasser l'échec. Elle admirait les filous avant même de devenir l'une des leurs. Ulmer, bien sûr, mais aussi des arnaqueurs de salles de billard, des filles dans le porno, tous ces gens qui sont prêts à se battre pour survivre. Elle voit un peu de ce feu chez Lucia.

Et maintenant elle repense à un certain après-midi au Frolic Room, Ulmer étalant des cassettes sur un petit tapis pliable qu'il transportait partout avec lui, vantant ces copies de copies – enregistrements live, compilations, remix. Des prix imbattables : deux dollars l'unité. Peu importe la qualité, Wolfstein était toujours prête à lui en acheter une. En général, Ulmer acceptait son argent en lui faisant le baisemain. Cet après-midi-là, en revanche, il paraissait déprimé. Nulle trace de son habituel sourire, il avait même les larmes aux yeux.

— Qu'est-ce qui va pas ? avait demandé Wolfstein.
— Je sais pas.
— T'as l'air très triste.
— Je sais pas ce qui se passe. J'ai l'impression que tout mon univers s'écroule.

Une rare occasion d'entrevoir ce qu'un filou a dans le cœur, s'était-elle dit sur le moment. Une peur qu'on apprend à cacher mais qui reste toujours présente, et ce jour-là Ulmer avait baissé la garde, rassuré peut-être par quelque chose en elle, convaincu qu'elle ne révélerait pas sa peine secrète.

Elle lui avait acheté huit cassettes.

Il lui avait fallu plusieurs jours avant de se rendre compte qu'Ulmer l'avait bien eue. Qu'il avait compris comment bien la pigeonner. Baisser sa garde avait été sa meilleure arme contre elle.

Une sacrée leçon.

"Quand je te serre dans mes bras, lui disait autrefois sa tante Karen, je sens tout ce que Dieu a prévu pour toi." Même à dix ans, dans son for intérieur Wolfstein trouvait ça risible. La peau douce de sa tante Karen luisait comme un fruit trop mûr. Sous un certain angle, elle ressemblait à une banane ramollie bonne à jeter, ou à utiliser pour faire un pudding. Wolfstein détestait sa tante. Cette tante à qui on l'avait refourguée contre son gré. Qui la forçait à s'agenouiller tous les soirs et prier pour des choses ridicules. Une place à bord d'une nouvelle arche quand un nouveau déluge s'abattrait sur elles. Le pardon pour des trucs dont elle ne se sentait pas coupable. L'instauration de politiques haineuses au nom de Dieu. Comment décrire l'état d'esprit de Wolfstein à l'époque ? Une attente rageuse que quelque chose d'autre – peu importe quoi – survienne. Lorsque l'occasion de partir s'était présentée, elle n'avait pas hésité. Jamais elle n'aurait pu imaginer la vie qu'elle avait fini par vivre. Gloire à l'aventure. Gloire à la survie. Gloire à l'improvisation.

Sans cesser de penser à sa tante, elle sort voir comment va Rena. Peu importe les horreurs qu'elle a pu trouver sur son chemin, elle se félicite d'avoir eu assez de jugeote pour s'émanciper de sa tante Karen à un si jeune âge. C'est sa manière à elle d'être positive. C'est l'optimisme qui l'a toujours accompagnée, même dans les périodes sombres. Quand on parle de vies parallèles… Elle voit une pauvre fille coincée à Nyack. Elle voit une pauvre fille brutalisée à coups de bible par une tante à moitié folle à la peau étrangement brillante. Elle voit la grosse main d'un Dieu auquel elle ne croit pas qui lui écrase la trachée. Elle voit cette fille qui cherche encore à s'échapper.

Sa tante est probablement morte il y a des années. Ou peut-être est-elle en vie, une sorcière squelettique dans une maison de retraite effroyable qui continue de prier pour une nièce disparue il y a longtemps, une nièce ingrate n'ayant jamais voulu vivre avec la peur appropriée.

Wolfstein ouvre la porte de derrière et, dans la pénombre à l'extérieur, jure soudain qu'elle aperçoit sa tante Karen rôdant de l'autre côté de la piscine. Elle met un moment avant de reconnaître Rena, qui du reste ne ressemble pas du tout à sa tante.

Chuchotant aussi bas que possible, Wolfstein l'appelle, mais Rena ne répond pas.

— Rena… ça va ? demande-t-elle en s'approchant.

Rena tombe à genoux et vomit sur un carreau de ciment recouvert de feuilles mortes. Elle se redresse, s'essuie les coins de la bouche.

— C'est rien, c'est nerveux, dit Wolfstein.

Rena a un haut-le-cœur. Essaie de vomir encore. En vain.

— Détends-toi, dit Wolfstein en lui massant la nuque.

Ça peut sembler paradoxal, mais observer Rena qui s'efforce de vomir est réconfortant. C'est peut-être le fait d'avoir un but : aider Rena à se sentir mieux. Comme avec une Hunny défoncée aux cachetons ou une Gloria malade. Lui masser le dos. Lui parler avec douceur. Lui apporter de la tendresse. Wolfstein a beau être quelqu'un de dur, elle aime tenir ce rôle-là.

— J'ai fini, dit Rena après quelques derniers raclements de gorge.

— Tu te sens un peu mieux ?

— Je crois.

Rena se lève, frotte son pantalon.

— Il faut qu'on retourne à l'intérieur, dit Wolfstein.

Elle balaie du regard les alentours, essaie de voir au-delà des limites du terrain. Du côté de chez Mo, tout paraît calme.

— Je sais, dit Rena. Je suis désolée.

Elle s'essuie à nouveau la bouche et se dirige vers la porte.

Une fois qu'elles sont à l'intérieur, Wolfstein referme la porte derrière elles et déclare :

— Ma tante Karen était une vraie salope.

Rena la regarde d'un air perplexe.

— Tu me parlais de ta tante ?

— Je pensais à elle. Je sais pas pourquoi. Ce soir mes pensées partent dans tous les sens. Je déteste tellement cette femme, mais je suis reconnaissante de l'avoir connue, tu comprends ? Ce genre de haine vous rend plus résistant. Elle a fait de moi quelqu'un de fort, qu'elle l'ait voulu ou non.

Elles s'enfoncent dans la maison, s'arrêtent devant la pièce où se trouvent Lucia et Mo. À travers la porte fermée, elles entendent la fin d'une autre chanson de Peggy Lee.

— Ma tante Karen, j'exagère pas, quand je faisais quelque chose qui lui plaisait pas, elle m'obligeait à m'agenouiller sur un plateau jonché de verre brisé pour réciter mes prières. Véridique. Un grand plateau en argent. Je sais pas où elle trouvait tous ces morceaux de verre, mais elle en avait une sacrée collection. Du verre de couleur verte. Peut-être de vieux bocaux cassés. Ça me faisait des coupures profondes aux genoux. Quand j'avais terminé, elle me laissait un flacon d'eau oxygénée, quelques boules de coton et des pansements. Plus tard, j'ai souvent dit que si j'étais aussi douée pour rester longtemps à genoux, c'est grâce à ça.

Petit clin d'œil dans l'obscurité.

— C'est horrible, dit Rena. Combien de temps ça a duré ?

— Jusqu'à ce que je fugue. Si tu regardes mes genoux de près, tu verras des petites marques blanches en forme de fer à cheval. Ça a bien cicatrisé mais il reste des traces. Après m'être enfuie, j'en menais pas large. J'étais encore qu'une gamine. Je me regardais dans le miroir et me disais : “Pas le temps de s’apitoyer. Pas le temps de s’apitoyer.” Je le répétais cinquante fois. C’est devenu ma devise. Puis je disais : “Saisis ta chance.” Ça, je le disais qu’une seule fois.

— Ça me plaît.

— Ça m’a permis de m’en sortir.

Elles se taisent et entrent dans la pièce. Lucia est réveillée. Assise, elle serre la mallette contre elle.

— Où tu étais passée ? demande-t-elle à Rena.

— J’étais malade.

— Y a du mouvement, dehors ? demande Mo.

— J’ai rien vu, dit Wolfstein.

Mais elle a appris que l’obscurité pouvait cacher beaucoup de choses.

RICHIE

RICHIE GÎT SUR LE DOS dans le parking, Crea lui ayant brisé le genou avant de filer régler son compte à Enzio. La douleur est immense. Il se mord la lèvre inférieure en regardant le ciel. Le tonneau dans l'Impala l'a étourdi. Le monde lui apparaît de travers, il essaie de le remettre droit. Il a peur de se toucher le genou. Il a mal à plusieurs endroits. La collision lui a cassé quelques côtes. Sa nuque est raide, il a du mal à la bouger, comme s'il portait une minerve en acier. Sa hanche est abîmée. Il a le goût du sang dans la bouche. Pas de doute, c'est comme ça que ça va se terminer pour lui. Il a agi stupidement. Il n'a pas bien préparé son coup. Il mérite de mourir sur ce parking. Il est bête. Il a toujours été bête comme ses pieds.

Parvenant à pivoter légèrement la tête à gauche, il aperçoit Crea au loin, près de l'Explorer, en train de se défouler sur Enzio avec son marteau. C'est comme s'il démolissait une vieille statue, comme s'il en avait marre de la regarder et avait décidé de la réduire en poussière morceau par morceau. D'abord les bras puis les jambes et ensuite le torse. Enzio produit des gémissements humides, terribles.

Richie essaie de rouler sur le côté. Quand la Town Car de Crea a embouti l'Impala – qui a encaissé ce premier choc tel un vieux boxeur massif et mélancolique –, le flingue a été projeté loin de lui. S'il l'avait encore, avec les deux balles qu'il a gâchées si bêtement, honnêtement il ne sait pas s'il viserait Crea ou s'il mettrait fin à ses souffrances.

Sur le côté, la douleur est pire encore. Il faut qu'il se redresse sur son genou indemne. Qu'il évite de solliciter celui qui est abîmé. Et ensuite ? Se traîner le long de la route qui rejoint la Parkway ? Dès qu'il se retournera, il verra Crea lui grimacer un sourire.

Il se revoit jouant au base-ball dans la cour de son école. Il tient sa fidèle batte à la poignée enveloppée de ruban adhésif. Hank De Simone s'apprête à lancer. Richie jette un dernier coup d'œil à la zone de prises tracée à la craie sur le mur derrière lui. Hank lance. Richie frappe, la balle s'envole au-dessus de la clôture. Un home run miraculeux. Il jette la batte à terre et bondit de joie.

— C'est qui le meilleur ? s'écrie-t-il.

— Un gros coup de bol, dit Hank avant de cracher par terre.

— Un coup de bol *et* de la puissance, surtout, rétorque Richie.

À cette époque-là, en quatrième, Hank est son meilleur ami. Ils sont inséparables. Ils lisent des BD. Ils jouent au base-ball. Ils volent des magazines. Ils rendent des petits services à Stacks Brancaccio, le père de Sonny, et à Vic le Tendre, qui dès le début les a traités avec la plus grande classe. Un an plus tard, Richie ne parle plus à Hank. Il ne lui adressera plus jamais la parole. Une des bizarreries de l'enfance, c'est que les amitiés s'arrêtent du jour au lendemain. Dès que quelqu'un cesse de vous intéresser, on l'ignore, on coupe les ponts. Il a coupé les ponts avec Hank. Il s'est trouvé de nouveaux amis, des vrais durs qui l'ont emmené se faire dépuceler dans un endroit sympa à Manhattan et lui ont procuré un flingue pour débutant. Hank, lui, était encore un gamin. Il l'apercevait de temps à autre, traînant quelque part avec une BD, mâchant du chewing-gum comme un pauvre cheval mâche du foin, et il était triste pour ce gosse. Maintenant c'est pour lui-même qu'il est triste. Il regrette que son enfance ait été trop courte et se demande ce qu'est devenu Hank. Il vit probablement quelque part dans le coin. Une maison. Un jardin avec des arbres. Une cabane. Deux gosses. Une femme qui dit des choses comme : "Oh, Hank, voyons, tu exagères !" Il se réveillera dans quelques heures, préparera du café, prendra le bus pour se rendre à son travail à Manhattan. Lundi. Frais et dispo. Prêt à bosser.

Le souvenir de Hank, qui paraissait si présent, se dissipe d'un coup.

Le cul en l'air, Richie s'appuie sur ses mains et sa jambe intacte dans ce qui ressemble à une posture de yoga bidon. Le yoga, il connaît ça. Un jour, Adrienne l'avait forcé à l'accompagner à son cours. Pendant quinze jours de l'été 1999, elle s'était passionnée pour ce cours. Le yoga à la mode du Bronx. Ça avait lieu à côté de la librairie Barnes & Noble, dans le centre commercial Bay Plaza sur Baychester Avenue. En se penchant en avant, il avait lâché un gros pet et toutes les participantes étaient parties d'un grand éclat de rire. Il avait claqué la porte après leur avoir lancé : “Le moindre de mes pets vaut mieux que vous, bande de connes !” Toutes ces bonnes femmes vêtues de collants en Lycra l’avaient regardé comme s’il venait de chier un pigeon et de l’écraser contre la baie vitrée du studio.

Le bruit d’un train au loin. Peut-être pas un train. Il a peur de regarder du côté de Crea et Enzio. Peur de voir Enzio atomisé à coups de marteau. Peur d’entendre les pas de Crea sur le bitume, toute cette violence se ruant vers lui. Peur d’entendre le marteau racler contre le sol. Peur que ses yeux croisent ceux de Crea. Il a l’impression d’avoir été retourné comme un gant et de sentir le monde sauvage de la nuit se presser contre ses entrailles. Il se sent lâche. Il a toujours été lâche. Il avance en sautillant et s’écroule par terre.

— Hé-ho, espèce d’enflure d’handicapé, lui lance Crea.

La douleur a empiré. Son genou doit être en miettes. Richie se met à ramper à la manière d’un léopard, traînant sa douleur avec lui. Il se dirige vers ce qui reste des deux voitures. Il espère pouvoir ramper sous la Town Car, qui, elle, est encore sur ses roues. S’abriter dessous, hors d’atteinte. Disparaître dans la fumée.

— Où tu vas comme ça ? demande Crea qui se rapproche.

S’il fait semblant de ne pas entendre cette voix, c’est comme si elle n’était pas vraiment là, non ?

— Tu veux appeler un taxi ? On partage la course. Oh, et puis merde, on a qu’à prendre l’Explorer. Je sais ce que tu te dis. Tu te dis : “Et si on prenait ta Town Car, Crea ?” C’est pas ma Town Car. Elle est identique à ma Town Car, mais c’est celle de Clyde Finelli. Tu crois que j’aurais un fanion des Mets sur ma bagnole ? (Crea s’arrête en surplomb de Richie.) Tu me connais mieux que ça. Tu sais ce que je pense des Mets. Cet enculé de Keith Hernandez, je l'ai rencontré, une fois. Richie, parle-moi. Richie, où tu vas, mon vieux ?

Crea se penche au-dessus de Richie puis lui écrase le dos avec son genou. Le marteau cogne le macadam.

Les efforts de Richie pour ramper ont été stoppés net. On dirait une souris coincée par un enfant fou.

— Où elles sont maintenant, tes couilles ? T'avais les couilles de te pointer chez Caccio's et de massacrer nos amis sans défense en pleine réunion, et où elles sont, maintenant ? Dis que t'es rien qu'un connard pathétique.

Richie appuie les lèvres contre le bitume. Un goût de poussière, de pneu et de ténèbres.

— Dis que t'es rien qu'un connard pathétique. Dis-le.

Il sent l'haleine mentholée de Crea derrière son épaule.

— Je suis rien qu'un connard pathétique.

Crea éclate d'un rire sinistre.

— En effet. T'as vu comment je me suis occupé de ce pauvre Enzio ? C'était juste pour me détendre, pour m'échauffer.

— Je suis rien qu'un connard pathétique, répète Richie.

La pression du genou de Crea disparaît. Il se relève. Ramasse le marteau.

— Tu bouges pas, OK ? Je vais chercher l'Explorer. C'est une bagnole merdique, mais elle fera l'affaire.

Des pas qui s'éloignent. Richie se remet à ramper. Les pensées qu'il a eues tout à l'heure à propos de Lucia, il les regrette. Lucia n'est pas son ennemie. Il aurait aimé qu'elle l'appelle "papa". Il aurait aimé être sur la route avec Adrienne et Lucia, sans s'inquiéter du passé ni de l'avenir.

Il aurait aimé lui offrir un bon dîner quelque part. Elle a de l'appétit, cette petite. Là, maintenant, il aimerait pouvoir la considérer comme sa vraie fille. Prier pour elle et lui demander de prier pour lui. Ça fait du bien, de prier. Il va mourir et il est heureux qu'elle ait pris l'argent. Autant que ce soit elle. Bien sûr, Crea va tout faire pour le récupérer. Crea ne lâche rien. Richie va mourir, oui, mais il va emporter Crea avec lui.

Lorsque l'Explorer s'arrête derrière lui, il sent la chaleur qui émane du châssis. Un coup de klaxon. Le bourdonnement électrique d'une vitre.

— Allez, lève-toi, dit Crea derrière son volant, et rien qu'à sa voix Richie sent qu'il sourit. Dieu sait à qui elle appartient, cette bagnole. Tant mieux que j'aie pas besoin de tuer un inconnu pour un pauvre Ford Explorer de 1995. Ç'a été chiant de le démarrer avec les fils. J'étais doué, autrefois. Rapide. Mais là j'étais perdu sous le tableau de bord, on aurait dit un gosse de douze ans qu'essaie de défaire le soutien-gorge d'une nana. Tu sais qui avait un 4x4 comme ça ? Al Burke, ce petit enfoiré d'Irlandais. Sa mère était toujours en train d'asperger l'intérieur d'eau bénite. J'ai demandé à Al : “Où est-ce que ta vieille trouve toute cette eau bénite, putain ?” Tu sais ce qu'il me dit, l'autre Irlandouille ? “Le prêtre passe à la maison pour lui bénir son stock de bouteilles d'eau.” Un prêtre qui bénit des bouteilles de Poland Spring, tu y crois ?

Richie essaie de se relever tant bien que mal. Il se demande si Crea va l'écraser pour le plaisir. Il en serait bien capable. Comme dans ce film de malades, *The Toxic Avenger*. Au début, ce que ces malabars font au petit maigrelet sur son vélo, quand ils lui roulent sur la tête et la lui éclatent comme un furoncle…

— OK, dit Crea, ouvrant la portière et descendant du 4x4. T'as besoin d'aide. Je comprends. Je vais pas te tuer, Richie. T'inquiète. Pas encore. Je vais te faire un peu mal ici ou là, peut-être, mais je te tuerai pas avant d'avoir récupéré l'argent. C'est tout ce qui m'intéresse pour l'instant. Après ça, il sera temps que je me venge. Et après ça, comme je t'ai jamais aimé, j'éprouverai un grand plaisir à te voir crever. Mais d'abord, l'argent. (Il glisse les mains sous Richie et le soulève en poussant un grognement.) Notre petit accident de tout à l'heure m'a un peu éreinté. Pas toi ? Et tabasser à mort le voisin de Vic, ça, ça m'a achevé.

Encore un rire.

Crea traîne Richie jusqu'à la portière arrière droite de l'Explorer, celle où il manque la vitre et où le plastique a été arraché.

— Tu rêvais de tabasser des gens à mort quand t'étais gosse ? demande Crea. Moi oui. Mais le faire en vrai, c'est vachement plus satisfaisant. J'aimerais pouvoir le dire au gamin que j'étais.

— Pas question que je monte dans cette bagnole, dit Richie.

— Bien sûr que si, dit Crea avant d'ouvrir la portière et de le pousser à l'intérieur. T'es mon copilote.

Richie se réveille. Allongé sur la banquette arrière de l'Explorer. Ils roulent vite. Probablement sur la Palisades Parkway. Il a dû perdre connaissance quelques minutes.

Il a froid. Le vent s'engouffre par la vitre cassée. L'habitacle de l'Explorer sent la merde. Crea a mis la radio à plein volume. *You Can't Always Get What You Want.* Il chante en chœur, tambourine sur le volant.

— Tu peux baisser le son ? demande Richie.

— T'es réveillé, *Principessa* ? gueule Crea par-dessus la musique, orientant le rétroviseur de façon à voir Richie. Qu'est-ce que tu m'as dit ?

— Baisse le son.

Richie n'a jamais aimé cette chanson. Ce n'est pas qu'il déteste les Stones. Il les aime, les a vus quatre fois en concert. C'est juste que c'est une de ces chansons qui sont partout. Dans les films, au supermarché, chez les garagistes, dans les restaurants de sushi. Ça l'attriste terriblement. Il va mourir, il n'a pas envie de l'entendre. Il veut entendre quelque chose d'unique, quelque chose qu'on n'entend pas tous les jours à la radio, putain. Hendrix qui gémit en chantant *Red House.* Ou du metal, peut-être. Adrienne l'avait un peu initié au metal à une époque. *Rainbow In The Dark* de Dio, *Wasted Years* d'Iron Maiden ou *Ace Of Spades* de Motörhead, ça ce serait sympa à écouter.

— Que je baisse le son, qu'il dit ce type. T'es gonflé, Richie. Refuser d'écouter les Stones. Qui oserait faire ça ? (Il baisse le volume.) Bravo, t'as tout gâché.

Richie sent encore la douleur pulser en lui. Il croise ses bras sur sa poitrine.

— Je vais faire un arrêt ravitaillement, et après tu me diras où on va, OK ?

— Je sais pas où elles sont, répond Richie en fermant les yeux.

— Pas de “Je sais pas” avec moi. Tu sais. Tu sais très bien.

Richie sombre.

Lorsqu’il s’éveille à nouveau, la voiture est saturée d’odeurs de nourriture. Ça sent la saucisse, le gras, les pommes de terre sautées. Le café, aussi. Crea croque dans un bagel à la saucisse, à l’œuf et au fromage. Le fromage fondu dégouline sur sa veste. Il dévore le sandwich en quelques bouchées. Puis il pêche une poignée de pommes de terre sautées dans un sachet posé sur ses genoux et les fait descendre avec du café. D’après l’horloge de l’autoradio, il est 2 h 03. Richie n’en revient pas.

Crea l’observe dans le rétroviseur, remarque qu’il a les yeux ouverts.

— Enfin ! La Belle au bois dormant, je pensais que t’étais mort. J’ai essayé de te réveiller, sans succès. J’ai lâché deux bons gros pets. Rien. J’ai klaxonné pendant cinq minutes. Rien. Je suis allé dans une station-service pour me rafraîchir, racheter de la Listerine, mais t’as pas arrêté de ronfler. J’ai acheté de la bouffe dans ce restau ouvert vingt-quatre heures sur vingt-quatre. T’as pas bronché. Comme me le disait autrefois ma p’tite femme, tu devais vraiment en avoir besoin.

Richie s’écarte un peu de la portière. Comment a-t-il pu dormir avec cette douleur atroce au genou ? Il est pris de vertiges. Sa nuque est encore plus endolorie qu’auparavant. Peut-être qu’il a une commotion ? Il se souvient de son rêve, une histoire de hockey. Aller à un match des Rangers avec Adrienne. Attendre sur les marches à l’entrée du Madison

Square Garden, Adrienne accoutrée d'une longue écharpe rouge et d'un bonnet pelucheux des Rangers.

Il a la bouche terriblement sèche et pâteuse. Sa langue est toute râpeuse contre ses dents.

— De l'eau.

— Tu veux de l'eau ?

— Oui.

Crea lui lance une bouteille d'Aquafina. Elle rebondit contre le dossier de la banquette et tombe par terre. Richie tâtonne, finit par la retrouver, la plaque contre son torse pour essayer de l'ouvrir. Il est tellement faible que même ça c'est difficile. Le bouchon se dévisse d'un coup et de l'eau gicle sur son polo. Il se redresse un peu, porte la bouteille à ses lèvres et avale de longues gorgées.

— Bois, bois, dit Crea entre deux bouchées de pommes de terre bien grasses. Tu vas en avoir besoin.

— On est où ?

— Qui sait ? Ici tout se ressemble. Dis-nous plutôt où on va ?

— J'en sais rien. Je les ai perdues sur le pont. T'as bien vu. Elles peuvent être n'importe où.

— Fous-toi de ma gueule.

— J'aurais pas eu besoin de les prendre en chasse si j'avais su où elles allaient.

— Tu vois comme je suis calme, Richie ? Parce que je vais les retrouver. Peut-être pas ce soir. Mais elles m'échapperont pas. Une gamine et deux vieilles en fuite avec tout ce pognon, elles vont forcément laisser une trace. Peut-être que je vais quand même devoir te buter en premier, finalement. Puis je vais les retrouver, récupérer l'argent et tuer la petite comme j'ai tué sa mère.

“Et mon ami, poursuit-il en agitant le doigt, ton Eldorado sera *mon* Eldorado, et je me baladerai fièrement dans Brooklyn avec. Peut-être que j’accrocherai ton scalp à l’antenne. Comme ça les gens sauront : voilà ce qui arrive à ceux qui trahissent leurs amis.

— T’as jamais été mon ami. Sonny a jamais été mon ami.

— C’est vrai, dit Crea avant d’aspirer une gorgée de café.

Richie enfonce sa main dans sa poche et sort lentement la lettre. Pourra-t-il la cacher sans que Crea s’en aperçoive, la glisser sous le tapis de sol ou entre le siège conducteur et la console centrale afin que cette espèce de taré ne la trouve jamais ? Mais s’il la découvre sur Richie, alors là… Mettons qu’elles soient vraiment parties chez cette Mo – vu la direction qu’elles ont prise, Richie est prêt à parier que c’est le cas. Mettons qu’elles se planquent là-bas en espérant que les choses finissent pas se tasser. Les gens font des choses imprévisibles et stupides en temps de crise ou de catastrophe. Ça y est, malgré ses mains qu’on croirait toutes déformées par l’arthrite il a réussi à sortir la lettre. Il la fait remonter sur son ventre, mais elle tombe sur le tapis de sol.

— Hé, tu fous quoi, là ? dit Crea, fronçant les sourcils dans le rétroviseur. T’as quelque chose pour moi ?

Il attrape le marteau qu’il gardait à portée de main, dressé sur le siège passager. Richie se rend compte que la tête est couverte du sang d’Adrienne et d’Enzio. Crea lui assène un coup sur le ventre, aussi fort que possible dans cet espace confiné.

Richie se recroqueville au moment de l’impact et la face la plus sanguinolente du marteau s’écrase sur la partie la plus charnue de son ventre.

— Qu'est-ce que tu me caches ?

Crea donne un grand coup de volant à droite. L'Explorer fait une embardée vers le bas-côté. Il tend le bras par-dessus la console centrale, ramasse l'enveloppe et sort la lettre.

— C'est quoi, ça ?

Richie se met sur le flanc, présente son dos à Crea. Il sait que le marteau va bientôt s'abattre à nouveau. Autant ne pas voir.

Cette fois-ci, Crea lui frappe le bras. Juste au-dessus du coude.

Richie se tourne dans l'autre sens, ses yeux se ferment puis se rouvrent.

Crea rit, se cure les dents avec la touillette du café et roule en boule l'emballage du sandwich. Il baisse sa vitre et jette la boule d'alu sur la route. Il prend une poignée de pommes de terre sautées, les enfourne comme si c'était lui qui n'avait rien mangé depuis plus de douze heures.

— Merde, je comprends maintenant, dit-il la bouche pleine. La voilà, ta piste. L'adresse de l'expéditeur sur l'enveloppe. T'es pas sûr à cent pour cent, mais tu penses que c'est là qu'elles vont.

Richie espère qu'il se trompe et que Lucia et Rena font route depuis plusieurs heures vers une autre destination.

— Monroe, dit Crea en se grattant le menton avec la poignée du marteau. C'était un président, non ? Monroe. Ça t'intéresse, les histoires de président ? Ce clown qu'on a maintenant, George "Dubya" Bush, dit-il avec un accent texan version Brooklyn, quel gros débile, non ? Il me fait penser à une espèce d'avorton qui allait au lycée avec moi. Milty. Ce mec se fourrait une tomate dans le calebar pour se donner l'air d'être super bien monté, t'imagines un peu ?

À la rigueur un concombre ou une paire de chaussettes, mais une tomate ? Mon pote Tino s'approche de lui en classe, juste devant Mme Pascione, et lui file un coup de pied en plein sur sa tomate. Splotch. Après ça tout le monde s'est foutu de la gueule de Milty pendant des mois. Ça me fait penser à Dubya. Monroe, je sais rien sur lui. Une ville avec un nom de président, ça donne envie d'y aller, non ? Qu'est-ce que t'en dis ?

Replié sur sa douleur, Richie ne l'écoute plus.

Des minutes ou peut-être des heures se sont écoulées. Richie a dû se rendormir. Mais il est réveillé maintenant et il fixe le plafonnier. Les rafales de vent qui traversent la voiture sont plus fortes que tout à l'heure. Crea fonce.

— Dis-moi quelque chose…

— Quoi ? demande Richie.

— Adrienne avait quinze ans quand tu as commencé à la sauter, pas vrai ? Elle était comment, sa chatte, à l'époque ? Aussi tendue qu'un élastique, non ?

— Je t'interdis de parler d'elle.

— Tu m'en veux parce que j'ai mis fin à ses souffrances ? Dis-moi si sa chatte était aussi étroite que je l'imagine.

Richie tousse et tout son corps vibre de douleur. Surtout ses côtes. Il voudrait crier à ce malade d'aller se faire foutre. Défendre l'honneur d'Adrienne. Il a échoué sur toute la ligne. Et maintenant il échoue même à tenir ce monstre à distance de Lucia.

— On s'est perdus, dit Crea. T'y crois, toi ? Je me suis fait avoir comme un débutant. Aucun sens de l'orientation.

Je roule sans savoir où je vais. On est où ? Peekskill, d'après ce panneau. Comment on a fait pour atterrir ici ? J'aurais jamais dû franchir ce pont. Bear Mountain… je trouvais que ça sonnait bien. Qu'est-ce que je peux être con, parfois ! Tu vois ces lumières là-bas ?

Du doigt, Crea désigne quelque chose à travers le pare-brise fendu. Richie a trop mal à la tête pour distinguer ce qu'il lui montre.

— Indian Point. Quand t'écoutes les matchs des Yankees à la radio, y a toujours plein de pubs pour cette centrale. "Solide. Sans danger. Vitale." Mon cul. Ce truc saute, elle détruira tout à cent cinquante kilomètres à la ronde. Tchernobyl, le retour.

— Je peux te poser une question ?

— Pourquoi pas ? Je suis d'humeur généreuse.

— Pourquoi t'as tué Vic ?

— Il me barrait la route. Avec lui, je me sentais enfermé. Comme un de ces petits veaux coincés dans leur enclos miniature. Il me faisait pas confiance. Il me prenait pour un animal.

— Tu es un animal.

— C'est pas faux.

— Qu'est-ce qui s'est passé ce jour-là ? Il a su que c'était toi ?

— Évidemment. Il a su dès que je me suis garé devant sa baraque.

— Little Sal n'était même pas présent ?

— Il conduisait.

— Vic a dit quelque chose ?

— J'avais le flingue braqué sur lui. Il a dit : "Chie ou barre-toi du pot."

— Du Vic tout craché.

— Il est mort noblement. Sans supplier. J'ai jeté le flingue près du basilic, en souvenir. Dans le plus pur respect des traditions. Je m'étais pas encore vraiment mis au marteau. Maintenant parle-moi de la chatte d'Adrienne. Quel goût elle avait ? T'as l'air d'un gars qu'aime bien bouffer de la chatte. Un goût de bonbon, de Jolly Rancher saveur pastèque, voilà ce que j'imagine. Allez, raconte. J'ai besoin de me changer les idées.

Richie tousse et un éclair de douleur le déchire. Tout redevient noir.

L'éclat du soleil sur le pare-brise. Richie parvient à s'asseoir. Ils sont garés en face de la maison de Mo Phelan. À force de tourner au mauvais endroit, ils ont dû mettre trois ou quatre heures pour retrouver le bon chemin.

— J'en reviens pas que cette bagnole de merde ait pas lâché, dit Crea, courbé sur le volant.

— Je vois pas l'Eldorado, dit Richie. Ç'aurait été stupide de leur part de venir ici.

— T'as raison. Mais on a fait toute cette route, on va pas repartir sans être entrés pour vérifier.

Malgré le soleil, Richie distingue quelqu'un qui remonte un store au premier étage de la maison jouxtant celle de Mo. Lucia. Quelques secondes s'écoulent, elle relâche brusquement les lattes. Idiote ! Elle a de la chance que Crea ne l'ait pas aperçue.

Et maintenant, quelles possibilités s'offrent à lui ? Se sacrifier pour que Lucia puisse s'en tirer. C'est le seul choix viable. Il faut qu'il tue Crea. Ce taré a un flingue,

Richie le sait, mais rangé où ? Il faut qu'il mette la main dessus. C'est son unique chance. L'unique espoir de Lucia.

LUCIA

La vie est vraiment injuste. Tout cet argent à ses pieds et elle ne peut rien en faire. Elle ne peut pas vivre dans un hôtel chic où elle s'en remettrait au room service tous les soirs pour dîner. Elle commanderait des burgers et des steaks, se tartinerait des toasts avec plein de beurre, boirait du soda et de la bière, se gaverait de fondant au chocolat puis se pelotonnerait sous les beaux draps blancs du lit, laissant à quelqu'un d'autre le soin de tout nettoyer. Elle ne peut pas s'acheter une maison au bord de la mer, nager un peu puis revenir se préparer un sandwich et compter son argent en fumant des cigarettes. Pas une plage comme Silver Beach, non, le genre de plage où on choisit de fuir. Tranquille. Privée. De l'eau bleue, des oiseaux, éventuellement un type torse nu qui court dans l'écume avec un chien trop mignon.

Mais peut-être qu'elle peut au moins essayer de retrouver son père.

L'argent, c'est bizarre. Et si Mamie Rena l'obligeait à faire quelque chose d'idiot avec ? Pas seulement engager quelqu'un pour tuer Crea, mais peut-être même le rendre à la police. Elle a vu ça dans des films. Il y a toujours quelqu'un qui rechigne à garder le pactole sous prétexte qu'il a été acquis de manière pas tout à fait légale. Quelqu'un qui affirme que cet argent est maudit, bla-bla-bla, et qui ne veut pas y toucher. Bien qu'elle dise se méfier des flics, Mamie Rena pourrait être cette personne. Lucia se demande s'il y a une gare routière ou ferroviaire dans cette ville et s'il s'agit justement d'une gare comme dans ces films-là, avec des casiers où planquer l'argent avant d'aller se planquer soi-même, la clé autour du cou, jusqu'à ce qu'on puisse le sortir sans risques.

Lucia a un million de regrets. Elle regrette de ne pas être née dans un autre lieu, à une autre époque, pourquoi pas dans les tunnels du métro. Un jour à la bibliothèque elle a emprunté un livre sur les gens qui habitent là-dessous dans des petites cabanes reliées à l'électricité et se douchent grâce à l'eau fuyant des canalisations, et ça lui a paru assez sympa comme vie. Elle regrette de ne pas être la fille d'une actrice célèbre qui l'aurait emmenée à toutes les premières. Elle ne connaît aucun détail des circonstances de sa naissance. Sa mère ne lui a jamais rien raconté. Tout ce qu'elle sait, c'est que ça s'est passé à l'hôpital Victory Memorial, mais elle n'a jamais vu de photos d'elle les joues roses, toute emmaillotée de langes. Elle regrette de ne pas être née en Italie. Elle regrette de ne pas avoir eu un père qui l'aurait initiée au base-ball et lui aurait offert des ours en peluche, des poupées, quelque chose. Elle regrette d'avoir grandi sans connaître son père. De ne pas pouvoir fermer les yeux et se représenter son visage. Sa tête est floue. Ses mains aussi. Son corps et ses vêtements, elle parvient en partie à les imaginer. Richie, elle n'en a que des bribes de souvenirs. Un peu comme un père, au sens où il apportait des pizzas de chez Patricia's et s'endormait sur le canapé en regardant les Yankees la main dans le caleçon. Un peu comme un père, mais jamais assez. Elle espère qu'il est mort. Elle espère que le fil entre lui et cet argent est tranché pour toujours. Elle se fiche de savoir comment il est mort. Ou comment il va mourir. Peut-être qu'il est en train de crever en ce moment même. Si elle imagine ce qui est arrivé à sa mère lui arriver à lui, loin de la rendre malade, ça la soulage.

Elle observe Wolfstein, recroquevillée par terre à côté de Mo. Endormies toutes les deux. Mamie Rena dort, elle aussi, adossée au mur, bouche ouverte, l'air d'une vieille dame dans le métro qui ne s'est pas réveillée à son arrêt. C'est étonnant que Wolfstein ne se soucie pas davantage de protéger son argent. Elle le laisse traîner comme ça devant elle, dans un sac même pas cadenassé. Lucia pourrait prendre tous les billets qu'elle veut et les ajouter à ceux de sa mallette.

Toutes ces histoires de porno, c'est tellement bizarre. Ces photos. Les vêtements qu'elles portaient. Leurs cheveux. Leurs corps jeunes mais qui pour Lucia semblaient déjà vieux. Ce que ces corps ont dû faire ! Elles se sont probablement même embrassées. Voire plus.

Elle se lève, s'étire en faisant craquer son dos. Pousse un soupir, ramasse la mallette et quitte la pièce. Elle a dormi un peu, s'est réveillée quand Mamie Rena est revenue après avoir vomi, puis a redormi un peu. Ses rêves n'avaient rien de spécial. C'est stupide, les rêves. Ça ne veut rien dire.

Et si elle explorait la maison ? Quittant la pièce la mallette à la main, elle songe à chercher une grille d'aération pour la planquer, comme Wolfstein avait fait chez elle. Une meilleure solution que la consigne d'une gare routière, peut-être. Mais une mallette de cette taille ne rentrerait sans doute pas dans un conduit d'aération. Sauf si ce conduit est énorme.

Histoire de ne réveiller ni Mamie Rena, ni Wolfstein, ni Mo, elle referme la porte aussi silencieusement que possible.

Un escalier à sa gauche. Les marches grincent, elle les gravit lentement. En haut, une pièce recouverte d'une moquette et qui sent le moisi. Le store est baissé, mais dehors le jour commence à poindre. Il doit être presque six heures du matin. Quel jour ? Lundi ? Lundi. Elle a soif. Se demande si elle peut boire de l'eau au robinet de la cuisine ou de la salle de bains ? À moins qu'ils l'aient coupée…

Elle entrouvre le store. La rue est déserte. Des maisons trapues en face émane une légère lueur rouge. Elle contemple le jardin, l'allée et la boîte aux lettres de Mo. Pas de voiture. Personne en embuscade. Des conneries, tout ça. Ces pauvres crétins se sont probablement entretués. C'est ce que font les types comme eux.

Elle ôte ses Converse rouges et ses chaussettes dépareillées et frotte ses pieds sur la moquette. C'est un peu dégoûtant, mais bon. Elle roule ses chaussettes en boule, les fourre dans ses tennis, qu'elle pose avant de partir arpenter l'étage pieds nus. La moquette est pleine de marques là où devaient se trouver des tables, des chaises et peut-être un vaisselier.

Dans la cuisine, le carrelage est froid. Un rectangle de poussière au fond, là où se dressait le réfrigérateur. Lucia pose la mallette à côté de l'évier et fouille dans les placards et les tiroirs. Rien d'intéressant. Des élastiques à cheveux, des listes de courses, des tickets de stations-services, de la petite monnaie. Elle fait à peine couler l'eau froide pour limiter le bruit et boit directement au robinet. Elle ne s'était pas rendu compte à quel point elle avait soif. À quel point elle avait la bouche sèche, les lèvres collées aux dents. L'eau est glacée et délicieuse. Elle ferme le robinet, s'essuie la bouche du revers de la main.

Au-dessus de la cuisinière, un livre de recettes intitulé *Salades surprises*. Elle le feuillette. Une photo tombe, vraisemblablement du couple qui habitait ici autrefois. Ils se tiennent devant un panneau : MADEIRA BEACH. La femme porte un bikini rouge et un chapeau de paille. L'homme un slip de bain. Ils ont des grosses lunettes de soleil. Elle déchire la photo et laisse les morceaux voleter jusqu'au sol.

Un coup d'œil par la fenêtre donnant sur l'arrière. Vue de haut, la piscine bâchée paraît répugnante. Au-delà de la piscine et du jardin, le bois. Ça fait longtemps qu'elle n'a pas vu autant d'arbres. Ils s'étendent très loin. Peut-être y a-t-il quelque chose de l'autre côté, ou peut-être la forêt continue-t-elle. Un moment, Lucia se laisse hypnotiser par la brise matinale qui agite les branches.

Elle ouvre la mallette, fixe l'argent. Le touche. Il semble parfait. Elle sort une liasse entourée d'une bande élastique et fait défiler les billets entre ses doigts aussi lentement que possible. Rien que des billets de cent. Elle les renifle. Là encore, elle a vu faire ça dans des films. Tout ce qu'elle connaît, elle le connaît grâce aux films. Cet argent sent le propre, l'encre et le neuf. Pas comme les billets froissés et moisis qu'elle glisse dans sa poche quand elle se rend au delicatessen Uncle Pat's ou à une pizzeria lambda. Elle n'a jamais eu envie de renifler ce genre de billets-là. Ceux-ci, en revanche, elle a bien envie de les goûter, de les lécher comme elle léchait ses couvertures quand elle était petite. Lécher ses couvertures, quelle idée! Elle aimait leur texture. Ces billets, ce n'est pas leur texture qui l'attire, mais leur beauté. Et le fait qu'ils sont à elle.

Mais elle se retient. Elle fourre la liasse dans sa poche arrière. Elle veut garder au moins cette petite somme sur elle. Sentir que c'est pour de vrai, s'imaginer en train de la dépenser. Elle pose sa tête sur la mallette ouverte, appuie son oreille contre l'argent et écoute. Le bruit de ces billets est parfait, lui aussi. C'est comme quand on porte un coquillage à son oreille pour écouter l'écho des vagues.

Elle ferme la mallette, la prend et quitte la cuisine. Sur le mur face à elle, un thermostat à moitié arraché, des fils rouges et verts pendouillant autour. Elle tripote les boutons gris en plastique mou. Au bout du couloir à sa droite, trois portes. Elle part les explorer. L'une s'ouvre sur une salle de bains avec des toilettes cassées et une baignoire sans rideau. Le pommeau de douche est couvert de moisissure noire. Elle ouvre les tiroirs sous le lavabo. La femme a laissé du mascara, d'autres élastiques à cheveux, des emballages vides de tampons hygiéniques.

Une des deux autres pièces, qui donne sur la rue, devait faire office de bureau. Du moins c'est ce qu'elle a tout de suite pensé en entrant. Sans doute une question de forme et de taille. Elle imagine le mari et la femme assis là, occupés à régler des factures. Ou, plus probable, le mari qui se branle en regardant du porno pendant que la femme est à la salle de gym. Elle déteste imaginer ça. C'est tellement triste. Les autres filles aiment-elles imaginer des mecs en train de se branler ? Elle ne peut pas le croire. Wolfstein et Mo pensent-elles à tous les types qui se sont branlés en matant leurs films ? Ça paraît dingue. Elle frotte ses doigts de pieds sur la moquette.

Lucia se rend soudain compte que les lattes du store sont ouvertes. Elle peut voir la rue, et la rue peut la voir. Une femme en survêtement promène un chien au bout d'une longue laisse. C'est un mastiff. La femme projette les bras en l'air comme ces adeptes de la marche sportive que Lucia croise parfois sur la promenade d'Orchard Beach. Ridicule. Elle se jette sur le store, tourne la baguette et plonge la pièce dans l'obscurité. Il ne faudrait surtout pas que la femme lève la tête, la prenne pour une squatteuse et appelle la police. Elles n'ont pas besoin de ça. *Elle* n'a pas besoin de ça.

Elle entre dans la dernière des trois pièces, donnant sur l'arrière – pas besoin de se soucier des fenêtres et de qui pourrait l'apercevoir. Il devait s'agir de la chambre. Du parquet, mais poisseux comme si une moquette avait été arrachée, et sous ses pieds elle n'arrête pas de sentir des petits trucs qui accrochent. Elle imagine ce couple étrange et triste ensemble dans cette pièce. Se les représente tels qu'elle les a vus. La femme en bikini rouge et chapeau de paille. L'homme en slip de bain. Tous deux avec leurs lunettes de soleil. Ils se disputent. Elle s'approche de la fenêtre et contemple le bois. Le ciel s'est encore éclairci.

Du bruit dans le couloir. Des pas pressés. De quoi inquiéter Lucia. Que fera-t-elle si elle passe la tête hors de la chambre et tombe sur Richie ou Crea ? Ce serait étonnant qu'ils aient pénétré dans la maison aussi silencieusement. Ils auraient annoncé leur présence en criant, ou au moins en défonçant la porte.

Mais c'est Rena qui entre. Mains derrière la tête, coudes pointés en l'air, elle bâille.

— Qu'est-ce que tu fais ici ? chuchote-t-elle.

— J'explore, dit Lucia.

— Quelle heure il est ?

— Aucune idée. Un peu après six heures ?

— Bon Dieu.

— Personne va venir. Partons.

— Je ne sais pas quoi faire. Vraiment pas... En tout cas, tu ne lâches jamais cet argent.

Lucia baisse la tête, regarde la mallette.

— Tu veux qu'on parle un peu ? demande Rena.

— Pas maintenant.

— Tu es sûre ?

— Oui.

— Alors descendons, pas besoin de prendre de risques.

— Je veux pas redescendre. Je m'ennuie à mourir dans cette pièce. Et j'ai faim. Où est-ce qu'on va manger ? Tu es sortie, moi aussi je veux sortir. Il y a forcément une station-service dans le coin. Je veux juste acheter un bagel ou quelque chose.

— Tu as raison. J'étais tellement sous le choc que je n'ai pas pensé à manger, ni même à boire. C'est à peine si j'ai pu avaler une bouchée de la barre de céréales que m'a donnée Wolfstein.

— Je viens de boire de l'eau au robinet.

— Tu as bien fait. L'eau, c'est ce qu'il y a de mieux.

— Il y a un bois derrière la maison. Je pourrais courir voir sur quoi il débouche. À tous les coups il y a une route derrière.

— Ce n'est pas une bonne idée.

— Personne ne va venir. Ils savent pas où on est.

— Peut-être. Descendons en discuter avec Wolfstein et Mo.

— J'ai pas envie.

— Lucia. S'il te plaît. Je fais ce que je peux.

Lucia retourne dans le bureau. Rena la suit. Lucia tire sur le cordon, remonte complètement le store. Cette fois-ci, c'est pour tester Rena. Un 4x4 au pare-brise fendu s'est garé devant la maison de Mo. À l'intérieur, elle voit Crea au volant mais pas Richie. Elle baisse le store et s'écarte brusquement de la fenêtre.

— Qu'est-ce qu'il y a ? demande Rena d'une voix tremblante.

— C'est eux. Ou peut-être seulement lui. J'ai juste aperçu Crea.

RENA

RENA SE PRÉCIPITE en bas sans lâcher le bras de Lucia, la traînant pratiquement derrière elle.

— Ils sont là, dehors, dit-elle à Wolfstein et Mo. Au moins l'un d'entre eux. Lucia a vu Crea.

— OK, dit Mo. Essayons de rester calmes. Impossible qu'il sache qu'on est ici. Il va faire un tour chez moi, se rendre compte qu'il n'y a personne et probablement en conclure que vous êtes passées me chercher et qu'on s'est barrées.

— Exact, dit Rena.

— Ça va lui prendre un quart d'heure, max.

— Laissez-moi sortir le flingue du coffre, dit Lucia. Je vais le buter.

— T'as jamais tenu d'arme, dit Wolfstein.

— Comment vous le savez ?

— Ça se voit.

— De toutes manières c'est facile.

— Garde ton calme, ma petite.

— Et s'il m'a aperçue ?

— Comment ça ? demande Mo.

— Je regardais dehors, il m'a peut-être aperçue derrière la fenêtre ?

Pendant que Mo réfléchit à ce nouvel élément, Rena repense à l'endroit où elle se trouvait hier matin. Son banc habituel près de l'autel à St Mary's. L'église où elle est allée toute sa vie, où elle va quotidiennement depuis la mort de Vic. Hormis la semaine où elle a eu la grippe, en 2004, pas un jour ne s'est écoulé sans qu'elle s'y rende. Hier, son chapelet et l'enveloppe de la quête sur les genoux, elle a écouté l'homélie monocorde du père Ricciardi expliquant qu'il fallait s'abandonner au Christ. C'est comme ça, a dit Ricciardi de sa voix rocailleuse, que nous obtenons la sécurité et la bénédiction éternelles, le pardon et la paix avec ce qui nous hante. Le cœur de son message : les gens obtiennent la rédemption grâce à la retenue, pas à l'imprudence. Sur le moment, elle a pensé que c'étaient des conneries. Et maintenant elle en est encore plus convaincue. *Pas le temps de s'apitoyer. Saisis ta chance.* La foi n'est pas une affaire de retenue et d'obéissance. Impossible. C'est une question de force et de désir, de volonté de défier Dieu et de forger son propre destin. Pour la première fois, elle a réellement compris comment ça fonctionnait. Il faut tracer sa propre voie. Détruire ce qui doit être détruit. Prendre de vrais risques. Vous pouvez mal vous conduire et Dieu vous aimera quand même. Vous devez faire le sale boulot qui doit être fait. Lui revient un souvenir enfoui très profondément : un jour, elle a mentionné à Vic qu'un type l'avait lorgnée. Ça se passait vers les débuts de leur mariage, et en réalité le type ne l'avait pas du tout reluquée, mais Vic lui a écrasé le visage avec une brique. Elle avait aimé ça, elle s'en souvient. Elle a la niaque. Elle est forte. Elle sait comment survivre.

— Où mène le bois derrière la maison, Mo ? demande-t-elle.

— Après environ cinq cents mètres de forêt, on arrive à Lakes Road.

— Et où mène Lakes Road ?

— Au bout, on prend à gauche et on arrive en plein centre-ville.

— Il y a une gare routière ?

— Oui. Juste à côté de Planet Pizza sur Millpond Parkway.

— Alors voilà ce qu'on va faire : toutes les trois vous allez traverser le bois et rejoindre la gare routière. Je reste ici pour m'occuper de Crea. C'est mon combat. Après ce qu'il a fait à Adrienne et Vic.

— Pas question, dit Wolfstein. On reste ensemble.

— C'est moi qui vous ai entraînées là-dedans.

— Pas question, Rena.

— Filez pendant qu'il en est encore temps.

— Je tiens à le dire, ça faisait des années que je ne m'étais pas autant amusée, déclare Mo.

— Ça va être moins marrant quand Crea va nous tomber dessus.

— On est quatre. Il est seul.

— Mais il est méchant.

— Tu as la gamine avec toi, maintenant, dit Wolfstein. C'est elle ta priorité. Prends l'argent de Richie, va avec Lucia à la gare routière. Achète un billet pour la destination la plus lointaine possible. Nous, on va tenir le siège.

— La gamine pense qu'il l'a peut-être vue, alors pourquoi on ne partirait pas toutes ensemble ? suggère Mo. Mais faut pas traîner.

Rena hoche la tête. Pas le temps d'hésiter. C'est son combat, mais elle aime l'idée de ne pas être seule. De former une équipe avec ces filles-là.

Elles quittent la petite pièce dans laquelle elles se terraient. Partir du principe que Crea a aperçu Lucia est risqué. Peut-être Lucia sait-elle pertinemment qu'il n'a pas pu la voir et cherche-t-elle juste à les forcer à quitter la maison. Rena ne veut pas croire que sa petite-fille serait prête à les mettre en danger, et pourtant… l'ado serre la mallette avec avidité.

— Où sont tes tennis ?

— Je les ai oubliées en haut, dit Lucia.

— Tu comptes traverser le bois pieds nus ? Remonte vite les chercher.

— Ça va. J'en ai pas besoin.

Encore une provocation. Grand-mère et petite-fille ne sont pas réunies depuis très longtemps, mais déjà Lucia la défie comme Adrienne jadis. Quoi que Rena lui demande, Lucia fera le contraire. Mais partir sans ses chaussettes ni ses tennis est vraiment stupide.

— Je vais les chercher, dit Rena.

— Laisse tomber. Ça ira. Ils sont costauds, mes pieds.

Mo ouvre la porte de derrière et, tête baissée, elles sortent dans le jardin. Wolfstein tient son sac. Mo a laissé toutes ses affaires. Rena ne porte rien, mais c'est comme si elle portait Lucia, son regard rivé aux pieds nus et au dos de la gamine.

L'orée du bois est toute proche, environ cinq mètres derrière la piscine. Il n'est pas aussi profond que Rena le croyait au début. Mo a parlé de cinq cents mètres pour aboutir de l'autre côté. Plissant les yeux, Rena croit apercevoir la route à travers les arbres : quelques maisons blanches disséminées sur le flanc d'une colline. Le sol craque sous les pieds de Lucia.

Contournant discrètement la piscine par la droite, elles entendent une voix et se figent.

Rena ne distingue pas bien les paroles, mais elle reconnaît le timbre de Crea. Elle entend ses pas, l'aperçoit qui fait le tour de la maison de Mo, son marteau sanguinolent à la main – on dirait un accessoire pour Halloween. Survêtement bleu taché de sang, cheveux habituellement plaqués en arrière désormais tout ébouriffés, Crea a l'air de s'amuser comme un petit fou. Main en visière, il regarde par une fenêtre du rez-de-chaussée.

— Mesdames ? lance-t-il à travers la vitre. Mesdaaaaames ? Où êtes-vous ?

Peut-être ne se doute-t-il pas qu'elles étaient planquées à côté. Peut-être Lucia a-t-elle menti. Rena pense au pistolet-mitrailleur dans le coffre de l'Eldorado. Quelle bêtise de ne pas l'avoir emporté ! Wolfstein a l'air du même avis.

Crea continue son tour, pénètre dans le jardin à l'arrière, soulève un nain en marbre et lui demande :

— T'as vu ces petites dames ? Je les cherche. Non ? Espèce de sale nain de merde.

Il le lance contre la maison. Au lieu de se briser le nain tombe par terre avec un bruit sourd.

Et voilà maintenant qu'il imite Max Cady, le personnage joué par De Niro dans *Les Nerfs à vif* :

— "Sortez, sortez, où que vous soyez !" (Il marque une pause.) "Je suis à l'image de Dieu, et Dieu est à mon image. Je suis aussi grand que Dieu. Il est aussi petit que moi. Il ne peut être au-dessus de moi ni moi au-dessous de lui. Silesius, XVIIe siècle."

Il imite le rire de Cady. Comme si Rena n'avait pas assez peur comme ça. Elle a vu ce film avec Vic à sa sortie – en 1991, par là. Au Loew's Oriental. Ou au Marboro, peut-être ? Quoi qu'il en soit ça l'avait terrifiée. Les deux nuits suivantes, elle n'avait pas fermé l'œil. Tous les inconnus qu'elle croisait sur la 86e Rue auraient pu être Max Cady. Rien que de croiser le fils de Gina Gianfortune – Rob Cap, on l'appelait – devant le supermarché chinois de la 25e Avenue, avec ses tatouages sur les bras et dans le cou, la plongeait dans une angoisse terrible.

Nulle trace de peur dans les yeux de Lucia. Elle semble uniquement concentrée sur les bois, son front plissé un signe de défi adressé à Rena et à tout ce qui leur arrive.

— Vous êtes là-dedans, mesdames, pas vrai ? tonne Crea qui apparemment s'en fiche de réveiller les voisins.

Il appuie l'oreille contre le revêtement en aluminium, à croire qu'il essaie de détecter les battements de cœur de la maison ou d'écouter ses secrets les plus intimes.

Quand il tourne à l'angle, elles comprennent d'instinct que c'est leur chance de foncer vers la forêt. Elles s'élancent toutes les quatre simultanément, Rena un tout petit peu en arrière pour garder l'œil sur Lucia.

À quand remonte la dernière fois qu'elle a couru comme ça ? Peut-être au lycée. Le cours de gym, un sprint autour de la piste d'athlétisme. À l'époque où Lafayette était encore un lycée accessible à une fille de son milieu. Elle se revoit essoufflée, pliée en deux, les mains sur les genoux.

La distance les séparant de la lisière des bois semble immense, bien qu'en réalité les arbres soient très proches. Tout paraît lent et étrange. Rena ne quitte pas Lucia des yeux. C'est comme si elle anticipait le moment où la gamine trébuche avant même qu'il survienne. Une branche sur son chemin, tordue et pointue. Le pied nu de Lucia s'écrase dessus et elle s'écroule en avant. La mallette s'éjecte de sa main.

— Lucia ! s'écrie Rena.

Et aussitôt elle se plaque la main sur la bouche, comme pour s'obliger à se taire. Wolfstein et Mo se figent.

Tout en courant au chevet de Lucia, Rena regarde derrière elle : Crea est réapparu dans le jardin derrière la maison de Mo. Il les a vues. Grimaçant un sourire, il brandit le marteau comme s'il était sur le point d'abattre un mur ou d'enfoncer des boulons dans du béton.

— Mesdames ! Vous êtes bel et bien là !

Lucia se relève, inspecte son pied et arrache un bout d'écorce incrusté dans son talon. Rena s'en veut de ne pas avoir pris le temps de monter lui chercher ses tennis.

— Lucia…

La gamine ne la regarde même pas. Avisant la mallette tombée à quelques mètres d'elle, elle se jette dessus puis détale dans les bois.

— Ne laissez pas cette gosse s'enfuir ! hurle Crea en se dirigeant vers elles.

Clouée sur place, Rena regarde Wolfstein, Mo et enfin Lucia qui disparaît derrière les grands arbres.

— Suis-la dit Wolfstein.

— Et vous ? demande Rena.

— On va récupérer le flingue.

Rena s'élance à la poursuite de Lucia. Wolfstein et Mo repartent vers la maison. Crea avance d'un air presque nonchalant, comme s'il était capable de rattraper qui il veut, quand il veut. Dans la forêt, Rena ne voit plus Lucia. Où a-t-elle pu filer, bon sang? Elle entend une porte claquer: avec un peu de chance, Wolfstein et Mo sont parvenues à se réfugier dans la maison des voisins. Ne leur reste plus qu'à franchir le couloir bleu qui mène au garage, à l'Eldorado, au flingue. Elle en vient presque à espérer qu'elles sauteront dans la voiture et ficheront le camp. Mais là c'est Crea qu'elle entend. Son rire tout droit sorti des *Nerfs à vif*.

Rena se fraie un chemin dans les bois. Le sol craque sous ses chaussures. Elle cherche une trace du passage de Lucia, qui a peut-être couru en zigzags et filé dans une autre direction. La route se rapproche. Lucia l'a-t-elle déjà atteinte? Une gamine pieds nus avec potentiellement un demi-million de dollars en liquide. Jésus, Marie et saint Joseph. Elle repense au reportage sur le trafic d'êtres humains qu'elle a regardé un soir. En un claquement de doigts, sur des petites routes de campagne ou dans des gares routières, on kidnappe de jeunes fugueuses pour les vendre à des hommes qui les enferment dans leur sous-sol. Ses pensées horribles en amènent d'autres. Lucia écrasée par un camion. Lucia attaquée par un animal.

Bientôt le macadam, mais Rena se sent perdue. Elle devrait faire demi-tour. Aider Wolfstein et Mo. C'est à elle qu'il incombe d'affronter Crea.

Saisie de vertige, elle essaie de se rappeler les indications de Mo. Qu'est-ce qu'elle a dit, déjà? Prendre à gauche sur Lakes Road, puis continuer tout droit jusqu'au centre-ville ? Selon toutes probabilités, Lucia file vers la gare routière. Une petite gamine de rien du tout. Le monde est trop grand, les possibilités qui s'offrent à elle sont trop restreintes.

Rena promène son regard autour d'elle. Si seulement Vic pouvait surgir de derrière un arbre. C'est ce qui se passerait dans un film. Elle aurait besoin d'un ange gardien, de quelqu'un qui lui prodigue des conseils, et justement il arriverait, tout sourire, comme s'il était en retard pour le dîner, et il la complimenterait sur sa beauté, lui dirait de ne pas s'inquiéter, l'appellerait par un petit nom que lui seul utilise. Sauf qu'en réalité elle n'a pas vraiment de petit nom. Il l'appelait surtout Rena. Parfois Re.

— Aide-moi, Vic, demande-t-elle à voix haute.

Rien que des gazouillis d'oiseaux. Et le silence des arbres.

La voilà qui parle à son mari décédé. Alors que son meurtrier est là-bas, dans cette maison vide. Elle ne veut pas perdre Lucia. Elle veut que Crea paie. Elle lève les yeux vers le ciel. À travers un entrelacs de branches noires, un bleu éclatant avec des traces de rose.

Elle émerge de la forêt, franchit un fossé et se retrouve sur l'étroit accotement de la route. Lakes Road, si tout va bien. Aucune indication pour le confirmer. Elle part vers la gauche, espérant apercevoir Lucia au loin. Non, malheureusement. Un bref gémissement de sirènes du côté de chez Mo. Le ventre noué, elle presse le pas. Quelques minutes plus tard, un coup de feu isolé, puis une rafale qui retentit à travers les bois. Pourvu que Wolfstein et Mo aient réussi à abattre Crea. Sympa, ton marteau, mais qu'est-ce que tu dirais de te prendre une rafale de pistolet-mitrailleur ? Pourvu que ça se soit passé comme ça. Elle lève le pouce pour faire du stop. La première voiture qu'elle croise s'écarte sur la voie opposée pour passer bien au large. Pareil pour la deuxième voiture. Soudain Rena croit voir Lucia, mais ce n'est qu'une boîte aux lettres. Ses yeux de sexagénaire lui jouent des tours.

WOLFSTEIN

Elles entrent par la porte de derrière que Mo s'empresse de verrouiller. Wolfstein les conduit tant bien que mal jusqu'à la pénombre du garage, puis ouvre le coffre avec la clé et dit à Mo de sortir le pistolet-mitrailleur.

— C'est beau la vie ! s'exclame Mo qui s'en empare avec un sifflement admiratif.

— Vas-y mollo.

— Autant finir en apothéose.

Des coups provenant de l'autre pièce. Crea, probablement en train de défoncer la porte avec son marteau.

— Mesdames ! crie-t-il.

Wolfstein appuie sur le bouton pour ouvrir le garage. Tandis que la porte remonte en grinçant, elles sautent dans la voiture, Wolfstein au volant, sa jambe souffrante toute raide. Elle jette son sac sur le plancher à l'arrière.

— J'appuie sur la détente jusqu'à ce que ça fasse "clic", c'est ça ? demande Mo.

— En gros, dit Wolfstein qui démarre le moteur et le noie presque à force d'appuyer sur l'accélérateur.

Mo pointe l'arme vers l'entrée du garage et attend que Crea se montre.

Dès que la porte est assez ouverte, Wolfstein embraie et elles s'éjectent du garage. Devant elles se trouve Richie, qui remonte l'allée en se traînant tel un zombie. Il est vraiment dans un sale état. Wolfstein donne un coup de volant pour l'éviter et roule sur la pelouse.

À cause de cet obstacle, Wolfstein rate son virage et fonce dans la boîte aux lettres de la maison d'en face. Quand le poteau se brise, le vieil homme à la barbe collier blanche qui observe la scène depuis son perron laisse échapper un cri. Wolfstein écrase le frein et l'Eldorado s'arrête brutalement sur la pelouse du barbu. Elle passe la marche arrière, recule jusqu'à la chaussée, redresse le volant et découvre que Richie se tient désormais juste à côté de la voiture. Boitillant, il ouvre la portière passager et parvient à incliner le siège de Mo malgré ses protestations, juste assez pour pouvoir plonger à l'arrière.

— D'où tu sors, toi ? lui demande Mo.

— Faut que je sois dans ma voiture, dit-il en s'allongeant sur la banquette. Faut que je meure dans ma voiture.

Sur son perron, le barbu crie :

— Tu vas me payer une nouvelle boîte aux lettres, Mo !

Elle brandit le pistolet-mitrailleur.

— Je vous achèterai la plus belle boîte aux lettres sur le marché, monsieur Romano, mais là on gère une situation de crise.

— Pas de problème, Mo.

Ayant soudain pris conscience du danger, il se précipite dans sa maison et s'y enferme.

Wolfstein a du mal à changer de vitesse – le levier est coincé. Elle lance un regard vers la maison de Mo, s'attend à voir arriver Crea. Peut-être qu'il les observe, planqué quelque part, préférant pour une raison ou une autre ne pas se montrer tout de suite.

— Il se fout de votre gueule, dit Richie. Il joue avec vous.

Une voiture de la police de Monroe s'arrête devant chez Mo au moment où Wolfstein réussit à passer la vitesse. Les flics font retentir leur sirène à deux reprises comme pour lui signifier de ne pas bouger. Wolfstein laisse la vitesse enclenchée mais garde son pied sur le frein.

Mo pose le pistolet-mitrailleur sur le plancher et baisse sa vitre.

— Qu'est-ce que tu fais ? demande Wolfstein.

— Je les connais, ces deux-là.

— Comment ça ?

— On fume souvent des clopes ensemble à la station-service.

Les flics descendent lentement de leur véhicule. Un homme et une femme. Se pavanant de façon ridicule dans leur uniforme bleu marine. Grassouillette, peau pâle constellée de taches de rousseur, la femme porte des lunettes de soleil et un chignon coiffé d'une casquette. L'homme marche comme un canard. Son gros ventre semble sur le point de faire sauter les boutons de sa chemise. Son crâne chauve est aussi lisse que de la céramique. Le parfait spécimen de flic du trou du cul du monde.

Crea sort du garage, son marteau à la main. Il n'échappe pas à Wolfstein qu'il a vu les flics avant qu'eux aient pu le voir. Il recule pour se tapir dans l'ombre.

— Qu'est-ce qui se passe ici ? demande le policier mâle sans qu'on sache à qui il s'adresse.

— Falsetti, Fitzgerald, dit Mo en passant la tête par la vitre baissée. C'est moi, Mo, votre copine fumeuse de la station Shell.

— Mo ? dit la femme flic.

À ses taches de rousseur et à la pâleur de sa peau, Wolfstein devine que c'est elle, Fitzgerald.

— Quelqu'un nous a appelés pour se plaindre du tapage. Qu'est-ce qui se passe ? C'est toi qui as renversé cette boîte aux lettres ?

— Oui et non, répond Mo.

— Comment ça, oui et non ?

Wolfstein imagine qu'ils n'ont pas encore reçu de coup de fil du Bronx. C'est sans doute à cause du vacarme de Crea que quelqu'un les a alertés.

— T'as pas l'air dans ton assiette, dit l'homme – Falsetti.

— Vous êtes pas au courant ? Ma mère vient de mourir. J'en suis toute chamboulée. On se croit prêt, mais on l'est jamais vraiment.

Fitzgerald ôte ses lunettes.

— Mince alors, je suis désolée, Mo. C'est terrible. Ma mère a Alzheimer, c'est un peu la même chose. Ça vous brise le cœur.

Mo pose la main sur l'épaule de Wolfstein.

— Je vous présente ma meilleure amie, Lacey. Elle est venue me soutenir.

Falsetti et Fitzgerald s'approchent de la voiture, Falsetti côté conducteur, Fitzgerald côté passager, juste au-dessus de Mo. Mo serre les genoux pour tenter de cacher le pistolet-mitrailleur.

— C'est gentil, dit Fitzgerald.

Falsetti fait signe à Wolfstein de baisser sa vitre. Elle s'exécute.

— Ouah ! s'exclame-t-il en désignant Richie à l'arrière. C'est qui, ça ?

— Personne, dit Mo.

— C'est pas à toi que j'ai posé la question, Mo, dit Falsetti en jouant les durs. C'est à ta meilleure amie.

Wolfstein pourrait mentionner Crea, mais ça ne serait pas malin. Il les surveille. Si elle parle de lui, il sortira, les flics dégaineront et ça virera à la catastrophe. La meilleure chose à faire pour tout le monde, c'est ne rien dire, régler ça autrement, si possible pas dans la rue de Mo.

— C'est mon cousin, explique Wolfstein sur un coup de tête. Il a pris une bonne grosse cuite hier soir. On l'emmène au ShopRite pour lui acheter de quoi soigner sa gueule de bois.

— On dirait qu'il a été renversé par une voiture. (À Richie :) Ça va, mon vieux ?

— Prenez soin de la petite, dit Richie.

— Hein ? Quoi ?

— Il a pas encore dessaoulé, dit Mo. Il raconte n'importe quoi.

— Lucia, dit Richie. Les cinq cent mille lui appartiennent.

— Cinq cent mille dollars ? s'étonne Fitzgerald. On se croirait dans un épisode des *Soprano*.

— Il a pas un rond, mon cousin, affirme Wolfstein. Regardez-le. Il rêve. Heureusement qu'il commence bientôt une cure de désintox.

Falsetti sourit. Wolfstein voit son propre reflet dans les lunettes du flic. Elle a la mine défaite. De grosses poches sous les yeux. Les joues creuses, le teint pâle, les cheveux tout crêpelés.

— Mon Dieu, lâche-t-elle.

— Quoi ?

— Je viens de me voir dans vos lunettes.

— Vous avez eu une nuit éprouvante, vous aussi ?

— Émotionnellement, c'était dur, oui.

— Vous possédez une chouette voiture, en tout cas. Une Eldorado, c'est ça ? Dommage que vous ayez abîmé l'avant.

— Ouais, j'en suis malade.

— Vous savez à qui appartient ce 4x4 ? demande Fitzgerald en indiquant le Ford Explorer garé juste en face de chez Mo.

Pare-brise fêlé, roues mordant sur le trottoir. Une des portières n'a plus de vitre.

— Aucune idée, dit Mo.

Falsetti se penche et chuchote.

— Vous êtes sûres que ça va, les filles ? Si quelqu'un vous menace, clignez de l'œil.

— Adrienne, dit Richie depuis la banquette arrière. Je vais m'occuper de Lucia. T'inquiète pas.

Wolfstein et Mo se regardent. Don du ciel, elles sont capables de se parler sans paroles. Mo est sur la même longueur d'ondes qu'elle. Elles se tournent vers Falsetti. Mo hausse les épaules et Wolfstein dit :

— Tout va bien, je vous jure. Merci de vous préoccuper de notre bien-être, monsieur le policier.

— Mo, je suis sincèrement désolé pour ta mère, dit Falsetti.

— C'est gentil. Elle est en paix, maintenant. Fini de se chier dessus, aussi.

Falsetti et Fitzgerald éclatent de rire.

— T'es un sacré personnage, Mo, dit Fitzgerald. Au plaisir de te retrouver à la station Shell. Ma petite amie veut que j'arrête de fumer, mais je continuerai de le faire en douce rien que pour traîner avec toi.

Un grand sourire de Mo.

— Passe le bonjour à Bethany.

— Quand t'auras l'occasion, répare cette boîte aux lettres, dit Falsetti.

— Sans faute.

Falsetti et Fitzgerald repartent vers leur véhicule.

Wolfstein lance un regard en direction du garage ouvert. Crea surgit de l'ombre. Sans le marteau, il ne semble d'abord plus aussi dangereux. Il pose un doigt en travers de son sourire malsain pour lui dire de se taire et elle voit qu'il a sorti son flingue. Il le tient contre sa hanche.

Les cris soudains de Wolfstein prennent Falsetti et Fitzgerald par surprise. Mo ramasse maladroitement le pistolet-mitrailleur coincé à ses pieds, tente de le braquer sur Crea. Wolfstein écarquille les yeux en lisant sur la main de Mo : *Acheter sacs-poubelle.* Crea descend l'allée en courant. Il tire sur Falsetti et l'atteint en plein dans le dos. Falsetti tombe à genoux, tâtonne autour de sa taille pour trouver une arme qu'il n'a probablement jamais eu à dégainer, puis s'effondre sur le bitume. Fitzgerald se réfugie derrière la voiture de patrouille, sort sa radio pour appeler du renfort et dégaine. Avant qu'elle disparaisse de son champ de vision, Wolfstein se rend compte qu'elle n'en mène pas large. Elle crie le nom de son collègue qui pour toute réponse pousse un grognement.

Mo met Crea en joue. Il rit.

— Voyons voir de quoi t'es capable, dit-il.

Mo appuie sur la détente. Les balles volent toutes bien au-dessus de lui, brisant les fenêtres de la maison vide. Il exécute une petite danse tel un gosse qui vient d'éviter de perdre au jeu du loup.

Wolfstein écrase l'accélérateur, les pneus crissent et l'Eldorado démarre en trombe.

Crea tire. La lunette arrière explose. Mo laisse échapper un glapissement et lâche le pistolet-mitrailleur sur ses cuisses.

Couvert de bris de glace, Richie gémit de douleur.

— Je l'ai pas tué, dit-il. J'y suis pas arrivé.

Dans le rétroviseur, Wolfstein voit Crea grimper dans l'Explorer puis exécuter un demi-tour en trois manœuvres dans l'allée de Mo. Brandissant son arme, Fitzgerald court derrière le 4x4, mais Crea ne s'arrête pas et elle ne tire pas. Elle s'écroule sur les genoux en pleine rue, sonnée et frustrée, condamnée à le regarder s'éloigner.

En un rien de temps Crea les a rattrapées. Elles cherchent à quitter le lotissement, empruntant un autre itinéraire que celui de tout à l'heure. Un labyrinthe de rues résidentielles étroites. Petites maisons, pelouses impeccables, affreuses boîtes aux lettres en plastique. Ayant entendu les sirènes et ce qu'ils ne peuvent imaginer être des coups de feu, les gens sont sortis en peignoir pour discuter, journaux sous le bras, grosses tasses de café bouillant à la main. Ils s'attendent à tout sauf à voir une Eldorado et un Explorer engagés dans une course-poursuite à travers leur lotissement.

Wolfstein se laisse guider par Mo :

— Prends à droite ici puis à gauche là-bas, on va essayer de le semer.

Crea ne les lâche pas d'un pouce.

Le cœur de Wolfstein se serre pour les flics. Encore deux victimes collatérales de cette situation complètement folle. Falsetti qui se prend une balle dans le dos. Nul doute que c'est un père de famille. Nul doute qu'il aime tous les trucs que les flics aiment. Avec un peu de chance, il s'en sortira. Et Fitzgerald qui n'a pas tiré quand elle en a eu l'occasion, prenant probablement en compte les maisons pleines de gens autour d'eux. Tout ce qu'elle voulait, c'était rentrer chez elle pour retrouver sa petite amie.

Wolfstein essaie de ne pas regarder dans le rétroviseur. Elle sait qu'elle verrait Crea derrière le volant de l'Explorer, parfaitement calme, l'air aussi suffisant qu'un chien toiletté. Elle sait qu'il sait qu'elles n'ont pas son fric. Mais il veut les éliminer parce que ce sont des témoins. Elle croise les doigts pour que d'autres flics arrivent bientôt. Pour que Rena et Lucia soient hors de danger.

Au moment où elles approchent de l'intersection avec Lakes Road, Mo lui fait signe de tourner à gauche. Wolfstein prend le virage au cordeau, manque déraper dans le fossé. Faisant preuve d'une maîtrise parfaite, Crea ne cède pas un centimètre, les frôle à nouveau. Lakes Road décrit une courbe qui longe un vieux moulin puis deux maisons en pierre ornées de plaques commémoratives bleu et jaune.

— Au feu, c'est la 17M, annonce Mo.

Devant elles se trouvent les petits lacs de la ville. Quand elles approchent du feu, à hauteur d'un magasin Dollar General et d'un salon de toilettage pour chiens et chats, il est rouge et deux voitures patientent déjà.

— Qu'est-ce qu'on fait ? demande Wolfstein.

— Contourne ces bagnoles. Grille le feu.

— T'es sûre ?

Mo hausse les épaules.

— Plus ou moins.

Wolfstein accélère et double les deux voitures à l'arrêt. Heureusement qu'aucun véhicule n'arrive en sens inverse à ce moment-là. Le pied prêt à écraser le frein, elle grille le feu et franchit sans dégâts l'intersection.

Lakes Road serpente entre les lacs puis croise Millpond Parkway et se transforme en rue principale du centre-ville. Deux pizzerias, une boulangerie, un salon de coiffure. Pas foule à cette heure de la matinée. Rien n'est ouvert. On entend des sirènes retentir dans plusieurs directions, la police répondant à l'appel au secours de Fitzgerald.

— La gare routière est juste là, dit Mo en pointant vers le côté nord de Millpond Parkway.

Un delicatessen qui fait également office de minigare. Un bus Short Line à l'arrêt contre le trottoir. Le moteur ronronne.

— On aurait pas dû venir ici, dit Wolfstein.

— Désolée. Mais voilà le poste de police. Les autres routes ne mènent nulle part.

À l'instant où Mo dit ça, une voiture de patrouille file en sens inverse, se précipitant à la rescousse de Falsetti. Fitzgerald a dû faire de Falsetti sa priorité et oublier de transmettre le numéro de la plaque de l'Explorer. Bien sûr, elle n'a pas l'expérience de ce genre de situation. Elle fera mieux la prochaine fois.

— Les flics foncent chez toi.

À l'arrière, Richie bredouille quelque chose.

— Tu comprends ce qu'il dit ? demande Wolfstein.

Il parvient à élever la voix :

— Laissez-moi mourir dans ma voiture, OK ? Je veux mourir dans ma voiture. Je suis là. Tout va bien.

— On fera ce qu'on peut, ducon.

Wolfstein prend à droite sur Stage Road et s'arrête juste à côté du tribunal, devant un pub baptisé O'Leary's. En face, le poste de police est en pleine effervescence. Des flics montent dans leurs voitures. Des flics se tiennent sur les marches, certains en uniforme et d'autres en civil, leurs yeux inquiets scrutant le ciel, tâchant de comprendre pourquoi un tel chaos s'abat sur eux un matin aussi normal que celui-ci.

Crea se gare derrière elles.

Sous l'enseigne du pub, une banderole : 11-SEPTEMBRE N'OUBLIONS JAMAIS. MERCI CAPITAINE RON KEEGAN. L'établissement a l'air ouvert. Peut-être même qu'il ne ferme jamais. Derrière la vitre, un panneau en néon MILLER LITE est allumé.

— On fait quoi, là ? demande Mo.

— Je sais pas, avoue Wolfstein.

— Il va nous buter sur place.

Wolfstein tend le bras à l'arrière, saisit le sac contenant ses économies et époussette les éclats de verre tombés dessus. Richie, lui-même tout orné de bris de glace, semble réduit à un tas de silence angoissé et perdu. Paupières fermées. Bouche fermée. Respiration détraquée.

Sous ces morceaux de verre, il n'est que sang, contusions et bosses.

— Sors de la voiture, dit Wolfstein à Mo.

— Et après ?

— On marche vers le poste de police.

— Je suis pas convaincue.

— Ne prends pas le flingue.

— Tu veux pas que je le prenne ? s'étonne Mo.

— Non.

— C'est ça, ton plan ?

— C'était ton idée. C'est toi qui as dit : "Voilà le poste de police." Tu as un meilleur plan ? En général, c'est toi qui en échafaudes.

— On continue de rouler.

— Vers où ?

— Jusqu'à ce qu'on l'ait semé.

— Et si on n'y arrive pas ?

Au moment où Wolfstein est sur le point d'ouvrir sa portière, Crea se range contre le côté conducteur de l'Eldorado. Tout contre : seuls cinq ou six centimètres séparent l'Explorer de l'Eldorado. Wolfstein retient son souffle. Elle ne s'attendait pas à une telle audace. Mo redresse le pistolet-mitrailleur, mais il pointe davantage vers Wolfstein que vers Crea.

Il se penche au-dessus du siège passager de l'Explorer et baisse la vitre.

— Les vitres s'ouvrent manuellement dans cette caisse de merde, observe-t-il. C'est dingue, non ?

Wolfstein et Mo le regardent.

— J'ai pas beaucoup de temps, les filles. Ces flics… (Crea désigne le petit attroupement devant le poste.) Ça va pas leur faire trop plaisir de découvrir que j'ai descendu l'autre enculé de chauve. Mais je partirai pas sans avoir obtenu ce que je suis venu chercher. Où elles sont passées, Rena et la gamine ?

Wolfstein adresse à Crea un sourire diabolique de son cru, l'adrénaline anesthésiant la peur.

— Écoute, mon cœur, ma copine et moi on va descendre de cette voiture et entrer dans ce poste de police.

— Ah ouais ?

— Absolument. (Elle serre le genou de Mo.) Vas-y, Mo, descends.

Mo hoche la tête. Elle ouvre la portière passager et sort en s'abstenant de prendre le flingue de Richie. Sans se retourner vers Crea, Wolfstein suit Mo, serrant la poignée de son sac puis décidant à la dernière seconde de le laisser sur le siège. Crea ne l'a pas vu et elle ne veut pas qu'il le voie. Il s'imaginerait que c'est le butin de Richie. Tout son pécule partirait en fumée.

Elles se tiennent devant le pub, Mo habillée comme si elle se rendait à la salle de gym, Wolfstein en jean Wranglers et haut en macramé rouge, une tenue qu'elle portait à Fort Myers pour aller danser la country. Pendant ce temps, sur la banquette arrière de l'Eldorado, Richie est en train de mourir.

— Vous avez des couilles, les filles, faut bien le reconnaître, dit Crea. Vous me plaisez beaucoup.

Il redémarre et s'éloigne le long de Stage Road.

Les quelques flics qui piétinent encore devant le poste remarquent Wolfstein et Mo, abaissent leurs lunettes pour mieux voir cet improbable duo qui vient d'atterrir devant O'Leary's dans une Eldorado avec une vitre arrière brisée.

Encore un truc qui détonne ce matin. Wolfstein leur fait un petit signe de la main. Elle a l'impression d'être une joueuse de poker qui, grâce à un coup de bluff, a gagné le droit de rester dans une partie qui va devenir encore plus compliquée. C'est pas extraordinaire, la vie ?

— Si on sort vivantes de ce merdier, dit Wolfstein en remuant à peine les lèvres, retournons faire un tour en Californie.

— Ça marche, dit Mo. Pourquoi pas un come-back ?

— La parodie de *Cocoon* que le monde attendait.

— Le timing est parfait. Une blague salace qui arrive avec vingt ans de retard, à propos d'un film dont personne ne se souvient.

— Merci, Mo. Quoi qu'il arrive maintenant, merci infiniment de m'avoir épaulée. Bon, allons voir si ces flics ont des clopes.

Wolfstein descend sur la chaussée, attrape son sac dans l'Eldorado. Elle jette un coup d'œil à Richie, espérant qu'il a enfin rendu l'âme. Ça semble être le cas.

Quelques instants plus tard, quand elles approchent du troupeau de flics, Wolfstein retrouve ses instincts d'arnaqueuse.

LUCIA

LUCIA DIT qu'elle veut un ticket pour le prochain bus, peu importe où il va. Le gros type derrière le comptoir de la gare, T-shirt serré marqué HÉ CONNARD, MES YEUX SONT LÀ-HAUT, bande dessinée *X-Men* ouverte devant lui, lui répond qu'un Short Line à destination de Binghamton arrive dans quelques minutes. Des portables à carte prépayée sont suspendus au mur derrière lui.

Elle achète un ticket, paie avec un billet de cent dollars tiré de la liasse qu'elle a fourrée dans sa poche.

Le type grimace en voyant le billet, l'air de penser que c'est peut-être un faux. Elle lui dit que c'est un vrai et qu'il n'a qu'à garder la monnaie.

— C'est quoi ton histoire ?

Elle hausse les épaules, prend son ticket et va attendre sur un banc à côté du téléphone public.

Assise avec la mallette sur les genoux, accablée par la fatigue et la soif, elle songe qu'elle n'a jamais entendu parler de Binghamton. À quoi cet endroit ressemble-t-il ? Ses pieds lui font mal. Ils sont sales à cause de la forêt et de la route, leur plante est criblée de marques de graviers. Elle aurait dû remonter chercher ses tennis. C'était idiot de vouloir prouver à Mamie Rena qu'elle faisait ce qu'elle voulait. Les muscles de ses jambes la tiraillent. Courir à travers les bois s'est révélé éprouvant. Avant de trouver Lakes Road, elle a cru qu'elle s'était perdue. Et même après ça elle doutait d'avoir pris la bonne direction. En arrivant au centre-ville avec ses lacs, elle s'est arrêtée devant l'entrepôt d'un magasin de bière et a demandé à un type qui poussait des cartons sur un chariot de lui indiquer la gare routière. Il a pointé de l'autre côté de la rue. Elle a vu la pizzeria mentionnée par Mo, puis a repéré la gare.

— Qu'est-ce qui est arrivé à tes chaussures ? lui demande le gars au T-shirt serré avant de sortir de derrière le comptoir pour lui apporter une bouteille d'eau.

— Elles sont foutues. Merci pour l'eau.

Il hoche la tête.

— Tu as l'air d'avoir soif. Quel âge tu as ?

— Dix-sept ans, répond-elle sans hésiter.

Elle dévisse le bouchon et boit plusieurs longues gorgées.

— Dix-sept ans, vraiment ?

À son tour elle hoche la tête.

— Ouais, pourquoi ?

— Pour rien.

Il retrouve sa place derrière le comptoir.

Lucia se dit qu'il y a une chance sur deux pour que Mamie Rena rapplique avant qu'elle puisse monter dans le bus et se tirer de cette ville. On verra bien. Elle espère juste que les autres ne se ramèneront pas, eux aussi. Elle a bien conscience du danger que tout le monde court et elle leur souhaite de s'en sortir. Mais elle veut être seule. Ou du moins aussi seule que possible.

Au lycée, il y a un garçon qui n'arrête pas de l'emmerder. Dom Fischetti. Il dessine des bites à la craie sur des feuilles qu'il appuie ensuite contre le dos de Lucia. Résultat, elle passe tout le cours avec une bite sur son T-shirt. D'après sa copine Liz c'est la manière qu'a Dom de flirter avec elle. Eh bien qu'il aille se faire foutre ! Elle est contente de ne pas avoir à retourner au lycée. Ou à l'église. Toutes ces corvées qu'on vous impose et qui ne riment à rien. Le pire, c'est la confession. S'asseoir dans ces trucs qui ressemblent à des cachots, inventer des histoires à raconter au père Flaherty à travers la grille, avec son haleine qui pue la bière.

— Vas-y, ma chérie, disait-il.

Elle détestait qu'on l'appelle "ma chérie" comme ça.

Un jour, elle a confié quelque chose de sincère au père Flaherty :

— Je voudrais connaître mon vrai père.

— Ce n'est pas un péché, a-t-il répondu.

Puis il lui a raconté une sorte de parabole qui n'avait aucun sens.

Tout ce qu'elle disait, c'est qu'elle voulait connaître son père. Et maintenant elle se demande si, peut-être, il ne vivrait pas à Binghamton. C'est bien le nom d'une ville pour les pères.

La porte s'ouvre. Un homme entre. Jean, chemise de travail et casquette plate en tweed. Il achète un billet pour New York, puis s'assoit à côté d'elle.

— Bonjour, moi c'est Pete.

— Salut, dit-elle.

— Il y a un sacré raffut dehors. Je me demande ce qui se passe. Toutes ces sirènes. Il a dû y avoir un accident.

Lucia hausse les épaules.

— Je vais travailler en ville. Je suis électricien. Je travaille au Javits Center. Et toi, où tu vas ?

— Nulle part.

— J'aimerais bien aller nulle part, moi aussi. Je déteste mon boulot. Désolé de t'embêter. Je suis trop curieux. Ma femme me dit que je parle trop aux inconnus. J'aime bien ça, parler aux inconnus. J'ai une fille qui a à peu près ton âge. C'est une athlète, elle aime courir. Hé… (Il vient de remarquer les pieds de Lucia.) Où sont tes chaussures ? Tu as besoin de chaussures ? Je peux appeler ma femme et lui demander d'apporter une vieille paire de ma fille. Elle est partie faire un stage d'athlétisme, ma fille. On a plein de vieilles chaussures à elle dans un placard. C'est quoi ta pointure ?

— C'est gentil de votre part, mais ça ira.

— Tu es sûre ? On n'est pas bien, pieds nus.

— Je suis sûre.

— Comme tu veux. C'est toi qui décides.

Ils restent assis en silence quelques minutes. Pete sort un carnet et un petit crayon de sa poche et se met à écrire.

— Je note certaines idées que j'ai. Rien de spécial. Des idées d'inventions. Des idées pour rendre plus agréable le temps que je passe dans les transports. Par exemple ta situation m'a fait penser qu'il devrait y avoir un vendeur de chaussures dans toutes les gares. C'est le meilleur endroit, non ? On se dégueulasse les chaussures juste au moment de monter dans le bus, ça craint. Pas des trucs de marque.

Juste quelque chose de confortable et pas cher. C'est une bonne idée, non ?

Lucia hoche la tête.

— Tu as entendu, Eric ? lance-t-il au type derrière le comptoir. Des chaussures en vente ici même.

— Bonne idée, Pete, dit Eric sans quitter sa BD des yeux.

— C'est bien ce qu'il me semble.

Le bus pour Binghamton se gare contre le trottoir.

— Faut que j'y aille, dit Lucia en se levant.

— Je n'oublierai jamais notre rencontre parce que cette idée-là, c'est toi qui me l'as donnée.

Le carrelage lui glace la plante des pieds tandis qu'elle s'éloigne du banc. Elle pousse la porte et sort. Les sirènes dont Pete parlait, elle les entend maintenant. Une voiture de patrouille fonce le long de Lakes Road, sans doute pour se rendre chez Mo. Lucia ne sait pas ce qui s'est passé. Ça l'inquiète, mais sa première préoccupation reste de partir d'ici.

Le chauffeur est en train d'ouvrir le coffre à bagages.

— Binghamton ? lui demande-t-il.

Des oreilles poilues, une casquette et un uniforme bleus. Environ le même âge que Mamie Rena. Un cœur celtique tatoué au dos d'une main. Une alliance tenant en place grâce à un bout de chatterton.

— Ouais.

— Pas d'autres bagages ?

— Non.

Elle lui tend son billet. Il regarde ses pieds.

— Tout va bien, ma petite ?

— J'ai dix-sept ans, répond-elle. Je marche pieds nus pour une amie atteinte d'une leucémie. Plus je parcours de kilomètres, plus je récolte de fonds.

Elle ne sait pas comment lui est venu ce mensonge, mais en l'entendant il lui paraît crédible.

— OK, dit le chauffeur en se permettant un petit rire. Bravo.

Elle contemple ce grand bus avec ses vitres sombres. Quelques passagers disséminés ici ou là. Elle monte, s'assoit au fond derrière une dame portant une casquette ornée du sigle de la police de New York, puis pose la mallette par terre. La dame se retourne et la jauge d'un rapide coup d'œil. Elle, ce n'est pas le bien-être de Lucia qui l'inquiète ; c'est l'idée qu'elle puisse préparer un mauvais coup.

Derrière la vitre se trouve un des lacs. Ou un des étangs ? Peu importe. Sur le sentier des gens promènent leur chien ou font du jogging. Lucia termine la bouteille et l'écrase rien que pour le bruit. Elle arrache l'étiquette. Et c'est là qu'elle voit Mamie Rena qui arrive par Lakes Road, traverse la rue et disparaît derrière le bus.

— Merde.

La femme à la casquette la regarde comme si sa grossièreté, ses pieds nus et ses jurons la choquaient.

La voix de Mamie Rena pénètre jusque dans le bus. Elle parle au chauffeur, lui décrit Lucia, une fille avec une mallette mais pas de chaussures. Le chauffeur dit que la gamine vient de prendre place à bord et demande si elle a fugué. Mamie Rena répond que non et demande si elle peut monter une seconde, le temps de parler à sa petite-fille. Le chauffeur prévient qu'il part dans moins de cinq minutes, il vaut mieux qu'elle aille d'abord acheter un billet si elle veut monter. Elle dit que c'est la petite qui a son argent. Le chauffeur l'autorise à monter. Lucia se recroqueville sur son siège.

Mamie Rena est à bord.

— Lucia ? dit-elle en regardant toutes les têtes sur son passage.

Lucia se fait encore plus petite derrière le siège de la dame.

Mamie Rena s'arrête à sa hauteur dans l'allée.

— Qu'est-ce que tu fais ?

— Je m'enfuis, dit Lucia.

— Sans moi ?

— J'en sais rien.

— Tu peux me donner de l'argent pour que je m'achète un billet ?

Lucia se redresse sur son siège et fouille dans sa poche.

— J'ai déjà donné au type assez pour deux tickets. Mais en voilà encore. (Elle lui tend un billet de cent dollars.) Tu peux me prendre du pop-corn pendant que tu y es ?

— Je reviens tout de suite, dit Mamie Rena avant de repartir en sens inverse.

Au bout de l'allée, elle s'arrête pour demander au chauffeur de l'attendre une seconde.

Quand Mamie Rena entre dans la gare, Lucia hésite. Doit-elle s'enfuir ? Où ça ? Crea est probablement encore dans le coin. Peut-être qu'il a tué Wolfstein et Mo. Peut-être qu'il compte récupérer son argent. Elle préférerait que le bus n'attende pas Mamie Rena, mais ce n'est pas grave si elles partent ensemble, tant qu'elles partent bientôt.

Mamie Rena revient et lui tend un petit sachet de pop-corn. Elle a aussi acheté deux téléphones à carte prépayée.

— Décale-toi.

Lucia se pousse contre la vitre, la mallette coincée entre ses mollets. Elle déchire le sachet de pop-corn et en dévore le contenu en moins d'une minute, renversant le sachet au-dessus de sa bouche pour aspirer les dernières miettes.

Mamie Rena s'est installée à côté d'elle. De ses mains tremblantes elle déballe les téléphones et en tend un à Lucia. Dans la pochette du siège devant elle, elle trouve un petit crayon et une grille de courses hippiques, note deux fois les numéros des deux téléphones, déchire un bout de papier pour elle et l'autre pour Lucia.

— J'ai pensé qu'on en avait besoin. Au cas où. Je ne sais pas vraiment comment ils fonctionnent. Les communications sont prépayées.

— Merci, dit Lucia en fourrant le téléphone et le bout de papier dans sa poche.

Elle est contente d'avoir enfin un téléphone, même s'il sera vite bon à jeter.

— Wolfstein et Mo s'en sont tirées ?

— Aucune idée, dit Mamie Rena. Je me suis lancée à ta poursuite dans les bois.

— Et elles, elles sont restées ?

— Elles ont décidé de retourner dans la maison. Pour essayer de prendre… (Elle baisse la voix.) Le truc dans le coffre de Richie. Peut-être qu'elles ont pu sauter dans la voiture et filer.

— Il y a beaucoup de sirènes.

— Je sais. J'espère vraiment qu'elles vont s'en sortir. C'est moi qui les ai mises dans ce pétrin.

— T'as connu mon père, non ? demande Lucia.

Mamie Rena la regarde.

— Pas vraiment. Il n'a pas traîné longtemps dans les parages.

— Qu'est-ce que tu veux dire ?

— C'était une aventure très brève. Je ne sais même pas si Adrienne l'a prévenu.

Cette révélation choque Lucia.

— Elle lui a pas parlé de moi ?

— Je ne sais pas. Ce n'était pas un type extraordinaire, d'après mes souvenirs. Adrienne ne voulait rien avoir à faire avec lui.

— Tu te souviens de son nom ?

— Lucia, je ne suis pas en état de réfléchir. Pourquoi veux-tu connaître son nom ?

— J'en sais rien.

— Tu ne veux pas rester avec moi ?

— J'en sais rien.

Le regard de Mamie Rena se perd dans le vide.

— J'ai toujours essayé d'avoir des principes. Mais on ne peut pas prétendre avoir des principes quand tout est bâti sur des mensonges. Ma vie entière a été façonnée par la violence, même si je n'y ai jamais pris part. Je regardais ailleurs. J'entendais les gens chuchoter. Je ne veux pas de ça pour toi.

Lucia serre la mâchoire.

— Ma mère vient de se faire tuer devant mes yeux. Tu as dit que tu voulais que Crea soit éliminé.

La tête légèrement tournée vers elles, la dame à la casquette NYPD a visiblement du mal à ne pas tendre l'oreille.

— Je sais. Je sais. Je suis désolée. (Des larmes dans les yeux de Mamie Rena.) Je suis désolée, si tu savais à quel point. Je ne trouve pas les mots, mais voilà : j'aimerais que tu me laisses une chance. Je veux t'aider à faire de ta vie quelque chose de bien. On peut y arriver. Ce que je vois pour toi, ce que je veux pour toi, c'est un mari, un jardin, des enfants sur une balançoire. Je ne veux pas que tu sois brisée.

— Et si je préférais une femme plutôt qu'un mari ?

— Je souhaite juste que tu sois heureuse. Que tu mènes une vie heureuse. Je me fiche de l'argent. Tu veux bien me dire que tu m'aimes ?

— Je te connais à peine.

Mamie Rena prend une profonde inspiration.

— Il s'appelait Walt. Ton père. Les gens le surnommaient Walt-c'est-pas-ma-faute.

Lucia plisse les yeux.

— Walt ? s'étonne-t-elle.

On dirait le nom d'un personnage de dessin animé. Elle ne savait pas qu'il existait des Walt dans la vraie vie. Oui, apparemment. Dont son père.

— Walt Viscuso, dit Mamie Rena. Un petit voyou. Je ne sais pas comment Adrienne a pu fricoter avec lui. Ils se sont rencontrés dans une boîte, je crois. Ça n'a pas duré longtemps.

— Il est encore vivant ?

— Sincèrement, je ne sais pas.

Le chauffeur est monté à bord. Il se laisse choir sur son siège, ferme la porte en actionnant un levier puis consulte sa liste des passagers.

Un 4x4 longe lentement le côté gauche du bus. Lucia le reconnaît aussitôt, c'est celui qu'elle a vu devant chez Mo. Elle plaque une main sur son visage et baisse la tête avant d'avoir eu le temps d'apercevoir Crea derrière le volant.

— Qu'est-ce qu'il y a ? demande Mamie Rena.

— C'est encore lui, dit Lucia à bout de nerfs.

Le 4x4 s'arrête devant le bus, lui barrant la route. Le chauffeur klaxonne puis lève les bras, incrédule.

— C'est quoi ces histoires ? s'impatiente-t-il.

— Comment il sait qu'on est là ? dit Mamie Rena à Lucia.

— Il a deviné. Il a vu le bus et il s'est dit qu'on n'avait pas vraiment le choix.

— C'est pas possible ! enrage Mamie Rena.

Elles regardent Crea descendre du 4x4 et se planter nonchalamment devant le bus. Il s'étire. Lucia remarque le flingue coincé dans son pantalon. Pas aussi gros que celui de Richie, mais il a quand même l'air inquiétant. Y a-t-il des flingues qui n'ont pas l'air inquiétant ? Celui qui a servi à tuer sa mère paraissait ridicule, et pourtant on sait quels dégâts il a causés. Peut-être qu'elle aura besoin d'un flingue là où elle va. Binghamton, ça sonne aussi comme le nom d'une ville où on peut facilement se dégoter une arme. Comme si elle avait une chance d'arriver là-bas vivante ! Si oui, ce sera probablement sans l'argent. Elle imagine un scénario où Crea monte à bord, tue Mamie Rena et prend la mallette mais l'épargne à cause de son jeune âge. Ça semble très optimiste.

Lucia se lève. Crea se rapproche du bus et elle remarque les éclaboussures de sang sur son survêtement. Difficile de les manquer. Parmi tous ces gens sortis promener leur chien, faire du jogging, profiter de la matinée, ce tueur détonne.

— On est coincées, dit-elle.

Adrienne n'a pas appris grand-chose à Lucia, sauf à penser en priorité à elle-même. Peut-être Adrienne ne s'est-elle jamais rendu compte à quel point elle avait insisté là-dessus quand Lucia était petite. Tu es témoin de quelque chose qui ne te concerne pas, détourne le regard. Tes amis ont des ennuis, ne te retrouve pas mêlée à leurs histoires. En cas de problème, déguerpis, n'attends pas les autres. Sauve ta peau coûte que coûte.

Lucia ne peut pas laisser Mamie Rena la retenir ici. Sa priorité, c'est sa vie. L'argent vient en deuxième position. Mais que serait sa vie sans ce fric ?

Elle cherche à repérer une issue de secours. Les bus de New York en ont une sur le toit et leur lunette arrière peut s'ouvrir, mais elle n'a jamais voyagé dans un car comme celui-ci ; les sièges lui rappellent la moquette des casinos d'Atlantic City où à deux reprises elle a accompagné Adrienne et Richie à des concerts. Il y a bel et bien une trappe dans le toit, mais comment l'atteindre ?

— Qu'est-ce qu'on va faire ? demande Mamie Rena.

Lucia hausse les épaules, comme si elle attendait que Mamie Rena prenne une décision.

Dehors, Crea fait signe au chauffeur de lui ouvrir.

Le chauffeur s'énerve. Il martèle le klaxon.

— Tire-toi d'ici, bon sang. Allez ! J'ai un horaire à respecter.

Il passe la vitesse, avance vers Crea.

Lucia grimpe sur son siège.

— Qu'est-ce qui te prend ? demande Mamie Rena.

Crea l'aperçoit par-dessus le sommet des autres sièges et sourit. Il dégaine et braque son pistolet sur le chauffeur. Les gens autour du lac observent la scène avec angoisse. Plusieurs d'entre eux ont sorti leurs portables et appellent les secours. Peut-être que Crea a perdu la tête. Faire ça en public comme ça. Peut-être qu'il veut que ça vire à la fusillade avec les flics. Peut-être qu'il a des pulsions suicidaires. Peut-être qu'il se croit invulnérable.

Lucia s'attend à moitié à ce que le chauffeur remette le point mort, ouvre la portière, lève les mains en l'air et laisse Crea monter. Mais ce type avec son tatouage de cœur celtique et ses oreilles poilues a aussi des couilles en acier. Il appuie sur l'accélérateur. Crea recule maladroitement, manquant lâcher le pistolet avant de le braquer sur le chauffeur avec une détermination redoublée. Lucia essaie de s'accrocher à quelque chose mais retombe sur son siège. Le bus continue d'avancer, rentre dans le pare-chocs arrière du 4x4 et le pousse. Tandis que le 4x4 se fait balayer comme une vulgaire auto-tamponneuse, Crea se réfugie sur le côté, tambourine contre le flanc du bus avec son poing. Le bus fait pivoter le 4x4 à cent quatre-vingts degrés et l'écarte définitivement de son passage. La voix du chauffeur retentit à travers les haut-parleurs.

— Accrochez-vous.

Le bus accélère. Les passagers applaudissent. Ils roulent à vitesse normale le long de Millpond Parkway. Lucia regarde par la vitre et essaie d'apercevoir Crea, mais il doit être derrière eux.

— Désolé pour la gêne occasionnée, dit le chauffeur comme s'ils venaient de traverser de simples encombrements.

— C'est incroyable, lâche Mamie Rena.

Lucia pousse un soupir puis vérifie que la mallette est toujours à ses pieds. Elle s'imagine dans un hôtel de luxe avec un jacuzzi. Elle descend à la réception et demande la monnaie d'un billet de cent dollars. Puis elle trouve un distributeur automatique à côté de la piscine et achète une barre 3 Musketeers, un Snickers et une canette de Coca. Elle remonte dans sa chambre, met le match des Yankees, se glisse dans le jacuzzi et déguste ses barres chocolatées tout en s'interrogeant sur Walt Viscuso. Quand elle a fini de manger, elle s'enroule dans une serviette et va fumer à la fenêtre. Mamie Rena n'apparaît pas dans cette rêverie. L'hôtel se trouve peut-être à Binghamton. Ou n'importe où.

Et maintenant elle pense à Pete l'électricien. Elle n'en revient pas que certains gamins puissent avoir des pères comme ça. Il semblait prêt à rater son bus rien que pour aller lui chercher les chaussures de sa fille.

Quand le 4x4 les rattrape, son pare-chocs raclant le côté du bus, le regard de Lucia croise celui de Crea. Elle ne détourne pas les yeux. Paniquée, Mamie Rena se lève.

— Qu'est-ce qu'il veut, ce malade ? demande la dame à la casquette. Il a une tête de truand à deux balles.

— Peut-être que c'est une attaque terroriste, dit une étudiante portant un T-shirt de l'université SUNY Binghamton.

Par les haut-parleurs, on entend le chauffeur marmonner entre ses dents. La route suit une courbe. Ils se dirigent vers l'intersection avec la 17M, à hauteur du *diner*. À leur droite, un parc avec des balançoires, des toboggans et un vieil avion de chasse sur lequel les enfants peuvent grimper.

Crea accélère et fait une queue-de-poisson au bus, forçant le chauffeur à donner un coup de volant à droite. Ils grimpent sur le trottoir, passent à travers une clôture en rondins et percutent l'avion. Une colonne de fumée s'élève entre lui et le bus. Les passagers ont tous l'air secoués.

La tête de Mamie Rena a cogné contre le dossier devant elle. Mallette à la main, Lucia monte sur son siège et bondit sur le fauteuil à côté de la dame à la casquette. Elle enjambe encore deux autres sièges avant d'atteindre un rang vide et de descendre dans l'allée.

Mamie Rena a mis quelques secondes à reprendre ses esprits.

— Où vas-tu ? lance-t-elle à Lucia.

— Ouvrez la portière ! crie Lucia au chauffeur.

Une main sur la nuque, le chauffeur scrute l'avant du bus pour se faire une idée de l'étendue des dégâts.

— Putain, je suis foutu, dit-il.

— Ouvrez la portière ! répète Lucia une fois parvenue à sa hauteur.

Un coup d'œil en arrière : Mamie Rena la suit.

— Pas question, dit-il. Je sais pas où est ce taré.

Lucia tend le bras et appuie sur le levier qu'elle l'avait vu actionner pour fermer la portière.

— Hé, fais pas ça, dit le chauffeur.

La portière s'ouvre avec un soupir pneumatique. Lucia dévale les marches et se retrouve sur l'aile de l'avion. Où est Crea ? Près de la clôture. Il a réussi à piler juste avant de la percuter et maintenant il s'extrait du 4x4.

D'un bond, Lucia descend de l'avion et file à travers le parc. Elle court sur l'herbe sans se retourner, sans prêter attention à la douleur dans ses pieds. Tout au bout du parc, au-delà d'un manège et d'un tape-cul, un grillage dont la hauteur avoisine le mètre cinquante. Au-delà du grillage, encore des arbres. Elle va l'escalader. Elle s'attend à entendre un coup de feu derrière elle. Elle se demande ce qu'elle ressentira quand la balle lui perforera le dos. Elle atteint le grillage, jette la mallette de l'autre côté puis grimpe à sa suite. Pas de coups de feu. Surtout ne pas regarder en arrière.

RENA

LE BUS PERCUTE l'avion de la guerre de Corée dans un fracas métallique et voilà la première pensée de Rena : les événements ont une drôle de manière de s'enchaîner. La ville a dû installer cet avion ici il y a des années. C'est un mémorial, un espace public où les gens peuvent se réunir, jouer et aussi méditer sur la notion de sacrifice. Et tous les choix qu'elle a faits au cours de cette journée ont mené à sa quasi-destruction.

Après avoir heurté le siège devant elle, elle se demande si elle ne va pas se redresser soudain dans son lit et découvrir que tout ça n'était qu'un rêve complètement aberrant. C'est à la fois ce qu'elle souhaite et ne souhaite pas. Se retrouver toute seule chez elle ne l'intéresse pas : faire la vaisselle, aspirer des moutons de poussière dans les coins, s'inquiéter des réparations qui s'imposent, être hantée par le souvenir de Vic, attendre la prochaine promenade solitaire jusqu'à l'église.

Mais tout est bien réel. Crea est là, dehors. Elle regarde Lucia et ne voit pas une fille qui a peur. Elle voit une fille qui veut survivre. Elle voudrait voir une fille qui a besoin de sa grand-mère, qui a besoin qu'on s'occupe d'elle. *Oh, Mamie, qu'est-ce qu'on fait maintenant ?* voudrait-elle entendre. Elle voudrait la ramener à la maison et lui préparer un repas. Un gratin de *ziti*. Des *braciole*. Des saucisses aux poivrons. Si seulement Rena pouvait faire à manger à Lucia, la petite resterait avec elle et elles seraient presque aussi heureuses que dans un conte de fées, c'est sûr.

Lucia se lève et enjambe plusieurs fauteuils. Rena ne saisit pas tout de suite ce qui est en train de se produire. Puis l'horreur de voir Lucia s'enfuir à nouveau la saisit à la gorge. Elle prononce quelques mots, ne sait même plus lesquels.

Voilà que Lucia ouvre la portière, saute sur l'avion, bondit dans l'herbe et s'élance à travers le parc avant de disparaître de l'autre côté d'un grillage.

Rena lâche le téléphone portable, se penche pour le ramasser puis le glisse dans sa poche. Elle a perdu le petit papier avec le numéro du téléphone de Lucia, le cherche partout sous le siège. Où l'avait-elle mis ? Là, sur son genou ? Elle aurait dû faire plus attention. Elle transpire, sa respiration s'emballe, elle étouffe.

— Que tout le monde garde son calme, s'il vous plaît ! dit le chauffeur.

Garder son calme ? Comment est-ce possible dans ces circonstances ?

Par la vitre, Rena voit Crea qui s'approche du bus. Il a sorti son pistolet. Elle ne pense pas qu'il ait vu Lucia s'enfuir. Derrière lui, l'ombre bleutée d'une escouade de flics. Crea boitille un peu, crie quelque chose à propos de l'argent.

La vitre étouffe les bruits de l'extérieur – la voix de Crea, les sirènes, les policiers qui le somment de lâcher son flingue. Une femme flic mène la charge. Elle s'arrête environ trois mètres derrière Crea, serre son arme des deux mains.

Un attroupement s'est formé et Wolfstein et Mo en font partie. Quel soulagement ! Elles ne sont pas mortes à cause de Rena. C'est toujours ça de pris.

Son regard se fixe à nouveau sur Crea. Lui aussi la dévisage. Il brandit le pistolet et s'apprête à tirer à travers la vitre. Peut-être que c'est pour le mieux. Peut-être que ça signifie le paradis, Adrienne, Vic. Peut-être, peut-être. Dans sa tête, une pluie de "peut-être".

La voix de la femme flic vient briser le silence :

— Lâche ce putain de flingue !

Crea n'écoute pas.

Elle tire, atteint Crea dans le dos. C'est un plaisir de le voir s'écrouler. La lumière matinale le couvre tel un linceul bleu bordé de rose et de pourpre. Pour la première fois, Rena remarque les collines et montagnes alentour. Elle n'y avait absolument pas prêté attention, ne sait rien sur elles, sait seulement que maintenant elles sont là. Elle pense à Vic et Adrienne. Quel bonheur de se dire qu'un flic a tiré une balle dans le dos de Crea ! Avec un peu de chance, il est mort. Elle, elle se sent vivante.

Il est mort. Même si techniquement il n'est pas encore mort. Rena descend du bus et le comprend presque instantanément. Les flics entourent Crea. Il s'étouffe, pousse des râles mais parvient à rire, et son rire, sinistre et provocateur, enrage encore plus les flics. Ils ne s'empressent pas d'appeler une ambulance. La policière qui l'a abattu se tient à l'écart, la tête entre les mains.

Le chauffeur aide Rena et les autres passagers à franchir la clôture effondrée.

Distraite, Rena oublie de scruter les bois dans lesquels Lucia s'est engouffrée. Où ira-t-elle ? Que fera-t-elle ? Elle va revenir. Elle n'aura pas le choix.

On tapote sur l'épaule de Rena. Elle se retourne ; Wolfstein et Mo, toutes deux la cigarette au bec. Un journal coincé sous le bras et son sac à la main, Wolfstein étreint Rena.

— Où est la petite ?

— Je ne sais pas, dit Rena en secouant la tête. Elle s'est encore enfuie.

— Tu veux prévenir quelqu'un ? Lancer les flics à sa recherche ?

— Je devrais peut-être. Mais il faut bien se rendre à l'évidence, elle ne veut pas de ma compagnie.

— Elle ne sait pas ce qu'elle veut.

Trois flics viennent leur parler. Ils sont contents : leur collègue blessé a de bonnes chances de s'en sortir. Rena demande qu'on lui raconte ce qui s'est passé. Wolfstein et Mo mentionnent Falsetti et Fitzgerald, pointent vers la policière qui a descendu Crea et s'avère être Fitzgerald. Wolfstein explique qu'elles ont rencontré trois autres flics à la gare quand Crea les poursuivait. Wolfstein distribue ses cigarettes. Un flic offre de partager sa petite bouteille de liqueur de pêche, Wolfstein et Mo y trempent poliment les lèvres. Un policier en uniforme nommé Gold les emmène vers les balançoires et leur dit de ne pas bouger, on va devoir prendre leur déposition, puis s'en va discuter avec des flics en civil.

Elles restent tranquillement assises sur les balançoires. Wolfstein a posé son sac à ses pieds et son exemplaire du *Daily News* par-dessus. Rena pense à Lucia. Wolfstein et Mo terminent leurs cigarettes, les écrasent dans le sable avec leurs semelles, en allument d'autres et demandent à Rena si elle en veut une, ça lui ferait du bien. Elle refuse.

— On a pas parlé aux flics de Lucia et du pognon, dit Wolfstein. Je voulais que ce soit toi qui prennes cette décision. C'est possible qu'ils relient les points. Des gens ont vu Lucia. Elle risque pas de passer inaperçue, une gamine pieds nus avec une mallette.

— Je sais, dit Rena.

— Elle écoute personne, cette petite. Une vraie dure à cuire. C'est plutôt une bonne chose. Dans ce monde, ça aide d'être dur.

— Richie est mort ?

Wolfstein hausse les épaules.

— On l'a laissé dans l'Eldorado. Il l'était presque. D'après les flics, Crea a réduit Enzio en bouillie sur une aire de repos de la Palisades Parkway. Un type du Bronx est arrivé ici pour mener l'enquête. L'inspecteur Pescarelli. Il va vouloir nous parler.

— Je n'en doute pas.

— Écoute, Rena. Jamais je pourrai m'excuser assez de ce qui est arrivé à Adrienne. Il y a eu une espèce d'engrenage. Bobby. Richie. Crea. Enzio. (Wolfstein secoue la tête.) On prend tous de mauvaises décisions. On commet tous des erreurs. On se fourre tous dans la merde. Regarde là-bas, ce bus dans lequel tu te trouvais, comment il a percuté cet avion.

— Cet avion a vachement d'importance ici, dit Mo.

— Ce bus s'est fracassé contre cet avion vachement important, et ils sont encore là tous les deux. L'avion a ses ailes. Le bus est un vrai tank. Il a besoin de quoi ? Une nouvelle calandre, peut-être ? De nouveaux amortisseurs ? Je sais pas. Ce que je veux dire, c'est qu'on est tous comme ça tout le temps. On est tous des épaves qui avons pas dit notre dernier mot. Tant que c'est pas mort, ça peut être réparé. Lucia et toi, vous n'êtes pas mortes. Vous avez été malmenées, c'est vrai. Mais vous avez encore de la vie en vous. T'es une sacrée bonne femme, et je suis ton amie.

Le nœud de peur et de souffrance dans le ventre de Rena se desserre un instant.

Wolfstein brandit son *Daily News*.

— Regarde ça, dit-elle en ouvrant la page quatre. Saute l'article sur le drame de Silver Beach. Il est sans intérêt. Mais je lis ici… (Elle plante son doigt sur un article au bas de la page.) Cette femme de quatre-vingt-six ans dans le Queens qui a tenté de braquer une bijouterie. Ça fait *soixante* putains d'années qu'elle braque des bijouteries et des banques. Ce coup-ci on l'a chopée. C'est la neuvième fois de sa carrière qu'on la chope. Au cours de sa vie, elle a purgé une peine de cinq ans de prison, une autre de deux ans, une autre de trois ans et encore une de six mois. La ténacité, Rena. On abandonne jamais. On a pas le choix.

Les flics reviennent leur parler. L'officier Gold à nouveau, accompagné d'un homme que Rena imagine être Pescarelli, l'inspecteur du Bronx. L'espace d'une seconde, son regard est attiré par le reflet du soleil sur la vitre du *diner* de l'autre côté de la route. Sentant le poids du téléphone dans sa poche, elle regrette d'avoir perdu l'autre numéro.

RICHIE

RICHIE NE S'AVOUE PAS encore vaincu. Le corps tapissé de bris de verre, il crachote du sang, regarde le plafonnier de son Eldorado puis la lunette arrière. Il essaie de prendre appui sur la banquette, de forcer ses mains à bouger, ses doigts à se plier. Il imagine qu'il parvient à se redresser, à se glisser à l'avant, à démarrer et filer. Mais impossible de mettre ça en pratique. Dehors il y a des voix. De femmes. D'hommes. La brise. La brise a-t-elle une voix ? Il cligne des yeux. Il prononce le nom d'Adrienne. Il garde les yeux fermés. Derrière ses paupières plissées, de petits éclairs de néon.

Une cascade de souvenirs s'abat sur lui. Le jour où il a acheté la voiture. Les fois où il partait faire un tour avec Vic. Se pencher pour embrasser Adrienne, Lucia assise à l'arrière. Conduire sa mère à l'église. Se garer sur un chemin en gravier le jour des funérailles de son père. Passer à la station de lavage de la 18e Avenue. Le soir où, sans déconner, il a emmené Steven Seagal au restaurant Peter Luger. Ils filmaient *Justice sauvage* dans le quartier.

Dieu sait comment Seagal était entré en contact avec Vic, qui l'avait confié à Richie. Ce gros enfoiré était resté silencieux pendant tout le trajet dans l'Eldorado. Pas de phrase complète, rien que des petits grognements, ç'aurait pu être n'importe quel quidam sur le siège passager. Impossible de lancer la moindre conversation. Le pire, c'est que Seagal se prenait pour un Pesci ou un De Niro ou une pointure comme ça. Or ce type était un guignol. C'est pour ça que Vic, pantois d'admiration devant la bande des *Affranchis*, avait refilé Seagal à Richie.

Évidemment, Adrienne n'était pas la seule femme à être montée dans sa voiture. La meilleure de toutes : Angela Di Pietro. Piercing sur la langue. Nombreux bracelets. Cheveux teints en blond. Tatouage de sa grand-mère sur le bras. Angela portait toujours des chemisiers à manches courtes et Richie aimait passer le doigt sur le visage de la grand-mère. Un très joli dessin, elle l'avait fait faire dans un salon réputé du Queens.

Comme c'est étonnant que ça se passe vraiment comme ça… En train de se vider de son sang, à l'article de la mort, il revoit des scènes de sa vie, se souvient de visages, sent même une odeur de pain frais envahir l'habitacle.

Tout ce qu'il veut, c'est prendre place sur le siège conducteur une dernière fois. Son pied sur l'accélérateur, ses mains sur le volant. S'il pouvait, il se jetterait à fond la caisse du haut d'une falaise. Finir en flammes, comme dans *Thelma et Louise*, sauf qu'il serait seul, un pauvre mec tout naze au lieu de deux nanas qui ne s'en laissent pas conter. Il aime beaucoup ce film. Susan Sarandon. Il est au seuil de la mort, et voilà qu'il pense à Susan Sarandon. C'était quoi, ce film dans lequel elle se lave avec des citrons ou un truc dans le genre ? Burt Reynolds la mate depuis sa fenêtre. Pas Burt Reynolds. Burt Lancaster. *Atlantic City*, c'est ça. Sans parler de *La Petite*. Il se souvient qu'elle y joue une pute et donne le sein à un bébé. Pas une mauvaise image sur laquelle partir, après tout. En pensant aux nichons de Susan Sarandon. Il y aura eu ça. Cette petite joie.

Juste avant que les choses partent en vrille, il a rencontré Luscious Lacey. Dingue. Il se souvient du vidéoclub de son quartier, la petite pièce sordide à l'arrière fermée par des portes de saloon, la section des cassettes porno. Cette pièce sentait le renfermé. Des traces de foutre sur la vieille moquette à cause des vieux qui venaient juste pour se branler en matant les jaquettes. Il se rappelle être entré dans cette pièce et en être ressorti les bras chargés de gros boîtiers. Le propriétaire du magasin, un Russe, lui avait adressé un clin d'œil, coinçant un cure-dents dans sa bouche et déclarant qu'il faisait partie du fan-club de Luscious Lacey – chez lui, il avait une photo dédicacée.

Ce qui serait bien, s'il avait la force de passer à l'avant et de conduire, ce serait d'aller dans une boutique où on vend de l'alcool. Il entrerait – une épave d'homme que personne ne s'attend à voir débarquer – et achèterait une petite bouteille de vin aromatisé, comme les clodos dans le magasin de spiritueux de New Utrecht Avenue où il avait travaillé à douze ans, chargé de balayer par terre et porter des cartons. Dès qu'on accrochait la pancarte OUVERT, les clodos entraient, achetaient leurs bouteilles et filaient les siffler dans l'allée derrière le magasin. Lui, il ne voulait surtout pas finir comme eux. Il voulait de belles pompes, une jolie petite copine, une grosse voiture et un flingue contre la hanche. Il voulait être comme les Brancaccio. Bosser avec eux. Se pavaner comme un gangster, cheveux gominés et portefeuille aussi épais qu'une bible.

On frappe à la vitre.

— Ça va, mon vieux ? demande une voix.

Une voix méchante. Une voix de flic.

C'était sûr que ça se terminerait mal. On paie toujours pour ses fautes. Appelez ça justice ou karma. Putain, appelez ça comme vous voulez…

Richie émet un bruit. Il ne lui reste plus de mots.

Le flic hèle d'autres gens, probablement d'autres flics. Richie ne sait même pas où il est. Une ville. Une petite ville. Comment il a atterri ici, il ne s'en souvient plus que vaguement. Crea. Lucia derrière la fenêtre. Rena. Adrienne.

Trouvant une dernière réserve de forces, il se dresse au milieu du verre brisé et se propulse par-dessus le dossier. S'il voyait ça dans un film, il rirait à s'en faire péter les burnes. C'est *Week-end chez Bernie*. C'est *La Nuit des morts-vivants*. Il atterrit lourdement en travers de la banquette avant.

Il veut. Il veut, et puis il ne veut plus. Le pare-brise se voile. Sa tête est tout près du volant. Il voudrait que ses mains soient posées là. Il voudrait tourner la clé de contact. Il ferme les yeux et sent un poids immense lui écraser la poitrine. Un râle fait vibrer ses poumons. Quand il cessera de respirer, s'en rendra-t-il compte ? Il se lèche les lèvres. Son dernier souffle sonne comme un cri.

LUCIA

UN PETIT RUISSEAU serpente entre les arbres. Des rayons de soleil sont suspendus dans l'air autour d'elle. Lucia n'est même pas sûre qu'on puisse vraiment parler d'une forêt : des maisons et des immeubles se dressent à quelques mètres d'elle. Elle patauge dans le ruisseau. L'eau lui arrive aux chevilles et soulage ses pieds endoloris. Un coup de feu dans le parc où trône l'avion. Un unique coup de feu. De l'autre côté du ruisseau, encore un petit bosquet puis la voilà dans le jardin de quelqu'un. Une tondeuse autoportée garée sous un abri qui semble neuf, une maison haute aux murs blancs. Ses pieds sèchent au contact de l'herbe douce et verte.

Lucia promène son regard alentour. Quelle direction prendre ? Dommage qu'elle n'ait pas une cigarette. Elle contourne la maison et, à l'avant, se retrouve sur du bitume tout frais. Une allée que décorent un tricycle Fisher-Price et un but de hockey. Au bout de l'allée, une route qui en rejoint une autre, plus importante, peut-être celle qu'a empruntée leur bus. Lucia s'approche prudemment du panneau stop : sur sa gauche, le bus et l'avion collés l'un à l'autre, des gyrophares de police et un attroupement qui grossit.

Le *diner* qu'elle a remarqué tout à l'heure se trouve de l'autre côté de la rue. Elle s'y rend en courant, évitant une voiture qui roule au ralenti et s'efforçant de ne pas se faire remarquer. Si Mamie Rena est encore vivante, elle est dans le coin, en train d'apostropher des inconnus : "Vous avez vu ma petite-fille ?"

Seulement deux voitures sur le parking du *diner*. Une Camry noire éraflée et cabossée arborant des autocollants LYCÉE MONROE-WOODBURY sur le pare-chocs arrière et une Civic rouge ornée de plaques personnalisées ONLY-1NUN*.

Lucia entre dans le *diner* et la porte claque derrière elle.

Une serveuse se tenant près du comptoir la dévisage d'un air perplexe.

— Ça va, ma chérie ?

Lucia hoche la tête. Elle s'assoit dans un box au fond, pose la mallette à côté d'elle sur la banquette.

La serveuse s'approche et lui tend un menu.

— Tu es sûre que ça va ?

— Oui. Je peux avoir un Coca ?

La serveuse soupire et part chercher le soda.

Une femme plus âgée est assise quelques box plus loin. Entre quarante et cinquante ans. Une tenue simple, des cernes noirs sous les yeux, un chignon, une croix en or très sobre sur son chemisier blanc. Une tasse de café fume

* Jeu de mot : Une seule nonne (à partir de *Only one God*, un seul Dieu). (Toutes les notes sont du traducteur.)

devant elle tandis qu'elle picore le fromage blanc et les morceaux de fruits dans son assiette. Croisant le regard de Lucia, elle la fixe puis se lève et la rejoint en emportant son café.

— Je peux m'asseoir ?

— Pourquoi ?

— Tu as l'air d'avoir besoin de compagnie.

— Je vais très bien.

— Tu as vu tout ce brouhaha en face ?

— J'ai vu.

— Je suis sœur Dorothy.

— Vous êtes une nonne ?

— Absolument.

— C'est votre voiture avec la plaque ONLYINUN ?

— Je l'ai empruntée à sœur Rory. Je vais voir ma mère à New Paltz. Elle vit en maison de retraite.

— Les nonnes ont des mères ?

— Toi, tu as de l'humour.

Sœur Dorothy s'assoit en face de Lucia, boit une gorgée de café. Elle a un regard dur et un menton pointu.

— Je vais rester avec toi un petit moment.

— Si ça vous chante.

La serveuse apporte le Coca de Lucia et lui demande si elle souhaite autre chose. Lucia dit qu'elle veut un bagel au sésame tartiné de fromage frais, un muffin au chocolat et une part de tarte aux pommes. La serveuse dit qu'elle déteste faire ça mais doit vérifier qu'elle a de quoi payer. Lucia lui montre un billet de cent dollars. La serveuse s'en va transmettre la commande en cuisine.

— Où sont tes chaussures ? demande sœur Dorothy.

— Tout le monde se passionne pour mes pieds.

— Tout le monde s'inquiète, plutôt.

— Je vais bien et mes pieds aussi. Ils sont un peu mouillés, c'est tout. Je marche pieds nus pour une bonne cause.

— Ah oui ?

— Je récolte des fonds pour une amie atteinte de leucémie.

Sœur Dorothy plonge la main dans la poche de son pantalon bleu, sort une petite flasque argentée et verse un peu du liquide qu'il contient dans son café.

— Notre petit secret, dit-elle.

Elle remet la flasque dans sa poche et mélange l'alcool avec son petit doigt.

— Vous êtes alcoolique ? Comme c'est original…

— Tu connais beaucoup de nonnes alcooliques ?

— J'habite dans un quartier irlandais du Bronx. Tous les prêtres et les nonnes que je connais sont des alcoolos.

— Une vraie malédiction, dit sœur Dorothy en teintant les mots d'un accent irlandais joliment chantant.

Lucia aspire la moitié de son Coca.

— Vous allez pas me faire un speech, j'espère ?

Sœur Dorothy lève les mains.

— Je voulais seulement m'assurer que tu allais bien.

— Ça fait des années que je crois plus en Dieu.

— Tu as quel âge ?

— Quinze ans.

Sœur Dorothy boit une gorgée de son café arrosé, puis se penche au-dessus de la table et chuchote :

— Moi non plus, je ne crois plus en Dieu.

— Vraiment ? Cool.

— Comment tu t'appelles ?

— Lucia.

— Tu connais sainte Lucia de Syracuse ? Sainte Lucie ?

— J'aime pas qu'on m'appelle Lucie.

— Je ne t'appellerai pas Lucie.

— Ça me dit quelque chose. C'est elle qui porte les yeux sur un plateau ?

— Exactement. (Sœur Dorothy boit une autre gorgée.) Qu'est-ce que tu fuis, Lucia ?

Lucia termine son Coca. Elle lance un regard anxieux vers la fenêtre. Dehors, le bus, les gyrophares qui tournoient, mais pas de Mamie Rena ni de Crea dans la foule. Heureusement que les vitres du *diner* sont en verre dépoli. Avec un peu de chance, personne ne la remarquera.

— Qui a dit que je fuyais ?

— Où est ta mère ? demande sœur Dorothy.

— Elle est morte.

— Et ton père ?

— Je vais essayer de le retrouver.

— Tu es complètement seule ? Personne ne te cherche ?

Lucia pense à Mamie Rena, dehors, tout près, qui la cherche alors qu'elle est assise ici à bavarder avec sœur Dorothy. Un jour, à la télé, elle a vu une émission sur un criminel au Texas qui avait braqué une banque puis était allé manger au Chili's juste en face. Ce braqueur avait dû éprouver un sentiment de triomphe similaire à celui qu'elle ressent maintenant.

— Personne, répond-elle.

La serveuse lui apporte sa commande et prend son verre pour le lui remplir.

Lucia croque une grosse bouchée de bagel. Quand la serveuse revient avec son deuxième Coca, elle demande une boule de glace à la vanille pour accompagner sa tarte.

La serveuse secoue la tête.

— OK, ma grande.

Elle s'éloigne puis réapparaît avec un petit bol de glace et l'addition.

Lucia lui tend le billet de cent dollars qu'elle a montré tout à l'heure.

— Tu pourras payer en partant, dit la serveuse.

— Je préfère payer maintenant, si ça vous dérange pas.

— Tu n'as rien de plus petit ? Il n'y en a que pour douze dollars.

— Non, désolée.

La serveuse hausse les épaules, se dirige vers la caisse, revient avec la monnaie.

Lucia glisse un billet de dix dollars sous la bouteille de ketchup en guise de pourboire, puis le reste – soixante-dix dollars et quelque – dans sa poche. Elle pose son bagel, coiffe sa tarte aux pommes d'une cuillerée de glace à la vanille, prend sa fourchette et attaque son dessert.

— Ma sœur, dit-elle tout en mâchant, si je vous payais, vous seriez prête à me conduire quelque part ?

— Où ça ?

— Là où vous allez. New Paltz, c'est ça ? Parfait. Il faut juste que je m'éloigne quelques jours.

— Je ne serais pas contre me faire un peu d'argent de poche, dit sœur Dorothy en se calant au fond de la banquette.

Lucia sourit, la bouche pleine de tarte.

— Vous êtes cool, ma sœur.

Lucia regarde la file de gauche où des voitures les doublent à toute vitesse. Elles roulent sur la Thruway dans la Civic rouge de sœur Rory et sœur Dorothy fait du soixante-dix kilomètres à l'heure, les mains serrées autour du volant, le dos aussi rigide qu'une planche. La voiture est impeccable et embaume le désodorisant senteur pin. Lucia tient la mallette coincée entre ses mollets.

En sortant du parking du *diner*, elle a aperçu Mamie Rena, Wolfstein et Mo entourées d'un essaim de flics, mais elles ne l'ont pas remarquée. Elle essaie de ne plus penser à elles. Elle n'a pas vu Crea.

— Vous ne fumez pas, par hasard ? demande Lucia.

Le regard de Sœur Dorothy quitte brièvement la route.

— Rien ne t'arrête, toi, n'est-ce pas ? Elles sont dans la boîte à gants.

Lucia ouvre la boîte, trouve un paquet de Parliament Lights à côté d'un sachet de sapins désodorisants et d'une carte routière.

— J'en veux bien une, moi aussi, dit sœur Dorothy.

Lucia lui tend une cigarette. Elle en prend une pour elle, tapote le filtre contre le bout de son doigt. Au lycée, elle connaît une fille, Myra, vraiment tourmentée, qui sniffe de la cocaïne à travers le filtre creux d'une Parliament Light.

— Vous avez un briquet ? demande Lucia.

— L'allume-cigare fonctionne.

Sœur Dorothy l'enfonce, attend qu'il ressorte puis allume sa cigarette avec le bout rougeoyant et le passe à Lucia.

Lucia allume la sienne, tire une longue bouffée. Ça n'a pas mauvais goût. Elle a l'impression d'être une vraie dure.

Elle baisse la vitre et crache la fumée dehors. Elle recroqueville les orteils de ses pieds froids et sales contre le tapis de sol granuleux.

— Vous pouvez accélérer un peu ?

— Tu es un sacré numéro. Je n'aime pas conduire, désolée. Plus je roule vite, moins j'aime ça.

— Je peux conduire.

— Tu as le permis ?

— Bien sûr.

Sœur Dorothy se gare sur le bas-côté, laisse le moteur ronronner. Elles descendent et échangent leur place. Lucia garde la mallette à côté d'elle, calée contre la portière. Des bus, des camions et des 4x4 vrombissent le long de l'accotement, secouant la petite voiture. Lucia jette sa cigarette sur le macadam. Derrière le volant, elle se sent déjà libre. Elle met – comment appelle-t-on ça déjà ? – le levier de changement de vitesse sur la position DRIVE et écrase l'accélérateur, les catapultant dans la file de droite juste derrière un camion de livraison de pain Freihofer's.

La cigarette de sœur Dorothy s'éjecte de sa bouche et atterrit sur ses genoux. Elle l'écrase aussitôt, se brûlant la jambe.

— Vas-y mollo, ma grande. Sœur Rory va me tuer si je commence à faire des trous dans ses sièges.

Elle jette le mégot par la fenêtre, époussette quelques cendres encore rouges sur sa cuisse, puis se cale confortablement et boit une gorgée de sa flasque.

Lucia essaie de rouler droit, l'œil sur les rétroviseurs, les mains bien fermes autour du volant.

— Parle-moi de ton père, demande sœur Dorothy.

— Quoi ? dit Lucia, tournant la tête.

— Garde tes yeux sur la route !

Lucia se concentre sur le macadam scintillant, les lignes blanches, les pneus du camion qui rugit devant elle.

— Dans le *diner*, tu as parlé de retrouver ton père. Je peux t'aider ?

— J'ai que son nom. Je viens seulement de l'apprendre.

— Alors tu es juste au début de ton aventure, c'est ça ? Les pieds nus avec une mallette et le nom de ton père. Je peux te demander ce qu'il y a dans cette mallette, d'ailleurs ?

— Un demi-million de dollars, répond Lucia en souriant.

Sœur Dorothy éclate de rire.

— Un demi-million de dollars. Rien ne l'arrête, cette petite.

Elles roulent vers le nord sur la Thruway mais à part ça Lucia ne sait pas vraiment où elles sont. Elles prennent la sortie 18, New Paltz. Ça n'a pas été un long trajet, environ cinquante minutes depuis la ville de Mo et tout ce que Lucia a laissé là-bas. Ce n'est pas très rassurant : elle ne voit pas comment ils pourraient retrouver sa trace ici, mais mieux vaudrait aller encore plus loin. Peut-être qu'elle pourrait prendre un bus. Ou carrément voler cette voiture à sœur Dorothy. Comme elle ne lui appartient pas, Lucia culpabiliserait moins. Sœur Rory est une parfaite inconnue. Juste une bonne femme qui existe quelque part et paie un supplément pour avoir des plaques personnalisées débiles. En plus, Lucia pourrait laisser de l'argent à sœur Dorothy – ce ne serait même pas un vol. Et de toute façon elle s'en fiche de la morale.

— Ça fait comment ? demande sœur Dorothy.

— Ça fait comment quoi ?

— De rouler pieds nus. Est-ce que c'est bizarre ?

— Un peu. J'en sais rien.

— Tu devrais acheter des chaussures.

Elles s'arrêtent à un péage. Le type dans la cabine porte un bandeau sur l'œil et lit un gros pavé de Stephen King - *Le Fléau*. Sœur Dorothy cherche le ticket, le retrouve dans le pare-soleil puis se penche par-dessus Lucia pour payer. Ce n'est pas cher, un dollar et quelques cents. Le type a beau ne pas voir les pieds de Lucia, il lui lance le même regard que tous les gens qu'elle croise. C'est son jeune âge qui semble l'interpeller. Il se pose des questions et compte bien l'interroger. Lucia démarre avant qu'il ait pu prononcer une phrase cohérente.

Sœur Dorothy lui dit de tourner à gauche pour entrer en ville. Elles longent une station-service et des supermarchés. À l'horizon, des montagnes et du ciel bleu. Lucia n'a pas remonté sa vitre et, ici, l'air semble plus vif.

— C'est une jolie petite ville, dit sœur Dorothy.

Lucia hoche la tête, oubliant presque de freiner à un feu rouge. Il s'en faut de peu qu'elle emboutisse une Coccinelle jaune.

— Près de la gare routière, il y a une auberge de jeunesse. Tu sais ce que c'est ?

Lucia hausse les épaules.

— Pas vraiment. J'ai vu le film *Hostel*.

— Je ne le connais pas. Les deux seuls films que j'aime sont *Rain Man* et *Au fil de la vie*.

— *Hostel*, c'est un film gore qui se passe en partie dans une auberge de jeunesse.

— Bref, c'est un endroit où on dort pour pas cher. Tu peux prendre une chambre là-bas, ou un bus à la gare. On n'a pas parlé de mon tarif.

— Votre tarif?

— Combien je demande pour le trajet en voiture. Quarante dollars, ça te paraît juste ?

— Ouais, dit Lucia avec un nouvel haussement d'épaules.

Quand le feu est vert, elles démarrent, passent devant un centre commercial avec l'enseigne d'un cinéma. Elles longent des pizzerias, des pharmacies et un magasin qui vend de la bière. La route descend légèrement. Elles s'arrêtent à un feu rouge : sur leur gauche un delicatessen, sur leur droite un restaurant indien bon marché. Les montagnes semblent plus proches. Comment a-t-elle pu imaginer une seconde qu'elle pourrait voler cette voiture ? Jamais elle n'y serait parvenue.

Après une station-service, un autre delicatessen et encore quelques boutiques, sœur Dorothy désigne une vieille maison blanche et imposante arborant une étrange sculpture sur sa pelouse.

— On y est. Gare-toi.

Lucia freine brutalement, s'arrête juste devant la maison, les roues sur le trottoir – un peu plus et elle heurtait une bouche d'incendie.

Sœur Dorothy boit une grande gorgée de sa flasque.

— J'espère que tu retrouveras ton père.

Lucia extrait de sa poche la monnaie du *diner* et dépose deux billets de vingt dollars dans le cendrier. Puis elle soulève la mallette à ses pieds, craignant un scénario où celle-ci s'ouvre par accident et l'argent s'éparpille sur le sol.

Mais ce n'est pas ce qui se produit. Lucia sort et, la mallette à la main, jette un dernier regard vers la voiture.

Sœur Dorothy se glisse sur le siège conducteur puis se penche par la vitre baissée.

— Trouve-toi des chaussures, OK ?

Lucia hoche la tête et la remercie. À peine est-elle montée sur le trottoir que Sœur Dorothy démarre sur les chapeaux de roue. C'est vraiment bizarre, la façon qu'ont les gens d'entrer et de sortir de votre vie.

Le nom de son père tourne en boucle dans sa tête. Walt Viscuso. Pendant toutes ces années, il n'a été pour elle qu'une page blanche. Un visage dépourvu de traits. Rien. Et maintenant il est un nom, des lettres sur l'écran noir de son esprit. *Walt*. Quatre lettres. Un prénom très moche. Et dire qu'elle-même aurait dû s'appeler Viscuso. Lucia Viscuso. Ça ne lui plaît pas du tout.

Elle contemple l'auberge de jeunesse. Ça ressemble au genre d'endroit où les étudiants habitent dans les films. Elle imagine des matelas par terre, des posters de musiciens sur les murs, des jeunes assis en tailleur qui fument de la marijuana avec des petites pipes en verre.

La gare routière Trailways est juste à côté. Trois taxis patientent sur le parking. Un homme aux cheveux longs répare sa moto. Trois filles attendent leur bus en bavardant.

Le plan de Lucia consiste à se rendre à la bibliothèque pour faire des recherches sur son père. Puis acheter des tennis et un sac à dos où mettre l'argent afin de ne plus avoir à le transporter dans une mallette comme une grosse ringarde. Puis, peut-être, selon ce qu'elle trouve sur son père, acheter un billet à la gare en direction du nord, du sud, de l'est ou de l'ouest. Ou revenir à l'auberge, prendre une chambre et y rester planquée un jour ou deux – mais ça pourrait s'avérer dangereux. Elle n'est pas loin de Monroe et si la nouvelle de sa fuite se répand – comme c'est probable –, les gens sauront tout de suite qui elle est et ils préviendront les flics. Alors, non, sœur Dorothy, peut-être que prendre une chambre n'est pas une bonne idée, même si elle meurt d'envie de s'allonger sur un lit pour dormir.

En tout cas, mieux vaut ne pas rester plantée en pleine rue.

Elle entre dans la gare. Assis derrière le comptoir, un hippie usé en chemise de flanelle lit un livre de poche. Les murs sont lambrissés. Le hall est vide à l'exception d'un long banc, d'un flipper et d'une plante triste sur une petite table en plastique.

Le hippie lève les yeux :

— Tu veux un billet pour quelque part ?

— Où est-ce qu'il y a une bibliothèque ? demande-t-elle, ignorant sa question.

Il la dévisage.

— Tu aimes les livres ?

Il lui montre le sien : *Un Parfum de Jitterbug**. Couverture bleue, une main de femme ouvrant un flacon de parfum d'où s'élève une sorte de fumée.

— Celui-là est chouette.

— J'ai juste besoin de savoir où est la bibliothèque.

Il se penche par-dessus le comptoir et regarde les pieds de Lucia.

— T'es une fugueuse, pas vrai ? Je sais que t'as probablement pas envie d'aller voir les flics. Tous des connards,

* Totem n°50.

on est d'accord. Il y a un centre d'hébergement en ville. Peut-être que tu pourrais y faire un tour ?

— Je suis pas une fugueuse.

— Tu marches pieds nus pour prouver quelque chose, c'est ça ?

Elle ne répond pas.

— La bibliothèque est un peu plus loin sur Main Street, à droite. Tu peux pas la louper.

Elle le remercie, quitte la gare, traverse le parking et regagne le trottoir. Mallette plaquée contre la poitrine, elle descend Main Street en direction du centre-ville, passe devant un restaurant thaïlandais, une épicerie italienne et un bar étudiant.

Main Street commence à dévier vers la gauche et la bibliothèque se trouve juste là, à l'angle, dans une portion de rue pleine de boutiques et d'épiceries, avec ces jolies montagnes à l'horizon. Elle entre dans la bibliothèque et s'approche du géant – du moins par rapport à elle – derrière l'accueil. Il doit mesurer près de deux mètres et peser cent cinquante kilos. Il a un gros grain de beauté sur la joue, porte un jean sale et une chemise en flanelle, lui aussi. Elle demande où sont les ordinateurs en accès libre, il les lui pointe du doigt et lui explique comment se connecter.

Elle va s'asseoir, pose la mallette entre ses jambes et lance une recherche Internet sur Walt Viscuso. Elle n'aime pas trop les ordinateurs. C'est étonnant, mais c'est comme ça. Elle n'aime s'en servir ni pour les jeux, ni pour la musique, ni pour rien. Quand elle se trouve devant un ordi, elle a l'impression d'être dans une version idiote du futur où les gens tapotent sur des claviers compliqués en fixant des écrans dans des boîtes.

Pas d'article ni de notice nécrologique sur son père ; avec un peu de chance, ça signifie qu'il n'est ni en prison ni mort. Elle cherche un numéro de téléphone ou une adresse. Quel âge peut-il avoir ? Le même que sa mère. Le même que sa mère *avait*. Adrienne n'a plus cet âge-là. Ou elle le gardera pour toujours.

Seulement deux Walt Viscuso répertoriés dans l'État de New York. Un à Brooklyn et l'autre à Buffalo. D'après ce qui est indiqué, celui de Buffalo a cinquante ans. Le type de Brooklyn en a trente-cinq, ce qui correspond mieux : à tous les coups il n'a jamais quitté la ville. Oui, c'est forcément lui. Elle a une chance incroyable. Ç'aurait pu être n'importe qui, ç'aurait pu être quelqu'un avec un nom bien plus courant. Elle trouve un crayon, sort le papier que Mamie Rena lui a donné et recopie ce qui est potentiellement le numéro de son père sous les deux autres, notés avec l'écriture tremblotante de Mamie Rena.

Elle regarde la suite des résultats. Pas grand-chose d'intéressant hormis un bulletin de l'association des anciens élèves de Our Lady of the Narrows mentionnant qu'un Walt Viscuso y a obtenu son diplôme de fin d'études en 1988. Our Lady of the Narrows est un lycée catholique de Bay Ridge. Elle en a beaucoup entendu parler par Adrienne, qui était inscrite dans le lycée pour filles jumelé à Our Lady. C'est logique que le père de Lucia ait étudié là-bas.

Avant de quitter la bibliothèque, elle demande au géant où elle peut acheter des tennis. Il l'accompagne sur le trottoir et lui dit de tourner tout de suite à droite sur North Front, puis de traverser Church avant de prendre à gauche sur North Chestnut et là il y aura un magasin – il ne se souvient plus du nom. Il lui souhaite bonne chance parce que, précise-t-il, elle a l'air d'en avoir besoin.

Dans une ruelle à côté d'une boulangerie sur North Front, elle s'accroupit, entrouvre la mallette et en extirpe quelques billets de cent dollars. Vérifiant que personne ne l'observe, elle est soulagée de n'apercevoir qu'un troupeau d'étudiants en vacances occupés à boire du café, les filles en shorts en jean et hauts courts sans soutiens-gorges, les garçons en sandales, bermudas et T-shirts de groupes de musique. Aucun d'entre eux ne se soucie d'elle.

Dans le magasin de chaussures, elle choisit une paire de Puma bleues très chères. L'employée garde un œil sur elle, la considérant visiblement comme le genre de gamine susceptible de glisser quelque chose sous son T-shirt. Mais Lucia se dirige fièrement vers la caisse avec ses Puma et ses billets, et la femme se comporte comme si elle était filmée et devait se montrer respectueuse y compris envers cette jeune fille bizarre.

Lucia paie et enfile les tennis, préférant ne pas s'encombrer de leur grosse boîte rouge.

— Où est-ce que je pourrais acheter un sac à dos ? demande-t-elle à l'employée.

La femme hoche la tête en direction de Main Street.

— Il y a un magasin d'escalade juste à l'angle. Deux boutiques pour fumeurs de joints, aussi. Et une boutique vintage. Tu devrais pouvoir trouver quelque chose.

Lucia remonte North Chestnut vers le centre-ville. Quand elle aura acheté un sac à dos, il ne lui restera plus qu'à téléphoner à Walt et peut-être se prendre une ou deux parts de pizza.

Le magasin d'escalade s'appelle Rock and Snow. En s'approchant, Lucia se dit que c'est l'endroit parfait avec ses grandes baies vitrées, ses portants chargés de vêtements brillants, ses murs couverts d'équipements en tous genres. Ils ont forcément des sacs à dos. Elle entre et interroge un type d'une vingtaine d'années à la longue barbe rousse qui lui indique le rayon.

Elle choisit le plus beau. En nylon rouge avec de nombreuses fermetures Éclair et un dos molletonné sans doute pour plus de confort. Assez grand pour contenir l'argent. Coûteux, haut de gamme, presque trois cents dollars – en l'achetant Lucia a l'impression d'être une rock star. Barbe Rousse l'encaisse sans sourire, remarquant sa mallette d'homme d'affaires, ses tennis bleu vif, son air épuisé. Il lui propose un sac plastique, elle secoue la tête.

Elle jette un coup d'œil au reste du magasin. Jamais auparavant elle n'avait éprouvé le moindre intérêt pour l'escalade. Elle a vu des films. Des gens en tenue ridicule se lançant à l'assaut de murs avec des cordes, des piolets, ce genre de trucs.

Elle remonte Main Street et jette son dévolu sur une pizzeria minuscule baptisée Gourmet. À l'intérieur, elle scrute le présentoir. Beaucoup de spécialités. Elle commande deux parts toutes simples au fromage et un soda à l'orange au type derrière le comptoir, paie et va s'asseoir dans un box en attendant qu'on lui ait réchauffé sa pizza. Derrière elle, les toilettes, deux petites portes sales couvertes de graffitis.

Elle ouvre celle de droite. Ça sent la pisse et la Javel. La cuvette est dégueulasse. Elle se soulage puis sort l'argent de la mallette, le fourre dans son sac à dos neuf et vérifie que toutes les poches sont bien fermées. C'est agréable de toucher tout ce fric. Elle palpe l'intérieur de la mallette pour s'assurer qu'elle n'a rien oublié. Ce serait dommage de négliger un compartiment secret, mais a priori il n'y en a pas. Elle coince la mallette derrière la poubelle débordant d'essuie-tout marron et pense à la prochaine personne qui entrera dans ces toilettes, trouvera la mallette vide et ne s'expliquera pas sa présence ici. Elle passe les sangles du sac à dos sur ses épaules.

Quand elle regagne le box, les parts de pizza et le soda l'attendent. Elle s'assoit sur la banquette sans ôter son sac, avale la pizza en se laissant hypnotiser par la poésie des taches de gras sur le carton blanc de son assiette.

Que dira-t-elle à son père ? Et s'il ne décrochait pas ? Et s'il était marié et que sa femme répondait ? Peut-être qu'il a six autres gosses. Peut-être qu'ils sont horribles, qu'ils courent dans tous les sens en renversant tout sur leur passage pendant que lui essaie juste de regarder son émission préférée en buvant tranquillement une petite bière. Peut-être qu'il n'a jamais su qu'Adrienne était enceinte. Ça ressemblerait bien à Adrienne : se faire engrosser et ne pas en souffler mot. D'après Mamie Rena, cet homme n'était qu'un voyou. Mais qu'est-ce que ça veut dire de la part d'une femme de mafieux ?

Elle sort le papier avec les numéros et s'efforce de mémoriser celui de Walt au cas où elle le perdrait. Les bouts de papier peuvent être emportés par le vent ou se déchirer, l'encre effacée par la pluie ou la transpiration. Mais on peut graver un numéro dans sa tête de façon à ne jamais l'oublier, ça elle le sait. Tous les numéros de tous les appartements et toutes les maisons où elle a vécu avec

Adrienne sont encore stockés dans sa mémoire. En revanche elle n'apprend pas le numéro de Mamie Rena par cœur, pas encore. Peut-être est-ce une erreur, mais elle se contente de remettre le papier dans sa poche.

Une fois la pizza et le soda terminés, elle s'approche du comptoir et commande des bouchées de pain à l'ail. Un homme obèse vêtu d'un maillot des Knicks sort la tête de la cuisine et la félicite pour son appétit. Le type derrière le comptoir rit et s'en émerveille lui aussi. Elle règle les bouchées.

On les lui sert sur une assiette en carton accompagnée d'une coupelle en plastique remplie de sauce marinara. Lucia les dévore debout devant un comptoir étroit jonché de saupoudreuses de piment doux moulu et de parmesan. Les bouchées sont caoutchouteuses, grasses et délicieuses. Elle a l'impression d'avoir une brique dans le ventre.

— Bonjour, c'est bien Walt Viscuso ? dit-elle à voix haute.

— Hein ? fait le type derrière la caisse.

— Je parle toute seule, explique-t-elle.

Un haussement d'épaules, un hochement de tête, la porte du four ouverte – un souffle chaud – et aussitôt refermée, le fracas de plaques métalliques.

Lucia sort le téléphone que Mamie Rena lui a acheté et compose de mémoire le numéro de Walt.

Au bout de deux sonneries quelqu'un décroche, mais la personne ne parle pas.

— Bonjour, vous êtes là ? dit-elle dans le vide.

— Qui est à l'appareil ? fait une voix âpre, éraillée. Le gosse de Gruffo ?

— Vous êtes qui ?

— Vous êtes qui *vous*, putain ? C'est vous qui m'appelez !

— Vous êtes Walt Viscuso ?

— C'est quoi, un canular ? C'est Slam Bam et Chub qui vous ont dit de me faire une blague ?

— Walt ?

— Ouais, c'est moi Walt. Et je sais pas ce que vous me voulez, ajoute-t-il en riant, mais en tout cas c'est pas ma faute.

— Je m'appelle Lucia. Je suis votre fille.

Un profond silence qui semble s'étirer une bonne minute. Puis le bruit de la langue de Walt claquant contre son palais.

— Ma mère s'appelait Adrienne Ruggiero.

— S'appelait ?

— Elle est morte hier.

— Aïe, merde. (Encore des claquements de langue, une respiration bruyante, une cigarette qu'on allume.) Tu veux quoi, ma grande ? Moi j'ai une vie, ici. J'ai des responsabilités.

— J'en sais rien.

— T'as des ennuis ?

— Peut-être.

— T'as besoin d'argent ? S'il y a une vérité dans ce monde pourri, c'est que je suis fauché. J'ai plus un rond. Je dois trois cents dollars à Gilly. Sans parler de ce que je dois à Slam Bam et Chub. Et Mackey, aussi. Il est sur le point de lâcher ses hommes de main sur moi, je déconne pas. Si ça se trouve, tu causes à un mec qu'est déjà mort. Ma dette envers Mackey, on parle de douze mille dollars.

— J'ai de l'argent.

Un silence.

— T'as du fric ? Un héritage ?

— Ouais.

— Comment elle est morte, ta vieille ?

— Un cancer.

— Des nichons, du cerveau, de quoi ?

— Des ovaires.

Elle avait vu ça dans un talk-show de l'après-midi – cancer des ovaires. Ce truc existait, pas de doute.

— Aïe. Saloperie. Tu sais, elle m'a plus adressé la parole après que je l'ai foutue en cloque. Ce soir-là elle était bourrée. Elle s'est pointée au magasin où je bossais à l'époque, le Century 21, complètement déchirée avec un sac plein de minibouteilles de gin, vodka, tequila… On est allés voir un concert dans une boîte, comme ça nous arrivait de le faire. À force de crier sa voix était tout enrouée. Elle m'a entraîné dans les toilettes et on s'y est mis. J'en avais envie depuis que je la connaissais, mais j'étais pas prêt. J'ai pas pu tenir en elle plus d'une minute. Elle appartenait à une catégorie tellement au-dessus de la mienne, j'ai joui en un rien de temps. La vérité c'est que dès le début Adrienne a éprouvé que du dégoût. Elle a vomi sur les WC, pas dedans. Quand elle a découvert qu'elle était enceinte, elle m'a dit que Richie Schiavano me tuerait si jamais je m'approchais d'elle. Il est venu me voir une fois ou deux. J'avais pas peur, mais je voyais pas non plus l'intérêt de me lancer dans un conflit avec elle.

— OK.

Cette description de la manière dont elle a été conçue l'a secouée. Des toilettes dégueus de boîte de nuit. Un coup d'un soir expédié et pathétique. Adrienne qui vomit juste après.

— Mais tu as ton héritage et tu as envie de tisser des liens avec ton bon vieux papa, c'est ça ?

— Je peux venir vous voir ?

— Ouais, bien sûr. Passe. T'es où ? T'as besoin qu'on vienne te chercher ? Je ferai le plein de ma vieille Chevrolet Citation et je jouerai les chauffeurs.

— Je suis dans le nord de l'État. J'ai pas besoin que vous veniez me chercher. Je me débrouillerai toute seule.

Il lui donne son adresse. À Dyker Heights, sur la 13e Avenue, entre la 75e et la 76e Rue. Son appartement se trouve au-dessus d'une laverie automatique, en face d'une boutique de lingerie qui cache une maison close, lui explique-t-il. Elle ne croit pas avoir déjà entendu le terme "maison close". Il lui annonce qu'il va faire le ménage pour elle et lui demande d'apporter au moins une partie de son héritage, bien sûr sans mettre dans le coup Mamie Rena qu'il traite de vieille bonne femme coincée et chiante. Elle répond qu'elle a pris ses distances avec sa grand-mère, pousse un soupir et met fin à la conversation.

Lucia n'est pas stupide. Elle a entendu sa voix changer quand elle a mentionné l'argent. Il imagine probablement que grâce à elle il va se renflouer, avoir droit à sa part du fric de Papa Vic. Elle lâche un autre soupir. Son rêve de vivre seule, c'est n'importe quoi. Et de toute façon personne ne s'attend à ce qu'elle revienne à New York. Elle est coriace, elle l'a prouvé. Si ça se passe mal, elle saura se tirer d'affaire.

Il y a beaucoup d'argent. Elle peut en partager une partie avec lui. Elle a envie de faire sa connaissance. Au moins jusqu'à un certain point.

Elle quitte la pizzeria et redescend les quelques pâtés de maisons qui la séparent de la gare routière. Pas question de prendre un bus, ça laisserait une trop grande trace. Elle s'approche des taxis, frappe à la vitre du premier dans la file. Le type derrière le volant a une vingtaine d'années, des cheveux blonds hirsutes, une barbe broussailleuse et des lunettes qui se transforment en lunettes de soleil à la lumière. Il baisse la vitre. Un T-shirt Nirvana sous sa chemise en flanelle déboutonnée, un magazine de guitare sur ses genoux. Il lui sourit.

— Je peux t'aider ? demande-t-il.

— Combien pour aller à New York ?

Il se mord la lèvre.

— Ça coûterait cher. Autant prendre le bus.

— Je veux pas prendre le bus.

— Cent dollars.

— Ça marche.

Elle monte à l'arrière, ôte son sac à dos, le serre contre son ventre et boucle la ceinture par-dessus.

— Une seconde, dit le chauffeur.

— Quoi ?

— Je ne voudrais pas être impoli, mais je peux vérifier que tu as l'argent ? Je ne peux pas me permettre de rouler jusqu'à New York pour qu'à la fin tu sautes de la voiture à un feu, tu comprends ?

Elle hoche la tête, sort un billet de cent dollars – un des deux derniers dans sa poche – et le lui tend.

— Gardez-le.

Il le déplie devant le pare-brise pour l'examiner puis, rassuré, enlève le magazine sur ses genoux et démarre le moteur.

— Quel quartier ?

— Brooklyn. J'ai l'adresse.

Il se retourne.

— Je m'appelle Justin.

— Et moi Mikaela.

D'où sort-elle ce prénom ? Elle ne sait pas, mais elle aime être libre de choisir son propre nom. Elle a toujours trouvé que Mikaela sonnait bien. On pense à une fille prête à en découdre, une fille avec un compte à régler. Elle est prête pour Walt. Prête pour l'avenir.

WOLFSTEIN

Mo SYMPATHISE avec l'inspecteur Pescarelli et ils entraînent Wolfstein et Rena chez O'Leary's pour une séance de questions accompagnée d'un apéritif anticipé. Au moment d'entrer dans le pub, elles voient Richie que l'on extrait de l'Eldorado avant de le charger dans le fourgon du médecin légiste. Rena se plaque une main sur le visage. Richie doit lui faire penser à Adrienne, aux épreuves traversées, à tout ce qui est différent ou pas si différent, juste nouveau. La panique et la colère font leur retour.

Wolfstein, Mo et Pescarelli s'assoient dans un box tandis que Rena file se débarbouiller aux toilettes. Wolfstein garde son sac sur ses genoux.

— Elle a vécu des choses dures, pas vrai ? dit Pescarelli.

— Un premier vieux pervers essaie de se la faire, un deuxième vieux pervers tire sur sa fille et un troisième vieux pervers termine le travail, explique Mo. C'est une espèce de conte totalement tordu. Et en plus sa petite-fille a fugué.

— C'est normal de faire ça dans un bar ? demande Wolfstein.

— C'est normal pour moi, répond Pescarelli. Je fais les choses à ma façon. Je suis un vieux de la vieille. On me respecte. On me laisse le champ libre.

Il se cale au fond de la banquette. Son blazer en velours côtelé et son épaisse chemise le font transpirer. Sa barbe peu fournie donne un aspect sale à son visage. Il a des poches sous les yeux et des poils drus qui lui sortent du nez et lui hérissent le lobe des oreilles. Il a l'air du genre de type qui commande deux sandwichs aux boulettes de viande pour le dîner et les mange seul dans sa voiture en écoutant un match des Mets.

Wolfstein regarde du côté des toilettes, s'attendant à voir réapparaître Rena d'une seconde à l'autre.

Sombre et saturé d'une odeur de vieille clope rance, le bar est encore plus merdique à l'intérieur qu'à l'extérieur. Fumer n'y est probablement pas autorisé officiellement, mais à n'en pas douter du soir au petit matin l'endroit baigne dans la fumée. Avec son flipper, ses fanions froissés des Yankees et ses photos de flics et de pompiers sur les murs, on dirait une mauvaise imitation d'un bar ouvrier dans un mauvais film. On verrait bien Matt Dillon y boire un coup quand il est censé incarner un type qui gagne sa vie en déneigeant les allées des maisons. Le barman est une catastrophe. Glauque au possible avec ses yeux injectés de sang, ses cheveux orange carotte et son tatouage N'OUBLIONS JAMAIS dans le cou. Pescarelli s'approche, montre son badge et commande un pichet de bière pour la table. Le barman remplit un pichet, le lui tend avec trois gobelets en plastique et annonce que c'est la maison qui offre. Pescarelli laisse un pourboire minable.

Toujours pas de Rena.

Pescarelli les sert.

Mo est toute guillerette.

— Quelle matinée ! s'exclame-t-elle avant de lever son gobelet et de trinquer d'abord avec Wolfstein, puis avec Pescarelli. À cette matinée !

— Vous me plaisez, dit Pescarelli à Mo. On sent tout de suite que vous avez de la classe.

Wolfstein se lève et va voir où en est Rena, emportant son sac avec elle parce qu'il est hors de question qu'elle s'en sépare. Comme elle s'attendait à moitié à ce que Rena se soit fait la malle, elle n'est pas vraiment surprise de trouver la petite fenêtre des toilettes ouverte, son store abîmé cognant contre la vitre, et bien sûr aucune trace de Rena.

Inquiète pour Lucia, Rena a dû se dire qu'elle n'avait pas de temps à perdre avec les flics. Elle aura paniqué. Wolfstein comprend, sincèrement, et voudrait juste l'aider. Pas sûr que Rena puisse aller bien loin. Les flics sont partout. Ils vérifieront tous les bus et Rena n'a aucune voiture à sa disposition ni aucune idée de la direction prise par Lucia.

Sur le point de rejoindre les autres dans le box, Wolfstein décide finalement de se lancer sur les traces de Rena.

Elle sort par la fenêtre et se retrouve sur un parking étroit à l'arrière des commerces de la rue principale. Wolfstein balaie le parking du regard, s'attendant à voir Rena en train de forcer la serrure ou de briser la vitre d'une voiture sans oublier que, dans peu de temps, Pescarelli et Mo à leur tour seront sur ses talons.

Parvenue au bout du parking, Wolfstein regarde à droite, au loin. Là-bas, ils n'en ont pas fini avec les dégâts qu'elles ont laissés derrière elle : le bus, l'avion, Crea, les gyrophares de la police, les ambulances…

À gauche, une portion de rue plus calme longe un des deux lacs. Elle aperçoit Rena près d'une Toyota Camry blanche dont les roues mordent sur le trottoir.

— Rena !

Rena fait volte-face. Wolfstein la rattrape.

— Où tu vas ?

— Il faut que j'enterre Adrienne. Il lui faut de vraies funérailles. L'abandonner comme on l'a fait, ce n'est pas bien. Et je dois aussi retrouver Lucia. Dire que j'ai perdu le numéro du téléphone que je lui ai acheté !

— Ma maison est une scène de crime, et on ne sait absolument pas où est partie Lucia.

Rena semble lutter avec elle-même.

— Je ne peux pas me contenter d'attendre. Je dois agir. C'est ma fille et ma petite-fille. Je dois faire un effort. Adrienne a besoin qu'on s'occupe d'elle. Elle a besoin de sa mère. Et il faut que je retrouve Lucia. Elle n'a plus que moi. Je sais qu'elle est dure – ou qu'elle se croit dure –, mais ce monde va la bouffer. Elle va perdre l'argent. Elle n'aura plus rien, plus personne.

— Qu'est-ce que tu veux faire ?

— Je veux rentrer, dit Rena, de plus en plus désespérée. Je veux retrouver ma fille. Je veux lui offrir des funérailles dignes de ce nom. Quel genre de mère je suis, à m'enfuir comme ça ? Je veux retrouver Lucia. Je veux l'élever correctement.

— Je t'aiderai du mieux que je peux.

Soudain Rena remarque quelque chose derrière un ensemble d'immeubles de bureaux et se précipite dans cette direction. Wolfstein lui emboîte le pas.

Elles traversent une allée de gravier et la cour d'un cabinet d'avocats puis débouchent sur Stage Road, à l'autre bout du pâté de maisons, loin du poste de police et de O'Leary's. Wolfstein découvre alors ce que Rena a vu : une chapelle. Une belle petite chapelle catholique avec un revêtement extérieur blanc et un toit de chaume. Sacred Heart, elle s'appelle. On l'imaginerait bien dans une petite ville européenne. Bizarre de la trouver dans le même pâté de maisons que le poste de police et O'Leary's, en face de pompes funèbres miteuses, à côté d'immeubles avec chambres à louer et d'autres bâtiments de tailles diverses, mal assortis, abritant on ne sait trop quoi.

— J'ai besoin de prier, dit Rena.

Wolfstein a eu l'occasion d'entrer dans quelques églises, chapelles ou autres pour des mariages ou des funérailles. Sans parler de cette église désacralisée dans laquelle elle a tourné une scène avec Mo. Ni de la chapelle à Vegas où elle a failli se marier à un joueur professionnel nommé Keoghan. Elle se souvient de sa veste sport bleu pastel et des litres d'eau de Cologne merdique qu'il mettait. Malgré son rire de méchant de cinéma, il était gentil, et suffisamment saoul pour estimer que c'était une bonne idée de se marier. Heureusement que Mo était de la partie ce soir-là et que, moins ivre que Wolfstein, elle a pu la convaincre de renoncer.

Rena pousse les portes rouges et entre dans la chapelle, talonnée par Wolfstein. À l'intérieur, le calme. La lumière tombant sur les bancs. Des odeurs d'église. Pas âme qui vive. Un autel vide. Une croix sur le mur. Des vitraux. Toutes les conneries auxquelles elle s'attend. C'est joli mais étouffant, désagréable. Elle ressent le poids de la culpabilité et de la honte.

— J'ai besoin de prier, répète Rena.

Elle se laisse tomber à genoux dans l'allée et rampe vers l'autel.

Putain, elle a perdu la tête, se dit Wolfstein. Pas étonnant.

— Rena, ma chérie, lève-toi.

— Pardon. Oh, pardon. Quoi que j'aie fait de mal, je suis désolée.

D'une voix emplie de rage et de regret, Rena plaide auprès de Dieu et semble s'attendre à recevoir une réponse.

Après cette folle matinée, Wolfstein ne serait pas surprise si Dieu soulevait le toit de la chapelle, passait la main à l'intérieur et attrapait Rena tel King Kong avec Jessica Lange.

Évidemment ce n'est pas ce qui se produit. Rena continue de ramper de manière pathétique. Wolfstein repense au jour où elle a vu Valerie Sugar, complètement saoule ou défoncée, se traîner dans l'allée de chez Mac Dingle, suppliant qu'on lui donne de la coke, du plaisir ou n'importe quoi. Personne n'avait prêté attention à Valerie, personne ne l'avait empêchée de s'évanouir derrière la roue arrière d'une limousine de location. Wolfstein se dit qu'au lieu d'intervenir elle devrait laisser Rena pleurer toutes les larmes de son corps et trouver son propre chemin pour s'extraire de ce foutu bordel, accepter la mort d'Adrienne et la fugue de Lucia.

— Pourquoi ? demande-t-elle à Dieu. Pourquoi avez-vous permis qu'il m'arrive toutes ces choses ? N'ai-je pas toujours été gentille ? N'ai-je pas toujours fait de mon mieux ? Pourquoi m'avez-vous pris ma fille ? Pourquoi l'avez-vous laissée se faire tuer comme ça, de manière aussi horrible ?

Sanglotant, crachant les mots au milieu d'une pluie de salive, elle croit vraiment qu'elle parle à quelqu'un.

— Je suis là, dit Wolfstein. Il n'y a que moi. Je vais t'aider à franchir cette épreuve.

Rena commence à réciter le Notre Père tel un prêtre essayant d'exorciser le démon qui a pris possession d'une jeune fille. Elle s'exprime comme le prêtre tout en paraissant aussi désarticulée et tourmentée que la possédée. Wolfstein sait bien ce qu'un traumatisme et du chagrin peuvent faire. Ils s'abattent sur Rena, la noient, submergent le rocher de son âme, si une telle chose existe. Dans la tête de Rena doit rugir un ouragan de brutalité : la mort d'Adrienne, Enzio qu'elle frappe avec un cendrier, Crea avec son marteau et son flingue, Richie étendu dans le fourgon du légiste telle une bougie éteinte, Lucia pieds nus qui se représente bêtement le monde comme un endroit beaucoup moins impitoyable qu'il ne l'est, et probablement même son mari gisant sur leur perron.

Wolfstein ne connaît pas vraiment les mots du Notre Père. Qu'importe, elle se met à les répéter dans le sillage de Rena. Cette prière fait tellement partie intégrante de la culture que ce n'est pas difficile d'en suivre le rythme.

— Je vais prier avec toi, si tu veux bien, dit Wolfstein avant de poser son sac par terre et de toucher le dos de Rena.

Quand elles arrivent au pied de l'autel, Rena s'effondre. La tête contre la première marche, elle marmonne tandis que ses pleurs redoublent.

Pour Wolfstein, la prière ce ne sont que des mots lancés dans le néant. Elle se représente des enfants agenouillés au pied de leur lit, les mains jointes, des femmes et des hommes agrippant le bras de leur conjoint mourant, des joueurs de base-ball se signant au moment de s'approcher du marbre, des soldats en péril, etc., toutes ces prières sauvages s'élevant telle de la fumée au-dessus du monde et finissant par se dissiper sans qu'on les ait entendues, sans qu'on y ait répondu, rien que des bruits qui ne vont nulle part.

Pour elle, toute l'humanité baigne dans le vide de la prière. Et pourtant que faire sinon encourager Rena, se comporter en amie ? Son rôle est déterminé d'avance.

Un prêtre, un vrai prêtre en soutane noire, entre par une porte à côté de l'autel. Il est jeune – la quarantaine – avec une peau grasse, des rides profondes et une chevelure déjà bien dégarnie. Sa chemise est couverte de pellicules. Il est petit, peut-être un mètre soixante.

— Bonjour ? Tout va bien ici ?

Sa façon de dire "Tout va bien, ici ?" irrite copieusement Wolfstein. Ça paraît évident que tout ne va pas bien ici, pense-t-elle, mais elle ne lui claque pas ça comme ça. Les prêtres, il faut les contourner comme on contournerait un clochard fou armé d'un couteau. Ils sont prêts à partir au quart de tour. D'après son expérience, en tout cas. Parmi les prêtres qu'elle a rencontrés, elle estime que pas plus d'un tiers étaient normaux. Et elle en a croisé plein à Los Angeles, certains qui accomplissaient un travail important et d'autres qui aimaient traîner dans le caniveau, l'œil dérangé et fébrile, flirtant avec le péché.

— Tout ne va pas bien, non, dit Wolfstein.

— Je peux vous aider ?

Rena rampe vers lui, se prosterne à ses pieds telle une paysanne malade, se cramponne à ses chaussures.

— Oh mon père ! Mon père, je vous en supplie.

— Qu'y a-t-il ? Que s'est-il passé ?

— Dieu pourra-t-il me pardonner ?

— Voulez-vous vous confesser ?

— Je suis la pire de toutes les pécheresses.

Le prêtre se tourne vers Wolfstein.

— Peut-être a-t-elle besoin de voir un médecin ?

Wolfstein s'accroupit à côté de Rena, la caresse entre les omoplates.

— Mon amie Rena a eu une journée difficile.

Le prêtre recule d'un pas, croise les bras, fixe Rena.

— Je suis le père Hughes. Dites-moi comment je peux vous aider, d'accord ? Je suis là pour ça. Dieu écoute vos prières, je vous le garantis.

— Dieu n'écoute pas, déclare Rena d'une voix chevrotante, semblant chercher son propre reflet dans les chaussures noires scintillantes du père Hughes.

Ces propos surprennent Wolfstein.

— Impossible qu'il écoute, poursuit Rena. S'il écoutait, je me sentirais aidée. Je ne me sens pas aidée. Je ne suis rien. Je n'ai rien. Je n'ai cru qu'à des mensonges et regardez où ça m'a menée.

Le père Hughes se penche et prend la main de Rena.

— Dieu est avec vous. Quoi qu'il arrive, il est avec vous. Rena… c'est votre prénom ? Quel joli prénom ! Faites-moi confiance, d'accord ?

Elle hoche la tête.

— Rena, ma chérie, lève-toi, dit Wolfstein.

Elle parvient à se lever, agissant momentanément comme si elle allait pouvoir se ressaisir et surmonter ses malheurs. Elle se passe une main sur les joues et la bouche et redresse le dos.

— Voilà, c'est ça, dit le père Hughes.

— Je suis tellement en colère, murmure Rena.

Soudain, l'air complètement dans les vapes, elle s'écroule contre le prêtre. Les yeux fermés, elle l'étreint en implorant le pardon et en suppliant Dieu d'arranger les choses.

Puis, la tête sur l'épaule du prêtre, elle plonge dans le silence, assoupie ou évanouie ou dans un état second provoqué par la colère. Wolfstein repense à ces nuits folles où elle baisait jusqu'à l'épuisement.

— Elle dort ? demande le père Hughes

— Elle est tombée dans les pommes, je crois, dit Wolfstein en tapotant l'épaule de Rena. Heureusement qu'elle ne pèse pas plus lourd qu'un moineau.

— Elle doit être épuisée.

— Ces dernières heures ont été éprouvantes.

Wolfstein a du mal à décrocher Rena ; elle agrippe le petit prêtre comme un enfant son ours en peluche.

— Elle me serre vraiment très fort, dit-il.

Parvenant enfin à le libérer, Wolfstein porte Rena jusqu'à un banc et l'étend sur le dos. Elle est complètement K.-O. Wolfstein demande au père Hughes s'il a une voiture et il répond oui, garée à l'arrière. Wolfstein dit qu'elle s'en veut de l'embêter encore, mais lui serait-il possible de les conduire dans un motel à proximité, un endroit tranquille où elles pourraient se reposer ? Il hoche la tête et dit qu'il les aidera avec grand plaisir.

Ils portent Rena jusqu'à sa vieille Nissan Altima toute pourrie et la glissent sur la banquette. Wolfstein retourne chercher son sac dans la chapelle, puis s'assoit à l'arrière elle aussi, soulevant les jambes de Rena et les posant en travers de ses cuisses.

Le père Hughes monte derrière le volant. Il fouille dans la boîte à gants, trouve un paquet de Marlboro Lights et une pochette d'allumettes.

— Ça ne vous dérange pas si je fume ? demande-t-il à Wolfstein.

— Bien sûr que non. Je peux vous en taxer une ?

— Sans problème.

Il lui en donne une et se penche en arrière pour la lui allumer. Puis il allume la sienne, baisse sa vitre et tire une grande bouffée.

Rena remue, prononce quelques mots dans son sommeil… Le père Hughes sursaute, effrayé par la dame qui s'est évanouie dans ses bras.

Wolfstein rit.

— Relax, mon père. Tout va bien se passer.

RENA

Rena est à côté de Vic à l'arrière de l'ambulance. Les secouristes lui ont mis un masque, ils ont déchiré sa chemise, ils lui parlent bien qu'il ne puisse pas les entendre. Il a les yeux fermés. Elle serre son chapelet dans sa main. Du sang dégouline par-dessus le bord du brancard, on dirait des branches de vigne qui s'étirent vers le sol.

Rena n'entend rien. Elle pense au jour où Adrienne est née. Elle voit Vic assis dans la chambre d'hôpital, tenant sa fille dans ses bras, un buisson de poils jaillissant de son col ouvert, son grand et beau sourire.

— Plus tard elle deviendra célèbre, je le sens.

Voilà ce que Vic a déclaré à l'infirmière qui s'affairait dans la chambre.

Puis elle les voit à la maison cinq jours plus tard. Vic berce Adrienne tandis que Mama Ruggiero fait les cent pas, inquiète que le bébé lui glisse des mains. Rena les observe depuis le canapé, confortablement installée avec des oreillers et des couvertures, se reposant parce qu'elle n'a guère dormi depuis la naissance d'Adrienne.

Dans l'ambulance qui fonce vers l'hôpital, le bruit des sirènes résonne dans sa tête. Un virage serré, les pneus crissent, elle répète le nom de Vic. Elle prie. Elle essaie d'imaginer Dieu écoutant ses prières. Et les autres gens, que voient-ils quand ils imaginent Dieu ? Petite, elle se représentait un roi avec une barbe blanche, un trône, une robe ample. Maintenant elle imagine plutôt un homme se réchauffant les mains au-dessus d'un feu allumé dans une poubelle au coin d'une rue, tel un ancien chanteur de doo-wop qui aurait mal tourné. Pourquoi un homme ? Et si Dieu était une femme ou un nuage de fumée ou quelque chose qu'on ne peut même pas voir ? Une voix émanant d'une lumière. La matière elle-même. Une vibration.

Elle veut que Vic ouvre les yeux et la bouche et prononce son nom. Elle veut qu'il la regarde avec amour, comme lui seul peut le faire. Il l'a bien traitée, n'est-ce pas ? Il a été bon avec elle, peu importe ce qu'il a pu faire par ailleurs. La violence palpite au cœur du monde. La violence a créé le monde. Les faibles se font écraser. Vic a compris la clé de la survie, c'est tout. Et il a été bon. Vic le *Tendre* – c'est bien la preuve. Ils l'ont surnommé ainsi parce qu'il était gentil, parce qu'il parlait d'une voix douce, parce qu'il se montrait toujours très délicat. Elle se penche et embrasse sa main tachée de sang, une veine gonflée et douce, des taches de vieillesse tel du café renversé sur une carte routière.

Elle prie pour revivre une journée ordinaire. Regarder les talk-shows du matin, écouter un match de base-ball à la radio tandis que le travail de Vic lui semble presque irréel, remuer de la sauce au jus de viande, préparer des *spedini*, s'embrasser dans la cuisine, descendre à la cave et lancer une machine qui fera vibrer leur vieille maison.

Ils arrivent à l'hôpital et tout va si vite. En sortant de l'ambulance, ils reçoivent de plein fouet le souffle chaud qui s'échappe par les portes automatiques des urgences.

Et voilà Vic sur une chaise longue au Gershwin's. Rena en a conscience, ce n'est pas la réalité ; c'est un rêve ou quelque chose qui s'en rapproche, pas vraiment un souvenir, quelque chose de plus malléable que ça. Vic sourit. Il porte un slip de bain à rayures. Il est bronzé. Ses yeux sont emplis d'amour. Ce n'est ni le jeune Vic ni le vieux Vic, mais un Vic quelque part entre les deux. Pourtant, il n'a jamais eu cet âge-là quand ils séjournaient au Gershwin's ensemble.

Elle baisse les yeux et se regarde, regarde ses jambes. Est-elle la réalisatrice de ce rêve, cette espèce de rêve ? Ses jambes sont couvertes de fourrure. Ce ne sont pas des poils comme si elle avait omis de se raser. Non, c'est de la fourrure animale. Lisse, douce. Elle touche la fourrure en s'attendant à sentir quelque chose de soyeux, mais elle ne sent rien.

— Je ne me souviens pas de ça, dit Vic.

— Moi non plus.

Il se penche et l'embrasse. Elle a l'impression que le baiser s'évanouit avant même d'avoir commencé. Leurs bouches mêlées deviennent floues.

Et maintenant le visage de Vic se confond avec de la neige. Elle est une fillette emmitouflée dans d'épais vêtements d'hiver. Elle a plongé la tête dans une congère sur le trottoir devant chez elle bien que, depuis le perron, sa mère lui crie d'arrêter ses bêtises. Le perron. Quelque chose à propos des perrons. Son père est à côté de sa mère, il lit le journal, fume un cigare, il n'est pas habillé pour ce temps-là. Quant à Rena, son nez est gelé. Elle regarde ses gants, retire celui de sa main droite. Encore cette fourrure animale. Et maintenant elle a des griffes de chat au lieu d'ongles humains normaux. Ça la fait sourire parce qu'elle est une fille et qu'elle a froid et qu'en même temps elle doit être une sorte de miracle.

Et puis elle est vieille, reliée à des tubes, agonisant dans le lit triste d'une chambre d'hôpital. Elle reconnaît la chambre, bien qu'elle n'y ait jamais mis les pieds. L'avenir, peut-être. Des fleurs partout. Les murs sont des fleurs. Le plafond est un trou noir. Une infirmière s'active autour d'elle, en colère, s'exprimant dans une langue qui sonne comme de la musique. Sur les mains et les jambes de Rena, la fourrure a blanchi. Elle tremble comme tremblent les vieilles choses. Elle sent du tonnerre dans son corps, et de la pluie. Elle a l'impression que ses os ont été taillés dans du bois pourri.

— Infirmière, où est-il ? demande-t-elle sans bien savoir de qui elle parle.

La réponse de l'infirmière se résume à des touches écrasées sur un piano désaccordé.

Les fleurs se mettent à ruisseler des murs telle de l'eau. Elles recouvrent le sol. Leur niveau monte jusqu'à atteindre la hauteur de son lit. L'infirmière se noie dans un froissement, le bruit d'un cadeau déballé le matin de Noël. Les fleurs recouvrent Rena. Elles n'ont pas un parfum de fleurs. Elles ont une odeur de cendrier.

Rena se réveille en sursaut dans une chambre de motel plongée dans l'obscurité, les lourds rideaux fermés, la télévision réglée sur une chaîne qui passe des vieux films. Accroché au mur, un tableau représentant une cascade. On dirait celui peint par la mère de Mo. Rena s'assoit. Sur l'autre lit, Wolfstein fume une cigarette en pleurant.

Wolfstein tourne la tête et, la voyant réveillée, s'essuie les yeux avec la paume de sa main.

— *Une femme cherche son destin*, dit-elle en pointant vers l'écran avec sa cigarette. Tu l'as vu ? Bette Davis.

— Une fois, dit Rena.

— À Los Angeles, ce film m'a sauvé la vie. Je l'ai regardé trois soirs de suite à un moment où j'allais très, très mal.

— Où sommes-nous ?

Rena s'étire, observe ses mains. Elles tremblent. Ses articulations sont rouges.

— Au magnifique James Motel à la périphérie de Monroe.

— Comment s'est-on retrouvées ici ?

— Le prêtre nous y a conduites en voiture.

— Oh là là, je n'ai pas été très gentille avec lui, je crois ?

— C'est un prêtre. Il est capable d'encaisser.

— J'ai vraiment perdu la boule. Je suis désolée.

— C'est compréhensible.

Rena se lève et s'étire encore.

— Je devrais y aller, dit-elle. Il faut que j'y aille.

— Où ? demande Wolfstein.

— Adrienne. Lucia. Si seulement j'avais ce numéro.

Dans sa tête elle scrute le plancher du bus, essaie de se souvenir des numéros qu'elle a notés. Elle sort le téléphone de sa poche. Peut-être Lucia a-t-elle tenté de l'appeler ? Pourquoi n'a-t-elle pas pensé à l'allumer avant ? Peut-être Lucia a-t-elle tout de suite pris peur, regrettant de s'être enfuie ? Rena allume le téléphone, mais il n'y a rien, pas d'appels manqués, quoiqu'elle ne soit pas sûre à cent pour cent de l'avoir correctement mis en marche. Le mode d'emploi est resté dans l'emballage, qui est resté dans le bus.

— L'une est morte et l'autre s'est enfuie. Repose-toi, Rena. Je parie que les flics ne vont pas tarder à retrouver Lucia ; elle va avoir du mal à se débrouiller longtemps toute seule. En ce qui concerne Adrienne, c'est horrible, mais il ne reste plus que de la paperasse à gérer. Tu pourras t'en occuper dans un jour ou deux.

Au fond, Rena sait que Wolfstein a raison. Pour ce qui est d'Adrienne, les flics ont la situation en main. Quant à Lucia, on verra bien ; il y a de fortes chances pour qu'un policier la retrouve assise sur la mallette, en train de faire du stop au bord de l'autoroute. Que Rena s'en mêle ou non, la police doit sûrement ouvrir l'œil. Et peut-être Lucia finira-t-elle quand même par appeler…

— Comment veux-tu que j'arrive à me reposer ? réplique-t-elle.

— Je peux te raconter une histoire ?

Wolfstein se lève, baisse le son de la télé mais laisse l'image. Un gros plan emplit l'écran : Bette Davis la cigarette aux lèvres.

Rena fixe ces grands yeux beaux et tristes. Elle se perd dedans un moment, regrette de ne pas avoir des yeux comme ça, de ne pas mener une vie différente, de ne pas être Bette Davis.

— Je ne crois pas que j'aie le temps d'écouter des histoires, dit-elle.

— Le premier film que j'ai tourné, c'était à New York en 73. J'habitais dans le motel le plus merdique que tu puisses imaginer, pas loin de Port Authority. On l'appelait le Trou. En comparaison, ici c'est le Waldorf. Je vivais avec une fille originaire d'Iowa City. Elle s'appelait Cully. Elle avait trente-cinq ans à l'époque, mais on lui en aurait donné cinquante. Elle avait un maquereau. Je ne voulais pas de cette vie-là. Je voulais être maîtresse de mon destin.

Rena entre dans la salle de bains, ouvre les deux robinets au maximum, recueille l'eau au creux de ses mains et se la projette sur le visage pour s'arracher à ce cauchemar.

— Je n'en reviens pas de la manière dont je me suis comportée avec ce prêtre, dit-elle à son reflet dans le miroir.

Wolfstein se poste dans l'encadrement de la porte.

— Bref, je te parlais de Cully et moi au Trou et de mon expérience sur le tournage de *Fourrées à la crème.*

— *Fourrées à la crème*? C'était le nom du film?

— Parfaitement. Un truc léger, sympa. On se lançait dans le métier. Je jouais une soubrette, je servais des petits gâteaux à des aristos. Dorothy Cumming jouait la maîtresse de maison.

— Pourquoi est-ce que tu me racontes ça?

Rena ferme les robinets et s'essuie le visage avec une serviette toute rêche. Elle sent les mains de Wolfstein se poser sur ses épaules, lui malaxer les muscles.

— Ne bouge pas, dit Wolfstein. Tu dois te débarrasser de cette tension.

Le massage lui fait du bien, c'est vrai ; le contact des mains de Wolfstein est tout ce qu'il y a de plus naturel. Rien à voir avec Enzio. Dès qu'il l'a touchée, elle a eu envie de s'enfoncer sous terre. Mais elle avait complètement oublié le bien que peuvent vous faire des mains amies. Elle ferme les yeux et laisse Wolfstein travailler.

— J'ai été masseuse pendant quelques mois, dit cette dernière.

— Ça ne m'étonne pas.

— Tu m'imagines trimballant ma table de massage, martelant le dos de gros enfoirés avec le tranchant de la main, style karaté.

Les mains de Wolfstein ont migré vers les omoplates de Rena. Elle appuie fort sur un nœud.

— Je n'ai jamais touché quelqu'un d'aussi tendu que toi.

Rena ne sait pas quoi lui répondre. Déjà qu'en temps normal elle est stressée, tendue comme ce n'est pas permis. Alors maintenant, avec tout ce qui est arrivé, tout ce qu'elle a vu, son corps se trouve dans un état désastreux. Ses muscles sont endoloris, brûlants. Ses os plus vieux d'un siècle. Elle a la tête qui bourdonne, la mâchoire toute crispée. La douleur en elle, elle l'imagine comme un amas de nuages cancéreux.

— Relâche un peu toute cette tension, murmure Wolfstein à l'oreille de Rena.

Rena incline la tête en arrière et expire. Elle se sent moins crispée, plus légère.

— Pourquoi je te parlais de 73 ? Ah, vieillir, c'est vraiment l'horreur. J'avais une histoire à te raconter. Très importante.

— Ça te reviendra.

Le chemisier blanc de Rena lui colle à la peau. Sentant sa propre sueur, elle regrette de ne pas avoir son déodorant avec elle. Wolfstein glisse les mains sous le chemisier, s'attaque au bas du dos. Ses doigts palpent la peau nue au-dessous du soutien-gorge.

— Ça fait du bien ?

— Hmm, dit Rena, roucoulant presque.

— Ça y est, je m'en souviens.

— Quoi ?

— L'histoire que je voulais te raconter. Il y a deux parties : la partie film et la partie Cully. Dans *Fourrées à la crème,* j'ai eu des problèmes avec Frankie Mangello, une espèce de sac à merde qui se prenait pour je sais pas qui. On n'avait qu'une scène ensemble, mais j'en ai détesté chaque seconde. Frankie était qu'un pauvre type, méchant comme une teigne et très branché drogue. Il venait de Brooklyn, comme toi. Bay Ridge. Je détestais le voir manger de la pizza à cause de sa moustache. Si tu veux mon avis, les moustaches et la pizza, ça fait deux.

Rena croise les bras sur sa poitrine. Wolfstein poursuit :

— Frankie vient me voir un jour après le boulot et me dit : "Wolfie, j'ai une proposition pour toi." "Non", je lui réponds sans hésiter. Pas question que je me laisse entraîner dans les affaires de ce type. Je suis pas idiote. Aujourd'hui encore, je ne sais pas en quoi consistait sa proposition. Mais il m'en a beaucoup voulu après ça. Environ une semaine plus tard, je tourne ma scène avec lui. Il la joue un peu brutal. Le réalisateur lui dit de se calmer. J'explose, je gueule sur Frankie. On termine, mais pendant tout ce temps il m'adresse un regard mauvais et ça me fout les boules.

Quelques heures plus tard, je déconne pas, il marche le long de la 9e Avenue quand un climatiseur tombe du sixième étage d'un immeuble et lui atterrit dessus. Le voilà plongé dans le coma. Trois jours plus tard il meurt. Faut croire qu'à la fin on a ce qu'on mérite.

Rena essaie de décrypter cette histoire. Plissant les yeux, elle attend que Wolfstein poursuive, l'aide à en tirer du sens.

— Elle s'arrête là, ton histoire ? finit-elle par demander.

— La première partie, dit Wolfstein. Ensuite je suis rentrée chez moi et Cully était là. Elle se sentait pas bien. Elle avait des crampes. C'était une pauvre fille, comme je t'ai expliqué. Mais adorable. Je lui ai dit que j'étais contrariée, j'ai pleuré en parlant de Frankie. J'étais pas contrariée qu'il se soit pris un climatiseur sur la tête ; j'étais contrariée à cause de la façon dont il m'avait traitée. J'étais contrariée à cause de ma vie. Je me disais qu'avec toutes ces mauvaises décisions que j'avais déjà prises il n'y avait plus moyen de faire marche arrière. Cully m'a emmenée manger des pancakes. Elle m'a écoutée. Je me suis assise à côté d'elle dans le box du *diner* et j'ai posé ma tête sur son épaule. Elle m'a dit que c'était normal de pleurer. Elle m'a caressé les cheveux. C'est même elle qui m'a donné à manger mes pancakes, tu te rends compte ? Super gentille, cette fille. (Wolfstein s'arrête de la masser et recule vers le seuil de la porte.) Tu te sens mieux ?

Rena frissonne, serre les bras plus fort sur sa poitrine.

— Le climatiseur a tué Frankie et Cully t'a donné à manger des pancakes ? Qu'est-ce que ça signifie ?

— Ça signifie que l'amitié est la plus belle des histoires d'amour. Et que les hommes gâchent tout, mais parfois des climatiseurs leur tombent sur leur putain de tête quand ils marchent dans la rue. (Un grand sourire illumine le visage de Wolfstein.) J'ai envie de me bourrer la gueule. T'as pas envie de te bourrer la gueule ?

— Je ne crois pas.

— Juste en face il y a un magasin qui vend de l'alcool. Je vais acheter de la vodka et te forcer à boire un verre avec moi. Et si tu te douchais, pendant ce temps ?

Rena ne dit rien. Elle regarde Wolfstein s'approcher d'un fauteuil dans le coin de la pièce, se pencher sur son sac et en retirer un billet de cent dollars.

— J'achèterai un petit quelque chose à grignoter, aussi.

Wolfstein referme le sac et se dirige vers la porte.

— Tu vas laisser ça ici ? demande Rena.

— Garde l'œil dessus pour moi, tu veux bien ? Wolfstein saisit la poignée de la porte, puis se fige.

— Et n'essaie pas encore de t'enfuir. Ça n'aiderait personne.

Rena hoche la tête.

— J'ai la clé, ajoute Wolfstein en brandissant une carte toute fine qu'elle glisse dans sa poche avant de franchir la porte en fredonnant.

Rena va à la fenêtre et entrouvre le lourd rideau. Elle regarde Wolfstein se frayer un chemin entre les voitures cabossées disséminées sur le parking. Voilà une femme que la vie ne peut pas abattre. Rena admire ça. Elle referme le rideau, s'assoit sur le lit et fixe l'argent de Wolfstein. Peut-être devrait-elle simplement se doucher et se détendre.

Elle emporte le sac dans la salle de bains, le pose bien en équilibre sur le réservoir des W.-C., fait couler de l'eau très chaude dans la douche pour que la salle de bains s'emplisse de vapeur. Elle verrouille la porte et se déshabille, pliant soigneusement ses vêtements et les empilant à côté du lavabo, puis tend les bras au-dessus de la tête et s'étire. Un nuage de vapeur s'élève autour d'elle.

Ce n'est pas un motel très classieux. Ça se voit aux moisissures sur les joints, au papier peint qui se décolle, aux taches d'humidité marron au plafond. Le miroir du lavabo est fendu. Le siège des toilettes n'est pas droit, des poils entortillés sont coincés entre l'abattant et le réservoir. La poubelle est pleine. Rena se demande combien de temps elle pourra encore tirer de l'eau chaude.

Dans la douche, elle se laisse envahir par le grondement tandis que les aiguilles du jet lui piquettent le corps. Quoi qu'elle trouve à redire sur cette chambre, ce motel, la pression est plutôt bonne. Elle peut s'oublier une minute. Ses cheveux collent à ses lèvres, elle aspire l'eau qui en dégouline et pense à Lucia. Elle essaie de l'imaginer, errant dans le vaste monde. Le film de ce qui est arrivé à Adrienne repasse en boucle dans sa tête. Elle-même n'a plus l'impression d'exister, ne sait pas si elle existera à nouveau un jour.

L'eau chaude ne s'épuise toujours pas. Incroyable. Elle se sent pleine de gratitude.

Lorsqu'elle sort, ses doigts et ses orteils sont tout fripés. Elle s'essuie avec une serviette et essaie de ne pas s'apercevoir dans le miroir embué. Il fait chaud dans la salle de bains encore saturée de vapeur. Elle entend Wolfstein dans la chambre – des bouteilles s'entrechoquent et elle a monté le son de la télé.

On frappe à la porte de la salle de bains.

— J'espère que tu as mon sac avec toi, dit Wolfstein de l'autre côté.

— Oui, répond Rena en s'habillant. J'ai préféré ne pas prendre de risques.

— Ça m'a fichu une petite frayeur.

Rena noue une serviette autour de ses cheveux et ouvre la porte. Des fantômes de vapeur s'échappent. Debout près de la télé, une bouteille de vodka posée sur le bureau à côté d'elle, Wolfstein arrache l'emballage plastique d'un de ces gobelets de motel.

— J'ai cru que tu avais peut-être ouvert l'eau pour faire diversion et que tu t'étais barrée avec mon fric. Ça m'a vraiment traversé l'esprit, je te l'avoue. Je sais à quel point tu es tiraillée.

— Jamais je ne ferais ça, dit Rena.

Oui, elle a encore été tentée de filer, mais jamais elle n'aurait pris l'argent de Wolfstein.

— Comment était la douche ?

— Chaude.

— Bien. Je te sers de la vodka.

De sa main libre, elle désigne le lit où un gros sachet de chips Utz et deux bouteilles d'eau de Seltz Seagram's sont appuyées contre les oreillers.

— J'ai rapporté d'autres petites choses.

— Je me contenterai d'eau de Seltz.

— Tu es obligée de prendre un peu de vodka. Au moins une goutte. Je ne veux pas boire seule.

Wolfstein déballe un autre gobelet et les aligne tous les deux sur la télé. Elle les remplit à moitié puis ajoute de l'eau de Seltz à la vodka.

— C'est ça que tu appelles une goutte ? demande Rena.

Wolfstein hausse les épaules. Elle saisit les deux gobelets d'une main, les pinçant entre son pouce et son index, en donne un à Rena et trinque avec elle.

— À la nôtre.

Rena trempe les lèvres. C'est fort, ça lui brûle le fond de la gorge. Elle ne se rappelle pas avoir déjà goûté de la vodka. Au lycée, elle connaissait une fille qui en trimballait toujours une bouteille dans son sac. Jane Williams. Elle ne se souvient pas de son visage ni de la couleur de ses cheveux, seulement de son nom. Ce n'était pas une Italienne. Williams ça pourrait être n'importe quoi. Elle se souvient de Bobby Murray sifflant vodka sur vodka, et comment ça a mené à la mort d'Adrienne.

Wolfstein s'assoit sur le lit et boit une grande gorgée. À la télé, un autre film.

— Je le connais pas, celui-là, dit-elle. Et toi ? C'est Gloria Grahame. Je l'aime tellement. Mais j'ai jamais vu ce film-là. Tu trouves pas ça super, tomber sur un film qu'on connaît pas avec une actrice qu'on adore ?

En cherchant la télécommande, elle renverse de la vodka sur le couvre-lit. Puis elle la trouve et clique sur le bouton INFO. Un bandeau bleu s'affiche en haut de l'écran : *Règlement de comptes*.

Rena n'a jamais vécu cette émotion décrite par Wolfstein – la divine surprise de tomber sur un film inconnu avec un comédien qu'on adore. Il faut dire qu'elle ne s'est jamais trop souciée des stars de ciné.

— Regarde, il y a aussi Lee Marvin, dit Wolfstein avant d'enfourner deux chips dans sa bouche. Il était si jeune à l'époque. Un jour, j'ai rencontré sa première femme. Betty. Un sacré numéro.

Rena sirote sa vodka en tâchant de rester concentrée sur le film. Mais elle pense au téléphone qu'elle a acheté à la gare routière et va le prendre sur la table de chevet. Avec un peu de chance, Lucia aura essayé de la joindre. Il est correctement allumé, c'est sûr, hélas il n'y a aucun appel manqué. Elle compose le numéro de son fixe et laisse sonner. Elle n'a pas de répondeur. Elle ne sait pas pourquoi elle fait ça. Elle imagine le téléphone dans la cuisine, cette sonnerie terriblement triste qui retentit dans la maison. Penser à sa maison vide déclenche quelque chose. Elle sent les larmes sur ses joues avant même de comprendre qu'elle pleure.

Wolfstein baisse le son de la télé.

— Ça va ?

— Ça me prend par vagues, dit Rena en allant chercher un mouchoir dans la salle de bains.

— Est-ce que tu pratiques la méditation ?

— Je suis catholique.

— On peut être catholique et méditer. C'est juste un moyen de remettre les choses en perspective. De faire face à sa peur plutôt que de se dérober.

— Tu médites, toi ?

— Autrefois, beaucoup. Maintenant j'essaie simplement de me détendre. C'est ce que j'ai fait ces deux dernières années. Me détendre. Un jour, j'ai lu quelque chose qui m'est vraiment resté. On a tous des ennuis, on a tous des peines, des tragédies, des traumatismes… C'est ce qui nous définit. On peut être un lâche et en même temps la personne la plus courageuse du monde parce qu'on agit malgré tout. C'est normal d'avoir peur. C'est nécessaire, en fait.

Rena se laisse pénétrer par les mots de Wolfstein. Ce qu'elle dit est loin d'être bête.

— Tu veux un autre bon conseil ? Bois un coup, dit Wolfstein. Rien ne peut te faire trop de mal si tu bois un coup.

Elle retourne son gobelet au-dessus de sa bouche et le vide, frissonnant quand la vodka lui descend dans la gorge. Puis elle s'en verse une autre, cette fois-ci sans giclée d'eau.

Rena n'a rien à perdre. Elle boit son verre d'un trait et l'alcool explose en elle – des pétards sous sa peau, de la lave dans sa gorge, un truc ignoble au creux de son estomac. Elle lâche le gobelet, se précipite dans la salle de bains, tombe à genoux et vomit dans la cuvette des toilettes. Reprenant son souffle, elle fixe le sac de Wolfstein sur le réservoir.

Wolfstein s'est levée et se poste encore une fois dans l'encadrement de la porte.

— Je connaissais un type, un écrivain, qui disait qu'aucune histoire ne devrait contenir ni vomi ni larmes. Il était pas bon. Ses bouquins parlaient de profs d'université qui se branlent dans leurs chaussettes de sport. Donnez-moi un peu de vomi, s'il vous plaît, ça m'ira très bien. La vie est pleine de vomi et de larmes, pas vrai ?

Rena déroule du papier toilette et s'essuie les coins de la bouche.

— C'est quoi ton fantasme ? demande Wolfstein.

— Mon quoi ?

— Ton fantasme. Par exemple ton mari et toi allongés sur une peau d'ours devant une cheminée ?

— Je n'ai pas ce genre de pensées.

Rena se redresse, s'adosse à la cuvette. Elle tend le bras en arrière et tire la chasse.

— Je vais te raconter le mien. Juste pour te distraire. Je suis dans un avion, je bois du champagne en première classe. Marty Savage est mon steward. Paul Newman est le pilote. Il porte une barbe. Tu as déjà vu cette photo de Paul Newman à Venise avec une barbe ? Ma parole, ça suffirait à vous faire croire que Dieu est un artiste : il a raté la plupart des gens, mais il avait vraiment de l'or dans les mains le jour où il a sculpté Paul Newman.

— Je ne l'ai jamais vue.

— Peu importe. Ferme les yeux et imagine. N'importe quelle version de Paul Newman fera l'affaire. Paul dans *Luke la main froide*. Paul dans *Le Verdict*. Paul dans *Un Homme presque parfait*. Tout marche.

— Je n'ai jamais vu aucun de ces films.

— Bon sang, Rena, fais un effort, tu veux bien ? Allez, ferme les yeux.

Pliant précautionneusement les jambes et tenant encore plus précautionneusement son verre de vodka, Wolfstein s'assoit par terre à l'entrée de la salle de bains. Elle se cale contre le chambranle en grimaçant de douleur.

Rena ferme les yeux. Elle ne voit rien. Ce qu'il y a au dos de ses paupières ne ressemble même pas à de l'obscurité.

Wolfstein pousse un long soupir.

— Marty Savage néglige les autres passagers. Il reste planté devant mon siège, prêt à remplir mon verre dès qu'il se vide. Il a une de ces petites serviettes qui servent à essuyer le goulot des bouteilles et il est tellement sexy. Je bois ce champagne comme du petit lait. C'est le meilleur que j'aie jamais bu. Il a un goût d'arc-en-ciel. Marty transpire légèrement ; il se penche vers moi et murmure : "On se retrouve dans les toilettes dans deux minutes ?" Je hoche la tête. Quand j'arrive là-bas, ce n'est pas juste un de ces placards à balais qu'on trouve habituellement dans les avions. Elles sont magnifiques. Petites, mais il y a de la moquette, des murs recouverts de miroirs et tout est neuf et propre. Marty entre. Il a apporté le champagne avec lui. Je m'assois sur le lavabo et lui dis de se déshabiller. Il s'exécute. Tu sais ce qui va se passer ensuite, n'est-ce pas ? Paul Newman nous rejoint dans les toilettes. "Qui pilote l'avion ?" je lui demande. "Tout est sous contrôle", dit Paul, et j'ai droit à son fameux sourire. Il s'approche et m'embrasse dans le cou. Sa barbe sent le romarin. On se fait passer la bouteille de champagne.

— Ça suffit, dit Rena.

Une nouvelle vague de nausée la force à ouvrir les yeux.

— Je vais trop loin ? demande Wolfstein.

Rena se penche au-dessus de la cuvette et vomit à nouveau.

— Ma pauvre.

— Pardon.

— C'est pas grave. Tu devines le reste. Marty Savage, Paul Newman et moi, on fait bondir la température dans ces petites toilettes de rêve.

— Ça m'a plu.

Rena a cru le dire par politesse, puis se rend compte que c'est vrai.

— Ah bon ?

— Oui, je crois.

Elle arrache une autre feuille de papier toilette et s'essuie les lèvres.

— Tu veux que je continue ? demande Wolfstein.

Elle hoche la tête.

Wolfstein reprend le fil de son fantasme : Paul Newman, ce Marty Savage et elle retirent ce qu'il leur reste de vêtements, se touchent et s'embrassent en observant la scène réfléchie à l'infini dans les miroirs. À un moment, l'avion rencontre des turbulences. Une hôtesse de l'air se glisse dans les W.-C., c'est cette jolie petite Ginny McRae avec ses lèvres de velours et son rire si gai. Ils forment un seul corps avec huit mains. Tout embaume le même parfum de romarin que la barbe de Paul Newman. Wolfstein a l'art de ne pas aller trop loin dans ses descriptions. Elle connaît son public.

Est-ce le simple fait d'écouter, le fantasme lui-même ou l'humour de Wolfstein ? Quoi qu'il en soit, Rena se sent un peu mieux.

Et voilà que Wolfstein en arrive à l'apothéose finale :

— Paul et moi baisons contre le miroir tandis que Ginny et Marty regardent. L'avion s'écrase sur une île déserte. Nous sommes les quatre uniques survivants. Nous vivons heureux pour l'éternité.

— Ouah, c'est chouette.

— N'est-ce pas ? J'aime imaginer des trucs. C'est pour ça que j'aimais tant le cinéma… Maintenant raconte-moi le tien.

— Mon quoi ?

— Ton fantasme.

— Je te l'ai déjà dit : je ne fonctionne pas comme ça.

— Invente. Amuse-toi. Ça t'aidera à te changer les idées.

— Je ne crois pas.

— Choisis un détail et lance-toi.

Rena fouille dans sa mémoire. Elle pense à Vic au Gershwin's. Elle pense à Vic sortant de la douche, une serviette autour de la taille. Elle pense à comment c'était entre eux avant la naissance d'Adrienne. Elle pense à la nuit où Adrienne a été conçue, les draps en soie, la lumière tamisée du chandelier dans leur chambre. Elle pense à un matin un peu avant l'assassinat de Vic – à ce stade ils ne faisaient plus beaucoup l'amour. Ils se trouvaient tous deux à la cave, Vic s'est approché pendant qu'elle remplissait le lave-linge et lui a baissé le pantalon de son pyjama. Elle s'est sentie si jeune. Ça a duré moins de deux minutes, quelques coups de reins rapides contre la machine, puis Vic l'a embrassée sur chaque épaule avant de remonter son jean, boucler sa ceinture et disparaître en haut. Elle a continué de remplir la machine en chantonnant.

Mais ce ne sont que des souvenirs, pas des fantasmes.

Elle essaie de se remémorer ses désirs avant Vic, ce qui l'excitait. Elle adorait le conte *La Petite Sirène.* Dans son enfance, elle en avait lu une belle version illustrée à l'origine de sa passion pour les sirènes. Elle lisait tout ce qu'elle pouvait trouver sur ces créatures. Elle se rendait à la plage de Coney Island et se demandait si elles étaient là, nageant sous la jetée, se prélassant à l'abri des rochers. Elle s'imaginait en sirène, nue dans l'eau avec des écailles scintillantes, sa peau toute lisse sous un enchevêtrement d'algues. En grandissant, elle a oublié tout ça. Beaucoup plus tard, alors qu'elle était déjà mariée depuis un moment, il y a eu ce film avec Daryl Hannah. *Splash.* Tom Hanks jouait dedans, lui aussi. Rena l'a vu seule au Loew's Oriental. Ça lui a rafraîchi la mémoire. Pendant quinze jours, à plus de quarante ans, son désir secret de devenir une sirène est réapparu.

— Je suis une sirène, dit-elle.

— C'est bien, dit Wolfstein. Les sirènes sont sexy. Qu'est-ce qui se passe ? Tu es où ?

— Je sors la tête de l'eau. Elle est très froide. Je vois toutes les étoiles dans le ciel. Je ne porte rien. J'ai de longs cheveux et une longue queue, et ma peau scintille.

— Parfait. Tu vois, tu te débrouilles à merveille. Et qui vient nager avec toi ? Vic le Tendre ? Peut-être un jeune Al Pacino ?

Rena ferme les yeux et plonge dans son fantasme. Elle voit et ressent les choses comme si elle était réellement dans l'eau, dans cet immense océan, les étoiles émaillant le ciel au-dessus de sa tête. Elle voit tout.

— Personne. Je suis toute seule. C'est tranquille. C'est parfait. L'eau est si agréable.

— OK. C'est ton fantasme, après tout.

Rena aspire de l'eau dans sa bouche ou du moins imagine en aspirer. Elle sent son corps sous l'eau. Elle sent qu'elle est merveilleusement libre, que son corps n'est accablé ni par l'inquiétude, ni par la peur, ni rien de tout cela. Puis la réalité se rappelle à elle : elle est assise sur le sol d'une salle de bains dans un motel déprimant et elle vient de vomir à deux reprises. Elle rouvre les yeux.

— Tu l'as perdu ? demande Wolfstein.

— Je ne suis pas douée pour ça.

— Mon œil. Être une sirène, c'était un bon début.

Une sonnerie provenant de la table de nuit. Au début, Rena pense qu'il s'agit du fixe de la chambre et se demande qui peut bien chercher à les joindre. La réception, peut-être.

Puis elle s'en rend compte : c'est le portable acheté à la gare routière. Elle bondit vers le lit, attrape maladroitement l'appareil, réussit enfin à déplier le clapet qu'elle plaque contre son oreille.

— Allô ? dit-elle tout en se croyant encore en plein fantasme.

Mais alors la voix se fait entendre :

— Mamie Rena, c'est moi, dit Lucia. J'ai besoin de toi.

LUCIA

QUAND WALT OUVRE la porte de son appartement à Brooklyn, l'aspect de cet homme surprend Lucia. Affreusement maigre. Une barbe clairsemée, des dents en mauvais état. Une peau presque grise, comme s'il était malade. Le sommet du crâne un peu dégarni, mais une queue de cheval maintenue par un de ces petits liens rigides généralement utilisés pour fermer les sachets de pain. Un T-shirt trop grand aux manches coupées. Sur le tissu blanc se découpe la silhouette noire d'une strip-teaseuse aux longues jambes dansant autour d'une barre. À côté, écrit avec des grosses lettres en forme de bulle : SOUTENEZ LES MÈRES CÉLIBATAIRES. Sur le biceps de Walt, un tatouage – un rat chevauchant un missile ? Au-dessous du T-shirt, un caleçon blanc qui dépasse d'un bermuda marron informe.

— Voilà ma Lucia, dit-il.

Elle hésite. Regrette aussitôt de ne pas avoir demandé à Justin, son chauffeur de taxi, de l'attendre quelques minutes. Le trajet l'a détendue. C'était facile et agréable de parler à Justin. Elle n'a pas trop réfléchi à un plan B. Elle a mémorisé le numéro du portable de Mamie Rena au cas où, mais n'a pas envie d'être obligée de l'appeler au secours. Et maintenant la voilà, une véritable petite fortune accrochée à ses épaules, sur le point d'entrer dans l'appartement d'un bonhomme à l'air louche qui s'avère être son père.

— Salut, dit-elle.

Walt la serre dans ses bras. Il sent la cigarette et la vaseline. À quand remonte la dernière fois qu'il a lavé son T-shirt ? Des miettes de biscuits apéritifs lui constellent le ventre. Il la relâche, pose les mains sur ses épaules et se penche vers elle.

— Laisse-moi te regarder. Tu es une vraie beauté, dis donc. Tu ressembles surtout à ta mère, mais je vois un peu de moi dans tes traits.

Lucia ne voit rien de lui en elle. Il lui paraît absolument inimaginable que cet homme soit son père biologique. Après leur conversation téléphonique, elle gardait au moins l'espoir qu'il possédait une sorte de beauté dangereuse. Être la fille de ce genre d'homme ne lui aurait pas déplu.

— Je ne t'impressionne pas trop, ça se voit, dit Walt.

Lucia regarde par-dessus son épaule et retrace dans sa tête le chemin qui l'a menée ici : la lourde porte en bois, l'escalier miteux, la laverie en bas qui tournait à plein régime.

— C'est pas grave, poursuit Walt. J'ai l'habitude. C'est rare que j'impressionne beaucoup les gens. Entre. Mais si jamais tu as un coup de panique et que tu as envie de te barrer, je comprendrai. Je t'en voudrai pas.

Il sourit, révélant à quel point ses dents sont pourries : jaunes, rongées, tordues, sans parler de toutes celles qui manquent.

— On verra, dit Lucia.

— Tu as raison de te montrer prudente. Ça prouve que tu es maligne. Pour toi, je suis un parfait inconnu. Tiens, j'ai une idée.

Il disparaît dans les profondeurs de l'appartement. Lucia contemple le décor. Face à un canapé couleur crème jonché de sachets vides de Cheez Doodles et de gobelets en polystyrène, une télé coiffée d'une antenne à l'ancienne diffuse les nouvelles sur un écran noir et blanc. Des vêtements sont entassés à côté du canapé. Des cartons scellés sont empilés dans un coin près de l'embrasure d'une porte menant à la cuisine; un rideau de douche transparent et moisi pend dans l'encadrement.

Lorsque Walt revient, il tient un grand couteau de cuisine muni d'un manche noir et d'une lame tranchante mesurant plus de vingt centimètres.

Sans quitter Walt des yeux, Lucia recule vers l'escalier, s'arrête en haut des marches.

— Hé! Attends! C'est pour toi! explique Walt, abaissant le couteau contre sa jambe. Prends-le. Je veux que tu te sentes à l'aise.

— Vous voulez que je me sente à l'aise avec un couteau à la main?

— Oui. Comme ça, si je tente quelque chose, tu n'as qu'à me poignarder.

— J'ai pas envie de vous poignarder. J'ai jamais poignardé personne.

— C'est juste une protection. Comme une bombe lacrymo. Allez, prends-le.

Il lui tend le couteau, manche tourné vers elle.

Lucia s'approche et le saisit, tout en craignant qu'à la dernière seconde il le lui arrache. Il n'en fait rien. La lame est rouillée et a l'air encore plus tranchante qu'à première vue. Agrippant le manche des deux mains, elle tient le couteau devant elle comme si elle n'en avait encore jamais tenu de sa vie.

— Super, ces tennis, dit Walt en désignant les pieds de Lucia. Elles sont neuves ?

Elle avale sa salive et hoche la tête.

— Entre, ma chérie. Bienvenue dans mon humble demeure. "L'Antre de Walt", je l'appelle. Un lieu magique.

Lucia le suit à l'intérieur et s'assoit sur le canapé dégoûtant. Elle garde le couteau sur ses genoux, la lame pointée vers le haut, et son sac sur ses épaules, l'obligeant à s'installer dans une position inconfortable.

Walt se dirige vers une chaise pliante près de la fenêtre, s'assoit à califourchon en utilisant le dossier comme accoudoir. Dépourvue de rideaux, la fenêtre donne sur la rue. Lucia a une vue directe sur la boutique de lingerie dont Walt lui a dit au téléphone qu'elle cache une maison close. Cette portion de la 13e Avenue grouille de commerces, de bus roulant à la queue leu leu, de gens sortant d'un pas pressé de banques et de delicatessen.

Lucia continue d'examiner l'appartement. Les murs ont jauni : passage du temps, négligence, dégâts des eaux… Sur la télé, une pince à linge est coincée dans un trou en lieu et place d'un bouton manquant. Walt s'en sert sûrement pour changer de chaîne. L'antenne est tordue, l'image brouillée. Les cartons empilés dans le coin ont été scellés avec du gros ruban adhésif, des noms écrits au marqueur sur les côtés : TOMMY G., DURANTE, CLAM MAN, CHUB, TONY, GILLY, SLAM BAM. Le tas de vêtements près du canapé empeste.

— Raconte-moi tout sur Lucia, demande Walt. Jamais je ne t'aurais donné ce prénom-là, au fait. Si j'avais eu mon mot à dire, j'aurais proposé Debbie, Cindy ou même Kelly.

— Je sais pas quoi raconter.

— Il y a un héritage, n'est-ce pas ?

— Pas grand-chose.

— Pas grand-chose c'est toujours plus que ce que je possède. T'as une carte bancaire, un truc dans le genre ?

— J'ai ce couteau.

Walt rit.

— C'est bien, c'est bien. Y a pas à dire, t'as un peu de moi en toi.

Venir ici était une mauvaise idée. Qu'est-ce qu'elle pourrait bien faire d'un père, de toute façon ? Elle n'en a pas besoin. Elle n'en a jamais eu besoin. Ce qu'elle cherchait, c'était sans doute un fantasme de père. Cette créature répugnante devant elle – on dirait Gollum dans *Le Seigneur des anneaux* – n'est rien pour elle, ne sera jamais rien.

— Où tu vas au lycée ? C'est quoi ta couleur préférée ? T'as un petit ami ? (Walt lève les mains.) Tu vois, je suis doué pour ces conneries de père. Tu veux un Capri-Sun ? J'en ai un au frigo. Je le gardais pour plus tard, mais je te le donne si ça te tente.

— Ça ira.

Et maintenant, que faire ? Où aller ? Peut-être qu'elle appellera Mamie Rena, ou peut-être pas. Peut-être qu'elle se contentera de prendre le métro et d'enchaîner les allers-retours entre Brooklyn et le Bronx. *Ben voyons, excellente idée, te balader avec tout cet argent.* Peut-être qu'elle retournera dans le Bronx, louera un appartement près de Yankee Stadium et mettra tout l'argent dans un coffre à la banque, et alors elle pourra assister à tous les matchs à domicile et demander encore et encore son autographe à Derek Jeter.

— Je peux t'emmener au bordel en face, propose Walt. Te présenter à certaines de mes copines.

— Non merci, dit Lucia en pointant le couteau vers lui.

— Quand tu me vois, je parie que tu te demandes comment ta mère a pu vouloir tirer un coup avec moi. (Il passe la main sur sa tonsure.) J'avais le crâne bien garni, en ce temps-là. Des dents en bon état. J'étais dans un groupe de heavy metal baptisé Lapse of Sanity. On a même joué à L'Amour. Tu as entendu parler de cette salle ? "La capitale du rock à Brooklyn." Un soir, on a fait la première partie de White Lion, ç'a été notre moment de gloire. Vito Bratta, bon sang, le meilleur guitariste de tous les temps… Ta mère était dingue de metal. Et, nom de Dieu, ce qu'elle était bonne ! Avec sa petite jupe d'écolière catho et son T-shirt de groupe de rock, du genre de ce T-shirt Guns N'Roses que tu portes. Elle avait une de ces coupes ! C'était son jardin secret, comme on dit, personne n'était vraiment au courant. (Il regarde vers la fenêtre.) Moi, je jouais de la guitare. Puis j'ai laissé tomber. Les temps ont changé.

Lucia essaie d'intégrer ces révélations sur Adrienne. Elle savait que sa mère avait aimé quelques-uns de ces groupes – Guns N'Roses, bien sûr, et aussi Cinderella, Skid Row, Mötley Crüe –, mais elle ne se doutait pas qu'elle allait à tous ces concerts, qu'il existait carrément une autre Adrienne évoluant dans cet univers. Elle essaie d'imaginer une version groupie metal trash de sa mère et n'y parvient pas.

— Ce T-shirt était à elle, pas vrai ? reprend Walt. On a vu Guns N'Roses à L'Amour en octobre 87. Dix dollars. Quelle soirée ! On était juste des gosses...

— Je ferais mieux d'y aller.

— Où ça ? T'es pratiquement orpheline. Je peux m'occuper de toi. Avec l'argent que tu as, même si c'est pas des fortunes, on pourrait foutre le camp. Je connais des endroits où investir, des façons de doubler voire de tripler ta mise. On pourrait déménager de ce taudis, toi et moi, se prendre un bel appart. Je serai pas le genre de père qui va te prendre la tête. Pas de couvre-feu, pas question de te faire la leçon sur la drogue, tu peux fumer, boire et baiser autant que tu veux. T'aimes baiser ? Je parie que t'as un petit copain.

Lucia se lève. Le couteau contre la cuisse.

— Allez, ma petite. T'es venue ici parce que ça t'intéresse d'avoir une vraie relation avec ton père, non ? C'est ce que je te propose.

— Je sais pas pourquoi je suis venue.

— Je me doute que je suis pas le père que tu voulais ou imaginais, mais je vais me reprendre en main, je te le jure. J'ai enfin une bonne raison. Y me manquait juste une bonne raison.

Walt se lève, s'approche. Il est près – moins d'un mètre. Il tend le bras, pose une main sur l'épaule de Lucia et serre, visiblement troublé par le contact de la sangle du sac à dos.

Lucia grimace, s'écarte.

Walt avance.

— Laisse-moi te serrer dans mes bras, tu veux bien ? Un gentil petit câlin, c'est tout ce que je demande.

De sa main libre, Lucia le repousse. De l'autre, elle brandit le couteau pour le tenir à distance.

— Me touchez pas.

— C'est moi qui t'ai filé ce couteau, dit Walt en reculant, les mains en l'air pour se donner l'air inoffensif. Je suis pas stupide. Je voulais juste serrer dans mes bras ma fille, ma fille que j'ai jamais connue. Tu veux écouter de la musique ? J'ai plein de vieilles cassettes où je joue en accompagnant la radio. Tu verrais comme j'étais bon à la gratte.

— Me touchez pas. Faut que je réfléchisse.

Walt joint les mains derrière la tête.

— Y a quoi dans le sac à dos ? Depuis que t'es là tu l'as toujours pas posé. Y contient quelque chose que tu veux pas perdre ?

— Fermez-la !

Il s'approche à nouveau, les bras tendus vers elle – impossible de savoir s'il veut l'étreindre ou lui arracher le sac.

Elle fait un pas de côté et tend le couteau devant elle. La lame s'enfonce dans l'avant-bras de Walt.

Elle lâche le manche. Le couteau tombe par terre.

Walt bascule en arrière et atterrit sur les fesses. Bouche bée, il la fixe, puis regarde l'entaille. Il retire son T-shirt, l'enroule autour de la plaie et plaque son bras blessé contre son torse.

— Tu m'as poignardé, espèce de petite connasse.

— Je vous ai dit de pas me toucher.

— Je pensais pas que t'en serais capable. Je saigne. Ça fait vachement mal. Tu peux appeler quelqu'un ? Appelle

Gilly. Il enverra sa cousine, elle est infirmière. Y a son numéro dans le tiroir là-bas.

Du coude, il indique la cuisine.

Lucia respire fort. Elle regarde par la fenêtre, puis dans tout l'appartement. Elle ne sait pas quoi faire de ses yeux, de ses mains ou même de ses pieds. Elle évite Walt qui s'est mis à gémir. Elle s'assoit sur le canapé et se balance d'avant en arrière tandis que ses genoux s'entrechoquent. *Tire-toi d'ici. Rien de ce qui vient de se passer n'est réel.*

Walt tousse.

— Je commence à avoir la tête qui tourne. Appelle Gilly. Il saura quoi faire.

Lucia se relève, regarde ses mains qui tremblent, puis regarde Walt. Ça fait drôle de se dire qu'elle a poignardé quelqu'un. Mais il n'en mourra pas. Ce n'est qu'une coupure au bras. Il n'aurait pas dû lui donner le couteau. Il n'aurait pas dû la toucher. Si elle panique, c'est plus à cause de la colère et de la peur que de la culpabilité.

Elle repousse le rideau de douche tout moisi et entre dans la cuisine. Walt a laissé son réfrigérateur grand ouvert. Sur l'étagère du haut, un Capri-Sun à côté d'un pot de mayonnaise sans couvercle. Sur l'étagère du bas, des boîtes renversées de repas à emporter. L'évier est rempli de vaisselle sale. Une poubelle déborde sous une petite fenêtre donnant sur un mur en brique marron. Lucia prend plusieurs profondes inspirations. Elle a envie d'un verre d'eau, mais doute qu'il y ait des verres propres ou qu'elle puisse en glisser un sous le robinet avec le fatras dans l'évier. Elle a la bouche sèche. Elle ne touche à rien, sauf au tiroir fourre-tout sous le plan de travail à côté du frigo. Elle l'ouvre et voit un bloc-notes jaune. C'est drôle qu'il y ait un tiroir fourre-tout dans un appartement qui n'est lui-même qu'un gros bordel. Elle trouve le numéro de Gilly sur le bloc-notes, mais au lieu de l'appeler elle sort son téléphone et compose le numéro de Mamie Rena.

Vers la cinquième sonnerie, elle se demande si sa grand-mère a perdu le portable, à moins qu'elle ne sache pas le faire fonctionner ? Ou peut-être qu'il est simplement déchargé ou éteint ?

Puis Mamie Rena décroche, et Lucia lui dit qu'elle a besoin d'elle. Mamie Rena pousse un cri de soulagement. Lucia n'entre pas dans les détails, mais dit qu'elle a des ennuis.

— Est-ce que tu es en sécurité là où tu es ? demande Mamie Rena.

— Je crois.

Elle lui donne l'adresse.

— Ne bouge pas. On arrive le plus vite possible.

— OK.

Elle raccroche, prend sa tête entre ses mains.

— Appelle Gilly, putain, grogne Walt. Je sens plus mon bras. J'en reviens pas que tu m'aies poignardé.

— Laissez-moi réfléchir une seconde.

— Descends au moins à la pharmacie à l'angle pour m'acheter de l'eau oxygénée et de quoi me faire un pansement.

Elle pourrait, mais non.

— Je suis en train de mourir, se lamente Walt.

Elle s'approche de la télé et change de chaîne avec la pince à linge. Elle aimerait bien tomber sur du base-ball. Pas de bol ; elle se contente d'un soap-opéra mexicain.

L'écran est traversé par une courbe noire qui déforme l'image. Lucia monte le son.

— Tu es exactement comme ta foutue mère.

Mamie Rena ne sera pas là avant une heure, peut-être davantage. Lucia demande à Walt de se taire, mais il refuse. Elle ramasse le couteau, un peu ensanglanté au bout.

— S'il le faut je vous poignarde encore.

— Tu me ferais ça ?

— Fermez-la.

Elle retourne s'asseoir sur le canapé, le couteau contre son genou. Peut-être va-t-elle devoir mettre sa menace à exécution. Si nécessaire, s'il tente quoi que ce soit, elle le fera. Mais pour l'instant il ne bouge pas trop, bien qu'il soit très bavard. Il gémit et répète le nom de ses amis. Elle regarde la télé : une femme en robe noire, un bouquet de fleurs à la main, prononce une espèce de discours en essuyant les larmes sur ses joues. Ça réconforte Lucia, qui étudie l'espagnol depuis deux ans et comprend un mot ici ou là.

— Je regrette que ta mère n'ait pas avorté. Je serais pas en train de crever d'un coup de couteau.

— Fermez-la, OK ?

Ça faisait une éternité qu'elle n'avait pas prié, mais maintenant elle prie pour que le temps s'écoule vite, que Mamie Rena arrive bientôt et l'emmène loin de tout ça. Elle tape du pied par terre. À voix basse, elle fredonne *It's Like That* de Mariah Carey.

WOLFSTEIN

WOLFSTEIN TROUVE le numéro d'un chauffeur de taxi à Central Valley, l'appelle et lui dit qu'elle a besoin qu'on la conduise à New York. Au début il se montre réticent, explique qu'on l'a couillonné sur plusieurs grosses courses récemment, puis cède quand elle lui fait son numéro de charme.

Rena est folle d'inquiétude. Lucia ne lui a presque rien dit sinon qu'elle a des ennuis. Mais elle est aussi tout excitée.

— Lucia dit qu'elle a *besoin* de moi, répète-t-elle sans cesse.

Un quart d'heure plus tard, le taxi passe les prendre devant le motel. Elles montent à l'arrière d'une Lincoln Town Car pleine de rayures qui sent le désodorisant pomme cannelle. Wolfstein pose son sac sur ses genoux, Rena annonce au chauffeur l'adresse donnée par Lucia puis tripote le portable comme si elle s'attendait à recevoir un autre appel.

Le chauffeur a des oreilles poilues et une vieille casquette de base-ball bleue au sigle arraché. Il s'appelle Dennis, il a l'accent de la grande ville mais s'est installé avec sa sœur à Tuxedo il y a dix ans, puis ils ont déménagé à Monroe et ensuite à Central Valley. Il se plaint du quartier Kiryas Joel. Il a un débardeur vert provenant d'un tournoi caritatif de golf. Des volutes de poils décorent ses épaules, on dirait une espèce de nappage sur une pâtisserie. Au moment de s'engager sur la Thruway en direction du sud, il klaxonne un van qui roule dangereusement, puis s'excuse d'avoir perdu son sang-froid. Il dit qu'il est fatigué de cet endroit, fatigué de tous les endroits, fatigué de sa sœur, fatigué de conduire, fatigué d'être fatigué.

Wolfstein pose son sac sur la banquette puis se penche en avant et masse la nuque de Dennis.

— Je m'appelle Wolfstein, mon amie s'appelle Rena.

Il rit.

— Eh bien, Wolfstein, continuez comme ça et je vais m'endormir.

Malgré tout elle persiste.

— Je vous maintiendrai éveillé en parlant. On a envie d'arriver à notre destination en un seul morceau.

— Comptez sur moi pour vous mener à bon port. Vous avez des doigts de fée, vous savez ? Je me sens déjà plus détendu.

Wolfstein continue.

— Je devrais peut-être m'arrêter pour lui acheter quelque chose ? demande Rena en regardant ses genoux. Un cadeau de réconciliation ? Autrefois elle adorait les ours en peluche.

Elle pense à voix haute plus qu'elle n'interroge Wolfstein.

— À mon avis, Lucia a dépassé la phase ours en peluche, dit Wolfstein. On ferait mieux d'y aller directement. C'est une mission de sauvetage, non ?

Rena a du mal à tenir en place. Elle agrippe ses genoux.

— Oui, bien sûr. Tu as raison. Quelle drôle d'idée j'ai eu…

— C'est pas grave. Sois pas trop dure avec toi-même.

— Vous êtes une chic fille, dit Dennis à Wolfstein. Vous êtes douée pour remonter le moral des gens, ça se voit. C'est un talent rare. Je vous connais que depuis un quart d'heure, et déjà je me sens super bien. Vous êtes mariée ?

— Non, Dennis.

— Vous aimez trop votre vie de célibataire ; je comprends. Moi aussi. Je vais au bar quand je veux. Je rentre chez moi quand je veux. Je bois ce que je veux, je mange ce que je veux, je regarde les séries que je veux. Les types que je connais qui sont mariés, leurs femmes passent leur temps rivées à la chaîne Hallmark. Moi, ce que j'aime, c'est les séries policières. *The Shield*, vous la connaissez, celle-là ? C'est ma préférée.

Wolfstein masse les omoplates poilues de Dennis, puis elle termine et il la remercie à nouveau. Elle frappe dans ses mains et déclare que tout le plaisir était pour elle.

Les voilà sur le pont Tappan Zee. Wolfstein regarde la lumière se refléter à la surface de l'Hudson. Ce pont la rend nerveuse. Il lui rappelle l'époque où elle vivait à Nyack et l'empruntait avec sa tante Karen. Quand il a été inauguré en 1955, elle devait avoir neuf ou dix ans. Le fleuve lui paraissait alors plein de possibilités, immense et éternel, un symbole d'espoir et de beauté. Elle se souvient qu'elle croyait voir l'histoire – la *voir* littéralement – lorsqu'elle regardait l'eau, le rivage et les arbres. Des fantômes. Des bateaux invisibles. De la fumée de vieux incendies. Elle se souvient aussi qu'elle n'avait jamais autant eu peur qu'un pont s'effondre sous elle : elle s'imaginait dans le fleuve, prisonnière de la voiture, martelant la vitre, s'étouffant, la fin de son monde, sa douleur engloutie par l'obscurité profonde.

— Je déteste ce pont, dit Dennis, visiblement juste pour dire quelque chose. Quelle saloperie ! Il va s'écrouler d'un jour à l'autre. Vous verrez.

— Je vous crois, dit Wolfstein.

Dennis tapote le volant, allume la radio.

— Je peux mettre un peu de musique, mesdames ?

— Bien sûr.

Il fait défiler les stations, en choisit une qui diffuse de vieux succès. En l'occurrence, *Roses Are Red* de Bobby Vinton. Dennis chante en chœur.

— Ma mère adorait cette chanson. Ma mère et toutes ses sœurs. Elle en avait six. Toutes mortes, y compris ma mère. Ma petite copine au lycée, Sophie, elle l'adorait, elle aussi. (Il s'interrompt, puis se gifle l'oreille.) Pardon. Voilà que je recommence.

Wolfstein pose sa main sur l'épaule de Dennis.

— Qu'y a-t-il de mal à se souvenir de ça ? demande-t-elle. Détendez-vous un peu. Tout va bien.

— C'est juste que j'ai pas envie de vous emmerder avec mes conneries. J'entends une chanson et voilà que je me mets à chouiner à propos de ma mère. Vous allez penser que j'ai des couilles en sucre. Une vraie petite chochotte. (Il s'interrompt.) Et puis d'abord je suis qui, moi ? Le chauffeur. "Conduis et tais-toi, espèce de crétin", voilà ce que vous devez me dire. "On a pas envie de savoir ce que ta mère a mangé au petit déjeuner en 1958 ou qui tu as emmené au bal à Cardinal Hayes."

— Vous êtes allé au lycée Cardinal Hayes ? demande Wolfstein.

— Et comment ! Vous seriez pas vous aussi du Bronx, quand même ?

— Si, de Riverdale.

— Vous déconnez ?

— Pas du tout. Vous êtes de Concourse ?

— De Mott Haven.

— Dites-moi mon chou, murmure Wolfstein en se penchant en avant, vous fumeriez pas, par hasard ? J'ai oublié mon paquet.

Dennis lui adresse un grand sourire via le rétroviseur.

— Si je fume ? Je suis né la cigarette au bec.

D'un coup de poing, il ouvre la boîte à gants et sort un paquet de Marlboro Rouge qu'il passe à Wolfstein avant d'enfoncer l'allume-cigare.

— Moi aussi, j'en ai besoin d'une. Et votre amie ? Elle est très silencieuse. Peut-être qu'une clope lui ferait du bien ?

— Rena ? demande Wolfstein en lui tendant une cigarette.

Rena secoue la tête et dit :

— Peut-être que je pourrais lui acheter un collier. Juste un petit quelque chose.

Wolfstein file une clope à Dennis et en glisse une entre ses lèvres. Quelques secondes plus tard, Dennis lui passe l'allume-cigare et elle colle la résistance rougeoyante contre le bout de sa cigarette, puis tend le bras et lui allume la sienne. Il fait un grand sourire en tirant une bouffée, comme si c'était le moment le plus sexy qu'il lui ait jamais été donné de vivre. L'habitacle ne tarde pas à baigner dans la fumée.

Rena baisse sa vitre.

— Vous étiez à Monroe ; vous savez pourquoi y avait un tel bordel là-bas ? les interroge Dennis. J'ai entendu un tas de sirènes et des bribes d'info à la radio. Une histoire de bus.

— Aucune idée, dit Wolfstein.

— Bon, et qu'est-ce qu'il y a à Brooklyn, si je peux me permettre de vous demander ?

— C'est de là que vient Rena.

— L'une vient du Bronx, l'autre de Brooklyn, alors vous faisiez quoi en pleine cambrousse ?

— J'ai une aventure avec Rena, dit Wolfstein, l'air tout à fait sérieuse. On trompe nos maris. Il nous fallait un motel à l'abri des regards.

Les yeux de Dennis se plissent dans le rétroviseur. Il tire une longue bouffée de cigarette. Son langage corporel change, ses épaules se voûtent, ses mains se resserrent autour du volant.

— Vous vous payez ma tête.

Wolfstein prend la main de Rena. Elle est froide. Les propos de Wolfstein n'ont pas suscité la moindre réaction sur son visage.

— Non, mon chou. On est amantes, et on vient de mettre sens dessus dessous cette petite chambre de motel merdique.

— Vous êtes des "amantes", ah bon ? dit Dennis, ses yeux sautant de l'une à l'autre dans le rétroviseur, étudiant leur expression pour y déceler la preuve qu'elles plaisantent. Un bien joli mot…

— Eh oui. Pas vrai, Rena ?

— Quoi ? dit Rena, perdue dans ses pensées. Oui. Bien sûr.

Dennis crache un filet de fumée vers le rétroviseur.

— Décrivez-moi ça. Ce qui s'est passé tout à l'heure dans cette chambre.

— Vous voulez un rapport circonstancié ? demande Wolfstein avec un sourire.

Par-dessus l'épaule de Dennis, elle exhale son propre nuage de fumée qui se dissipe d'un coup contre le pare-brise.

Rena tousse, chasse la fumée devant son visage – ça y est, elle est revenue parmi eux.

— De quoi parle-t-on ? Où est-on ?

— On est toujours sur la Thruway, explique Wolfstein. Ce bon vieux Dennis ici présent souhaite que nous lui racontions notre expérience au James Motel.

Elle fait un clin d'œil à Rena.

— Vous méprenez pas, dit Dennis en rougissant. Je veux pas vous manquer de respect. J'ai cru que vous vous moquiez de moi, c'est tout.

— Je comprends, dit Rena qui de toute évidence n'a rien suivi, complètement obnubilée par Lucia. Que se passe-t-il ?

— Toutes les deux, vous avez une petite liaison, c'est ça ?

— Quoi ?

Rena semble totalement déconcertée, comme si Dennis parlait une langue étrangère.

Par-dessus le sac, Wolfstein lui donne un léger coup de coude dans le bras et dit :

— On est amoureuses. On peut même parler de passion. Ne le mentionnez pas à son mari, OK ?

— Absolument, confirme Rena.

— Je vous l'ai dit, c'est sulfureux entre nous.

— Tant mieux pour vous, les félicite Dennis. Dieu vous bénisse. Chacun son truc. Je suis heureux pour tous les gens qui ont de la passion dans leur vie, adultère ou non. Une femme comme vous, je parie que votre mari vaut rien. C'est lui qui vous a fait fuir.

— Quelque chose comme ça, dit Rena.

Elle semble replonger dans ses pensées, puis regarde Wolfstein et ajoute :

— Quand elle me touche, je me sens vivante comme ça ne m'était plus arrivé depuis longtemps.

Wolfstein observe Rena et ne sait pas si elle est sincère ou si elle a soudain décidé de jouer le jeu. Parfois, les gens disent des choses qu'ils ne croient pas vraiment penser, avant de se rendre compte au moment de les dire qu'il s'agit de la vérité. Peut-être le massage qu'elle a prodigué à Rena lui a-t-il fait de l'effet ? La dernière fois que Rena a été touchée par des mains affectueuses, ça doit remonter à une putain d'éternité.

— C'est adorable, dit Dennis en versant une larme. C'est vraiment adorable. J'aimerais tant que quelqu'un ressente ça avec moi. Vous savez, je peux témoigner de la puissance de son toucher. Ce petit massage qu'elle m'a fait… ouah. Ça m'a électrifié. Ça vous a pas dérangée, au moins ? Je suis désolé si c'est allé trop loin.

— Ne vous inquiétez pas, dit Wolfstein. Rena n'est pas jalouse.

— J'aimerais que quelqu'un ressente ça avec moi, répète-t-il.

Et voilà qu'il fond en larmes, s'étouffant avec ses sanglots, essayant de les retenir mais finissant par tout lâcher.

Il donne un brusque coup de volant qui secoue Wolfstein et Rena, gare la voiture sur le bas-côté, écrase sa cigarette dans le cendrier et s'efforce de se ressaisir.

— Un putain d'idiot, voilà ce que je suis.

Wolfstein a failli lâcher sa cigarette, désormais réduite à cinq centimètres de cendres tremblantes qui miraculeusement tiennent encore.

— Vous en faites pas toute une montagne, mon chou.

— Des putains de couilles en sucre, voilà ce que j'ai, insiste Dennis.

Rena se redresse, consulte son téléphone.

— On peut y aller, s'il vous plaît ? Lucia m'attend.

Dennis se frotte les yeux avec les paumes et parvient à se calmer un peu.

— C'est qui cette Lucia ?

— Sa petite-fille, explique Wolfstein.

— Vous devriez pas impliquer une gamine dans vos histoires… Pardon. Oubliez ça. Qui suis-je pour parler ? Je suis le roi des plans foireux. Excusez-moi. Vous avez pas besoin d'entendre un chauffeur vous sortir des trucs comme ça.

Il enclenche la position DRIVE et réintègre la circulation. Wolfstein fume par la vitre à moitié baissée. Une fois qu'elle a terminé, elle écrase son mégot contre la vitre puis le jette sur le bitume qui défile, laissant une tache de cendres sur le verre.

En ville, ils tombent sur des embouteillages. Dennis s'est tu. Il y a seulement la radio, le bruit lourd des freins, le châssis de la Town Car qui grince de temps à autre, les klaxons et les sirènes à l'extérieur. Ils franchissent le Willis Avenue Bridge et prennent la Franklin D. Roosevelt

Drive. Puis vient le pont de Brooklyn, où une ambulance sans portières arrière manque tomber en panne juste devant eux. Sur ce pont, Wolfstein a l'impression d'être dans une cage.

En vérité, ça fait très longtemps qu'elle ne s'est pas rendue à Brooklyn. Peut-être plus de trente ans. Et à l'époque c'était en métro. Elle avait une amie, Nellie, qui habitait à Greenpoint, et elle est brièvement sortie avec un certain Benny O'Quinn, un type qui bossait comme serveur au Red Hook et avait VIANDE ROUGE et BIÈRE FRAÎCHE tatoué au dos des mains. Une brève aventure, quinze jours à carburer à la tequila toute la nuit et à prendre des petits déjeuners tardifs dans des bouis-bouis.

Parfois ça lui fait mal de repenser à elle jeune, mue par une belle énergie sombre, fonçant dans les tous sens tel un oiseau qui se cogne contre les fenêtres. Ses mains, ses yeux, ses jambes (la douleur empire), ses ongles, ses cheveux, tout était plus jeune. À l'endroit où vivent ses souvenirs, elle entrevoit parfois des visages pour lesquels elle n'a plus de noms. Elle se demande souvent ce qui est réel et s'il y a des coins de sa tête où les rêves se sont mélangés aux souvenirs, voire ont remplacé les souvenirs, et où ce qui ne s'est jamais produit semble s'être produit. Comme Hector Cruz dans le troisième film qu'elle a tourné. Aujourd'hui, elle a dû mal à croire à son existence. Ils avaient baisé à bord d'un bus Greyhound, comme dans un rêve.

Le quartier où ils se rendent, Wolfstein n'y a jamais mis les pieds. Dyker Heights. Ils roulent sur la Brooklyn-Queens Expressway, puis sur la Gowanus Expressway, puis sur la Belt Parkway et la circulation devient plus fluide. Elle regarde les panneaux publicitaires et les immeubles en brique bariolés de graffitis. Elle regarde à travers les fenêtres ouvertes des appartements. Elle regarde l'eau, le détroit qu'on appelle The Narrows, la statue de la Liberté. Elle pense à cette chanson de Lou Reed, *Dirty Boulevard*: "*Give me your hungry, your tired, your poor, I'll piss on 'em. That's what the Statue of Bigotry says*[*]." Un soir, elle avait rencontré Lou. Lunettes de soleil, coupe mulet. Détaché, pas très sympathique, il disait qu'il avait vu ses films et l'appelait l'Actrice d'un ton goguenard, comme si elle était tout sauf une actrice.

Ils quittent la Belt pour rejoindre la 13e Avenue.

Rena remue sur son siège, surveille son téléphone. Wolfstein reste bloquée sur ce qu'elle a dit: grâce à ses mains elle s'est sentie vivante. Dennis a passé un bras autour du dossier du siège passager. Il fredonne une chanson.

Discrètement, Wolfstein sort trois cents dollars de son sac. Elle plie les billets au creux de sa main, se penche et les glisse dans le cendrier, espérant que Dennis ne fera pas de commentaire.

Pas de pot:

— Qu'est-ce que c'est? C'est trop.

— Vous avez été extra, dit-elle.

— J'ai pas besoin qu'on me fasse la charité.

— C'est pas de la charité.

Dennis pousse un soupir.

— En plus, ça pourrait m'intéresser d'acheter davantage de votre temps, dit Wolfstein.

* Donnez-moi vos affamés, vos exténués, vos pauvres, je pisserai dessus. Voilà ce que dit la statue de l'Intolérance.

— Comment ça ?

— On entre vite fait là où on va, vous laissez le moteur en marche.

Le long de la 13e Avenue, Dennis se retrouve à devoir constamment freiner derrière un bus et grogne à cause des véhicules garés en double file, des piétons qui se faufilent entre les voitures. Rena répète l'adresse de Lucia en boucle, comme si elle risquait de la perdre.

— Je vous attendrai, pas de problème, répond-il au bout de quelques secondes.

— Merci. Vous êtes un amour.

Wolfstein repose ses mains sur les épaules de Dennis, mais cette fois-ci il se crispe.

Deux rues plus loin, Dennis se range devant une laverie aux stores baissés pour se protéger du soleil et à l'enseigne bleue décolorée, peinte à la main : LAVAGE SÉCHAGE PLIAGE. Dennis se gare contre une bouche d'incendie et met ses feux de détresse.

Rena répète l'adresse à voix haute une dernière fois.

— On y est, annonce Dennis.

Pas question que Wolfstein laisse son sac dans la voiture. C'était une erreur de le laisser avec Rena dans la chambre du motel, même quelques minutes. À quoi bon tenter le diable ? Impossible d'être sûre à cent pour cent que Dennis va les attendre. La portière s'ouvre en couinant, elle sort avec le sac puis Rena lui emboîte le pas.

— Vous nous attendrez ? demande Wolfstein.

Dennis hoche la tête sans la regarder.

Elle claque la portière.

À côté de la laverie se trouve un bazar. Rena se précipite à l'intérieur. Wolfstein la suit. Une boutique étroite, des étagères pleines à craquer, des serviettes aux couleurs vives suspendues à des tringles, des jouets gonflables pour la piscine, d'étranges petits chiens qui dansent. Des cartons de porte-clés, de bagues en toc et de ces trucs visqueux que les gamins lancent contre les murs pour voir combien de temps ils tiendront. Rena cherche dans les rayons en se dressant sur la pointe des pieds.

— Qu'est-ce que tu fais ? demande Wolfstein.

— Je veux juste lui acheter un petit quelque chose.

À côté de la caisse, un bac en verre rempli de peluches. Avec son foulard dans les cheveux, son chemisier rouge et ses grosses mains, la femme derrière le comptoir ressemble à une diseuse de bonne aventure tragique. Elle écrit sur un bloc-notes jaune. Sur son badge on lit JE M'APPELLE MAD DOG. À VOTRE SERVICE.

Rena s'approche du bac en verre et farfouille parmi les peluches. Elle trouve un ours brun avec un diadème rose sur la tête, un petit cœur rose brodé au milieu de la poitrine et un sourire tordu figuré par un épais fil noir. Rena le pose près de la caisse et demande à Wolfstein de lui prêter de quoi payer.

— Tu es sûre de ton choix ? demande Wolfstein en lui tendant de l'argent.

Rena hausse les épaules.

— Je pense que ça lui plaira. Je suis sa mamie. C'est un bon cadeau de mamie.

— Comme tu veux.

— Excellent choix, déclare Mad Dog.

Elles regagnent le trottoir et Rena se plante devant la porte marquée du numéro que Lucia lui a donné. Elle doit prier pour que Lucia soit encore là, n'ait pas décampé, changé d'avis ou – pire encore – ne se soit pas fourrée dans de nouveaux ennuis. Wolfstein se rend compte que Rena ne semble pas savoir qui habite ici, ni pourquoi Lucia est allée se planquer dans un appart minable au premier étage d'un immeuble de Dyker Heights. Cependant Rena ne souffle pas mot ; elle se contente de serrer le petit ours contre sa poitrine. Wolfstein la comprend.

Au moment où Rena saisit la poignée de la porte de l'immeuble, Wolfstein coince le sac sous son bras et lui caresse la joue.

— Tout va bien se passer.

— Merci, dit Rena en hochant la tête.

Wolfstein jette un coup d'œil vers la rue. Près de la bouche d'incendie, Dennis est toujours assis dans la Town Car. Rena ouvre la porte, et elles montent un escalier qui sent le moisi.

— Tout va bien se passer, répète Wolfstein, s'adressant cette fois-ci au dos de Rena.

RENA

LUCIA OUVRE la porte et, immédiatement, Rena la prend dans ses bras. Sa petite-fille porte un sac à dos trop grand pour elle. Toute pâle, visiblement secouée, elle se laisse étreindre.

— Je suis contente de voir que tu as des tennis neuves, dit Rena. J'ai eu tellement peur pour toi. Il faut à tout prix qu'on reste ensemble.

— Pardon, dit Lucia.

Rena recule et lui fourre l'ours dans la main.

— Je t'ai pris ça. Je sais que tu n'aimes probablement plus les peluches, mais ça m'a rappelé quand tu étais petite. C'est une babiole ridicule, mais mignonne.

Lucia examine l'ours. Elle tripote le diadème, se mord la lèvre inférieure, ravale des larmes.

— Il me plaît beaucoup.

— Qu'est-ce qui ne va pas ? Qu'est-ce qui se passe ?

L'espace d'un instant, c'est presque comme si Wolfstein n'était pas là – elle se tient silencieusement derrière Rena.

Puis elle les contourne pour entrer dans l'appartement, referme la porte et dit :

— Je crois que je vois le problème.

Rena regarde du côté de la fenêtre et découvre un homme étendu par terre, torse nu, un T-shirt ensanglanté autour du bras. Elle repense aussitôt à Enzio.

L'homme semblait d'abord être inconscient, mais il ouvre les yeux et pousse un long gémissement.

— Rena ? s'étonne-t-il. Oh, mon Dieu. Qu'est-ce que j'ai fait pour mériter de vivre une journée pareille ? C'est moi qui lui ai donné le couteau. Faut toujours que je joue au plus malin.

Maintenant Rena le reconnaît.

— Est-ce que c'est…

— Mon père, dit Lucia.

— Walt Viscuso ? Qu'est-ce qui s'est passé ici, Lucia ?

— Je l'ai retrouvé et alors…

— Et alors cette petite salope m'a poignardé, dit Walt. Regardez-moi. Je suis en train de mourir, Rena. Appelez mon pote Gilly. Sa cousine est infirmière. Ça fait plus d'une heure que je me vide de mon sang. Je commence à voir flou.

— Il m'a donné le couteau pour que je me protège. Et ensuite il s'est comporté comme un salopard. Il n'aurait pas dû me filer le couteau. Je voulais partir, c'est tout. Lui, il voulait juste de l'argent.

— Est-ce que quelqu'un sait que tu es là ? demande Wolfstein.

— Non. Mais il a des amis. Il a parlé d'eux. Peut-être qu'ils vont se pointer ?

— Appelez Gilly, supplie Walt. Je suis prêt à passer l'éponge.

Wolfstein s'approche de Walt et se penche pour desserrer le garrot. Il proteste, essaie de la repousser, mais elle parvient à retirer le T-shirt.

Elle secoue la tête.

— C'est rien. Une petite entaille. Pas de quoi s'inquiéter.

— Une petite entaille ? s'offusque Walt. Vous voyez pas comme elle est profonde ?

— On a une voiture qui nous attend, dit Wolfstein aux filles. Allez, on y va. Regardez-moi cet endroit. Personne n'en a rien à faire de ce type. Il peut très bien se lever et appeler son pote lui-même.

— D'accord, dit Rena sans hésiter.

— J'arrive pas à croire que je l'ai poignardé, dit Lucia en serrant l'ours en peluche contre son cou.

À son tour Rena s'approche de Walt. Derrière lui la télé est allumée, des informations en espagnol. Pour être honnête, elle ne se souvient guère de Walt. Adrienne ne l'a jamais ramené à la maison. C'était encore un de ses petits secrets – un gars aux cheveux longs qui jouait de la musique assourdissante. Rena n'y croyait pas quand elle a découvert que c'était lui qui avait mis Adrienne enceinte. Quant à Vic, il est devenu fou. Il voulait voir la tête du type plantée au bout d'une pique devant le péage du Verrazano Bridge. C'étaient elle et Richie – à l'époque, elle ignorait tout de la relation entre Richie et Adrienne – qui avaient calmé Vic, l'assurant que le type ne poserait pas problème, qu'il resterait à l'écart et qu'il fallait penser avant tout à la petite. Vic lui tiendrait lieu de papa.

Au début, Rena imaginait et espérait qu'Adrienne se dégoterait un gentleman, quelqu'un pour lui tenir la porte et lui tirer sa chaise, quelqu'un qui se rasait chaque jour et se faisait rafraîchir la coiffure chaque semaine. Bien sûr, Adrienne s'était employée rageusement à doucher les espoirs de sa mère. Walt en représentait l'exact opposé. Il était laid. Il n'était personne. À l'époque, Rena connaissait vaguement ses parents. Sont-ils encore de ce monde ? Des gens horribles. Des fêtards alcooliques. Le père avait fait de la prison pour vol et selon la rumeur il passait son temps à mater les jeunes filles. La mère était une diabétique peroxydée qui voulait tout avoir gratuitement.

— Tu n'as jamais valu un clou, lui assène-t-elle.

— Comme c'est gentil, Rena, crache Walt entre ses dents. Je suis à terre, *blessé*, et vous prenez le temps de m'insulter. Merci.

— Je voulais juste le rencontrer, dit Lucia. Je voulais voir si je lui ressemblais, si je pouvais être sa fille.

— Tu as eu raison de te défendre, dit Rena.

— T'as vécu deux jours atroces, ma grande, dit Wolfstein. Ç'a été dur pour tout le monde, évidemment, mais surtout pour toi.

— Bon, partons, dit Rena.

— L'argent est dans mon sac à dos, dit Lucia.

— Je me fiche de l'argent. C'est toi qui comptes.

— Laisse-moi un peu de fric, ma petite, dit Walt. Allez. C'est bien le moins. Pense à mes frais médicaux…

Wolfstein ramasse son propre sac rempli d'argent et elles quittent l'appartement tandis que Walt gémit qu'il est sur le point de perdre connaissance et les supplie d'appeler Gilly.

Dehors, la Town Car de Dennis n'a pas bougé. Les nombreux clients qui entrent et sortent de la laverie ne prêtent aucune attention à elles. Personne n'entend

Walt. À moins que les gens s'en fichent. Elles montent toutes les trois à l'arrière de la Town Car, Lucia écrasée entre Rena et Wolfstein, son sac sur les genoux, tenant l'ours comme elle l'aurait fait dans son enfance, blotti contre son cou.

— C'est la fameuse Lucia, hein ? dit Dennis, la scrutant dans le rétroviseur.

— Qui c'est, lui ? demande Lucia.

— Le chauffeur, dit Wolfstein.

— Ravi de te rencontrer, petite.

Après un démarrage brutal – insertion au nez et à la barbe d'une petite voiture de sport clinquante –, il lance un regard par-dessus son épaule.

— Alors, les filles, où est-ce que je vous amène maintenant ?

— Chez moi, dit Rena. (Puis à Wolfstein :) Tu penses qu'on sera tranquilles, là-bas ?

— Pendant un certain temps, au moins. À un moment ou un autre on va devoir répondre à quelques questions, mais c'est tout.

— Je n'ai rien à manger à la maison. Il faut qu'on s'arrête chez Meats Supreme. Tu as faim, Lucia ?

La petite hoche la tête.

Rena sourit.

— Très bien. Je prendrai de tout. Je suis tellement excitée de pouvoir te nourrir. Tu aimes les *braciole* ? Je préparerai des *braciole*, du gratin de *ziti*, des saucisses aux poivrons. On peut s'arrêter à la boulangerie et acheter des biscuits, aussi. Arc-en-ciel, vanille chocolat, noix confiture. Ça te dit ?

— Oui, carrément.

Puis Lucia se détend, se penche vers Rena, presque comme si elle voulait qu'on la prenne dans ses bras.

Dans le rétroviseur, Dennis a l'air perdu.

— Et ce que vous me racontiez tout à l'heure ? Votre mari ? Vous étiez bel et bien en train de vous payer ma tête.

— Juste un tout petit peu, dit Wolfstein. Moi, en tout cas. Rena n'a fait que suivre. En réalité, elle est veuve.

Dennis tape sur le volant, rit.

— Eh ben, vous êtes un sacré numéro. Vraiment.

Il se met à chanter *Roses Are Red.*

Lucia se rapproche encore. Rena passe un bras autour d'elle et dit :

— Ça va aller. Mamie est avec toi. Les ennuis, c'est fini.

Ils reprennent la Belt Parkway en direction du quartier de Rena, puis la quittent à hauteur de Ceasar's Bay Bazaar. L'eau est juste là – la baie de Gravesend – et Rena observe le décor alentour : les courts de tennis, la promenade, le grand parking près des magasins Toys "R" Us, Kohl's et Best Buy. Quelle heure peut-il bien être ? C'est la fin de l'après-midi, à en juger par le soleil. La lumière sur l'eau est si jolie. Le Verrazano Bridge est beau, lui aussi, marbré de lumière et d'ombre, bleu pastel contre le bleu plus foncé du ciel. Quand le pont a été construit, elle se rappelle avoir pensé que c'était l'événement le plus important de l'histoire de la planète.

Rena indique à Denis comment se rendre chez Meats Supreme. Ils remontent Bay Parkway. Dennis tourne à gauche sur la 86e Rue et se gare en face du magasin.

— Je reviens tout de suite, dit Rena. Je vais juste prendre deux ou trois choses.

— Je t'accompagne, dit Lucia, posant l'ours sur la plage arrière et emportant son sac à dos.

À l'intérieur, elles se penchent d'abord sur le fromage et la viande. Puis elles parcourent les différents rayons, Rena remplissant un caddie avec tout ce dont elle a besoin, insistant sur le fait qu'elle n'a rien à la maison. Du parmesan, des œufs, de la focaccia, de la mozzarella, du provolone, du persil, de l'huile d'olive, du flanchet de bœuf, du bifteck haché, des macaronis, de la chapelure, de la purée de tomates en conserve, de l'ail, du basilic, de la ricotta, des saucisses italiennes, des poivrons.

Poussant le caddie le long d'une des allées au sol couvert de sciure, Rena pointe le doigt vers le mur derrière la poissonnerie.

— Papa Vic.

— Hein ? dit Lucia.

— Sa photo.

Elles vont se planter devant, comme pour admirer un tableau au musée. C'est la photo où Vic est avec Scorsese, De Niro, Pesci et Sorvino – voilà le nom de cet autre acteur, elle s'en souvient enfin. Au bord du cadre, deux des hommes de main de Vic, Steve Z. et Willy Zip, les bras croisés. Vic a l'air si fier et heureux – elle l'a rarement vu avec un aussi grand sourire, lui qui en était avare. Au bas de la photo, des autographes signés négligemment et aujourd'hui délavés.

Lucia tend le bras et tapote du doigt contre le visage de Vic, laissant une trace sur le verre.

— Cool.

— C'est peut-être à moi qu'elle devrait appartenir, non ? dit Rena. J'ai beaucoup de choses, beaucoup de photos de Papa Vic, des albums entiers, mais rien de comparable.

— Prends-la.

— Tu sais quoi ? C'est ce que je vais faire.

Rena tend le bras et décroche la photo – un vieux cadre suspendu à un clou tordu par un bout de corde à piano. Les types derrière le comptoir de la poissonnerie ne s'aperçoivent de rien. Elle ouvre le sac à dos de Lucia, cale la photo à côté de l'argent et en profite pour sortir deux billets de cent dollars pour les courses. Lucia regarde par-dessus son épaule pendant que Rena lutte avec la fermeture Éclair.

Sur le mur il n'y a plus qu'un contour poussiéreux là où se trouvait la photo.

— Ça me fait drôlement plaisir, dit Rena.

Elles s'approchent d'une des caisses. Dans ce coin-là du magasin, on ne voit pas le mur de la poissonnerie. Personne n'a pu être témoin de ce qu'elles ont fait. La caissière s'appelle Nina. Rena la connaît du magasin et de l'église. Il n'est d'ailleurs pas impossible que Nina ait appris pour Adrienne et Enzio. Rena guette un signe de compassion ou d'irrésistible curiosité sur son visage, mais ne voit que le regard vide d'une employée ayant hâte de quitter le boulot.

— Comment allez-vous, Nina ? demande Rena.

Du papotage dont elle ferait sans doute l'économie sans cette histoire de photo.

— Chaque jour ça empire, répond Nina. Mon mari, vous le connaissez ? Hier soir il a chié au lit. Vous y croyez ? "Dan, je lui ai dit, y a des guerres qui démarrent comme ça." Il a cinquante ans, pas cent. Quel genre de type chie au lit ? Je me suis mal mariée, je me suis mariée à un idiot.

La réaction de Rena est un mélange de sourire peiné et de grimace embarrassée.

— Qui c'est ? demande Nina.

Tout en scannant rapidement les articles, elle incline la tête vers Lucia.

— Ma petite-fille, Lucia.

— Elle a bien grandi.

Lucia se force à sourire.

— Comment vont vos petits-enfants ? demande Rena.

— Me lancez pas sur le sujet. L'un est bête comme un manche. L'autre est laid comme un pou. Ils tiennent ça de leur père. Un bon à rien, un tire-au-flanc. C'est ma fille qui fait bouillir la marmite.

Rena hoche la tête. Comme il est normal que Nina n'évoque pas Adrienne – elle sait que la mère et la fille ne se parlent pas –, Rena en conclut que la nouvelle n'est pas encore remontée jusqu'ici. Peut-être que personne ne s'en soucie assez pour la répandre.

Les bras chargés de leurs sacs de courses, Rena et Lucia traversent prudemment la chaussée pour regagner la voiture. Dennis leur débloque le coffre. Elles le chargent et montent à l'arrière. Wolfstein est passée à l'avant.

— Ça va ? demande Wolfstein.

— Je l'ai prise, dit Rena.

— Quoi ?

— La photo de Vic.

Rena ouvre le sac à dos que Lucia tient sur ses genoux, sort la photo et la tend à Wolfstein.

— Je suis fière de toi, dit Wolfstein. Lequel est Vic? Laisse-moi deviner.

Elle promène son doigt sur les *non* évidents – Scorsese, les acteurs célèbres –, exclut instinctivement les deux jeunes hommes de main gominés et finit par désigner Vic.

— C'est lui, c'est mon Vic, dit Rena.

— Beau gosse.

— N'est-ce pas?

— Il a l'air d'un type capable de régler tous les problèmes.

— C'est… c'est Vic Ruggiero, dit Dennis en manquant s'étouffer. Vous étiez mariée à Vic le Tendre? Bon Dieu, dans quoi j'ai mis les pieds?

— Pouvez-vous nous emmener chez Elegante sur Avenue U? demande Rena. Pendant qu'on achètera des biscuits, Wolfstein vous racontera.

Ils se rendent chez Elegante, sa pâtisserie préférée – celle de Vic aussi, depuis toujours –, entre la 6e et la 7e Rue ouest. Vic avait grandi dans une maison juste à côté, sur Lake Street, avec ses trois frères et ses deux sœurs. Tous morts depuis longtemps, de mort naturelle sauf son frère Alfredo, empoisonné avec de la soude par sa petite amie barjo en 1972, le jour de la fête de l'Immaculée Conception. Il se passait toujours quelque chose chez les Ruggiero, entre sa mère dépressive, son frère Pasquale le dingue du piano, son père attablé dans la cuisine avec une bouteille de vermouth.

Cette fois encore, Lucia accompagne Rena tandis que Wolfstein commence à raconter à Dennis toute la folie de ces deux derniers jours. Passant devant un kiosque à journaux, elles lisent les gros titres. Le *Post*: BAIN DE SANG DANS LE BRONX. Le *Daily News*: CARNAGE À SILVER

BEACH. Sous les manchettes, des photos de la maison de Wolfstein, des portraits d'identité judiciaire de Crea et Richie Schiavano et des clichés plus petits d'Adrienne, Bobby et Enzio. Rena se demande d'où vient la photo d'Adrienne. De son permis de conduire, peut-être ? Elle attrape Lucia par le bras et l'entraîne.

La pâtisserie brille de mille feux. Derrière le comptoir vitré, une fille qui porte une casquette et parle mal l'anglais. Elle vient d'Italie – de Calabre, se souvient Rena – et possède un sourire charmant. Rena dit à Lucia de choisir ce qu'elle veut, et la petite se concentre entièrement sur cette tâche. Quand Lucia dit que quelque chose a l'air bon, Rena demande à la vendeuse d'en mettre dans la boîte. Des biscuits arc-en-ciel, des biscuits en forme de S, des biscuits aux pignons, au sésame, des biscuits à la cuillère. La fille les saupoudre de sucre glace, pèse la boîte et la noue avec de la ficelle. Rena prend aussi quelques biscuits vanille chocolat et noix confiture dans un sachet à part, puis règle avec la monnaie de Meats Supreme.

De retour dans la voiture, elles découvrent un Dennis visiblement secoué par le récit de Wolfstein.

— Qu'est-ce qu'on va faire ? demande-t-il à Rena, mais en réalité la question s'adresse à tout le monde.

— On va manger un bon dîner, répond-elle.

Wolfstein lui a-t-elle vraiment tout raconté ? A-t-elle mentionné l'argent ? Entre le sac à dos de Lucia et la cagnotte de Wolfstein, il doit y avoir près d'un million de dollars dans cette voiture – ahurissant, quand on y songe. Si jamais quelqu'un vient leur demander des comptes, ce sera pour l'argent. Mais, maintenant que Crea et Richie ne sont plus de ce monde, qui pourra remonter jusqu'à elles ? Personne. Pourtant ce ne serait pas difficile de faire le rapprochement. Peu importe, Rena n'est pas d'humeur à s'inquiéter pour ce fric. Elle est tellement contente d'avoir retrouvé Lucia. Elles sont réunies, c'est ça l'important. Et elle est sacrément reconnaissante d'avoir croisé le chemin de Wolfstein.

— Vous pouvez vous joindre à nous, si ça vous tente, ajoute-t-elle.

— Pour le dîner ? demande Dennis.

— Bien sûr. Je vais préparer un véritable festin. Toutes mes spécialités. Un gratin de *ziti*, des saucisses aux poivrons, des *braciole*. Et de bons biscuits au dessert.

Dennis regarde Wolfstein.

— Ça vous dérange pas ?

— Vous avez été très sympa avec nous, dit Wolfstein. Si vous êtes attendu nulle part, restez un moment. Avec cette bande-là, on est jamais au bout de ses surprises.

En arrivant chez Rena, ils se garent dans l'allée, aussi vide que d'habitude. Rena lance un regard vers la maison d'Enzio et son allée anormalement vide. Si les flics sont passés, et elle est sûre que c'est le cas, ils n'ont pas traité le lieu comme une scène de crime.

Sa maison à elle n'a pas changé. Elle se demandait sincèrement si elle la reverrait un jour. En tout cas, elle n'aurait pu imaginer qu'au bout de ce désastre elle se retrouverait dans sa cuisine, à préparer un repas pour sa petite-fille, une nouvelle amie et un étrange chauffeur de taxi aux épaules poilues.

Dennis les aide à porter les courses. Lucia n'oublie pas son ours sur la plage arrière. Wolfstein tient son sac et la photo de Vic récupérée chez Meats Supreme.

Rena jette un coup d'œil à son courrier. Un exemplaire de *The Tablet* – le journal catholique local –, une facture d'électricité, une autre de gaz, des prospectus et la carte de visite d'un certain inspecteur Rotante du 62e district – un gribouillis illisible sous ses coordonnées imprimées. Que savent-ils exactement ? Comment ont-ils reconstitué le fil des événements ? La voient-ils simplement comme une mère à qui ils doivent annoncer une très mauvaise nouvelle ? Quoi qu'il en soit, ce Rotante – ou quelqu'un d'autre – repassera.

La maison est fraîche, silencieuse. Ils s'installent dans la cuisine. Dans le vase, les fleurs qu'Enzio lui a apportées sont déjà fanées. Rena pose le courrier sur le comptoir, range les œufs, les fromages et la viande au frigo. Tout le reste, elle le laisse sorti sur le comptoir.

Wolfstein cale la photo de Vic sur le plan de travail à côté de la cuisinière, sous le téléphone.

Dans le salon, Lucia se débarrasse de son sac à dos et contemple toutes les photos accrochées au mur. Rena la rejoint et suit son regard : Rena et Vic fêtant leur vingt-cinquième anniversaire de mariage chez Colangelo's sur Stillwell Avenue ; s'embrassant au Gershwin's lors de leur premier séjour ; Adrienne bébé, coiffée d'un bonnet en soie ; Adrienne en sixième, une photo de classe où elle porte une queue-de-cheval et a les yeux lumineux, joyeux.

— C'est ma mère ? demande Lucia, pointant du doigt le bébé puis l'élève de sixième.

— Qui d'autre ?

— Je ne l'avais jamais imaginée petite.

— Elle était adorable. J'ai un million d'albums. Des photos de Papa Vic et moi, des photos des anniversaires de ta mère, de sa communion, de sa confirmation, des spectacles dans lesquels elle a joué à l'école, de tout. Si tu veux qu'on les regarde après le dîner…

— OK.

— J'aimerais aussi t'emmener sur la tombe de Papa Vic. On pourrait passer un après-midi là-bas, avec un pique-nique. On apporterait du pain et du fromage.

— Un pique-nique au cimetière ?

— Ça reviendra à partager un repas avec lui. Tu pourras lui parler de toi.

— Lui dire comment j'ai poignardé mon père.

— Il comprendrait.

Rena lui fait visiter toute la maison et lui demande si elle en a gardé quelques souvenirs.

— Je suis déjà venue ici ?

— Quand tu étais petite. Je crois que la dernière fois tu avais trois ans. Tu courais partout. Tu t'es cogné la tête contre la table de la cuisine et tu es repartie en larmes.

Lucia examine la chambre de Rena, où rien n'a changé depuis Vic. Elle examine la chambre d'enfant d'Adrienne – les murs blancs fatigués et le luminaire poussiéreux, la taille d'Adrienne mesurée sur le chambranle jusqu'à ses dix ans. Rena a toujours été frappée par le fait que les choses se terminent trop vite, mais si elle se mettait plutôt à penser à la possibilité de nouveaux départs ?

Elles montent à l'étage, là où elle a vécu avec Vic quand ils venaient de se marier et que ses parents habitaient encore au rez-de-chaussée. L'appartement est d'une autre époque. Elle n'y vient pas souvent. Dans le salon, une bibliothèque croulant sous ses albums photos. Sur le canapé, une caisse en plastique pleine de Cabbage Patch

Kids ; quand sa relation avec Adrienne a commencé à se dégrader, il lui arrivait de les sortir en se rappelant à quel point sa fille tenait jadis à ces poupées. Les cartons de Vic sont empilés dans un coin, à côté du coffret de leur tout premier service de table, bien usé. Encore des photos sur les murs : Vic en smoking le jour de leur mariage ; Rena en demoiselle d'honneur de sa cousine Vivian à Staten Island ; ses parents le jour de leur soixante-cinquième anniversaire de mariage, mangeant une pizza chez Di Fara.

— Et si quelqu'un vient pour l'argent ? demande Lucia.

— Je ne sais pas.

— Je crois pas qu'on devrait tout dire à ce chauffeur de taxi.

— Je suis sûre que Wolfstein ne lui en a raconté qu'une partie.

En bas, assis à la table de la cuisine, Wolfstein et Dennis jouent aux cartes. Quand Rena et Lucia descendent, ils sont en plein milieu d'une partie endiablée de rami 500. Ils ont sorti un bloc-notes ; Wolfstein fait un malheur. Ils se partagent des minibouteilles de vodka que Wolfstein a dû dénicher au fond du placard à alcools, derrière toutes les bouteilles de sambuca et de vermouth vieilles de plus de vingt ans.

Lucia dit qu'elle est fatiguée et s'en va faire la sieste dans le salon, allongée avec le sac à dos et l'ours dans ses bras. Wolfstein et Dennis continuent leur partie, riant et buvant.

Rena commence à préparer sa sauce. Elle fait dorer de l'ail dans de l'huile d'olive. Elle verse la purée de tomates, prenant soin d'éviter les projections. Un peu de sel et de poivre, quelques feuilles de basilic frais. Elle met de l'eau à bouillir dans une casserole. Elle s'attaque aux *braciole*, déballant le flanchet et l'aplatissant avec un marteau à viande. Elle se souvient des étapes que sa mère lui a enseignées, quand le bonheur suprême consistait à se trouver dans la cuisine en compagnie de sa maman, sa grand-mère et ses tantes. Elle pense à toutes les recettes que le temps efface ; heureusement certaines vivent encore en elle et elle pourra peut-être les transmettre à Lucia. Elle arrose légèrement la viande avec de l'huile, puis ajoute quelques cuillerées de chapelure, de fromage, d'ail, de sel, de poivre et de persil. Elle enroule la viande et l'attache avec de la ficelle alimentaire prise dans le tiroir à côté de la cuisinière. Elle la fait dorer, puis la transfère dans sa grande casserole de sauce bouillonnante.

Wolfstein lève le nez.

— Ça sent merveilleusement bon.

Rena reste concentrée sur son travail. Ça fait du bien de s'oublier dans la préparation d'un repas. Elle a toujours adoré nourrir Vic et ses hommes. Elle adorait nourrir Adrienne quand elle était petite. Ses mains lui paraissent vivantes et utiles, elle aime sentir la chapelure et l'œuf incrustés sous ses ongles, humer ces odeurs fortes et agréables.

— Je peux utiliser ton téléphone ? demande Wolfstein en se dirigeant vers l'appareil à cadran sur le mur.

— Bien sûr.

Elle compose un numéro.

— Mo ? (Elle écoute, rit.) Parfait, ça marche. Retournes-y vite. Je te rappelle plus tard.

Elle raccroche.

— Mo va bien ? demande Rena.

— Elle a attaché Pescarelli dans le lit de sa mère. Ils sont bourrés. (Elle marque une pause.) Je me disais, Rena, et pas de pression du tout, mais je me disais qu'on pourrait aller en Floride, si tu veux t'éloigner de tout ça. Je sais qu'ici tu as ta maison, mais là-bas j'ai des contacts. Mon ami Ben Risk nous trouverait une chouette piaule. Tu as ce que tu as…

Elle fait un clin d'œil, indiquant qu'elle n'a pas parlé de l'argent à Dennis.

— … et Lucia et toi vous pourriez vraiment démarrer une nouvelle vie dans le sud. Peut-être que notre nouveau pote, l'adorable Dennis, serait prêt à nous y conduire.

— Pourquoi pas ? dit Dennis en haussant les épaules.

Rena fixe le plan de travail. C'est une idée. Si entre-temps personne ne vient leur chercher des noises, oui, pourquoi pas, en effet ?

— Il faut que j'y réfléchisse. Je dois d'abord m'occuper d'Adrienne. Elle n'a que moi.

L'excitation des retrouvailles avec Lucia lui a permis de ne pas penser à ce qui l'attend : contempler le corps mort et abîmé d'Adrienne sur une table de chambre froide, puis étendu dans un cercueil, et enfin la mettre en terre.

— Bien sûr, dit Wolfstein.

Rena saisit la carte de visite de l'inspecteur Rotante.

— Un inspecteur de police est passé. Il a laissé ça. Peut-être que je devrais appeler.

— Il sait où te trouver.

Wolfstein lui prend la carte et la glisse dans sa poche.

— Est-ce qu'on court un risque en restant chez moi ? demande Rena.

— Je pense pas. Peut-être. Profitons de ce moment. Ce que tu nous prépares sent si bon !

Rena lance la cuisson des saucisses aux poivrons. Encore une spécialité de sa mère. Elle met les saucisses à cuire dans de l'huile d'olive – un parfum de fenouil emplit la cuisine –, puis découpe des poivrons jaunes et orange au-dessus de la poêle. Les tranches de poivron crépitent dans l'huile. Un peu de sel et de poivre, une grosse cuillerée de sauce et elle remue le tout avec une cuillère en bois. Simple comme bonjour.

— J'en ai l'eau à la bouche, dit Dennis.

De la fumée s'élève de la cuisinière. Rena allume la hotte.

Elle met les *ziti* dans une casserole. Quand ils sont cuits, elle les vide dans une passoire avant de les remettre dans la casserole avec de la sauce, un œuf, de la ricotta et de la mozzarella. Ensuite elle verse ça dans une barquette en aluminium qu'elle glisse dans le four.

Maintenant tout est en route, le repas sera bientôt prêt, elle peut s'asseoir à la table avec Wolfstein et Dennis.

— Je joue.

Ils commencent une nouvelle partie de rami 500. Wolfstein pousse une des minibouteilles de vodka vers Rena. Rena étale ses cartes à l'envers, dévisse le bouchon et boit une goutte. Cette fois-ci, elle n'a pas l'impression que la vodka va la rendre malade. Elle reprend une gorgée.

Jouer et boire aide à passer le temps. Tout ce que Wolfstein dit fait rire Dennis, elle est en pleine forme. Rena rit, elle aussi.

Environ quarante minutes plus tard, Lucia réapparaît en expliquant que les bonnes odeurs l'ont réveillée. Si elle a fait des cauchemars inspirés des événements récents, elle ne le mentionne pas. Elle prend place à la table et déclare qu'elle a hâte d'attaquer ce délicieux repas.

— C'est presque prêt, dit Rena.

Elle se lève et vérifie tous les plats. En regardant par la fenêtre, elle constate qu'il va bientôt faire nuit. Un rideau gris est tombé sur le quartier. Elle entend des sirènes, des sifflets, des klaxons, des crissements de pneu.

Wolfstein et Lucia jouent à la bataille. Wolfstein abat triomphalement un roi. Dennis se lève pour aller aux toilettes, puis revient tranquillement.

D'après l'horloge, les *ziti* doivent être cuits et les *braciole* ont suffisamment mijoté dans la sauce. Rena sort des assiettes du placard au-dessus de l'évier, des couverts du tiroir le plus proche du frigo, puis les serviettes et les verres. Elle met la table. Wolfstein veut l'aider, mais Rena dit qu'elle s'en occupe. Elle ramasse les cartes et les glisse dans une des cases du range-lettres en bois suspendu derrière la porte d'entrée, puis pose une carafe d'eau sur la table.

En douce, Lucia prend une gorgée d'une des minibouteilles de vodka. Rena la voit et décide de ne rien dire. Elle sert les *ziti*, les *braciole* et les saucisses aux poivrons, puis verse de la sauce au jus de viande dans chaque assiette et fait passer le pain.

La sonnette de l'entrée retentit. Rena pense soudain qu'ils ont laissé la voiture de Dennis dans l'allée. S'agit-il de l'inspecteur Rotante ? Ou peut-être d'un énième agent immobilier ? Ils passent souvent à l'heure du dîner, s'attendant à trouver les gens chez eux et souhaitant leur rappeler qu'en ce moment une maison comme celle-ci se vend très cher. À moins que – à Dieu ne plaise –, ce soit quelqu'un de la bande de Sonny Brancaccio, venu tâter le terrain.

— N'y prêtez pas attention, dit Rena.

Lucia a l'air soucieuse. Dennis aussi. Wolfstein tend le bras par-dessus la table, pose la main sur le poignet de Rena.

Une autre sonnerie, suivie par quelques légers coups sur la porte. Aucune voix ne les accompagne. Au bout de deux minutes de silence, la personne n'insistant pas, Rena pousse un soupir de soulagement.

— Lucia, tu veux nous faire l'honneur de dire le bénédicité ? demande Rena avant de s'asseoir et d'essuyer la sueur sur son front avec une serviette.

Dennis retire sa casquette et la jette sur la chaise vide dans le coin de la pièce, par-dessus le sac de Wolfstein.

Lucia hésite, promène son regard autour d'elle comme pour chercher quelque chose pouvant se substituer à une prière.

— Je suis heureuse que nous soyons ici, dit-elle. J'espère que ce repas ne se terminera jamais.

— Amen, dit Wolfstein.

— Amen, dit Dennis.

Rena ne dit rien, mais sourit.

— N'oubliez pas de garder de la place pour les biscuits, glisse-t-elle.

Ils sont assis autour de la table, les *ziti* au centre sur une manique encroûtée, les *braciole* dans un plat en porcelaine vert, la sauce dans une soucoupe, les saucisses aux poivrons dans son beau saladier Ricco Deruta peint à la main, tout ça encore bien chaud et parfait, et soudain la petite musique de la vie résonne dans la vieille maison triste de Rena.

REMERCIEMENTS

JE SOUHAITE exprimer ma profonde reconnaissance envers mes agents Nat Sobel et Judith Weber et toute l'équipe de Sobel Weber : Siobhan McBride, Sara Henry, Kristen Pini et Adia Wright. Un grand merci à vous tous.

Les commentaires de Tom Wickersham sur une précédente version du manuscrit m'ont été très précieux. Mille mercis, Tom.

Merci à ma merveilleuse éditrice Katie McGuire ainsi qu'à Claiborne Hancock, Jessica Case, Sabrina Plomitallo-González et toute l'équipe de Pegasus Books.

Remerciements affectueux à ma famille française : François Guérif, mon traducteur Simon Baril, Oliver Gallmeister, Marie Moscoso et toute l'équipe des éditions Gallmeister, Jeanne Guyon, Laurent Chamuleau, Sébastien Bonifay et tous mes nouveaux amis en Corse, et tous les merveilleux libraires et lecteurs que j'ai rencontrés.

Merci à Ion Mills, Geoffrey Mulligan, Clare Quinlivan, Claire Watts, Clare Holloway, Katherine Sunderland et toute l'équipe de No Exit Press.

Merci à Wolfgang Franßen et toute l'équipe de Polar Verlag en Allemagne.

L'amitié et le soutien de Megan Abbott, Jack Pendarvis, Ace Atkins, Jimmy Cajoleas et Alex Andriesse m'emplit de gratitude. Comme dit Barry Hannah : "Le paradis c'est les potes." Je vous aime, les gars.

Merci aux Farrell, Neubauer, Adler, Clarke et Frawley de Throggs Neck et Monroe, New York, et aux Farrell et Orr de San Francisco. Merci surtout à l'oncle Bobby Farrell. J'ai une chance incroyable d'appartenir à cette famille grâce à mon épouse.

Merci à mes amis George Griffith, David Swider, Tom Franklin, Beth Ann Fennelly et Tyler Keith.

Merci à Richard et Lisa Howorth, Cody Morrison, Lyn Roberts, Bill Cusumano, Slade Lewis, Katelyn O'Brien et toute l'équipe de Square Books.

Et surtout, merci à ma famille : ma femme Katie Farrell Boyle, nos enfants Eamon et Connolly Jean et ma mère Geraldine Giannini. Je vous aime tous tellement fort.

Ce livre est dédié à la mémoire de mes grands-parents Joseph et Rosemary Giannini. J'espère qu'il leur aurait fait passer un chouette moment.

CATALOGUE TOTEM

191 Julia Glass, *Jours de juin*
190 Mark Haskell Smith, *Coup de vent*
189 Trevanian, *L'Été de Katya*
188 Chris Offutt, *Sortis des bois*
187 Todd Robinson, *Une affaire d'hommes*
186 Joe Wilkins, *Ces montagnes à jamais*
185 James Oliver Curwood, *Grizzly*
184 Peter Farris, *Les Mangeurs d'argile*
183 David Vann, *Un poisson sur la Lune*
182 Mary Relindes Ellis, *Le Guerrier Tortue*
181 Pete Fromm, *La Vie en chantier*
180 James Carlos Blake, *Handsome Harry*
179 Walter Tevis, *Le Jeu de la dame*
178 Wallace Stegner, *Lettres pour le monde sauvage*
177 Peter Swanson, *Vis-à-vis*
176 Boston Teran, *Méfiez-vous des morts*
175 Glendon Swarthout, *Homesman*
174 Ross Macdonald, *Le Corbillard zébré*
173 Walter Tevis, *L'Oiseau moqueur*
172 John Gierach, *Une journée pourrie au paradis des truites*
171 James Crumley, *La Danse de l'ours*
170 John Haines, *Les étoiles, la neige, le feu*
169 Jake Hinkson, *Au nom du Bien*
168 James McBride, *La Couleur de l'eau*
167 Larry Brown, *Affronter l'orage*
166 Louisa May Alcott, *Les Quatre Filles du docteur March*
165 Chris Offutt, *Nuits Appalaches*
164 Edgar Allan Poe, *Le Sphinx et autres histoires*
163 Keith McCafferty, *Les Morts de Bear Creek*
162 Jamey Bradbury, *Sauvage*

CET OUVRAGE A ÉTÉ COMPOSÉ PAR
ATLANT'COMMUNICATION
AU BERNARD (VENDÉE).

ACHEVÉ D'IMPRIMER EN JUILLET 2021 SUR LES PRESSES
DE NORMANDIE ROTO IMPRESSION S.A.S., 61250 LONRAI
POUR LE COMPTE DES ÉDITIONS GALLMEISTER
13, RUE DE NESLE, 75006 PARIS

IMPRIMÉ EN FRANCE

DÉPÔT LÉGAL : AOÛT 2021
N° D'IMPRESSION : 2103534